„Lasst uns einen Eid schwören, im hohen Lotosland zu leben und zu liegen auf den Hügeln wie Götter zusammen."
Alfred Tennyson

„Wir wollen hier auf Erden schon das Himmelreich errichten."
Heinrich Heine

„Niemand hat die Absicht, eine Mauer abzureißen."
Volksmund

Vorbemerkung

Dies ist die Geschichte, wie es zum sogenannten „glücklich vereinten Berlin" kam, so wie ich sie aufschreiben konnte. Ich habe versucht, aus allem, was ich erlebt habe und was mir die anderen erzählt haben, das zusammenzufassen, was mir wichtig erschien. Ich spreche dabei von mir in der dritten Person, um meine Rolle nicht größer zu machen, als sie war. Sollte ich hier und da Dinge falsch dargestellt haben, sollen mir die, die es betrifft oder stört, sich melden und sagen, wie es wirklich war. In der Erinnerung mag auch das ein oder andere, das ich selber erlebt habe, anders gewesen sein, als ich es hier beschreibe. Gerne bin ich bereit, auch darüber mit denen zu reden, die zu wissen meinen, wie es wirklich war, vielleicht bei einer guten Flasche Wein oder mit was auch immer sie sich vergnügen wollen.

Besonders die Teile, die in der Enklave Ost spielen, musste ich relativ frei wiedergeben, und ich weiß nicht, ob ich ein adäquates Bild der Zustände dort nach der Wende geben konnte: Ich habe nie dort gelebt und bin nur da gewesen, als sich alles bereits veränderte. Wer glaubte im Osten schon, dass es irgendeinen Wessi gibt, der den Ossis erzählen kann, wie es dort war? Und zwar sowohl zu DDR-Zeiten als auch zu den Zeiten danach, als es die Enklave gab. Trotzdem tue ich es hier und vertraue auf die Freundschaft, die mich mit denen aus dem Osten verbindet, mit denen ich die Ereignisse der zweiten Wende erlebt habe, und darauf, dass sie mir verzeihen und mich, wenn nötig, verteidigen.

Max Mommsen, Berlin

1990

Die Russen hatten es langsam satt. Seit mehr als drei Wochen fuhren sie jetzt täglich in ihrer wackeligen Wolgalimousine nach Berlin-Karlshorst in diese alte Villa. Der Saal, in dem sie verhandelten, war in über vierzig Jahren nicht renoviert worden, Ungeziefer kroch aus allen Wandverkleidungen, die Heizung war kaputt, es roch nach Desinfektionsmittel, aber an so was waren sie von zu Hause ja gewöhnt. Das Schlimmste war: Während der Verhandlungen gab es keinen Alkohol. Nichts mochte die russische Delegation weniger, als wenn es keinen Alkohol gab. Natürlich genehmigten sich die Mitglieder auf der Toilette hier und da ein Schlückchen Wodka aus ihren Flachmännern, aber die von zu Hause mitgebrachten Vorräte gingen allmählich zur Neige, und die westlichen Verhandlungsteilnehmer machten keinerlei Anstalten, für Nachschub zu sorgen.

Die drei Herren in höherem Alter, mit Mänteln samt Pelzbesatz und finsteren Gesichtern, ließen den Fahrer an einem Kiosk neben dem Tierpark anhalten und nach Schnaps fragen. Wie immer vergeblich. Die gesamte Scheiß-DDR schien leergetrunken zu sein.

Bisher waren die Verhandlungen der Alliierten über die künftige Aufteilung Berlins und insbesondere dessen Ostens zäh verlaufen. In den Augen der Sowjets wollten sich Franzosen, Briten und Amerikaner einfach nur unter die Nägel reißen, was ihnen 1945 vorenthalten worden war, ohne dass für sie etwas heraussprang.

Die Sowjetunion war am Ende, das war den Verhandlungsführern aus Moskau klar, auch wenn sie es untereinander natürlich nicht aussprachen. Aber sollten sie deshalb Berlin

einfach als Verhandlungsmasse zu allem dazugeben, was der kapitalistische Westen sich bereits eingeheimst hatte? Das kommunistische Ostberlin auch noch widerstandslos aufgeben? Auf keinen Fall.

Die westlichen Verhandlungsführer waren keinesfalls einer Meinung, das hatten die Russen schnell begriffen. Es lag in der Natur des demokratischen Systems, dem sie alle verpflichtet waren. Es gab unter ihnen welche, die einen dritten Weg, wie sie es immer wieder nannten, vorschlugen. Dieser dritte Weg sollte irgendwie eine Mischung aus sozialistischem und kapitalistischem System sein, etwas, was sich die Sowjets genauso wenig vorstellen konnten wie die konservative Seite der Westdelegation. Zu Anfang jedenfalls. Aber je länger sie verhandelten und je weniger Wodka da war, desto mehr interessierten sich die Russen für diesen dritten Weg, egal ob es gegen die Direktiven verstieß, die die beiden Seiten mit auf den Weg bekommen hatten, nämlich in der Berlinfrage keinen Zentimeter zurückzuweichen. Aber es schien keinen anderen Ausweg zu geben. Wenn man etwas zu trinken haben wollte, musste man Zugeständnisse machen. Schließlich platzte Rastow, dem Verhandlungsführer, der am schlechtesten Deutsch konnte und am meisten trank, der Kragen.

„Wenn is' nur dritte Weg, dann, verdammich, wir machen diese dritte Weg und dann gut und dann wir gehen Gaststätte!"

Alle sahen ihn groß an. Die Aussicht, die zähen Verhandlungen um Berlin schnell beenden zu können, war verlockend, auch für die konservativen Westteilnehmer, die sich insgeheim auch nach Hause sehnten, weg von den unbequemen Hotelbetten, dem schlechten Essen und den holprigen Straßen, dem Braunkohlegeruch und der ganzen maroden DDR. Drei

Wochen zähe Verhandlungen würden vorbei sein, wenn man dem Vorschlag für einen dritten Weg zustimmen würde. Zum Glück hatte man den Russen keinen Alkohol gegeben, und so bewirkte die russische Trinklust zum ersten und letzten Mal in der Geschichte etwas Positives: Der Osten Berlins sollte zu einer selbstverwalteten Enklave werden.

Die Bürgerbewegung, die die Wende in der DDR eingeläutet hatte, deren Einfluss aber ein Jahr danach bereits im Schwinden war, kam, zumindest auf dem Gebiet von Ostberlin, durch diese Entscheidung zu dem, was sie sich immer gewünscht hatte: zu einer sozialistischen Alternative unter ihrer Leitung. Es war die Geburtsstunde der Enklave Ostberlin.

Die Bürgerbewegung der DDR, die Gorbatschow bei seinem Besuch der DDR anlässlich des 750-jährigen Stadtjubiläums mit den meisten anderen DDR-Bürgern frenetisch begrüßt und gefeiert hatte, legte die geschenkte politische Freiheit dann viel radikaler aus, als die Russen es sich vorgestellt hatten. Aber Genaues hatten sie sich, ehrlich gesagt, gar nicht vorgestellt.

Zwei Jahre nach der Wende war der Osten Berlins schließlich ein in sich geschlossenes Wirtschaftssystem geworden, durch das man Dinge, die linke Politiker im Westen durchzusetzen oder auch nur zu diskutieren versuchten, mit Belegen unterfüttern konnte. Dinge wie das jahrelang vergeblich diskutierte bedingungslose Grundeinkommen zum Beispiel.

„In Ostberlin funktioniert es ja auch", wurde damals gerne gesagt, und die politischen Gegner konterten gerne mit: „Dann geh doch rüber", wie sie es immer getan hatten.

Eigeninitiative, Flexibilität und Beziehungen, Eigenschaften, die man sich in der DDR aneignen musste, waren in der

Enklave Ostberlin gefragter denn je. Diese Eigenschaften waren jetzt mehr oder weniger gut organisiert. Aus Eigeninitiativen waren Gemeinschaftsinitiativen und aus Beziehungen Netzwerke geworden, die das Leben in der Stadt einigermaßen gewährleisteten. Die demokratische Leitung am Runden Tisch versuchte die Basisdemokratie so gut wie möglich zu repräsentieren und zu verwalten. Die Freie Republik Ostberlin garantierte in politischer Hinsicht ein freies Leben, das jeder so leben konnte, wie er wollte. Die, für die die Enklave ein Paradies des alternativen Lebens war, lebten ein solches neben denen, die dort schon immer gelebt und sich nie beschwert hatten und nie beschweren würden.

Das reale Leben in der Enklave war nicht frei von Versorgungs- und Infrastrukturproblemen. Die Lebensmittel, die in der DDR knapp gewesen waren, waren auch in der Enklave knapp. Das, was in der DDR nicht funktioniert hatte, funktionierte auch in der Enklave nicht. Aber die Menschen, die dort ihren Traum lebten, schien das überhaupt nicht zu stören.

Der Westen stellte die Enklave gerne als so was wie eine verlauste Gemeinschaft von Drogenabhängigen dar, in der man, wenn man ihr angehörte, unweigerlich dem Tod entgegentaumelte, eine Gemeinschaft, die zu Trunkenheit, offener Sexualität und zersetzendem Müßiggang animierte, sich jeder Ordnung und Disziplin verweigerte und unweigerlich untergehen würde. Das meiste dieser Darstellung war richtig. Nur dass die Menschen im Osten das alles aus vollen Zügen genossen. Es wurde gefeiert, als gäbe es kein Morgen mehr, keiner musste arbeiten, und der Müßiggang war Lebensform.

Die Enklave hatte sich dem Schönen gewidmet, den Künsten, der Literatur und Malerei und dem befreienden Aspekt, den all das für den Menschen hatte, davon war man überzeugt.

Das und eine basisdemokratische Selbstverwaltung waren die Mischung, in der es sich in den Augen vieler Bewohner zu leben lohnte und für die man auf einen gewissen Komfort verzichten konnte.

Man wollte das Leben leichtnehmen, das war die Hauptsache. Und wenn man damit leben konnte, dass Lesen Bürgerpflicht war und in der Warteschleife der Ämter Wolf-Biermann-Lieder liefen, war das hier sehr gut möglich.

Aber natürlich gab es noch viele, die das alte System gestützt hatten, die Mitläufer und Handlanger und Denunzianten und Militaristen und Erbsenzähler und Ordnungsfetischisten. Die ordentlichen Deutschen eben, die ihre Trabbis oder Wartburgs am Wochenende vor dem Haus wuschen und wachsten, die Schrankwanddeutschen, die den Hund spazieren führten, die am Sonntag unter Plastikhauben Kuchen von einem Reihenhaus zum anderen fuhren, beim gegenseitigen Besuch die Schuhe auszogen und auf Socken Filterkaffee tranken.

Die Enklave machte internationale Geschäfte mit Cannabis, das schon lange nicht nur als Rausch-, sondern auch als Heilmittel begehrt war und das in der Form ohne psychedelische Wirkung mittlerweile weltweit gängige Medizin war.

Der Ertrag der Plantagen auf dem Gebiet der Enklave, von denen die im Treptower Park die größte war, brachte der Enklave genug ein, um seinen Bürgern ein Leben ohne Erwerbsdruck zu sichern, aber nicht genug, um zum Beispiel die Infrastruktur zu verbessern. Beziehungsweise hätte

die Enklave ihren Bürgern kein so sorgenfreies Leben mehr garantieren können, wenn man den Erlös aus dem Grasverkauf zu etwas anderem als dazu benutzt hätte.

Das Problem dabei war die Lieferung. Im Westen war Cannabiskonsum seit Gründung der BRD verboten. Die demokratische Leitung der Enklave Ostberlin stand auf ihrer Seite vor dem Problem, die Ausfuhr ihrer Grasproduktion durch das Gebiet des Westens zu organisieren. Der Vertriebsweg auf dem Lande ins europäische Ausland war praktisch abgeschnitten.

Zum Glück gab es, ebenfalls aus sowjetischen Beständen, noch ein paar Militärflugzeuge, die man tatsächlich wieder flugtauglich bekommen hatte, und seit einiger Zeit hatten sie so was wie eine Luftbrücke, einen Korridor in alle Himmelsrichtungen, auf der rund um die Uhr die Maschinen hin- und herknatterten.

Sie brachten das begehrte Gras nach Stockholm, London, Paris oder Rom, und im Gegenzug Geld und Waren in die Enklave. Die Waren konnte man dort in Läden kaufen, die man Intershops nannte. Jedenfalls wenn man es sich leisten konnte.

Die Piloten der sogenannten Grasbomber waren in der Enklave Ost Helden, und man verschwieg dabei gerne, dass die eine oder andere Maschine abgestürzt war, weil einer von ihnen so stoned gewesen war, dass er das Ding nicht unter Kontrolle hatte. Aber als hätten sie einen Schutzengel, war bisher keiner von ihnen dabei umgekommen.

OST
2023

Ole öffnete die Augen. Wo war er? Seine gute Laune von gestern Abend war wie weggeblasen. Stattdessen machte sich wieder diese allgemeine Sorge breit, die ihn immer überfiel, wenn er aufwachte, diese merkwürdige Sorge um alles, wie er sie immer nannte. Das Gefühl, in einem Meer zu schwimmen und ihm ausgeliefert zu sein. Aber neben dieser allgemeinen Sorge, die in der Regel irgendwann verflog, machte ihm auf einmal etwas Konkretes Sorgen: sein Auto. Er war gestern Abend damit liegen geblieben, die Lichtmaschine war ausgefallen, keine Frage. Irgendwo im Prenzlauer Berg. Aber er war nicht im Prenzlauer Berg, das merkte er schon am Geruch, dem schweren Geruch der großen Marihuanapflanzen, die, überwiegend geordnet angepflanzt, kurz vor der Blüte und Ernte standen. Treptower Park. Da musste er sein. Ganz klar, nirgendwo sonst roch es so.

Ole suchte seine Brille, fand sie schließlich in einem seiner Stiefel und setzte sie auf. Ohne Brille war er so gut wie blind, die Gläser waren so stark, dass sie seine Augen vergrößerten, die dadurch immer ein bisschen ratlos in die Welt blickten.

Graspflanzen soweit sein Auge reichte. Das sowjetische Ehrenmal, das man vor längerer Zeit versucht hatte abzureißen, was mangels des richtigen schweren Werkzeugs misslungen war, lag mittlerweile inmitten einer Marihuanaplantage. Es symbolisierte jetzt den Sieg des alternativen Lebens über die Diktatur. In einen der stolzen Mundwinkel hatte man ihm einen eisernen Joint geschweißt und über den Kopf eine riesige Perücke mit Rastazöpfen gehängt.

Marihuana überall. Das, was wild wuchs, war Allgemeingut, und das, was man geplant anbaute, war für den Verkauf bestimmt. Auf illegalen Wegen gelangte es in den Westen und sicherte das Überleben der Enklave.

Wer Gras wollte, holte es sich im Treptower Park. Oder am besten, man rauchte es direkt dort, langte, im Schneidersitz mit Freunden auf der Wiese sitzend, nur mal schnell über sich, pflückte eine Dolde, trocknete sie an einem kleinen Feuer und rauchte sie dann. Hin und wieder auch gerne in einer sogenannten Erdpfeife, für die man mit der Hand einen kleinen Tunnel in die Wiese grub und den einen Ausgang sozusagen als Mundstück und den anderen als Pfeifenkopf benutzte. Man musste sich kniend über das Loch beugen und kräftig einatmen, und dann taten die Kräfte des Grases und die Kräfte der Erde zusammen ihre betörende Wirkung. Die so Berauschten richteten sich auf und glotzten mit blöde verzückten Gesichtern und roten Augen über die Wiese und waren eins mit sich und der Natur, an der sie bewunderten, dass sie eine solche Wirkung haben konnte.

Auch war es in Mode, in kleinen Zelten eine Faust voll Gras anzukokeln und den aufsteigenden Qualm zu inhalieren. In so einem Zelt war Ole eingeschlafen, jetzt erinnerte er sich wieder. Aber aufgewacht war er draußen.

Ole zog sich seine Stiefel an, hängte sich seine Tasche um und ging in seinem typischen Watschelgang, bei dem er seinen Oberkörper immer leicht hin- und herwippen ließ, in Richtung Parkausgang.

WEST

Max Mommsen war 1976 zum ersten Mal in Berlin gewesen, mit sechzehn, genauer gesagt, in Westberlin, das damals eine Insel in der DDR gewesen war, so wie jetzt die Enklave Ostberlin eine Insel im Westen war. Von Mönchengladbach, seiner Heimatstadt, die man fast ausschließlich durch ihren Fußballverein kannte, war er damals mit der Jugendgruppe seiner evangelischen Gemeinde inklusive des dazugehörigen Pfarrers zum evangelischen Kirchentag gefahren, zu dem Gläubige und auch solche wie Max, die am Glauben zweifelten, auf den ruppigen Transitstrecken über das Staatsgebiet der DDR in den Westteil der geteilten Stadt strömten, um dort zu Tausenden auf Luftmatratzen in Gemeindehäusern und Turnhallen zu nächtigen und eine Zeit zu verbringen, in der einer des anderen Last zu tragen versprach, wie das Motto der Veranstaltung es forderte.

Neben den vielen kirchlichen Veranstaltungen besichtigte er dabei ausgiebig die Stadt. Er fuhr U-Bahn und Bus, immer zusammen mit seiner Gruppe, der unermüdlich gut gelaunte Gemeindepfarrer mit seinem Spazierstock vorneweg. In seiner Erinnerung meinte er, mit ihnen zusammen in der U-Bahn Friedenslieder zur Gitarre gesungen zu haben, wenn er heute daran dachte, errötete er vor Scham. Er konnte Belästigungen in der U-Bahn prinzipiell nicht ertragen.

Er begann das kuriose U- und S-Bahnsystem Berlins kennenzulernen und fuhr durch Geisterbahnhöfe, die im Osten lagen und auf deren Bahnsteigen man hin und wieder Uniformierte mit Maschinenpistolen patrouillieren sah. Er stand albern mit seinen Freunden auf einem der Gerüste, die am Brandenburger Tor aufgebaut waren, von denen man

einen Blick auf den in der Junisonne flirrenden Mauerstreifen werfen konnte, auf dem schon Menschen erschossen worden waren, weil sie ein Leben in Freiheit leben wollten, wie überall und immer wieder zu lesen war.

Bei dieser, seiner ersten Reise nach Berlin, ahnte Max aber auch, welche noch verbotenen Früchte im alternativen Dschungel von Kreuzberg lockten. Denen ging er dann ein Jahr später nach, als er mit seinem Deutsch-Leistungskurs vom Gymnasium erneut und dieses Mal für ein ganze Woche nach Berlin fuhr. Zu dieser Zeit nannte der Westen Westberlin Berlin und der Osten Ostberlin ebenfalls Berlin, während der Osten Westberlin Westberlin nannte und der Westen Ostberlin Ostberlin. So war es nach dem Mauerbau 1961 immer gewesen.

Bildungsreisen nach Berlin wurden zu dieser Zeit im Westen so stark subventioniert, dass der Staat Gruppen für sehr wenig Geld ermöglichte, in einem Hotel auf dem Ku'damm zu wohnen. Doppelzimmer mit Frühstück, 75 D-Mark für die ganze Woche, wenn man dafür ein paar Museen besuchte und zwei Vorträge anhörte, bei denen man viel über deutsche Teilung hörte, was Max' Klasse aber wesentlich weniger interessierte als die umliegenden Kneipen, in denen es keine Sperrstunde gab. Die Vorträge hatten die meisten verschlafen.

Bei dieser, Max' zweiter Reise nach Berlin waren sie auch einen halben Tag in den Ostteil der Stadt gefahren. Mit der S-Bahn bis Friedrichstraße, dort im sogenannten Tränenpalast mit Herzklopfen durch die unangenehmen Grenzkontrollen mit den mürrischen grünen Mützengesichtern, die den Blick kritisch zwischen Ausweispapier und Angesicht hin- und herschwenkten und dann ein Tagesvisum einstempelten oder

einen, wovon es Gerüchte gab, in andere Zimmer führten und dort bis zur Entwürdigung schikanierten.

Dann nochmal mit der S-Bahn zum Alexanderplatz, auf dessen weitläufig betoniertem Terrain man von DDR-Bürgern darauf angesprochen wurde, Devisen zu tauschen. Aber es war schon schwer genug, das Geld aus dem Zwangsumtausch auszugeben, das man in Form dieser kleinen Scheine und federleichten Alumünzen in der Tasche hatte, und wenn man aus Geldgier dazu noch schwarz und günstig tauschte, wusste man hinterher im wahrsten Sinne des Wortes nicht, wohin mit dem Geld. Max und seine Freunde kauften daraufhin in den repräsentativen Buchhandlungen alles, was an Büchern und Schallplatten halbwegs brauchbar war, von Brecht bis zu Gorki, Gesamtausgaben von Stanislawski, Werke von Heiner Müller oder Anna Seghers oder sogar die Amigapressung einer Westplatte, nur weil sie so billig war. Das, was sie davon in den Westen verschleppten, schimmelte dann ungelesen in den Ikearegalen neben alten Fußballbüchern und Fix-und-Foxi-Heften, während man im Osten zusehen konnte, was man las, weil die Regale leergekauft waren.

Aber trotz dieser zum Teil ernüchternden Erfahrungen in zeitweise berauschtem Zustand konnte sich Max nach seinem Abi nicht vorstellen, Germanistik an einem anderen Ort zu studieren als da, wo man sich mit dem Thema hautnah auseinandersetzen konnte: in Berlin.

1981 war es dann soweit.

WEST
1997

Karlheinz Dräger hatte einen guten Tag gehabt. Er hatte seit einiger Zeit aber eigentlich nur noch gute Tage. Man musste sich im Subventionsparadies Westberlin als Geschäftsmann allerdings schon wirklich blöde anstellen, um keinen Erfolg zu haben. Sicher, seine Versuche im Rotlichtmilieu waren gescheitert, der Laden, den er in der Nähe des Ku'damms aufgemacht hatte, war pleite, ihm egal, er hatte längst das Geschäftsfeld gewechselt.

Nach der sogenannten Wende und der Verwandlung Ostberlins in eine freie Enklave hatte sich in Westberlin wenig verändert, was die Subventionierung betraf. Noch immer wurde blindwütig alles gefördert, was auch nur entfernt nach Stadtentwicklung roch, die Verträge aus den Zeiten, in denen Westberlin eine kapitalistische Insel im Sozialismus gewesen war, galten immer noch und wurden weidlich ausgenutzt.

Alle Revolten aus der Vergangenheit waren erstickt, alle Revolutionäre hatten sich zurückgezogen, die berühmte alternative Berliner Szene wurde erfolgreich in Schach gehalten, keiner wusste mehr, wer Rudi Dutschke war, aber alle kannten Günter Pfitzmann. Seit 1989 war es auch nicht mehr möglich, sich durch einen Umzug nach Berlin der Wehrpflicht zu entziehen, sodass die Stadt an Attraktivität verlor, was die Subkultur betraf. Die fand jetzt sowieso im Osten statt. Was aber nicht hieß, dass im Westen nicht mehr gefeiert wurde. Noch immer gab es keine Sperrstunde, noch immer knallten in den einschlägigen Lokalen die Sektkorken, es wurde getanzt und gelacht, barbusige Tänzerinnen beugten sich über Halbgreise mit blonden Toupets oder fuhren mit ihnen in

teuren Cabrios über den Ku'damm. Der alte Berliner Mief lag jetzt überwiegend über der einen Hälfte der Stadt, diese Mischung aus Schweißfußgeruch, Döner, Molle und Parfum, die über den Duft von Freiheit und die Selbstverwirklichung für Künstler, Spontis, Musiker und Ökos gesiegt hatte, die sich jetzt in der Enklave Ostberlin zu verwirklichen versuchten.

Das Geld in Westberlin saß nach wie vor locker, sowohl beim Senat als auch bei denen, die es ihm abgeluchst hatten, indem sie Bauprojekte vorgaukelten, die sie nie realisierten oder nur anfingen zu realisieren und dann nicht weiterverfolgten, aber die bewilligten Gelder einstrichen, indem sie die Lokalpolitiker schmierten, wie es in Westberlin schon immer üblich gewesen war. Der Senat war nach wie vor der Goldesel der Stadt.

Die Westberliner Spaßgesellschaft beherrschte die Stadt und war entschlossen, sich zu Tode zu amüsieren, während das Stadtbild sich veränderte. Das war jetzt neben den nach wie vor zahlreichen Kriegsruinen aus dem Zweiten Weltkrieg von Bauruinen der Nachkriegszeit geprägt, tausende Projekte, die mal angefangen und nie vollendet, sondern buchstäblich versumpft waren und deren traurige Betonanfänge überall in die Gegend ragten.

Dräger war immer noch ein kleiner Fisch. Aber immerhin hatte er sich vom Türsteher zum Bordellbetreiber hochgearbeitet, auch wenn sein Laden jetzt pleite war. Und es war ihm gelungen, sich in diesem Zusammenhang Zutritt zu den Kreisen zu verschaffen, die sich professionell mit der Privatisierung staatlicher Mittel beschäftigten, wie man es untereinander gerne schmunzelnd nannte. Er hatte seinen Teil vom Kuchen in Form eines Wohnblocks abbekommen, der nie gebaut worden war, für den er aber zum Bauunter-

nehmer geworden war und die Fördergelder kassiert hatte. Seit heute morgen war klar, dass er um 100.000 D-Mark reicher war, ohne sich groß angestrengt zu haben. Grund zum Feiern.

Er stand an der Theke der Paris Bar in der Kantstraße, eine Legende unter den Westberliner Lokalen, hier traf man die Promis, und heute schienen sie alle da zu sein. Links neben ihm stand ein bekannter Theaterschauspieler, vor dem, wie bei anderen Stammgästen, ein Metallschildchen mit seinem Namen angeschraubt war, und schwieg in sein Rotweinglas, in der Ecke klampfte unter den missbilligenden Blicken des Barkeepers der unvermeidliche Gunter Gabriel auf einer verstimmten Gitarre rum, Harald Juhnke erzählte zu jedem Schnaps einen Witz, um sich herum lachende Verehrer, und an einem kleinen Tisch saß tatsächlich Günter Pfitzmann, Drägers Idol, als käme er geradewegs aus seiner Praxis Bülowbogen, über eine BZ gebeugt, die er nach Nachrichten über sich selber durchforstete, die er noch nicht kannte.

Dräger war stolz, dass man ihn reingelassen hatte und dass er dazugehörte. Er trank Margarita, Tequila mit Zitronensaft, Likör und Salzrand, es war schon der vierte, er hob das Glas und prostete mit gläsernem Blick einem Mann zu, der mit einem Glas Bourbon auf Eis neben ihm stand.

„Ich bin der Karlheinz", sagte er.

Der Mann sah ihn an, nahm dann langsam sein Whiskeyglas in die Hand und stieß mit Dräger an.

„Hello. I'm Jeff", sagte der.

Eine halbe Stunde später waren sie in ein Gespräch vertieft, oder in das, was man ein Gespräch nennen kann, wenn der eine nur schlecht Englisch und der andere nur schlecht Deutsch spricht.

Dräger verstand zunächst nicht, was der Fremde mit den Worten „the web" meinte, und erst als sie Gunter Gabriel dazuholten, der zwar auch nicht gut, aber besser als Dräger Englisch konnte und versuchte zu dolmetschen, verstand er, dass es sich um dieses Internet handeln musste, von dem jetzt überall die Rede war. Von dem wusste er aber nicht viel mehr, als dass man einen Telefonhörer auf ein Gerät legen musste, woraufhin merkwürdige Geräusche zu hören waren, mit denen man angeblich mit der ganzen Welt verbunden wurde. Aber Dräger tat so, als kenne er sich aus.

„All right, Sir. Internet, I understands", lallte er und bat Gunter, dem Mann zu erzählen, er habe auch einen Computer und auch Internet, das sei ja eine dolle Sache, dabei besaß er nur eine Schreibmaschine, auf der er Anträge auszufüllen pflegte.

„Is future", sagte er dann wieder selber. Gunter Gabriel hatte irgendwann keine Lust mehr auf die Dolmetscherei gehabt und war wieder seine verstimmte Gitarre spielen gegangen, und Jeff und Dräger radebrechten weiter zu zweit, und je mehr sie tranken, desto besser verstanden sie sich, wenn sie auch alles mit Händen und Füßen und immer wieder von vorne bis hinten erklären mussten.

Dräger prahlte vor dem Fremden, von dem er glaubte, ihn nie wiederzusehen, wenn er zurück nach Amerika abgereist war, damit, dass er „many money" gemacht hätte, weil er wüsste, wie das in Berlin lief, „how the Hase runs here", dass er „knows people and gives them money and they do what I want".

„I'm king of Berlin!", grölte er später übermütig und stieß mit seinem neuen Freund wieder an.

Von Jeff kriegte Dräger mit, dass er irgendwie Bücher verkaufte in diesem Internet und dass das in Amerika schon

ganz gut lief. Dräger verstand nicht viel von Büchern, aber etwas vom Verkaufen. Er hörte das Wort Astragon an diesem Abend zum ersten Mal. Als Jeff eine Stunde später zu ihm sagte „Koolheins, I think you are my man!", verstand er nicht gleich.

Und als der Amerikaner ihm dann (sie hatten jetzt schon etwas Übung, was die Unterhaltung betraf, Betrunkene lernen schnell) erklärte, dass er auf der Suche nach jemandem sei, der für ihn das Geschäft in Berlin ankurbelte, war er zunächst nur mäßig interessiert. Was konnte man im Buchhandel schon groß verdienen? Berlin sollte das Testgebiet werden, und wenn es funktionierte, wolle man in Deutschland expandieren. Bei „expandieren" war Dräger schon interessierter und schließlich sagte er sich: Warum nicht? Wenn dieses Internet wirklich die Zukunft ist? Wer weiß, was daraus wird?

An diesem Abend entschied sich in gewisser Weise das Schicksal von Westberlin.

Am nächsten Morgen, für Drägers Verhältnisse und besonders nach dem Besäufnis in der Nacht zuvor ziemlich früh, wollten sie sich in Jeffs Hotel treffen. Als der Wecker klingelte, überlegte Dräger kurz, sich einfach umzudrehen, weiterzuschlafen und die Sache auf sich beruhen zu lassen, nachher war er der Trottel, der in der Hotelhalle stand, während Jeff seinen Rausch ausschlief und sich an nichts mehr erinnerte. Aber irgendetwas sagte ihm, dass er da hinfahren sollte. Er setzte sich also in sein weißes Mercedescabrio und fuhr mit reichlich Restalkohol und Kopfschmerzen los.

Jeff saß schon in der Lobby, war bestens gelaunt, so als hätte er den Abend vorher nur Kamillentee getrunken, und er hatte eine umwerfend aussehende Assistentin mitgebracht.

Dräger stierte sie reflexartig an, als wäre sie eine der Animier-damen im Big Eden, der man ungestraft den Hintern tätscheln durfte, und zwinkerte ihr zu. Sie blickte vernichtend zurück. Dann begann sie, Jeffs Ausführungen in perfektem Deutsch mit charmantem amerikanischen Akzent zu übersetzen.

„Jeff ist der Ansicht, dass Sie angesichts der politischen Erfahrungen und Ihren Möglichkeiten der Einflussnahme der Richtige wären, die Firma Astragon in Westberlin anzu-siedeln. Wenn der Modellversuch erfolgreich ist, werden wir bundesweit expandieren."

Das hört sich nach ziemlich viel Buchhandel an, dachte Dräger, dafür dass ich eigentlich null an Büchern interessiert bin. Vielleicht sollte ich mal aufs Ganze gehen.

„Was springt dabei für mich raus?", fragte er ziemlich direkt.

Jeff lächelte und sagte etwas.

„Jeff meint, dass sein Unternehmen in wenigen Jahren zu den bedeutendsten der Welt gehören wird", übersetzte die Assistentin und nickte wie zur Bestätigung ein paarmal.

Das denken alle, dachte Dräger. Er beschloss, eine hohe Forderung zu stellen, wenn sie nicht darauf eingingen, dann zum Teufel mit dem blöden Buchhandel.

„Ich will die Hälfte des Gewinns", sagte er knapp.

„He wants half of the profit", übersetzte die Assistentin.

„I got it", sagte Jeff.

Er schien nachzudenken.

„Ok", sagte er dann. „It's only the test run."

„Er ist einverstanden. Es handelt sich ja nur um den Test-lauf."

„Hab' schon verstanden", meinte Dräger. Es wurde besser mit seinem Englisch.

OST
2023

Ole stand an der 96a, Höhe Treptower Park, und hielt den Daumen raus. Er sehnte sich nach einem Kaffee, auch wenn der im Osten in der Regel entsetzlich schmeckte.

Nach kurzer Zeit hielt ein seltsames Gefährt auf drei Rädern an, so etwas wie eine Mischung aus Chopper und Trabbi, von Letzterem stammte offensichtlich die Hinterachse und das, was man bei einem Trabbi so Armatur nannte, sowie die Lichter, die links und rechts an die Fahrradgabel montiert waren, die das einzelne Vorderrad hielten. Mit dem Trabbilenkrad konnte der Fahrer das Rad lenken, mit dem daran befestigten Griff der Fahrradbremse zum Stehen bringen. Mehr oder weniger. Ole hatte im Osten schon waghalsigere Gefährte gesehen.

Das mit den Autos, oder, besser, das mit sämtlichen fahrbaren Untersätzen war in der Enklave ein Problem, das aus Mangel entstanden war, wie so vieles. Aber es setzte auch Kreativität frei, so wie der Mangel auch schon im real existierenden Sozialismus kreativ gemacht hatte. Nur dass man sich früher auf das beschränken musste, was es gab, in Bezug auf Autos also auf Trabbis, Wartburgs und ältere russische Modelle, die man am Laufen halten musste, wenn man dann endlich einen bekommen hatte, und für die man Ersatzteile brauchte, an die nur schwer ranzukommen war.

Es gab aber aus der Nachwendezeit und von dem, was man im Westen erbeutete, relativ viele Westautos oder zumindest Teile davon, wenn auch nicht die neuesten. Der relativ neue Golf, den Ole aus dem Westen mitgebracht hatte, war eine Sensation, eine Kostbarkeit, von der die meisten nur träumen konnten.

Die Sicherheitsbestimmungen im Straßenverkehr in der Enklave waren, gelinde gesagt, lax, de facto nicht vorhanden. Die alten galten nicht mehr, neue waren zwar beabsichtigt, aber in dem allgemeinen Chaos der Selbstverwaltung nie umfassend in Kraft getreten. Und Verkehrskontrollen gab es praktisch keine. Man konnte fahren, wie und vor allem womit man wollte. Der Fantasie waren keine Grenzen gesetzt, deshalb gab es neben den normalen Autos die wildesten zusammengeschweißten Vehikel.

Gelernte Mechaniker, Autoschlosser und Schrauber aller Art machten sich selbstständig und nutzten ihre Werkstätten, um Autos zu bauen und nicht nur zu reparieren. Ein Traum für jeden, der sich für Autos interessierte, ein Schweißgerät bedienen oder einen Motor aus- und wieder einbauen konnte.

Jedes Auto ein Unikat, wobei man, wenn man sich auskannte, sehen konnte, aus welcher Werkstatt es kam, jede hatte ihren eigenen Stil, die eine baute schnittige Flitzer, die andere rundliche Asphalteier, oder eine dritte beispielsweise lastentaugliche Dreiräder, von zwei Rasenmähermotoren angetrieben, aber auch Rasenmähermofas, Rafas genannt, der kleine Motor brachte es auf immerhin 20 km/h, und Motorräder, gemischt aus alten DDR-Simsons und Yamahas.

Es passierten leider viele Unfälle, natürlich brach die ein oder andere gewagte Konstruktion schon mal mitten auf der Straße zusammen oder die Bremsen versagten, hin und wieder sah man Fahrer in voller Fahrt abspringen, und ihr Gefährt rauschte dann führerlos gegen irgendeine der alten, aber zumeist bunt angemalten Mauern der Enklave Ost.

Jetzt saß Ole neben dem Fahrer, der einen alten Schutzhelm „Perfekt" auf dem Kopf hatte, darüber eine Schweißerbrille, weshalb Ole sein Gesicht nicht sehen konnte. Sie knatterten

an der Mauer Richtung Strausberger Platz. An ein Gespräch war bei dem Zweitaktmotorlärm nicht zu denken, selbst wenn Ole danach gewesen wäre. Als sie am Alex waren, schrie Ole:
„Bis hier!! Danke!!"

Der Fahrer reagierte nicht. Ole schrie dasselbe nochmal, nur wesentlich lauter. Wieder keine Reaktion. Erst jetzt sah er, dass der Fahrer kleine Ohrhörer trug, deren Kabel links neben ihm in einem Kassettenrekorder Marke Sonett verschwand, der da an eine Metallschiene geschraubt war. Wie laut musste die Musik sein, wenn er sie bei dem Motorenlärm noch hören konnte? Jedenfalls verstand Ole jetzt, warum der Fahrer die ganze Fahrt immer so idiotisch mit dem Kopf gewippt hatte. Er stieß ihn an und machte ihm Handzeichen. Der Fahrer nickte zustimmend, fuhr rechts ran, hielt zum Abschied seinen Daumen hoch und fuhr dann knatternd und wippend weiter. Kurz darauf stand Ole am Alex und sah sich nach einem Kaffee um. Fehlanzeige. Also machte er sich auf den Weg Richtung Schönhauser Allee.

WEST
1998

Ein paar Wochen später war Karlheinz Dräger Leiter des Modellversuchs von Astragon in Westberlin. Den Schriftkram bekam er aus den USA auf einer Diskette zugeschickt und musste ihn nur noch ausdrucken. Wahnsinn! Dräger besaß jetzt einen Computer mit einem dickbäuchigen Monitor und einem Klotz unterm Schreibtisch, der die Beinfreiheit ein wenig einengte.

Es war kinderleicht für ihn, die Unterschriften, die Astragon brauchte, bei den verantwortlichen Politikern oder Beamten mithilfe des einen oder anderen Bündels von Hundertmarkscheinen zu bekommen. Sein Rechtsanwalt, in Sachen Berliner Wirtschaftsfragen mit allen schmutzigen Wassern gewaschen, schaffte es, die Lizenzrechte von Astragon für Berlin unmittelbar an Dräger zu koppeln. Was de facto bedeutete, dass in der Zukunft ohne Dräger in Berlin für Astragon gar nichts ging.

Es dauerte nicht lange – und Dräger hatte mit Astragon jede Menge zu tun. Er, der nichts für Bücher übrighatte, war damit beschäftigt, Bücher zu verkaufen. Es gab jetzt eine Bestellseite in diesem Internet, und obwohl in Berlin Ende der Neunziger nur ungefähr zehn Prozent der Bevölkerung „im Internet" waren, mussten die Bestellungen irgendwie ausgeliefert werden. Nachdem Dräger zwei Monate lang Büchersendungen von Zentrallagern zu Privathaushalten gefahren hatte und der Gewinn verschwindend gering war, begann er, sich fast darüber zu ärgern, sich auf die Sache eingelassen zu haben.

Als er dann ein halbes Jahr später drei Leute mit Autos einstellen musste, um die Aufträge abzuarbeiten, war von

Gewinn immer noch nicht die Rede, aber wenigstens musste er jetzt nicht mehr so oft selber ran, verbrachte immer mehr Zeit am Computer und begann, sich neben Videospielen und Sexvideos auch mit dem Werdegang Astragons in den USA zu beschäftigen. Die Firma wuchs und Dräger saß da und sah beim Wachsen zu, und allmählich verwandelte sich sein Ärger in helle Freude. Astragon verkaufte im Internet jetzt auch andere Sachen, Kühlschränke und Fernseher und Kleidung und Kochtöpfe und Kloschüsseln ... eigentlich alles. Der Modellversuch Berlin war erfolgreich und Astragon fing an, sich im Rest Deutschlands auszubreiten und auch dort das Warenangebot auszuweiten und Logistikzentren zu bauen und Menschen einzustellen und den Gewinn nicht dort zu versteuern, wo er gemacht wurde, sondern da, wo es am günstigsten war.

Auch Dräger expandierte. Er mietete Hallen an, stellte Leute ein, kaufte Autos, und allmählich stimmte das mit dem Gewinn auch. Natürlich war Astragon seine durch juristische Geschicklichkeit erreichte Selbstständigkeit nicht verborgen geblieben. Sein Verhältnis zu Jeff hatte sich abgekühlt, die Gewinnspanne für ihn aber betrug nach wie vor 50 Prozent. Das sollte auch so bleiben, und zwar bei allem, was Astragon in Berlin verkaufte.

Zu diesem Zeitpunkt war ihm in einem emotionalen Moment der Gedanke gekommen, die angeblich aufstrebende amerikanische Firma umzubenennen. Es musste berlinerischer klingen, nicht so futuristisch. Lokalkolorit musste her. Der Berliner sollte sich fühlen, als kaufe er um die Ecke bei Freunden ein. In seiner Verehrung des gleichnamigen Schauspielers nannte er seinen Bereich der wachsenden Firma Astragon von da in leichter Abwandlung „Fitzmann". Das

klang wie eine Fleischerei um die Ecke, sprach den Berliner an und verschleierte schön folkloristisch, dass es sich dabei um eine Profitmühle handelte. Wenn man die Internetseite aufrief, leuchtete einem der Spruch entgegen, den Dräger erfunden hatte und auf den er stolz war: „Koof nich doof, koof bei Fitzmann!"

Drägers Reichtum und Einfluss in Westberlin stieg rasant und er war der Sache nur bedingt gewachsen. Seine notdürftig zusammengestoppelte Infrastruktur war personell unterbesetzt und von der explosionsartigen Ausbreitung Fitzmanns überfordert. Er musste noch mehr Leute einstellen, viele mit zweifelhafter Qualifikation, aber er musste nehmen, was er kriegen konnte, um die Bestellflut irgendwie zu bewältigen. Und er schaffte es. Fitzmann wurde eine buntscheckige, riesige Firma, die in ihren Strukturen dem organisierten Verbrechen nicht unähnlich war, was die Geschäftspraktiken betraf. Nicht dass das bei Astragon international viel anders war, aber die Provinzialität der Westberliner Version war einzigartig.

Bereits 2006 war die Firma so groß, dass keiner mehr an ihr vorbeikam, weder die Westberliner Bevölkerung noch die Politik, die eigentlich für deren Wohlbefinden zuständig war, aber immer mehr in die Abhängigkeit von Fitzmann geriet.

Dräger saß wie die Made im Speck und kontrollierte praktisch die Geschicke der Stadt. Seit er die Sache mit dem Versand im Griff hatte, ging alles wie von selber, Astragons Internetbestellseite in der Fitzmann-Version lief wie geschmiert, und mit den wenigen in der Stadt, die noch bereit zu Protest und Revolte waren, würde er auch noch fertig werden. Ja, das Internet war die Zukunft. Jeff hatte Recht behalten.

OST
2023

Unter denen, die die Gefährte, die ungehindert knatternd ihre Kreise mitten durch die Enklave Ostberlin zogen, bauten und mit Ersatzteilen handelten, war Zilinski der König. Zilinski, dessen Vater schon zu DDR-Zeiten ein Genie im Organisieren gewesen war, als es noch um ganz andere Sachen als um Ersatzteile für alte West- oder auch Ostautos ging. Er regierte Ostberlins Autoersatzteilszene wie ein kleiner König, und wenn man mal, wie Ole, eine Lichtmaschine brauchte, ging ohne ihn nichts. Zilinski, die langen grauen Haare mit einem Gummiband zum Pferdeschwanz gebändigt, ein Mann wie ein Bär, nicht nur weil er so groß wie einer war, sondern auch, weil er oft nur zu brummen schien statt zu reden.

Er hatte sein Hauptlager in der Nähe des Kollwitzplatzes, auf einem der vielen brachen Gelände im Prenzlauer Berg. Bei gutem Wetter thronte er da in dem abgeschnittenen Vorderteil eines alten Mercedes, rauchte Joints und kubanische Zigarren und hielt Hof. Er lachte gut gelaunt über jeden, dessen Auto liegen geblieben war und der sich zu Fuß oder mit den unregelmäßig fahrenden öffentlichen Verkehrsmitteln oder mit einem Privattaxi von wer weiß woher zu ihm aufmachen musste, um zu Kreuze zu kriechen und sich eine möglichst gute Verhandlungsposition zu schaffen, um an die ersehnte Zylinderkopfdichtung oder den Keilriemen zu kommen, oder was auch immer an diesen altersschwachen Westkisten oder zusammengezimmerten Ostkisten kaputtgegangen war.

Also betrat auch Ole, weil sein Golf in Pankow mit defekter Lichtmaschine liegen geblieben war, den Hof des Ersatzteilkönigs Eberhard Zilinski. Von Weitem roch er

schon die Zigarre und erinnerte sich an das letzte Mal, als ihn Zilinski genötigt hatte, mit ihm vor den geschäftlichen Verhandlungen einen großen Joint zu rauchen, als Friedenspfeife sozusagen, und Ole danach nicht mehr wusste, warum er hergekommen war beziehungsweise zeitweilig gar nicht mehr gewusst hatte, wo er überhaupt war. Es gehörte eben zum guten Ton im Osten Berlins mitzurauchen, und es auszuschlagen, war ein Affront und hätte sein Ziel, die Lichtmaschine, in unerreichbare Ferne gerückt, selbst wenn es erst neun Uhr morgens war.

So war es auch diesmal. Ole saß auf einem Stapel Autoreifen neben Zilinski und der baute wieder so ein Gerät, und schon beim Anblick der Grasmenge, die er reinbröselte, wurde Ole übel. Der Tag würde gelaufen sein. Zilinski entfachte das Ding mit einem flammenwerferähnlichen Feuerzeug. Er nahm zwei tiefe Züge, griff dann mit der anderen Hand wieder die Zigarre, und kurze Zeit hielt er beide Hände, die mit dem Joint und die mit der Zigarre, vor sich hin, pustete gewaltige Mengen Rauch aus und grunzte so was wie ein unverständliches Mantra in die Morgenluft. Dann reichte er den Joint Ole.

„Hier, nimm einen Zug, mein Freund, dann sieht das Leben schon ganz anders aus!"

Ole nahm das Ding vorsichtig, zog kurz dran und hustete den Rauch direkt wieder aus.

„Nein, du musst richtig tief inhalieren, sonst wird das nichts! Nicht wie so'n Mädchen, richtig ziehen!"

Ole lächelte gequält, aber höflich, und zog nochmal und inhalierte tapfer und bekam jetzt einen regelrechten Hustenanfall. Zilinski lachte. Der ist eigentlich immer gut gelaunt, vielleicht weil er so viel Gras raucht, dachte Ole. Wenn er

wüsste, dass er dann immer gut drauf kommt, würde er auch die ganze Zeit Gras rauchen. Leider war das nicht so.

„Die Westsofties! Immer schön aufpassen, dass sie die Kontrolle behalten, was?", meinte Zilinski, obwohl Ole ja nun schon länger im Osten wohnte.

Ole kriegte nur noch „Kontrolle" mit, als er seine verlor. Sein Hirn schien in kürzester Zeit anzuschwellen, ihm wurde heiß, sein Herz fing an zu rasen, und ihn überkam sofort eine mittelschwere Depression, ein wie eine düstere Gewitterfront auftauchender Zweifel an all seinen Lebensentscheidungen, bei dem er sich unter anderem fragte, ob das alles so richtig gewesen war: einfach abzuhauen von Zuhause damals, alles stehen und liegen zu lassen, seine Freundin, Elternhaus, alles, nur, um im Osten mutmaßlich freier zu leben, ohne Zwänge. Im Osten sei immer Party, hatte man damals immer in seinen Freundeskreisen gesagt, und so war es dann auch, die ersten Wochen waren tatsächlich Party gewesen, jeden Tag eine andere, auf alten Fabrikgeländen, in dubiosen Kellern, romantischen Hinterhöfen, tagelang, nächtelang. Irgendwann hatte er davon genug gehabt, irgendwann regte sich sein alter Westehrgeiz, irgendwann wollte er einfach mal wieder was machen, seinem Leben einen Sinn geben, einen anderen Sinn als Party, oder doch vorübergehend oder vielleicht auch mal nur so zwischendurch einen anderen Sinn als Party. Es wäre schön, den Kopf mal wieder frei zu haben von Drogen und Alkohol, dachte Ole. Aber hier im Osten musste man den Kopf gar nicht frei haben, dachte er dann wieder, es gab ja gar keinen Grund, den Kopf freihaben zu müssen, daran konnte sich er bis heute nicht gewöhnen.

Zilinski in seinem halben Mercedes sah für Ole auf einmal aus wie ein alter Indianerhäuptling, Häuptling Große

Zylinderkopfdichtung, dachte Ole und lachte kurz blöde auf, und da fiel ihm auch wieder ein, weshalb er gekommen war, richtig, Auto, das war es gewesen, irgendwas mit Auto, klar, aber was nochmal? Wie aus Versehen zog Ole jetzt nochmal selbstvergessen am Joint, oder vielmehr hatte er sich selbst vergessen, oder sein Selbst hatte ihn vergessen, wie auch immer, was war es jetzt denn nochmal? Lichtmaschine, genau, Lichtmaschine.

„Lichtmaschine", sagte er dann bedeutungsvoll in die Stille, als könnte das Wort den Platz beleuchten.

Pause.

„Wofür?", fragte Zilinski. Wofür, ja, wofür, dachte auch Ole. Wofür brauchte man eine Lichtmaschine, vielleicht, um Licht ins Dunkel zu bringen, da, wo kein Licht war ...

„Für was für'n Auto?", fragte Zilinski, schon ungeduldiger, ihm schien der Joint überhaupt nichts auszumachen, so was gibt's, dachte Ole, Leute, die in riesigen Mengen Gras rauchen konnten und dazu literweise Bier tranken und alles schien bei denen in einen tiefen Brunnen zu fallen und dort wirkungslos zu versickern. Zum Glück wusste Ole, dass das mit der Krise vorbeiging. Es hatte mit dem Kreislauf zu tun, wenn es ganz schlimm wurde, musste man nur aufstehen und ein bisschen rumlaufen, und dann ging es besser. Drei Dinge musste man beim Kiffen beachten, hatte er mal gehört. Welche waren das noch mal gewesen? Richtig: Kiffen geht auf's Kurzzeitgedächtnis, auf den Kreislauf und ... äh, auf's Kurzzeitgedächtnis, genau.

„Welches Auto?", fragt Zilinski wieder.

„Äh, Golf", stammelte Ole.

„Welche Reihe?"

„Weiß ich nicht." War er Automechaniker oder was?

„Na, dann das Baujahr."

„Äh, so 2003."

„Hab' ich da", knurrte Zilinski und lehnte sich in die Mercedespolster zurück, um die Zeitung zu lesen.

„Ach, du hast auch so'n Golf?", fragte Ole überrascht.

„Nein, die Lichtmaschine für einen Dreier-Golf von 2003 hab' ich da, was sonst?"

„Oh ja, super", stammelte Ole.

Zilinski sagte nichts, und Ole vergaß, was zu sagen, weil ihm jetzt schon im Sitzen schwindelig wurde. Richtig, jetzt musste er fragen, was sie kosten würde, das sollte er jetzt mal langsam machen.

„Und, äh, was soll die dann so kosten?", fragte er dann tatsächlich.

„180", sagte Zilinski, und das war natürlich viel zu viel. Aber Ole hatte nicht die Nerven, irgendwas anderes zu sagen als: „Ok."

Das war dann der Deal, und Ole ärgerte sich, jedes Mal machte der das so, mit allen, und durch das Ärgern ging es ihm gleich ein bisschen besser, als ob das Adrenalin mildernd wirkte.

„Kann ich sie dann gleich mitnehmen und das Geld morgen bringen?"

„Kannst du", grunzte Zilinski, und es schien so, als wolle er jetzt auf keinen Fall mehr weiter beim Zeitunglesen gestört werden.

„Äh, und wo ist sie, die Lichtmaschine?"

„Hinten im Schuppen. Ist leider noch am Motor dran."

WEST

Eigentlich wollte Max damals nach der Wende von dem Zeitpunkt an, an dem darüber gesprochen wurde, so schnell wie möglich rüber in den Osten gehen, um an dem entstehenden „Projekt mit Modellcharakter", wie man die Enklave immer häufiger zu nennen begann, teilzunehmen und Genosse im „Romantischen Sozialismus", wie er es in seinen Gedanken nannte, zu werden.

Was er im Westen dafür hätte zurücklassen müssen, war nicht gerade wenig gewesen. Immerhin eine geräumige Altbauwohnung am Stuttgarter Platz, die er 1985 günstig vom Erbe seiner Eltern, hauptsächlich dem Haus, in dem er aufgewachsen war, gekauft hatte, und eine Beziehung, aus der es eine Tochter gab und die zu verlassen das größte Problem darstellte. Max war jedoch zu all dem bereit, nur um seinem Ideal eines besseren Lebens näher zu kommen.

Aber genauso wie der Enthusiasmus der Wendezeit nachließ, fing Max' anfänglicher Enthusiasmus, in den Osten zu gehen, allmählich zu bröckeln an. Täglich wurde er ein bisschen weniger. Bei den Besuchen drüben fiel ihm auf, dass es in vielen Häusern nicht mal fließendes Wasser gab, im Winter Öfen zu befeuern waren, der Strom ziemlich oft ausfiel und der einzige Rotwein ungenießbar war.

Also revidierte Max seinen Entschluss, zu gehen. Letztlich ausschlaggebend dafür war am Ende ein Abend mit Frau und Tochter, an dem es zu einer melodramatischen Szene gekommen war, in denen diese den Mann und Vater zu überreden versucht hatten, bei ihnen zu bleiben, was Letzteren gerührt hatte, wobei das nichts daran änderte, dass die Beziehung zur Frau sechs Monate danach beendet und das Verhältnis

zur Tochter heute nachhaltig gestört war. Beide waren kurz darauf nach Westdeutschland gegangen.

Max bereute seinen Entschluss, im Westen zu bleiben, spätestens, als die ersten Anzeichen auftauchten, dass die Zukunft im Westen wahrscheinlich alle schlimmen Befürchtungen übertraf, die er je gehabt hatte. Bis heute hatte er trotzdem nie wieder versucht rüberzumachen, obwohl es angesichts der von der Westseite nur schlecht bewachten Grenze immer eine Möglichkeit dazu gegeben hätte.

Berliner, egal ob zugezogen oder gebürtig, sind eigentlich Provinzmenschen, sie gehen selten in andere Bezirke und wenn mal, kommen sie sich fremd vor und sind froh, wenn sie wieder zu Hause sind. Viele Westberliner sind nie in Ostberlin gewesen, nicht zur Wendezeit und vorher schon gar nicht. Aber genauso wenige Reinickendorfer waren in ihrem Leben in Kreuzberg, und umgekehrt. Beide Stadtteile sind dem jeweils anderen in der Regel dankbar dafür.

Aus dem Max, der mal den Romantischen Sozialismus mit aufzubauen gewollt hatte, war schließlich eine Art Charlottenburger Eremit mit Kordjackett und weißem Bart geworden, der seine Wohnung nur verließ, wenn es unbedingt nötig war. Er versuchte das, was sich um ihn herum entfaltete, auszublenden und, immer ein Glas Rotwein gefährlich nahe an der Tastatur, den Romantischen Sozialismus in der digitalen Welt am Computer zu dokumentieren. Dabei war er zu einem echten Experten geworden, was Geschichte und Realität der Enklave Ostberlin betraf. Er sammelte alles, was darüber erschien, sowohl die legalen als auch die illegalen Veröffentlichungen, die ganze Propaganda, die der Westen und insbesondere Fitzmann verbreiteten, das Wahre und das Falsche. Als es dann das Internet gab, legte er einen gut

versteckten Blog an, in dem man vieles nachlesen konnte, was sonst verborgen war, wenn man wusste, wie man ihn fand. Und er hatte noch ganz andere Ideen.

OST

Karen hatte genug vom Osten. Sie war gerade achtzehn geworden und hatte ihr gesamtes Leben in der Enklave Ostberlin verbracht, unter Arbeitern, Künstlern, Aussteigern und Oppositionellen, Berufs-Hippies, Ökos, Esoterikern, Lyrikern, in Töpferbatik, Kerzen- und Räucherstäbchenwerkstätten, in antiautoritären Kinderläden, Kommunen mit freiem Sex, der sich vor ihren Augen abspielte, in der Frank-Schöbel-Tanzschule, bei Wolf Biermann, einem Freund ihres Großvaters, der wieder in der Chausseestraße wohnte, die jetzt Biermannstraße hieß, obwohl sich lange nicht alle mit dem Liedermacher identifizierten. Oder auf dem Gojko-Mitić-Kulturfestival, das die Jugendspiele abgelöst hatte, eine Art jährliches Woodstock in der Enklave, eine Mischung aus Cowboy- und Indianerspiel mit Ostreggae-Konzerten, mit dem alten Häuptlingsdarsteller Mitić als Symbolfigur, der auf einer Bierkiste hockte und den Fans müde zuprostete.

Auch von Theater hatte sie genug, von alten Brechtinszenierungen am Berliner Ensemble, die noch Heiner Müller gemacht hatte, der, hochbetagt, seine Abende meistens in den nach ihm benannten Heiner-Müller-Stuben verbrachte. Seit 30 Jahren spielte man dort außerdem *Der geteilte Himmel* von Christa Wolf, die Handlung von zwei Liebenden in Ost und West zu Zeiten des Kalten Krieges in bester DDR-Theatertradition brachial auf Nachwende-Enklaven-Zeiten gebogen. Karen hatte die Aufführung drei Mal sehen müssen und war jedes Mal eingeschlafen.

Sie hatte auch genug von den Fernsehwiederholungen mit Helga Hahnemann und Schwester Agnes, mit der Domröse und Armin Müller-Stahl, nach dem sogar eine Allee benannt

worden war. Herrich und Preil, das Fernsehkomikerpaar, wurden zum Glück mittlerweile nicht mehr gezeigt, irgendwo hörte der Spaß ja auf, aber als Kind hatte sie sich die beiden immer wieder anschauen müssen. Karen wollte keine Kettwurstbuden, sondern Sushibars wie im Westen, sie wollte von ihrem Leben noch was anderes als in der Katie-Witt-Eisdiele abzuhängen und *In der Mokkamilchbar* anzuhören! Sie hatte sich geschworen, auf keine Jugendweihe mehr zu gehen und nie wieder DDR-Rockbands wie die Puhdys, Karat oder Keimzeit zu hören.

Alle versuchten, ihr immer zu erklären, dass jetzt Realität geworden sei, wovon die sozialistische DDR immer geträumt hatte, besser, woran sie immer geglaubt hatte: Endlich flohen die Menschen vom Kapitalismus in den Sozialismus! Dass es auch welche gab, die weiterhin aus dem Osten in den Westen fliehen wollten, ignorierten sie.

Nachdem die demokratische Leitung das Thema genauso totgeschwiegen hatte wie ihre Vorgänger, war man jetzt stolz, dass man historisch Recht behalten hatte, dass letztlich der Sozialismus gesiegt hatte, und zwar der mit dem menschlichen Antlitz. Dass es für Karen aber ein schäbiges Antlitz war, dagegen halfen auch die ganzen lustigen Verschönerungsaktionen nicht.

Das Große Anstreichfest zum Beispiel, zu dem alle Bürger einmal im Jahr aufgerufen waren, und bei dem alles, was an Farbe verfügbar war, in deren Hände gegeben wurde, auf dass sie den Osten noch bunter strichen. Man konnte an den zum Teil übereinandergeklatschten Farben wie an Jahresringen erkennen, wann die Anstriche gemacht worden waren, je nachdem, welche Farbe gerade vorrätig gewesen war. Das giftgrüne Jahr 2007 zum Beispiel, dessen Reste immer noch

hier und da aufflammten, oder das tiefe Schwarz von Mitte der Neunziger, auf dem dann später, als auf einmal Weiß zur Verfügung stand, viele lustige Zeichnungen entstanden.

Das Anstreichfest war, wie alle Feste in der Enklave, immer Anlass zu Ausschweifungen, das Ganze ähnelte einem großen Happening, einem kollektiven Action-Painting, dessen Resultat die einen für Kunst und andere für reine Verunstaltung und Verschmutzung hielten. Die fehlende Renovierung war durch den Anstrich mangelnder Farbe erneut überdeckt worden, die Unordnung Prinzip, und während dieser und anderer Mangel früher Anlass zu Unzufriedenheit gewesen war, war sie jetzt Anlass zu Kreativität. Man konnte die Funktionsweise des Sozialismus mit menschlichem Antlitz gut am Anstreichfest erläutern.

Karen hatte genug von all dem. Hier gab es ja praktisch nicht mal Internet, höchstens in der Nähe der Grenze, also an der Mauer, wo man bei jedem Wetter Leute fand, die mit altmodischen Smartphones versuchten, ein bisschen Westnetz abzubekommen. Natürlich war es eigentlich verboten, dort im Internet zu surfen, aber erwischt zu werden, war angesichts fehlender Polizeipräsenz eher unwahrscheinlich. Karen liebte Internet und verbrachte einen Großteil ihrer Zeit dort, und damit unausweichlich auch bei Fitzmann.

Stundenlang klickte sie sich durch die Warenwelt und sah sich Dinge an, die sie nie besitzen würde.

Bei diesen Internetpartys waren alle für sich und doch zusammen. Jeder war in das vertieft, was er gerade online machte, trotzdem gab es ein Gefühl der Zusammengehörigkeit, wenn man aufblickte, sah man um sich herum Gleichgesinnte, die auf die gleichen kleinen Bildschirme starrten, wie

es die im Westen taten, nur dass die kaufen durften, wovon sie im Osten nur träumten.

Karen hatte übers Internet auch Kontakt zu Westlern, wie die meisten auf diesen Partys. Seit Tagen chattete sie mit einem jungen Mann, der sich Markus20 nannte, sie unterhielten sich über alles Mögliche, über Vorlieben, Abneigungen, und hatten gemeinsame Interessen für Literatur und Musik. Sie waren sich sympathisch, obwohl Karen nicht wusste, wie Markus20 aussah, sein Profilbild war ein Pandabär anstelle eines Fotos, und sie traute sich nicht recht, ihn nach einem echten zu fragen. Bei allem, worüber sie sich schrieben, hatte es Karen geschafft, Markus20 zu verheimlichen, dass sie aus dem Osten war. Es war ihr peinlich, aus der Enklave zu kommen, wie so manchem aus ihrer Generation.

Gestern hatte Markus20 Karen eingeladen. Also zu einem wirklichen Treffen, was schwierig war. Trotzdem ließ diese Einladung sie nicht los. Wie so oft hatte sie darüber nachgedacht, wie sie in den Westen kommen könnte, also über eine Grenze, die von der Westseite bewacht wurde, die genau zu prüfen vorgab, wen sie reinließ. Karen gehörte sicher nicht dazu, schon wegen der Verwicklung ihrer Familie in die Politik. Die Ostgrenze zu überwinden, war immer noch leicht, bisher konnten sich nur wenige in der Enklave vorstellen, dass es Menschen gab, die das Leben im Westen mit dem im Osten eintauschen wollten. Aber das sollte nicht so bleiben.

OST

Schon in nüchternem Zustand hätte Ole große Schwierigkeiten gehabt, eine Lichtmaschine aus einem Motor auszu-
bauen, aber im gegebenen überforderte es ihn völlig. Nach
zwanzig Flüchen, einer Verletzung am Daumen und zwei
Tobsuchtsanfällen trat er mit dem Ding in den Händen und
Öl im Gesicht aus dem Schuppen und war stolz, und es ging
ihm auch besser. Er stapfte an Zilinski vorbei, der ihn gar
nicht mehr zu bemerken schien und das Radio angemacht
hatte und alte Hippiemusik auf Ostberlin 92.9 hörte, immer
dieselbe, scheinbar in Endlosschleife. Bob Marleys *No woman,
no cry*, *Satisfaction* und Jimi Hendrix' *And the wind cries Mary*,
immer nur die drei, so kam es Ole jedenfalls vor.

Er winkte Zilinski zu, der ihn aber gar nicht bemerkte, da
er die die Augen geschlossen hatte und leicht mit dem Kopf
zur Musik wippte.

Aus Oles deprimiertem Gefühl war mittlerweile ein
euphorisches geworden, und als er am Senefelder Platz die
maroden Stufen zur U-Bahn hinunterging, hatte er bereits
wieder seinen leicht wippenden Schritt drauf und fühlte sich
großartig. Alle Zweifel waren verflogen, nein, alles war richtig
so, er war da, wo er sein wollte, in Ostberlin, in der Enklave,
nicht im Fitzmann-Hamsterrad Westberlin. Hier war alles
gut, hier konnte man in den Tag hineinleben und ausführlich aus ihm raus und musste sich um nichts kümmern, und
wenn man auch nicht immer wusste, ob es morgen noch
Strom gab, so wusste man jedenfalls, dass morgen ein neuer
schöner Tag sein würde, an dem wahrscheinlich die Sonne
scheinen würde, und wenn nicht, dann hatte er die berechtigte
Hoffnung, wieder in seinem Golf rumfahren zu können, mit

neuer Lichtmaschine. Und aus dem Radio würde schöner, alter Ostreggae laufen. Wenn es funktionierte.

Auf dem Bahnsteig musste Ole seit langer Zeit zum ersten Mal wieder an die AKA7 denken. Sie hatten ihn damals in die Enklave gelassen, weil sie hofften, dass er bei dieser komischen Sondereinheit mitmachen würde, sie hatten ihn gleich zu rekrutieren versucht, und weil er wusste, dass diese Einheit schon lange inaktiv war, hatte Ole zugestimmt, dabei war es geblieben. Die Rekrutierungen hatten dann endgültig aufgehört, sie waren lange weitergelaufen, obwohl sie bereits keinen Sinn mehr gemacht hatten. Es gab nichts mehr zu tun für eine antikapitalistische Einheit, die gegründet worden war, um den Kapitalismus im Westen zu untergraben, was sich aber als eine naive Idee und als völlig unpraktikabel erwiesen hatte. Wie sollte man gegen den übermächtigen Gegner Fitzmann etwas ausrichten, dessen Büro- und Geschäftstürme auf der anderen Seite der Mauer aufragten wie unbesiegbare Riesen?

Alle, die der AKA7 angehört hatten, waren jetzt so was wie Schläfer, und zwar im doppelten Sinne, die Agenten schliefen nämlich nicht nur im Sinne der Geheimdienstsprache, nein, ihre Mitglieder schliefen auch sonst gerne und lange, und wenn sie mal wach waren, lebten sie das entspannte Leben, um das Ole den Osten immer beneidet hatte, bis er selber dorthin gegangen war. Dass er der AKA7 verpflichtet war, hatte er schon beinahe vergessen gehabt. Jetzt dachte er wieder kurz daran. Er wusste nicht, warum auf einmal.

Die U-Bahn kam nach 20 Minuten quietschend angekrochen, sie schien alle Zeit der Welt zu haben. Alle Zeit der Welt – eigentlich ein schönes Motto, dachte Ole. Könnte er einen Song draus machen. Ja, Ole machte jetzt Songs. Er hatte früher im Westen schon Songs gemacht, aber wegen

seiner Arbeit war er nicht mehr dazu gekommen, wie man im Westen überhaupt zu nichts mehr kam, was Spaß machte, sondern nur noch der Kohle hinterherhetzte.

Er stieg ein und versuchte, die Türen zusammenzuschieben, was wie meistens nicht klappte. Also blieben sie offen und Ole konnte sehen, wie sich der Boden entfernte, als die Bahn aus dem Untergrund nach oben fuhr und die Fahrt als Hochbahn fortsetzte. Unter sich das Kopfsteinpflaster der Schönhauser Allee, auf dem das typische Gemisch von alten West-und Ostautos und Fahrrädern unterwegs war, wenig Verkehr, hin und wieder ein Reisebus aus dem Westen, aus dem Touristen aus ganz Westeuropa neugierig das Leben in der freien Enklave beglotzten, von denen wohl keiner seine westliche Existenz mit einer in diesem Osten eintauschen wollen würde.

So war es jedenfalls in der Regel immer gewesen. Aber die Zeiten hatten sich geändert, und auch Ole hatte mitbekommen, dass immer mehr Leute aus dem Westen nach Ostberlin wollten, für die Ostberlin eine Alternative zu ihrem Leben war, das immer schwerer erträglich wurde.

Die U-Bahn fuhr nur bis Schönhauser Allee, Betriebsschaden, das passierte so oft, dass es keinen mehr kratzte. Ole musste also zu Fuß weiter, zwei U-Bahnstationen hatte er noch, dann hatte er es geschafft. Genauso wie er eben euphorisiert war, war er jetzt plötzlich müde, und so schleppte er sich und seine Lichtmaschine bis zur Wisbyer Straße, wo er sein Auto hatte stehen lassen müssen. Es war weg.

WEST

Karlheinz Dräger konnte mal wieder an nichts anderes denken. Er saß in seinem Designersessel an seinem riesigen Schreibtisch, drehte sich ein paarmal um sich selber, sah dabei mal aus dem Fenster des Fitzmann-Hochhauses hinaus auf die Skyline von Berlin, dann wieder in sein Büro, stand auf, stapfte unruhig herum, nahm eine Handvoll Gummibärchen aus dem bereitstehenden Eimer, stopfte sie sich in den Mund, setzte sich wieder, dann alles von vorn. Sessel drehen, aufstehen, rumlaufen, Gummibärchen, wieder hinsetzen. Er schnaubte vor Wut.

Dräger war die Enklave Ostberlin ein Dorn im Auge, eine permanente Provokation, eine offene Rechnung, ein persönliches Anliegen, ein Problem, das er gerne in den Griff kriegen wollte, wie er sonst alles in den Griff gekriegt hatte und alles erreicht hatte, was er erreichen wollte in seinem erfolgreichen Leben, in dem er es zum führenden Unternehmer in Westberlin gebracht hatte. Da würde er dieses Ökoländchen auch noch unter seine Kontrolle kriegen, wäre doch gelacht.

Diese offene Rechnung hatte auch mit seiner Vergangenheit zu tun. Dräger kam ursprünglich aus der DDR, das wussten die wenigsten, denn er hatte seine Wurzeln dort sorgfältig ausgerissen und seine Ostidentität verwischt. Alles, was damit zusammenhing, die Repressalien, denen sein Vater ausgesetzt war, die miesen Lebensumstände, unter denen er aufgewachsen war, auch die gesamte Flucht, kurz vor der Wende, als Familie Dräger genug hatte von diesem real existierenden Sozialismus, und abgehauen war und dabei seine Schwester hatte zurücklassen müssen, im allerletzten Moment.

Die Ablehnung, die er dann als Kind im Westen erfahren hatte, jahrelang Deutscher zweiter Klasse, so hatte er sich gefühlt, auch noch lange nach der Wende. Seinen leicht thüringischen Akzent, den seine Eltern ihm vererbt und anschließend mit nach Berlin genommen hatten, hatte er sich mühsam abgewöhnt und sich stattdessen mehr schlecht als recht das Berlinern angewöhnt. Seine Eltern hatte er begraben, die ihre Tochter nie wiedergesehen hatten. Dräger erinnerte sich immer wieder an sie, auch wenn er diese Erinnerung zu unterdrücken versuchte. Als Kinder hatten sie in Thüringen dem Vater oft bei der Gartenarbeit geholfen, hatten gejätet, gepflanzt und geerntet und sich gegenseitig auf dem Rückweg vom Komposthaufen in der Schubkarre gefahren. Sie hatten unter Apfelbäumen gesessen und Kirschkerne gespuckt. Dräger hatte seine Schwester geliebt. Der Osten hatte sie verschluckt.

Von seiner Vergangenheit dort wusste jetzt praktisch keiner mehr, und Dräger musste aufpassen, damit keiner merkte, dass sein Interesse, den Osten zu vernichten, nicht nur ein kommerzielles war, sondern auch ein persönliches.

Jetzt jedenfalls schien die Zeit dafür reif zu sein, die Pestblase Ostberlin einzunehmen. Scheiß auf den politischen Status, die Politiker hatten sowieso jeden Tag weniger zu sagen, und wenn es nur nach Fitzmann und Dräger gehen würde (und bald schon würde es nur noch nach Fitzmann und Dräger gehen), dann würde man die einfach überrennen. Sich einverleiben, mit Billigsmartphones überschütten und ihnen Verträge andrehen, die sie sich zwar leisten konnten, sie aber bis an das Ende ihres kümmerlichen Lebens an Fitzmann binden würden. Eine digitale Leibeigenschaft, die noch einmal alles in den Schatten stellen würde, was man

bisher in Westberlin gemacht hatte! In diesem Lotter-Osten mit seinen naiven Gesetzgebungen würde man dann keinen Zweifel mehr aufkommen lassen, wer das Sagen hätte, keine Gewürzgurke würde man mehr ohne Fitzmann kaufen können, dafür würde er sorgen! Dann würde er der Herrscher über Ostberlin sein, wie er praktisch schon der Herrscher über Westberlin war, und er würde alles einreißen lassen, mit Bulldozern plattmachen, diese gesamte Öko-Enklave, das ganze sogenannte alternative Leben, diese ganzen verlotterten Post-Wende-Gammler und Müslifresser. Und stattdessen die Menschen zu funktionierenden Mitgliedern eines funktionierenden Kapitalismus machen, und das Geld, das sie bei Fitzmann oder einer Fitzmann zugehörigen Firma verdienen würden, würden sie bei Fitzmann wieder ausgeben müssen!

Jetzt meldete seine Sekretärin ihm, dass Udo da war, der ihm seine Haare schneiden sollte, die immer lichter wurden, und nur der greise Udo, der bekannte Berliner Friseur, der ausnahmsweise auch Hausbesuche machte, bekam hin, dass das nicht ganz so auffiel.

OST

Danners Wohnung war riesig. Fünf Zimmer, so viele brauchte er eigentlich gar nicht.

Ostberlin, Prenzlauer Berg, Helmholtzplatz, Blick über den Park, 380 Mark warm, wobei er nach wie vor Kohlen aus dem Keller in die vierte Etage schleppen musste, um den großen Ofen zu befeuern, der angeblich die ganze Wohnung heizen konnte, es aber nicht tat. Deshalb saß Danner im Winter meistens in der Nähe des Ofens in seinem alten Sessel, eine Decke über den Knien, auf dem wackeligen Tischchen daneben ein Stapel Bücher, hauptsächlich historische Sachen, das meiste hatte er schon mal gelesen, und tat es jetzt wieder.

Er hatte ja Zeit.

Im Sommer saß er auf dem Balkon, oller Liegestuhl, dasselbe Tischchen. Die Küche war renovierungsbedürftig, die Feuchtigkeit und der Schimmel sichtbar, aber nicht dramatisch, im Bad musste man den Boiler anheizen, um zu duschen, also duschte Danner kalt, das härtete ab und sparte Arbeit. In der Küche kochte er auf dem Herd Tee, goss Wasser in ein mit der Zeit dunkelbraun gewordenes Teesiebsäckchen, wenn es nicht in Betrieb war, baumelte es am Wasserhahn, die alte Nirostaspüle darunter hatte vom Tee bräunliche Flecken. Danner hatte sie zur Wendezeit angeschafft, als man als DDR-Bürger etwas bekam, das man Begrüßungsgeld nannte. 100 Mark West, die die meisten verprassten, er aber hatte sich die Spüle gekauft und noch ein paar andere Küchensachen, weil er der Sache nicht traute, weil er zu viel wusste, weil er nicht glauben konnte, dass Berlin vereint sein würde, weil er schon von dem Streit mit den Russen gehört hatte. Und so war es auch gekommen.

Danner damals mit der Nirostaspüle in der U-Bahn, zusammengequetscht mit wendetrunkenen Genossen, die sich auf das Kommende freuten und das Vergangene schon vergessen zu haben schienen. Danner auf dem Rückweg nach Berlin, Ost, wo er hingehörte und auch nicht weggehen würde, was auch immer die da oben auskegelten.

Im Wohnzimmer die alte Couch, auf der er abends manchmal während einer alten Polizeiruf-Folge einschlief, zwei Korbsessel für Besucher, von denen nur noch wenige kamen.

Wo Karen bloß war? Sie bewohnte das kleine Zimmer hinten links, aus dem, wenn sie da war, meistens Technobeats wummerten, die sich manchmal seltsam mit Klaviersonaten von Schostakowitsch mischten, die Danner auf seiner alten Stereoanlage im Wohnzimmer hörte, während er das abgegriffene russische Cover in der Hand hielt und sich freute, fast alles zu verstehen, was hinten draufstand. Oder mit Beethovens Neunter, deren Text ihn immer wieder faszinierte.

Karen war Danners Tochter. Glaubten jedenfalls die meisten. Wenige wussten, dass sie nicht nur einen anderen Vater als Danner, sondern auch eine andere Mutter hatte als die Frau, mit der Danner so lange zusammen gewesen war.

Wenn man Danner so sah, wie er zum Einkaufen ging, langsamen, aber immer noch festen Schrittes, das Einkaufswägelchen hinter sich herziehend – den altmodischen Hut auf dem Kopf, die große Brille im Gesicht, die immer ein bisschen an Honecker erinnerte (nur dass besser aussah, wenn er sie abnahm) –, würde man nicht so leicht darauf kommen, dass es sich hier um den ehemaligen Leiter der AKA7, oder besser, um deren schlafenden Agenten, den ehemaligen Leutnant der Nationalen Volksarmee Joachim Danner, handelte. Danner hatte bis zu seinem 30. Lebensjahr in der alten DDR gelebt,

sozialistischer DDR-Adel sozusagen, mit preußischen Vorfahren, ein Leben in Pflichterfüllung, schon der Vater war so gewesen. Nach der Wende zum Guten und der Entstehung der Enklave war er hauptsächlich wegen seiner Beziehung zu Mechthild einer der wenigen gewesen, dem die neue Führung vertraute. Aber auch wegen seines hohen Zins' für Gerechtigkeit und dem Glauben an das Gute am Sozialismus. Und er wurde öfter sichtbar, als es Danner bewusst war. So jemanden könnte man brauchen, in der Enklave Ostberlin.

Wenn er die, die ihm zu seinen AKA7-Zeiten unter die Fittiche gekommen waren, unter militärischen Gesichtspunkten hätte beurteilen sollen, dann hätte er sie soldatenuntauglich genannt, im Krisenfall nicht verwendungsfähig, zu faul und beratungsresistent.

Jetzt schlief die AKA7, die Tätigkeit war eingefroren, aber alle, die dazugehörten, bekamen Geld, von dem man zusammen mit dem bedingungslosen Grundeinkommen recht gut leben konnte und das sie zu weitgehendem Stillschweigen verpflichtete. So lebte Danner ein gemütliches Leben im Prenzlauer Berg

Er war ein freundlicher Mann, der jeden, der ihn grüßte, zurückgrüßte, hier und da ein Schwätzchen hielt und über alles, was so im Viertel passierte, informiert war, ohne dass irgendjemand den Eindruck haben musste, dass das, was man ihm erzählte, irgendwie in falsche Hände geraten könne. Danner vertraute den Leuten, und die Leute vertrauten ihm.

Alles was ihn mit der Vergangenheit der AKA7 verband, in der sie davon geträumt hatten, den Kapitalismus im Westen zu bekämpfen, war ein altmodisches Handy, mit dem er kontaktiert werden konnte oder Kontakt aufnehmen konnte, falls es aus irgendwelchen Gründen nötig war. Jedes AKA7-Mitglied

musste es regelmäßig monatlich kontrollieren, manche taten es monatelang nicht. Danners Exemplar lag in einer Schublade im Flur, und er überprüfte es einmal mehr als vorgegeben, zum einen aus Pflichtbewusstsein, zum andern in der leisen Hoffnung, es könnte etwas passieren, das ihm Abwechslung in seinem angenehmen, aber auch manchmal etwas langweiligen Leben brachte. Das den Offizier und Agenten in ihm wieder forderte, wie er früher gefordert gewesen war, als er die ganze Einheit befehligte.

Danners Einkaufsweg führte ihn vom Helmholtzplatz zur Gysistraße, die zu DDR-Zeiten Dimitroffstraße geheißen hatte, zum Lebensmittelladen von Tayfun, bei dem er seit dreißig Jahren einkaufte. Im Sommer gab es ganz gute Auswahl, und Danner kriegte gute Laune, als er von Weitem sah, dass draußen ein paar Stiegen Erdbeeren standen. Dann sah er, dass die Schlange dafür bis auf die Straße reichte. Mit ein bisschen Pech würde er keine Erdbeeren mehr bekommen. Früher hatte man Schlange gestanden und schlechte Laune gehabt, und das war schlimm gewesen. Heute stand man Schlange und hatte gute Laune. Erdbeeren gab es oft in beiden Fällen nicht mehr.

Aber er hatte Glück. Tayfun, der ihn mittlerweile ganz gut kannte, hatte ihm ein Schälchen zurückgehalten. Danner sammelte ein, was er sonst noch brauchte, und trank dann mit Tayfun, dessen Laden sich geleert hatte, weil die Erdbeeren ausverkauft waren, zwei Flaschen Bier, Petro-Hell genannt, die Standardmarke im Osten. Er wusste, dass er davon Kopfschmerzen bekommen würde.

WEST

Karlheinz Dräger überflog mit seinem Hubschrauber Westberlin. Er hörte heute Wagner, ihm gefiel der Walkürenritt, er erinnerte ihn an einen Film, in dem zu seinen Klängen ein Armeeoffizier (in seiner Erinnerung war es Curd Jürgens) ein Dorf mit Hubschraubern angriff in irgendeinem lange zurückliegenden Krieg. So fühlte sich auch Dräger, wie ein Offizier, dessen Befehlsbereich ganz Berlin war. Dräger drehte nach Westen ab, Richtung Grunewald. Er war stolz, dass er den Hubschrauber selber fliegen konnte, und der Pilotensitz ächzte unter seinem 130 Kilo Gewicht. Dräger unterschied sich mit seinem Gewicht nicht von vielen der Menschen, die in Westberlin wohnten. Er rauchte auch hier im Hubschrauber und stopfte dabei Gummibärchen in sich hinein – kiloweise, überall hatte er neben sich einen ganzen Eimer davon stehen, in den er alle paar Sekunden griff –, die er fast ohne zu kauen hinunterschlang.

Jetzt hatte er wieder dieses Gefühl der Entschlossenheit, was den Osten betraf, er wusste zwar nicht genau, wie er dem Treiben da drüben ein Ende machen sollte, aber immerhin hatte er eine Idee.

Zunächst musste er dafür sorgen, dass der Fitzmann-Sicherheitsdienst größer und stärker wurde und nicht nur in der Lage war, anstelle einer staatlichen Polizei das öffentliche Leben zu kontrollieren (was er in Wirklichkeit mehr schlecht als recht tat), sondern auch militärisch aktiv zu werden. Ihm schwebte eine ganze Armee vor, die da drüben im Handstreich für Ordnung sorgen würde, eine gut funktionierende Privatarmee, die mit unerbittlicher Härte vorgehen würde. Ungefähr so wie in dem apokalyptischen Film mit Curd

Jürgens. Oder war es doch ein Amerikaner? „Ich liebe den Geruch von Palmen am Morgen", hatte er jedenfalls gesagt. Oder so ähnlich.

Genau diese Armee würde Dräger ins Leben rufen. Natürlich müsste das zunächst heimlich geschehen, denn auch wenn die sogenannte Politik mittlerweile kaum mehr Einfluss hatte, wäre es gewagt gewesen, öffentlich zu machen, dass er danach trachtete, Ostberlin quasi militärisch einzunehmen. Das Aufsehen darüber – besonders bei den Ländern, die sich immer noch als die Alliierten verstanden – würde groß sein und ungelegen kommen, und außerdem versprach er sich von einer Armee, die es offiziell gar nicht gab, mehr, als wenn man von ihrer Existenz wusste.

Dräger brauchte jemanden, der das für ihn erledigte, einen Experten, der in der Lage war, Soldaten zu rekrutieren und sie nach den Anforderungen der modernen Kriegsführung auszubilden.

Gossen, der dieses Witzministerium für deutsche Zusammenarbeit führte und den Osten nach wie vor schützte, hatte er wenigstens abgerungen, dass die Penner da drüben versprechen mussten, in Zukunft ihre Grenze zu schützen, zum Glück hatten die da offensichtlich auch ihre Probleme mit den Flüchtlingen, das kam Dräger gelegen. Er würde auf der Westseite seine als Grenzschutz getarnte Armee in Stellung bringen, der Osten würde versuchen, die zahllosen Löcher in der alten Mauer dicht zu halten, und irgendwann würde er zuschlagen.

Dräger landete mitten auf einem alten Sportplatz in Wilmersdorf. Vor dem Start von seiner Landeplattform auf dem Fitzmann-Haus hatte er sich bereits in einen schmuddeligen Trainingsanzug gezwungen, wodurch man ihn von anderen,

die im dreckigen Wilmersdorf lebten, nicht unterscheiden konnte, ein Dicker unter vielen. Sich mal unter die mischen, die von ihm abhängig waren.

Er verließ den Sportplatz zu Fuß, zwei Sicherheitsleute, die er über Smartphone angefordert hatte, bewachten seinen Hubschrauber, solange er weg war. Zehn Minuten später lief er über die Wilmersdorfer Straße, die früher mal belebt und jetzt verödet war, nur ein einziger, einsam vor sich hin leuchtender Matratzenmarkt war geblieben.

Dräger schnaufte, weil es für ihn ungewohnt war, zu Fuß zu gehen, alle paar Sekunden musste er stehen bleiben. Dabei langte er immer wieder in die Tasche der Trainingshose und schob sich eine Handvoll Gummibärchen in den Mund, die roten mochte er am liebsten. Als er an seinem Ziel angekommen war, warf er den Zigarrenstummel achtlos auf die Straße.

WEST

Aus dem Lautsprecher plärrte Schlagermusik, als Berker sich an dem Bierzapfautomaten noch einen Becher holte. Nachdem er zwei Euro eingeworfen hatte, kam der Strahl, das Bier lief wie immer über, daran, dass Bier schäumte, hatten die, die diese Dinger erfunden hatten, wohl nicht gedacht, wenn man den Dreh nicht raushatte, bekam man nur die Hälfte von dem, was für zwei Euro versprochen wurde. Man musste mit zwei Bechern arbeiten, während der eine überlief, musste man den zweiten unter die Auffangvorrichtung halten und das, was überlief, einigermaßen geschickt auffangen, dann, wenn der Schaum aus dem Hauptglas sich gelegt hatte, schüttete man beides zusammen und hatte so was wie ein ganzes Bier.

Es gab keinen Wirt und keine Bedienung, das Mompereck in Wilmersdorf war eine reine Fitzmann-Automatenkneipe, wie die meisten heutzutage in Westberlin, die Tische aus robustem Stahl, die Bänke mit ihnen fest verschraubt. Es sah aus wie ein Gefängnisbesuchsraum, und von außen wie eine alte Berliner Eckkneipe, aber das war nur Fassade für Touristen. Alle paar Tage holte jemand von Fitzmann das Geld aus den Automaten und spritzte den Raum mit einem Wasserschlauch ab, ansonsten waren die Gäste sich selber überlassen. Wenn es zu Streit kam, und es kam oft dazu, gab es hier nichts zum Kaputtmachen außer sich selber oder seinen Gegner.

Das Mompereck hatte rund um die Uhr auf, einige waren immer da, verteidigten ihren Platz, schliefen dort sogar, tranken sich langsam zu Tode. Sie mussten nur aufpassen, dass sie bei der wöchentlichen Reinigung durch den Wasserschlauch

nicht nass wurden. Die Stahltoiletten stanken, die Tür war ausgeleiert, und jeden Moment konnten Leute reinkommen, die gefährlich waren, die einem wegnehmen konnten, was man besaß, egal wie wenig es war.

Berker wurde von einem Mann angerempelt.

„Vorsichtig", sagte Berker sanft, aber bestimmt.

„Was willzu denn?", lallte der Vierschrötige, machte einen Schritt auf Berker zu und sah ihm angriffslustig ins Gesicht.

„Dass du ein bisschen vorsichtiger bist", sagte Berker ruhig und blickte dabei freundlich auf ihn herunter. Er war ein großer Mann, der sich immer ein bisschen nach vorne beugte, als wolle er dadurch von seiner Größe ablenken.

„Und wenn nicht?" Der Vierschrötige funkelte ihn an.

„Dann gibt's was aufs Maul", sagte Berker trocken. Das wirkte.

„Ok, ok", sagte sein Gegenüber, hob beschwichtigend die Hände und zog sich zurück.

Berker hatte keine Angst vor den Gästen im Mompereck, eher hatten sie Angst vor ihm. Wenn er da war, nahmen sich alle anderen zurück, weil sie wussten, dass Berker es nicht duldete, dass man anfing, sich zu prügeln, er ging dazwischen und sorgte für Ordnung, ohne dass es ihm jemand dankte.

Berker bereute es nicht, in den Westen gegangen zu sein, obwohl es ihm kein Glück gebracht hatte. Er hatte im Gegensatz zu anderen im Mompereck wenigstens noch eine Wohnung. Das war schon Glück genug heutzutage. Und er hatte einen Job bei einer Sicherheitsfirma, die ihre Aufträge von Fitzmann erhielt.

Berker stand tagsüber vor einem der Fitzmann-Märkte, prüfte die Identitäten, passte auf, dass es nicht zu Plünde-

rungen kam, und übergab Ladendiebe dem Fitzmann- Sicherheitsdienst.

Berker stellte sein Bier ab, setzte sich an einen Tisch in der Ecke, schlängelte seinen großen Körper zwischen Stahlbank und Stahlstuhl, nahm einen Schluck Bier und knipste sein Fitzmann-Smartphone an. Er legte es mit dem Gesicht nach unten auf den Tisch, trank einen Schluck Bier und wartete, bis die 15 Werbespots durchgelaufen waren, die man über sich ergehen lassen musste, wenn man keinen Premiumvertrag hatte. Berker hasste die Spots nicht, er kannte sie nur alle schon. Er gehörte nicht zu den Leuten, die sich über so was aufregten, er regte sich selten über irgendwas auf. Geschweige denn, dass er in seinem Leben gegen irgendwas protestiert hätte.

Er würde sich anhören, was der ominöse Mann, der sich mit ihm im Mompereck verabredet hatte, ihm zu sagen hatte, und im Voraus keinen weiteren Gedanken daran verschwenden, ob dieses Treffen seine Lage verändern könne. Trotzdem kam ihm der Gedanke daran immer wieder. Und das Gefühl der Hoffnung ebenfalls.

Als Nächstes sah er auf dem Tisch einen voluminösen Bauch, auf dem übergangslos ein Kopf saß, in dem eine Sonnenbrille steckte.

„Ick bin hier mit einem Gunther Berker verabredet. Sind det Sie?"

Berker hörte, dass der Mann nur so tat, als ob er Berliner wäre. So seltsam übertrieben.

„Das bin ich", sagte er betont hochdeutsch, woraufhin der Mann nickte und sich mühsam hinter den Metalltisch klemmte. Er roch nach Schweiß, Zigarrenrauch und Parfum. Trinken wollte er nichts.

„Krichick nicht runter, die Plörre hier, wa."

„Warum wollten Sie mich treffen?", fragte Berker.

„Ick komme im Auftrag von einen, der lieber nich jenannt werden will, deshalb hat der mir jeschickt, wa. Mein Auftraggeber hat viel Einfluss und würde es sich wat kosten lassen, wenn Sie für ihn, na, sagen wir mal, jewisse Aufräumarbeiten erledigen würden."

„Was für Aufräumarbeiten?", fragte Berker.

„Welche in jroßem Umfang, wa", sagte der Mann bedeutungsvoll und sah ihn über seine Sonnenbrillengläser an.

„Genauer gesagt, will mein Ufftragjeber den jesamten Osten uffräumen. Noch jenauer gesagt, will er grundsätzlich mit ihm ufffräumen."

„Mit was für einem Osten?", fragte Berker.

„Mit der sojenannten Freien Enklave Ostberlin, wa. Und da sind Sie ihm als Experte jenannt worden."

„Sehe ich aus, als hätte ich ein Umzugsunternehmen oder eine Reinigungsfirma?"

Der Dicke lachte.

„Jut jejeben! Nein, unser Interesse bezieht sich auf ihre militärische Erfahrung. Um es konkret zu sagen: Die Unternehmensleitung von Fitzmann hat beschlossen, ihre Geschäfte auf den Osten Berlins auszudehnen, wa. Dazu sind allerdings jewisse Veränderungen da drüben nötig. Das Gammlernest muss irgendwie ausjeräuchert werden."

Berker sah ihn ungläubig an. Er hatte seine ganz eigenen Erfahrungen mit diesem „Gammlernest" gemacht, wie der Dicke es nannte, und das waren keine guten gewesen. Die sogenannte demokratische Leitung dieses sogenannten ökosozialistischen Staates hatte ihn nach 15 Jahren Dienstzeit bei der NVA rausgeschmissen. Über die Gründe hatte Berker nie etwas erfahren, aber er konnte sie sich denken.

„Das müssen Sie genauer erklären. Kleinen Moment", sagte er und ging noch ein Bier holen.

OST

Mechthild wachte so gegen sieben in ihrem Hochbett auf. Alles war ruhig. Sie hörte nur die Vögel zwitschern, manchmal das Gackern der Hühner. Sie würde als Erstes in den Garten gehen, so früh am Morgen war das meist am schönsten. Sie zog sich die Wollsocken aus und warf sie auf den Haufen Wäsche im Flur, der immer größer wurde. Manchmal war es ihr ein Angang, mit der Hand zu waschen, aber das gehörte dazu, wenn man ein paar Tage auf der Datsche verbringen wollte.

Barfuß ging sie dann in den Garten, der Morgentau machte ihr die Füße nass, sie liebte das. Es sah so aus, als hätte sie die Schnecken im Gemüsebeet erfolgreich bekämpft, aber nicht getötet, und man konnte kleine Tomaten an den Sträuchern erkennen. Die Sonne war schon ein bisschen warm, Mechthild schloss die Augen und hielt ihr Gesicht in den Himmel, die Strahlen wärmten sie. Sie begann mit ihren Yogaübungen und setzte sich dann im Schneidersitz auf die Holzbank vor ihrem kleinen Haus. Sie atmete tief ein und schloss erneut die Augen. So machte sie es hier jeden Morgen.

Die Datsche hatten ihre Eltern schon gehabt. Mechthild war eine der wenigen, die hier nicht ständig wohnten, aber so viel Zeit verbrachte wie möglich, um sie herum gab es viele, die versuchten, hier weitgehend autark zu leben, im Einklang mit der Natur. Es gab welche, die Strom hatten, andere verzichteten ganz darauf, Mechthild hatte nur welchen für das Nötigste, ein ratternder Generator hinter dem Schuppen, sie machte ihn selten an.

Aus ehemaligen Wochenendhäusern waren kleine Dörfer geworden, mit regen sozialen Kontakten und nachbarschaftlicher Hilfe.

Oft saß man abends zusammen, rauchte den einen oder anderen Joint, es wurde Bier und Kartoffelschnaps getrunken, zusammen gekocht und gegessen oder Musik gemacht. Die Geburtstagsfeiern machten so viel Spaß, dass manche angefangen hatten, ihren mehrmals im Jahr zu feiern.

Mechthild atmete ein paar Mal kräftig aus, erhob sich dann entschlossen, betrat das Haus, zündete den Gasherd an und kochte Kaffee in einem bräunlich angelaufenen italienischen Espressokocher. Der Kaffee war südamerikanisch und natürlich Bio, ziemlich teuer, weil aus dem Westen, aber das gönnte sich Mechthild. Sie schnitt ein Stück selbst gebackenes Brot ab, setzte sich mit Kaffee und Brot an den groben Holztisch mit der Plastedecke, träufelte kalt gepresstes Olivenöl auf ein Stück Brot und frühstückte.

Die Hütte war vollgestopft, aber aufgeräumt, saubere Stapel von Büchern und Zeitungen, der alte Küchenschrank, die blauen Teller mit den weißen Punkten.

Mechthild stand auf, stellte die Tasse in die Spüle und setzte sich in ihren Lesesessel, der von zwei Bücherstapeln flankiert war, sank tief in die alten Federn, die man dabei hören konnte. Aus einem Bücherstapel ragten ein paar Fotografien heraus, sie zog und bekam sie in die Hände, fast wäre der ganze Stapel umgefallen.

Fotos der friedlichen Revolution, Szenen im Prenzlauer Berg, Ende der Achtziger, Bürgerbewegung, Partys, Konzerte, die ganzen Feiern zur Unabhängigkeit des neuen zweiten Staates. Ihr damaliger Mann, Demos am Alex. Alle rauchten.

Karen, die so etwas wie ihre Tochter war, als Kind hier im Garten, wie klein der Kirschbaum da noch war, Nacktbaden im nahen See, auf einem Bild verdeckte Mechthild verschämt ihre Brüste. Fotos von Mechthild bei Ehrungen,

offiziellen Anlässen, vor und nach der Wende, nach ihr gelöste Stimmung, gut gelaunte, fröhliche Menschen, nachlässig angezogen, Blumensträuße schwenkend, die Masse von Menschen, als im Treptower Park das berühmte Friedensfest gefeiert worden war, ganz anders als die Feste vorher und auch die danach, die mittlerweile Unter den Linden stattfanden.

Bilder aus DDR-Zeiten, mit streng blickenden Menschen, Zuschauertribünen, spießiger Kleidung, privaten Familienfeiern in Reinhilds Jugend, bei denen die Familie auf Sofas und Sesseln und zu hohen Stühlen am Couchtisch saß und mit Weinbrandgläsern in die Kamera winkte. Ferien auf dem Darß, Zelt und Liegestühle. Erinnerungen.

Ein Bild von ihr und Danner, den sie nach der Wende kennengelernt hatte, niemals hätte sie gedacht, sich in einen Mann zu verlieben, der Soldat war, und dass er das war, war auch der Grund, weshalb die Beziehung letztlich gescheitert war. In ihren Augen jedenfalls.

Mechthild seufzte, als sie an die Zeit dachte, in der sie glücklich gewesen waren, hauptsächlich, weil sie sich zusammen um ein Kind gekümmert hatten, von dem sie zwischenzeitlich vergaßen, dass es nicht ihres war. Karen lebte jetzt bei Danner. Mechthild sah sie nur noch selten. Zu viel zu tun.

Sie legte die Fotos zurück auf den Stapel und versuchte, sich wieder auf das Sonnengeflecht zu konzentrieren, was nicht so recht klappen wollte.

Eine Stunde später wurde sie abgeholt, in einer alten schwarzen Limousine, sie passte so gar nicht dazu in ihren groben Lederschuhen, dem Wickelrock, dem Hut und den Wollsocken.

WEST

Berker war immer noch im Mompereck. Während er mal wieder am Bierautomaten wartete, dachte er über das nach, was der komische Dicke gesagt hatte, der sich schließlich als Karlheinz Dräger persönlich entpuppt hatte, Chef des Fitzmann-Konzerns. Was der von ihm wollte, war nichts anderes als der Aufbau einer geheimen Armee, um den Osten zu überfallen! Nicht dass Berker sich so was nicht zutraute. Als ehemaliger NVA-Ausbilder im Range eines Oberleutnants hatte er Erfahrung genug. Ihm würde schon was einfallen. Die Frage war nur, wer ihm dabei helfen sollte.

Er wusste, dass es im Westen nicht nur an Willigen für eine solche Unternehmung fehlen könnte, sondern auch daran, dass die wenigen Willigen physisch und psychisch kaum in der Lage sein würden, eine solche Mission durchzuführen. Und dass, selbst wenn es sie gab, davon viele schlicht wegen ihrer Leibesfülle im Osten auffallen würden wie Elefanten, die sich auf dem Alexanderplatz verirrt hatten. Da nutzte das ganze Geld, das Dräger ihm versprochen hatte, wenig. Na ja, zunächst würde er sich mal das eine oder andere besorgen, das er brauchte, dann konnte man weitersehen.

Berkers Eltern waren in der DDR evangelische Christen gewesen, die ihren Glauben unter eingeschränkten Bedingungen gelebt hatten, wie sie immer wieder beklagt hatten. Er und seine Geschwister waren zu Hause evangelisch erzogen worden, in einer kühlen und strengen Weise, die der des DDR-Systems so sehr ähnelte, dass sich Berker, als er anfing zu denken, gefragt hatte, warum diese Kirche in diesem System überhaupt Schwierigkeiten hatte, das genauso kühl und streng war. Schließlich hatte er herausbekommen, dass

sein Großvater als Pfarrer zu denen gehört hatte, die mit den Nazis zusammengearbeitet hatten, er hatte sogar ein Foto von ihm gesehen, auf dem auf seinen Talar ein Hakenkreuz genäht war.

Das war der Moment gewesen, in dem ihm die ganze Verlogenheit seiner Familie klar geworden war, der Opportunismus, mit dem sie zunächst in dem einen System gedient hatte und sich jetzt in dem anderen als von Kommunisten verfolgt stilisierte.

Berker hatte sich dann für das weltliche System entschieden, in seinen Augen das geringere Übel, er war der NVA beigetreten und zum Offizier aufgestiegen und hatte seine Familie, in der von Nächstenliebe, Barmherzigkeit und Menschlichkeit zwar gesprochen und gepredigt, aber nicht danach gelebt wurde, hinter sich gelassen.

Seine Entlassung nach der Wende war ein Trauma für ihn, und die Aufgabe, an der Zersetzung der Enklave zu arbeiten, deshalb reizvoll.

Zufrieden zapfte er sich noch ein Bier, jetzt war es egal, wie viel davon an dem Automaten überlief. Hinter ihm stand wieder der Mann von eben, der ihn jetzt freundlich angrinste. Wer weiß, vielleicht kann ich den noch brauchen, dachte Berker.

OST

Wie bei manchen Berlinern schien bei Jenny Rehwig manchmal das Denken erst einzusetzen, wenn sie den Mund schon aufgemacht hatte. Das musste aber nicht unbedingt bedeuten, dass Unsinn herauskam. Manchmal kam auch etwas Blitzgescheites heraus, nur wusste man das vorher nie so genau.

Jennys Temperament war überschäumend, aber sie hatte auch eine nahezu unerschöpfliche Energie, mit der sie Leute mitzuziehen vermochte. Wenn sie sich einer Sache hingab, dann mit Haut und Haaren. Mit der gleichen Leidenschaft, Spontanität, Rigorosität, dem gleichen Insistieren, dem gleichen Den-anderen-nicht-ausreden-Lassen und dem gleichen Anspruch, Anführerin zu sein und dabei immer so zu tun, als sei sie keine Anführerin, dazu mit der immer gleich großen Berliner Klappe, hatte sich sie ihrer neuen Aufgabe verschrieben, nachdem die AKA7 in den Schlaf versetzt worden war.

Sie machte jetzt Theater. Aber nicht so was wie das lahme Berliner Ensemble, sondern eine ganz andere, neue Art von Ensembletheater, mit dem ersten Ensemble, das diesen Namen in vollem Umfang verdiente, weil es wirklich ein Zusammen war, kein Pseudoensemble, wo letztlich immer einer das Sagen hatte, meistens auch noch ein Mann.

Jenny kannte das Berliner Ensemble am Schiffbauerdamm gut, ihr Vater hatte dort sein Leben lang gespielt, sie war als Kind viel da gewesen und als Erwachsene hatte sie ihr Kind wiederum oft dorthin mitgenommen. Ihr Vater war eine Berühmtheit in der DDR und danach gewesen, jeder kannte Horst Rehwig, ob groß oder klein, von der Bühne, aus Funk und Fernsehen. Einer der führenden sozialistischen Schauspie-

ler und Komiker, wobei nicht ganz klar war, ob Sozialismus und Komik zusammengingen oder aber zusammen vielleicht nur unfreiwillig komisch waren. Horst Rehwig war komisch gewesen, daran bestand kein Zweifel.

Er hatte ein auch für DDR-Verhältnisse lustiges Leben inmitten des Ganzen geführt, sich dabei allerdings langsam, aber zielstrebig ins Grab getrunken. Horst Rehwig war jemand gewesen, in dem man sein Land wiedererkennen konnte, zum überwiegenden Teil das Positive daran, das, was die neue demokratische Führung in den neuen demokratischen Staat hinüberretten wollte, nicht das, was abgeschafft gehörte, Mangel, Bespitzelung, Repression und totalitäres Gehabe. Bespitzelt wurde nicht mehr in der Enklave, Repression und totalitäres Gehabe waren weitgehend abgeschafft, aber wie lange das mit dem Mangel noch dauern würde, wusste niemand.

Jenny versuchte ein Leben lang, aus dem Schatten ihres Vaters zu treten, etwas anderes zu sein als nur die Tochter von Horst Rehwig, und doch sprachen immer alle zuerst von ihrem Vater, wenn die Rede auf sie kam, das ist die Tochter von Rehwig, als ob das alleine schon ein Verdienst sei oder eine Hypothek, ähnlich erfolgreich zu werden wie er.

Jenny war deshalb dem Theater zunächst ferngeblieben und wollte unbedingt etwas anderes machen, obwohl sie sowohl das Interesse als auch das Talent dafür von ihrem Vater geerbt hatte. So war sie über Umwege bei der AKA7 gelandet und jetzt also doch beim Theater.

Im halbverfallenen Pfefferberg an der unteren Schönhauser Allee hatte sie mit ihrer Truppe einen Probenraum gemietet, in dem es weder Heizung noch eine Toilette gab, dafür aber ein paar alte DEFA-Scheinwerfer und eine Kiste Kostüme,

die sie über ihren alten Kontakt zum Berliner Ensemble organisiert hatte. „puterrot" nannten sie sich, immer kleingeschrieben, und hatten schon eine Produktion rausgebracht. Eine Tragödie, Büchners *Dantons Tod*. Sie wurde manchmal vor nur drei bis sieben unverdrossenen Zuschauern zu Ende gespielt, aber Jenny meinte:

„Dit is ejal, wie ville da unten am Ende hocken, solange man die paar würklich erreischt."

Trotzdem machte sich die Truppe Sorgen ums Überleben angesichts der niedrigen Zuschauerzahlen und hatte beschlossen, als Nächstes eine Komödie zu machen, wovon nicht alle begeistert waren, weil Komödien dem Spießer und dem Kapitalismus nur Bestätigung gäben und sie sich nicht im Winter im arschkalten und im Sommer bullenwarmen Probenraum für Kommerzkacke abrackern wollten.

Aber Jenny hatte sich durchgesetzt, mit dem Argument, dass *Lysistrata* keine Kommerzkacke sei, sondern ein Stück über Frauenbefreiung und sexuelle Revolution. Es ging darin um Frauen im alten Griechenland, die sich ihren Männern sexuell verweigerten, damit die mit dem Krieg aufhörten. Jenny machte den Vorschlag, dass sich die Schauspielerinnen für die nächsten Monate den Männern tatsächlich sexuell verweigerten, während die Männer sich in Anti-Aggression übten.

„Dit bringt uns die komische Enerjie, die wir da broochen, dadurch wird det erst richtisch komisch, man muss da ne eschte Not spüren, nur dann müssen die Leute über euch wiehern, det muss wat anderet werden als wie so 'ne Sexwitzchenparade, bei der man nur über seine eijene Verklemmung lacht!"

Die Reaktion war nicht besonders positiv gewesen, denn alle mochten Sex eigentlich gerne. Jenny hatte gut reden.

Da sie nicht mitspielte, sondern nur Regie führte (soviel zur Mitbestimmung), musste sie sich auch keine sexuelle Not erarbeiten und vergnügte sich heimlich mit dem zwanzig Jahre jüngeren Regieassistenten.

Ein paar Tage vor der Premiere war an dem Ergebnis der Proben nichts komisch, ob mit oder ohne sexuelle Not. Krise. Sie waren jetzt nicht mehr in den Proberäumen, sondern im Theater, wobei Theater ein etwas romantisierender Begriff für den abgehalfterten Saal war, in dem sie spielen sollten und in dem die Bühne zu hoch und die Bestuhlung morsch war und in dem es im Winter noch ein bisschen kälter war als im Pfefferberg und im Sommer wärmer als in der Sauna.

Sie saßen draußen zur Krisensitzung auf alten Rohrstühlen im Hof in der Sonne. Von außen betrachtet sah das alles ganz harmonisch aus, doch die Stimmung war alles andere. Obwohl es noch am Morgen war, tranken einige bereits mit Bier gegen die Krise an. Auch als Jenny darauf hinwies, dass es „wohl jetzt besser wäre, 'ne nüchterne Birne zu haben", hörten sie nicht damit auf. Alle wurden immer gereizter.

Die einen wollten die Aufführung gar nicht rausbringen, und die anderen waren der Ansicht, dass jetzt nur noch Handwerk helfen könne. Man müsse jetzt konkret „Wirkungsmechanismen" finden und „Comedyelemente" – und bei „Comedy" gingen wieder andere hoch, die keine Anglizismen wollten, weil die einen dem kommerziellen Ausverkauf auslieferten, und überhaupt war Jenny der Ansicht, dass Lachen eigentlich lediglich die Befriedigung eines billigen Bedürfnisses sei und unpolitisch und dafür sei sie bestimmt nicht hier angetreten und ihr sei egal, ob 'ne Komödie lustig sei oder nicht. Daraufhin sagte ein älterer Schauspieler, wenn eine Komödie nicht lustig sei, sei es keine Komödie. Jenny

lachte ihn aus und empfahl ihm, seine bürgerlichen Kategorien mal zu überprüfen und am besten komplett über den Haufen zu werfen.

Je länger sie darüber stritten, was komisch war und was nicht und wann das eine für den einen komisch und für den anderen nicht komisch war, weil es auf Kosten dritter komisch war, und die Biertrinker weiter Bier getrunken und sarkastische Kommentare abgegeben hatten und die auslachten, die ihnen „Ruhe auf den billigen Plätzen" zuriefen, desto lauter wurde es, und als ein junger Kollege auf einmal brüllte: „Deswegen durften wir drei Monate nicht ficken, oder was?", schrien auf einmal alle durcheinander wie bei einem umstrittenen Platzverweis im Fußball. Es kam zu Handgreiflichkeiten.

Niemand bemerkte den kleinen Hausmeister in seinem grauen Kittel, der eine Aschetonne an ihnen vorbeirollte, innehielt, sich das Ganze einen Moment ansah, den Kopf schüttelte und sagte: „Ihr seid 'ne komische Truppe." Was eben nur bedingt stimmte.

WEST

So, wie es zu Zeiten, in denen es in Europa einen kommunistischen Block gegeben hatte, im Osten den „Gulaschkommunismus" der Ungarn gegeben hatte, nannte man das System, das Dräger mit Fitzmann als relativ unabhängig von Astragon in Westberlin errichtet hatte, unter vorgehaltener Hand „Bockwurstkapitalismus". Man konnte froh sein, dass das neue System, das das alte, demokratische nahezu ersetzt hatte, mit vielem überfordert war. Es baute ganz auf die digitale Abhängigkeit seiner Bewohner, die in der überwiegenden Mehrheit dazu bereit waren, Verwahrlosung, Ghettoisierung, Ungerechtigkeit und das weitgehende Fehlen einer öffentlichen Ordnung hinzunehmen, wenn sie nur ein Smartphone hatten.

Fitzmann beherrschte den Handel, die Verwaltung, alle wirtschaftlichen Bereiche, den Devisenhandel, Sport, Unterhaltung, Kultur, soweit man sie noch so nennen konnte, einfach alles. Fitzmann versprach das Berliner Paradies auf Erden.

Statt dessen herrschte in den Straßen Tristesse, außer in denen, die man aus touristischen Gründen schön gemacht hatte, in denen die letzten zwei nicht an Motorschaden verreckten Doppeldeckerbusse auf und ab fuhren und die alten schnuckeligen Straßenlaternen noch leuchteten, unter denen man die Berliner Luft atmete, die aber nach Müll roch, nach Emissionen aus den Fabriken, nach Mopskacke und Kölnisch Wasser. Das Gelände um den alten Lehrter Bahnhof lag immer noch brach, immer noch war dessen Verwandter, der Anhalter Bahnhof, eine Ruine, in die neue Nationalgalerie war ein Fitzmann-Discounter gezogen, genauso wie in das Gebäude, in dem mal das KDW gewesen war und das immer noch so

hieß, aber nur noch äußerlich Ähnlichkeit damit hatte. Im Strandbad Wannsee watete, wer noch auf die Idee kam, baden zu gehen, durch Plastikmüll. Auf dem Luftbrückendenkmal prangte eine neonrote Fitzmann-Reklame.

Dräger malträtierte seine Bürger mit Fortsetzungen seiner alten Lieblingsfernsehserien, von *Bonanza*, wonach eine Burgerbratereikette benannt war, bis zu *Drei Damen vom Grill*, von dem es unter dem Namen Fitzmanns Damen vom Grill unzählige Versionen an jeder dritten Ecke gab.

Berliner Humor war jetzt praktisch verordnet. Edith Hancke und Wolfgang Gruner faselten in ihrem meckernden Berlinstaccato aus Lautsprechern an nahezu jeder Straßenecke, die Gebrüder Blattschuss sangen immer noch, dass Kreuzberger Nächte lang sind, trugen aber jetzt kurze Haare und Krawatte, und ihre dicken Finger trafen die Töne auf dem Griffbrett der Ukulele nicht mehr. Inge Meysel warb immer noch auf einem der Fitzmann-Plakate mit Kapotthut und Handtasche für Fitzmann-Filterkaffee, obwohl sie schon lange tot war.

Eine Zeitlang hatte ein anonymer Sprayer in seiner Verzweiflung „Berlin ohne Berliner!" auf alle möglichen Wände gesprüht, es hieß, er sei wegen Sachbeschädigung und Volksverhetzung in Fitzmanns Produktionsmühlen in Tempelhof verschwunden.

Der Zuzug der türkischen Gastarbeiter ab den Sechzigerjahren, der die Stadt belebt hatte, wurde von Fitzmann gänzlich gestoppt, und wenn Westberlin einmal die größte türkische Stadt außerhalb der Türkei gewesen war, gab es jetzt nur noch vereinzelt ein paar Familien, die freiwillig geblieben waren. Allen anderen war das strenge muslimische Regime, das zu Hause herrschte, immer noch lieber als der Bockwurst-

kapitalismus von Fitzmann. Viele waren wahrscheinlich auch einfach vor der schrecklichen Musik geflohen.

Westberlin war endlich wieder Westberlin, so wie die Westberliner sich das angeblich immer gewünscht hatten. Sie konnten sich endlich wieder mit dem beschäftigen, was sie mochten, mit Skat, Swimmingpools, Partykellern, Sparclubs, Dackeln und Möpsen, Molle mit Korn, Kaffeeklatsch, Schrippen, Spätis und Schrebergärten. Sie liefen mit fettigen Haaren in Fitzmann-Jogginganzügen über die Straße oder saßen auf Parkbänken und balancierten Bierdosen und Pizzakartons auf dem Bauch.

Alte Damen saßen im Café Kranzler, das nur noch so hieß und natürlich lange zu Fitzmann gehörte, und aßen Cremetorte aus künstlicher Sahne, wobei sie den Hut aufbehielten, während am Nebentisch bei Kaffee und Cognac die Preisabsprachen im Baugewerbe konkretisiert wurden, die man am Abend vorher in den spießigen Sündenbabeln, dem Kleistcasino oder Red Rose, bei einem Herrengedeck vereinbart hatte. Man hatte den Eindruck, als habe Fitzmann die Stadt zurück in die frühen Sechziger katapultiert. Alles auf Anfang.

OST

Die Touristen, die sich auf eigene Faust und auf verschiedenen Wegen in den wilden Osten aufmachten, stolperten dort über desolate Gehwege mit betonierten Straßenlaternen durch eine wundersame Stadt. Alles war bunt und verfallen, neben den seltsamen motorisierten Vehikeln gab es hier und da noch Pferdewagen, Kohlenhändler mit schmutzigen Gesichtern fuhren ihre Ware aus. Eine Stalinstatue, fünf Meter hoch, hatte die Hand ins Jackett gesteckt, auf das jemand „Wanna buy some dope?" geschrieben hatte.

Sie konnten der symbolischen Wachablösung am alten Reichstag beiwohnen, bei der einmal am Tag ein Hippie einen Sowjetsoldaten ablöste, Letzterer grüßte zackig, während der Hippie einen Joint schwenkte und das Peace-Zeichen machte.

Mit Euro war man in Ostberlin König, konnte billig einkaufen, essen, und vor allem billig trinken, auch wenn es in der Regel nur ein Bier namens Petro-Hell gab, von dem man Kopfschmerzen bekam.

Der aufgeschlossene Individualtourist erlebte eine Stadt, in der es zwar keinen Besitz, aber auch keine Instandsetzung, zwar eine Eigentums-, aber keine Verkehrskontrolle mehr gab.

Noch immer hatten viele kein Telefon, was für die Gemeinschaft wichtig war, wurde auf Plakaten bekannt gegeben, Privates auf Schreibblöcken ausgetauscht, die man für die, die keinen antrafen, an die Wohnungstür geheftet hatte. Die Kranken wurden nach wie vor in Ambulatorien behandelt, in denen die Wartezeiten aufgrund der dünnen Personaldecke allerdings lang waren. Die Schüler lernten in

demokratischen Einheitsschulen, in denen darauf geachtet wurde, dass auch die Schwächsten mitkamen, wodurch die Besten zu wenig Fortschritte machten.

OST

Schon bei den Einsätzen mit der AKA7 war Mario dadurch aufgefallen, dass er Sekunden, bevor es losging, noch in einem Buch las. Wenn der Countdown für den Angriff runtergezählt wurde, legte er bei drei das Buch weg und bei „Los!" war er voll da. Die anderen hatten immer versucht, sich zu konzentrieren, hatten zur Decke gestarrt oder die Augen geschlossen und waren alles nochmal durchgegangen, Mario las still in seinem Buch. Er sprach überhaupt sehr wenig, doch das war für jemanden aus Vorpommern nicht ungewöhnlich, fiel in Berlin aber mehr auf als zu Hause. Jetzt war er einer von den „Fleißigen Handwerkern" geworden. Notgedrungen, nachdem seine Tätigkeit bei der AKA7 auf unbestimmte Zeit auf Eis gelegt worden war, fehlte Mario eine Aufgabe. Vielleicht mehr noch eine Ablenkung statt einer Aufgabe.

Er versuchte, Jenny zu vergessen. Dass sie sich von ihm getrennt hatte, war schwer zu verdauen. Nach wie vor. Jenny war sicher für viele Menschen anstrengend, für Mario aber war ihr Daueraktivmodus wie eine Belebung seines Phlegmas gewesen. Er hatte sich mit ihr so gefühlt, als ob im ordentlich aufgeräumten Zimmer seines Kopfes plötzlich jemand zu singen und zu tanzen angefangen hatte. Umgekehrt hatte er gedacht, dass sein ruhiges Temperament ihr vielleicht ganz guttun würde, und wahrscheinlich war das auch eine Zeit lang so gewesen. In seinen Augen hatte die Beziehung gut funktioniert, aber mit der Zeit hatte Jenny ihm immer mehr Vorwürfe gemacht, er zeige zu wenig Emotionen, zu wenig Mitgefühl, zu wenig Empathie. Seinem Bauchgefühl nachzugeben und nicht nur immer mit dem Kopf zu entscheiden, hatte Jenny öfters von ihm verlangt, und Mario hatte nicht

genau gewusst, was das sein solle, ein Bauchgefühl, außer, wenn er Hunger hatte. Jetzt wusste er es. Es musste das sein, was ihm immer wieder sagte, dass er Jenny liebte und wogegen sein Kopf nicht ankam.

Dann war da noch die Tochter, die sie gemeinsam hatten, aber als Karen zur Welt kam, hatte sich Jenny bereits von ihm getrennt gehabt. In der Zeit, bevor sie in die Obhut von Danner und Mechthild kam, hatte er immer wieder Versuche gemacht, sie öfter zu sehen, als Jenny es zuließ. Die Versuche waren gescheitert, das Gegenteil war eingetreten: Er hatte keinen Kontakt mehr zu Karen. Mario hatte genügend Gründe, sich abzulenken.

Er ging dazu fast jeden Abend in den Musenkeller, um Musik zu hören, einfach nur da zu sitzen und sich vollzudröhnen.

Mario hatte Musik schon immer gemocht, er hatte bei der Armee Akkordeon im Orchester gespielt und liebte den Musenkeller, eine nahezu weltweite Berühmtheit in der Oderberger Straße im Prenzlauer Berg. Im Winter unten im Keller, im Sommer im wild bewachsenen Hof mit seinem kleinen selbstgemauerten Amphitheater, wo es Petro-Hell und Kartoffelschnaps gab und manchmal Soleier oder Salzgurken, je nachdem, was gerade da war, und für die Musiker frei Saufen und eine Mahlzeit.

Das Besondere am Musenkeller waren die Konzerte. Oder besser gesagt, *das* Konzert. Denn im Musenkeller, der rund um die Uhr geöffnet war, war immer Livemusik. Immer und ununterbrochen.

Das Prinzip war, dass ständig jemand spielte, dass sich die Musiker sozusagen den musikalischen Staffelstab weiterreichten, sich laufend ablösten, ersetzten oder abwechselten.

Manchmal, vor allem tagsüber, konnte es vorkommen, dass nur einer spielte. Das war die Stunde der Amateure, am Abend wurde es illustrer und vor allem voller, es kamen andere, professionelle Musiker, gaben ihre Konzerte, mischten sich später mit weiteren Musikern und improvisierten zusammen.

Das Wunder war, dass es funktionierte, ohne dass es jemand besonders organisieren musste, ein Umstand, um den man vielerorts in der schusseligen Enklave den Musenkeller beneidete.

Der Urheber und Erfinder des Projektes war Sam Rahner, schon zu DDR-Zeiten eine bekannte Jazzgröße. Er war meistens abends da, versuchte, am Klavier die Musik zu ordnen, sanft Richtungen vorzugeben, wenn es keine gab, oder sie zu verändern, wenn sie zu lange eingehalten wurden. Besonders die Jazzmusiker brachen relativ schnell mit musikalischen Formen und improvisierten drauflos. Oft endlos, was die einen Zuhörer überforderte und andere in einen musikalischen Sog zog, der sie förmlich zu Jüngern dieses oder jenes Solisten werden ließ, indem sie den musikalischen Reisen ihres Idols wie in Trance folgten, Soli von dreißig bis vierzig Minuten ertrugen und zuweilen sogar Geld auf die Bühne warfen, damit der verehrte Musiker weiterspielte.

Dann wieder verwandelte sich die Musik in ein lautes Rockkonzert, zu dem getanzt und gegrölt wurde, oder in Folkdarbietungen, wobei quer durch die Welt des Protestliedes gereist und gesungen wurde. Ungefähr gegen Mitternacht vermischte sich alles dann zu einer großen Weltmusik, einer einzigartigen Mischung aller Stile, die es so nur im Musenkeller in der Oderberger Straße in der Enklave Berlin gab. Immer wieder entstand dabei etwas Einzigartiges, nie vorher und nie mehr danach Gehörtes. Um dieses Einzigartige zu

erleben, kamen die Besucher aus dem Osten wie aus dem Westen.

Über allem thronte Sam Rahner mit seinem Zylinder und seinem kaftanähnlichen Gewand, stieg schon mal aufs Klavier, um von da zu dirigieren oder verbindliche musikalische Zeichen zu geben, ruderte wild mit den Armen oder blies in eine Trillerpfeife wie ein Fußballtrainer, sprang dann, ein Ritual, für den Schlussakkord vom Klavier halsbrecherisch auf den Boden, und die Musik verstummte kurz, man hörte nur den Jubel der völlig berauschten Zuhörer, dann fing sie verhalten wieder an, damit das endlose Konzert endlos blieb. Und das war es mittlerweile schon seit über 15 Jahren.

Über ein Jahr lang war Mario nahezu jeden Abend im Musenkeller gewesen. Der Rausch der Musik steigerte seinen eigenen Rausch, oft saß er stundenlang da, mit geschlossenen Augen den kollektiven Improvisationen lauschend und langsam den Kopf bewegend. Und mit der Zeit verstand er auch die Jazzmusiker, mit denen er anfangs nicht viel anzufangen gewusst hatte.

Besonders ein junger Saxofonist hatte es ihm angetan, Christian Langer, der mit seinem unverwechselbaren luftigen Ton lange, leidenschaftliche Soli blies und sein Publikum immer wieder mit neuen musikalischen Ideen begeisterte. Langer spielte manchmal so ausgiebig, dass Sam Rahner anfing, ihm Zeichen zu geben, langsam zum Ende zu kommen, damit andere an die Reihe kommen konnten, die aber dann nie so gut waren wie er und es deshalb schwer hatten. Er ging dann oft mit seinem Instrument spielend von der Bühne, konnte nicht aufhören, verließ den Keller, ging spielend durch die Hinterhöfe und auf die Straße, wo er immer weiterspielte.

Eines Abends folgte ihm Mario dorthin, stellte sich ein paar Meter hinter ihm an die Hauswand, drehte sich eine Zigarette, stieß den Rauch in den Berliner Nachtluft und ließ sich von Langers Spiel in Gedanken treiben. Sie trugen ihn weg von dort, wo er gerade war, weg von Berlin, weg von seinem unbefriedigenden Nichtstun, und, das wurde ihm schlagartig klar, weg von Jenny. Plötzlich fiel ihm auf, dass er den ganzen Abend nicht an sie gedacht hatte. Das Bauchgefühl, das ihm bis heute Abend permanent gesagt hatte, dass er Jenny Rehwig liebte, war weg. Endlich. Die Musik schien es vertrieben zu haben.

Mario hörte auf, in den Musenkeller zu gehen, und begegnete deshalb auch seiner Tochter dort nicht. Das Ende der Leidenszeit hatte Kräfte in ihm geweckt. Jetzt fragte er sich nur, wohin damit. Und so war er ein „Fleißiger Handwerker" geworden.

OST

Genug Wohnungen gab es in der Enklave, das war nicht das Problem. Das Problem war eher die Bewohnbarkeit. Es hatte mal ein Wohnungsprogramm gegeben mit dem Ziel, alle Häuser bis zum Jahr 2000 zu renovieren. Menschen, die die DDR noch erlebt hatten, nannten es scherzhaft „Alle Dächer dicht 2.0", in Anspielung auf das, was die SED-Führung in den Achtzigern vorgehabt und nie erreicht hatte. Damals waren aus dem ganzen Land Arbeitskolonnen nach Berlin abgezogen worden, um die Stadt für die anstehende 750-Jahr-Feier Berlins zumindest nach außen hin ansehnlich zu machen. Beide Kampagnen waren gescheitert. Ostberlins Häuser waren jetzt zwar überwiegend bunt, aber immer noch überwiegend marode.

Als Überbleibsel des gescheiterten Wohnprogramms der demokratischen Führung waren, sozusagen als Trost, die „Fleißigen Handwerker" geblieben, auf Kosten der demokratischen Leitung arbeitende Maurer, Installateure und Elektriker in einer Person, Allroundhandwerker sozusagen, deren Qualifikation sehr unterschiedlich war. Nicht jeder Maurer war auch ein guter Zimmermann und umgekehrt, aber alle wagten sich an alles. Da es nach wie vor nur wenige Telefone gab, musste man, wenn man den Dienst eines solchen Fleißigen Handwerkers bei anfallenden Reparaturen brauchte, dessen Wohnung aufsuchen und dort Formulare mit Adresse, Beschreibung der auszuführenden Arbeiten und Terminwunsch in einen Briefkasten werfen. Bei Letzterem kreuzte man am besten immer „sofort" an, weil es dann sowieso noch Monate dauerte, bis der Fleißige Handwerker kam. Aber das war besser als nichts. Mit kleinen Aufmerksamkeiten, am besten

Westgeld, das man hinten an das Formular heftete, konnte die Wartezeit verkürzt werden. Wenn man für zusätzliche Leistungen mit Naturalien wie Alkohol, selbst angebautem Gemüse, einem Kistchen selbst gemachter Marmelade oder Selbstgeschlachtetem winkte, wurde die Arbeit gewissenhafter ausgeführt.

Selbstgeschlachtetes gab es, weil viele Tiere hielten, in den Hinterhöfen, Kellern, Schrebergärten, zuweilen in den städtischen Parks. Wenn es kaum Fleisch zu kaufen gab, musste man sich eben anders helfen. Schweine hatten ihre Ställe in Kellern an vielen Orten im Prenzlauer Berg, sie wurden über eine Stiege durch vergrößerte Kellerfenster auf den Hof gelassen, Hühner liefen frei herum, und an vielen Häusern sah man Schilder mit der Aufschrift „Frei laufende Tiere! Bitte Haustür schließen!". Die Kinder wuchsen mit den Tieren auf, spielten mit ihnen, und wenn welche verschwanden, wurde ihnen gesagt, sie seien gestorben. Karen begriff erst mit zwölf, dass das, was auf ihrem Teller war, manchmal ein paar Tage vorher noch über den Hof gelaufen war.

Als sie zum ersten Mal in den Musenkeller kam, war Mario schon zwei Jahre nicht mehr da gewesen. Es war früher Abend, auf der Bühne mühte sich ein einzelner Sänger ab, der sich mit Ole Steiner vorstellte und selbstgemachte Lieder auf einer verstimmten Gitarre zum Besten gab, nicht gerade ein Höhepunkt im endlosen Konzert.

Karen holte sich ein Bier, mit Grauen stellte sie fest, dass es nur Petro-Hell gab. Sie war verabredet. Sie hatte Markus20 mit dem Pandafoto gestanden, dass sie aus dem Osten war, und der hatte erfreulich positiv reagiert und vorgeschlagen,

in den Osten zu kommen, ein Treffen im Musenkeller, da hätte er sowieso schon immer mal hingewollt, war ja berühmt, der Laden.

Für Karen sah Markus20 immer noch aus wie ein Panda, und sie war gespannt, wer er in Wirklichkeit war. Wenn nur dieser Sänger aufhören würde. Jetzt sang er was mit dem sich ständig wiederholenden Refrain „Alle Zeit der Welt, wir brauchen keine Regeln und wir brauchen auch kein Geld", die übliche Ostleier vom freien Leben, Karen konnte es nicht mehr hören.

Links neben der Bühne saß ein Typ mit umgekehrter Baseballkappe und Sonnenbrille, und was man darunter erkennen konnte, gefiel Karen. Sie sah ihn ab und zu an, konnte aber nicht sagen, ob er sie auch ansah unter seinen Sonnenbrillengläsern. Sie trank noch einen Schluck Petro-Hell, bei dem sie sich leicht schütteln musste, und sah wieder hin. Sie hätten ein Zeichen ausmachen sollen, dachte sie sich, und plötzlich nahm die Baseballcap die Sonnenbrille ab, zwinkerte ihr zu, und da wusste sie, dass er es war.

Karen zwinkerte zurück. Markus20 stand auf und kam auf sie zu. Sie lächelte ihn unsicher an.

„Du musst Karen sein", sagte er, aber der Gesang und die schlecht gestimmte Gitarre waren zu laut, als dass sie ihn verstehen konnte. Karen machte ein fragendes Gesicht.

„DU MUSST KAREN SEIN!", rief er ihr daraufhin etwas zu laut ins Ohr.

„JA!", brüllte Karen zurück. Weil sie nicht weiterwussten, guckten sie auf die Bühne. Dann sahen sie sich wieder an, und jetzt lächelten beide. Markus20 deutete mit dem Kopf hinter sich und sie gingen an einen der Tische weiter hinten, wo es um diese Zeit noch Platz gab und leiser war.

„Ich heiße übrigens Markus, also ohne die 20", sagte Markus.

„Hallo, Markus ohne die 20", sagte Karen strahlend. Ihre Unsicherheit war wie weggeblasen. Markus lachte.

Ole Steiner verschwand mitsamt seiner verstimmten Gitarre und seinen Songs, von denen er noch eine Zugabe angeboten, aber nicht bekommen hatte, von der Bühne. Da spielte jetzt eine Punkband, die dieselben Texte wie Ole, nur mit anderer Musik zu singen schien, und zwar so laut, dass sie wieder Probleme hatten, sich zu verstehen. Es war aber nicht so wichtig, was Markus sagte, solange Karen seine blauen Augen sehen konnte, was ihm bald unangenehm war, woraufhin er kokett seine Sonnenbrille wieder aufsetzte, eine Ray Ban, im Osten so gut wie nicht zu bekommen.

Später, als sie sich zum ersten Mal küssten, war dann Sam Rahner da und begleitete sie dabei mit einer elegischen Melodie, die sich steigerte, bis alle, die mittlerweile auf der Bühne waren, ihr Bestes gaben und sich Karen und Markus so fühlten, als würde die Musik nur für sie gespielt.

Später in der Nacht wanderten sie Arm in Arm ziellos durch Ostberlin, Karen zeigte Markus die Stadt, die sie so hasste, die für ihn aber faszinierend war, das beteuerte er immer wieder. Sie landeten an der großen Brache am Potsdamer Platz, die ebenfalls von Gras bewachsen war und dessen Blüten man bis auf die Westseite riechen konnte, standen lange am Kanal und blickten in das brackige Wasser. Dann saßen sie in der Morgensonne an einen Betonbrocken gelehnt, Karens Kopf in Markus' Schoß, und in diesem Moment entstand der Gedanke, dass Karen mit Markus in den Westen gehen könnte.

WEST

Rademacher besuchte ihre Eltern nur noch selten. Nicht nur, weil sie dabei Gefahr lief, entdeckt und verhaftet zu werden, sondern auch, weil ihr schon der Gedanke an deren überheizte Wohnung zuwider war. Aber gelegentlich fuhr sie doch nach Gropiusstadt, was wegen der schlechten Verkehrsbedingungen gar nicht so einfach war. Die letzten zwei Kilometer bis zu dem Wohnblock, in dem sie aufgewachsen war, musste sie zu Fuß zurücklegen, was sie wie gewohnt im Lauftempo tat.

Sie lief, seit sie sieben war, und hätte es zu einer guten Leichtathletin gebracht, wenn sie nicht bereits mit 14 allem, was mit ihrer Herkunft und damit auch dem Sportverein zu tun hatte, den Rücken gekehrt hätte.

Jetzt stand sie vor der Tür mit dem riesigen Klingelschild, auf dem ungefähr 100 Klingelknöpfe waren, und erinnerte sich daran, dass das erste Wort, das sie lesen konnte, ihr Familienname gewesen war.

Rademacher. So nannten sie alle. Ihr Vorname war Susanne, aber den kannte kaum jemand. Ihre Eltern nannten sie Susanne, oder, was sie noch schlimmer war, Suse. Und sie wollte nicht so genannt werden, wie ihre Eltern sie nannten.

Rademacher drückte den Rademacher-Klingelknopf, und während sie wartete, dass sich die Tür öffnete (die Gegensprechanlage war lange kaputt), sah sie sich vorsichtig um, die Kapuze ihres Anoraks ins Gesicht gezogen. Nein, da war keiner, der sie beobachtete. Der Türöffner surrte, sie drückte die Tür auf und lief die zwölf Treppen im Laufschritt hinauf. Selbst wenn der Aufzug in Betrieb gewesen wäre, hätte sie ihn nicht benutzt.

Dann stand sie vor ihrer Mutter, die wie immer ihre hellblaue Kittelschürze trug, Rademacher fragte sich manchmal, ob sie wohl darin geboren worden war.

„Ach, du bist's, Suse", sagte ihre Mutter, und es klang so, als habe sie eigentlich auf den Postboten gewartet und nur ihre Tochter wäre gekommen. Wenn da irgend so etwas wie Freude war, konnte sie sie gut verbergen.

Rademacher war genau so kühl wie ihre Mutter, auch wenn sie sich jede sonstige Ähnlichkeit mit ihr verbat. Und sie war auch so hübsch wie sie. Letzteres war Rademacher egal, aber die Kühle, die sie geerbt hatte, war für sie ein Problem. Oft kam sie härter rüber, als sie es meinte, und jedes Mal, wenn das passierte, ärgerte sie sich darüber.

Frau Rademacher ließ ihre Tochter eintreten und schloss die Wohnungstür von innen ab. Die Wärme und der laute Ton des Fernsehers schlugen ihr entgegen, vor dem ihr Vater in seinem Sessel saß und das Fitzmann-Standardprogramm über sich dröhnen ließ. Als er seine Tochter sah, winkte er ihr freundlich zu, sah dann aber gleich wieder auf den Fernseher.

„Entschuldige, aber gerade läuft *Der Hauptmann von Köpenick*, eine schöne alte Verfilmung mit Rudolf Platte, da wird es gerade spannend, weil, der Hauptmann ist gerade in dem Amt angekommen und ..."

Rademacher hatte keine Ahnung, wer Rudolf Platte war, den *Hauptmann von Köpenick* kannte sie aber, als Zwölfjährige hatten ihre Eltern sie in ein Freilichtaufführung des Stücks geschleppt, mit Marschmusik und preußischen Uniformen, und Rademacher hatte die Musik und auch die Uniformen schrecklich gefunden und das aufgesetzte Berlinern, auch wenn ihr die Geschichte gefallen hatte von dem aus dem Gefängnis entlassenen Schuster, der keine Papiere besaß und

sich in einer Offiziersuniform welche besorgt hatte. Sie hatte Mitleid mit dem Mann gehabt, während alle um sie herum offensichtlich die Uniformen und die Militärmusik mehr mochten, die in Rademachers Ohren nach Gehorsam und Unterordnung klang.

Aber von dem allen sagte sie nichts zu ihrem Vater. Stattdessen sagte sie:

„Ist doch schön, *Der Hauptmann von Köpenick.*"

Aber ihr Vater hörte schon nicht mehr hin. Also ging sie zu ihrer Mutter in die Küche.

„Hast du Hunger?", fragte sie, und Rademacher antwortete nicht, sondern holte drei Teller aus dem alten Küchenschrank und Besteck und drei Gläser und deckte den Tisch, wie sie es als Kind hunderte Male gemacht hatte, und später saßen sie und aßen Königsberger Klopse aus dem Fitzmann-Kühlregal und hatten sich nichts zu sagen.

Warum komme ich immer wieder her, fragte sich Rademacher dabei. Und warum kann ich diese Alltäglichkeit, die doch etwas Beruhigendes haben könnte, warum kann ich die nicht genießen und einfach einen Abend entspannen und den *Hauptmann von Köpenick* gucken und in meinem alten Zimmer übernachten und morgen früh wieder gehen, ausgeschlafen und satt und vielleicht sogar zufrieden? Weil es einfach nicht geht. Weil ich es nicht ertragen kann, weil ich die Gleichgültigkeit nicht ertragen kann, weil die Gemütlichkeit so falsch ist wie die Klopse, die von Fitzmann kommen, nicht mal selber gekocht wird hier mehr, weil es praktischer ist, Fertiggerichte zu essen, weil sie den Unterschied nicht mehr schmecken, weder den zwischen echten und falschen Klopsen noch den zwischen dem echten und dem falschen Leben. Während sie schwiegen und aßen, drehten sich diese

Gedanken in ihrem Kopf. Sie drehten sich, bis sie es nicht mehr aushielt und sich aufs Klo verzog und ihr Gesicht kalt abwusch und in den Spiegel schaute und in ihrem Gesicht wieder mal das ihrer Mutter entdeckte, woraufhin sie im Flur hastig ihre Jacke von der Garderobe fischte, die Haustür aufschloss und weglief. Kurz vor der Treppe hörte sie ihre Mutter rufen.

„Suse? Soll ich dir was von dem Essen einpacken?"

Nein. Bitte nicht, sagte Rademacher für sich und nahm beim Runterlaufen zwei Stufen auf einmal.

Unten angekommen, lief sie weiter, bloß weg von hier. Schnell wieder dahin, wo sie hingehörte. Während sie rannte, überschlugen sich die Erinnerungen in ihrem Kopf.

Als junges Mädchen hatte sie von der sogenannten RAF in der Bundesrepublik der Siebziger gehört und begonnen, ihre Mitglieder wie Helden zu verehren. Sie hatte unter der Bettdecke alles über sie gelesen, was sie in die Finger kriegen konnte. Sie hatte Bilder von ihnen in ihrem Zimmer hängen, so wie andere welche von Popstars oder Fußballern an den Wänden hatten. Ihre Eltern hatten keinen Schimmer, wer das war. Auf ihren morgendlichen Waldläufen stellte sie sich vor, wie sie als RAF-Terroristin von der Polizei verfolgt wurde, und wenn sie sich unbeobachtet fühlte, tat sie sogar manchmal so, als sei sie in einen Schusswechsel mit den Scheißbullen geraten, wie sie sie nannte, und würde mehrere von ihnen kaltblütig abknallen.

In der Schule versuchte sie, andere für sich und den politischen Kampf zu gewinnen, zu dem sie sich nach der Lektüre der Schriften der großen Revolutionäre entschlossen hatte, und tatsächlich fand sie ein paar, mit denen sie gemeinsam im Wald Terrorist spielen konnte, sie nannten sich gegenseitig

bei den Namen ihrer Vorbilder, Baader, Ensslin, Meinhof oder Raspe, und taten gelegentlich auf dem Pausenhof so, als würden sie gesucht, und gaben sich verstohlene Zeichen und hielten konspirative Sitzungen in Partykellern ab. Ein Spiel, das allen Spaß machte, von dem sie sich aber zu Schulzeiten nicht träumen ließen, dass es mal Ernst werden würde.

Je älter Rademacher wurde, desto mehr verstand sie, dass der Kampf und das Morden der RAF, über das sie so viel gelesen hatte, zu ihrer Zeit sinnlos gewesen war und dass der Grund dafür der Feind gewesen war, die Wohlstandsgesellschaft der späten Sechzigerjahre, die man aber angesichts zweistelliger Zuwachsraten unmöglich für eine Revolution hatte gewinnen können. Die Menschen machten überhaupt keine Anstalten, etwas an einem System zu ändern, in dem sie wie im Schlaraffenland lebten. Es war, als wollte man Frischverliebte daran hindern, Sex zu haben.

Aber heute war alles anders. Jetzt war mit Fitzmann ein Feind am Ruder, der hassenswert war und den man in seiner Verabscheuungswürdigkeit tatsächlich vorführen konnte, ein eindeutiger, identifizierbarer Feind mit einem Mann an der Spitze, auf dessen Konterfei sie in ihrem Zimmer zuweilen leidenschaftlich mit Wurfpfeilen zielte: Karlheinz Dräger, dessen Bekämpfung Sinn machte, wenn nicht sogar Erfolg versprach.

Als Rademacher zwanzig war, machte sie den Sprung in die Illegalität. Eigentlich war sie nicht wirklich gesprungen, sondern eher geschubst worden. Einige von denen, die damals in der Schule mitgespielt hatten, waren dabeigeblieben, andere traf sie in verschiedenen linken Gruppierungen, mit denen sie sich gegen die Auswüchse des Fitzmann-Kapitalismus zu wehren versuchte, und auf Demos, die damals noch üblich

waren. Als ihr auffiel, dass auch da viel geredet und wenig gehandelt wurde, beschloss sie endgültig, aktiv zu werden. Sie gründete ihre eigene Truppe. In nächtlichen Aktionen fingen sie an, Parolen auf Hauswände zu sprühen, Flugblätter zu werfen und das eine oder andere Auto zu demolieren.

Bei einer dieser Gelegenheiten wurden sie von Fitzmann-Kameras gefilmt und identifiziert, und keiner von ihnen würde jemals den Morgen vergessen, an dem sie auf Plakaten und in den Nachrichten und Berichten der Fitzmann-Medien zur Fahndung ausgerufen wurden und auf ihre Ergreifung Belohnungen ausgesetzt waren. Sie waren keine drei Wochen kriminell gewesen und schon mussten sie untertauchen.

An all das dachte Rademacher jetzt und lief weiter, die ganzen zehn Kilometer bis in den Wedding, ohne anzuhalten. Als sie angekommen war, ging es ihr besser.

WEST

Als Karen aufwachte, war es um sie herum hell, obwohl die Jalousien heruntergelassen waren, konnte sie ahnen, dass sich dahinter ein sonniger Tag verbarg. Markus lag neben ihr und schlief, sie betrachtete seine Schultern von hinten und konnte sich plötzlich nicht mehr erinnern, wie er von vorne aussah, sie schloss die Augen und versuchte, sich sein Gesicht vorzustellen, aber sie kam nicht drauf, und das belustigte sie, wie sie da Gesichter durch ihren Kopf rattern ließ, die alle nicht zu Markus passten, und dann konnte sie es nicht mehr aushalten und beugte sich schnell über ihn und sah ihn an, wie er da schlief, und er sah ganz anders aus, als sie es sich kurz vorher vorgestellt hatte. Noch besser.

Ihre erste Nacht mit einem Mann. Sie roch ihn an sich, auch noch, als sie schon aufgestanden war und die Jalousien heraufgelassen hatte mit dieser kleinen Zauberfernbedienung, die Markus ihr dafür gezeigt hatte, und am Esstisch saß, ein T-Shirt übergezogen, und aus der großen Glasfront auf Berlin blickte, vom Westen in den Osten, zum ersten Mal so rum in ihrem Leben.

Sie waren am Abend vorher in einem Auto geflohen, Markus am Steuer, sie hinten im Gepäckraum, der nur von einer Klappe gegen die Sicht geschützt war, in großer Angst, dass die Grenzüberquerung nicht so einfach sein würde, wie Markus es immer wieder beteuert hatte. Aber sie waren weder kontrolliert noch angehalten worden und dann durch das nächtliche Kreuzberg gefahren, alles wie im Traum für Karen. Der Westen, nach dem sie sich so lange gesehnt hatte, der aber nicht so gut aussah, wie sie ihn sich vorgestellt hatte.

Kaum waren sie aus dem neuen Berlin am Potsdamer Platz raus und Richtung Kreuzberg unterwegs gewesen, war ihr die Verwahrlosung aufgefallen. Unter der U-Bahn-Trasse entlang der Skalitzer Straße hatte sie Menschen gesehen, die dort offensichtlich wohnten, vereinzelt Zelte, kleine Feuer, um die herum Grüppchen saßen, Frauen mit Kindern und Schlafsacklandschaften gesehen, trinkende Männer, die auf Smartphones starrten und deren Gesichter dadurch gespenstisch beleuchtet wurden. ‚Gestrandete‘ hatte Markus sie genannt.

Nachdem sie das Auto in einer Tiefgarage geparkt hatten, waren sie mit einem Aufzug bis in den 13. Stock gefahren, Karen hatte Angst gehabt, weil es in der Enklave gefährlich war, mit Aufzügen zu fahren, die regelmäßig stecken blieben, zum Glück gab es nicht so viele davon. Dieser hier war wie eine Weltraumkapsel lautlos in die Höhe geschwebt, zu einer Wohnung, die Karen vorgekommen war wie aus einem Science-Fiction-Film, obwohl sie noch nie einen gesehen hatte. Von der unteren Ebene, auf der sich neben Räumen, die verschlossen waren, das Bad befand, waren sie über eine Wendeltreppe in einen offenen Wohnbereich gekommen, bestimmt 100 Quadratmeter groß und rundherum verglast, eine 180-Grad-Ansicht von Berlin, ein Berlin-Karussell sozusagen. Wenn man sich auf dem Bett in der Mitte des Raumes um sich selber drehte, flog Berlin förmlich an einem vorbei. In diesem Bett hatte Karen mit Markus die Nacht verbracht und sich dabei gefühlt wie der Mittelpunkt einer Welt, die sie nicht kannte, in der sie aber bereits jetzt eine Prinzessin zu sein schien.

Allerdings eine mit Kopfschmerzen. Unten im Bad fand sie in einem Designerbadezimmerschrank Astrogin, die Kopfschmerztablette, die es hin und wieder auch in der Enklave

gab, nahm eine davon, ging wieder hoch und war entschlossen, Kaffee zu machen. Nur konnte sie nicht sagen, welche der vielen kleinen chromblitzenden Küchengeräte, die sie in den Schränken fand, man dazu benutzte. Als sie sich entschloss, einfach Wasser in einem Topf auf dem Herd heiß zu machen und den Kaffee aufzugießen, fand sie kein Kaffeepulver. Sie stellte sich sogar auf einen Stuhl, um in den oberen Schränken nachzusehen, und fuhr plötzlich herum, weil sie ein Geräusch hörte. Markus stand auf der anderen Seite, und neben ihm ergoss sich ein Strahl Kaffee in eine Tasse, scheinbar von oben aus dem Schrank kommend. Markus reichte Karen die Tasse, drückte einen Knopf auf dem Schrank, den Karen nicht gesehen hatte, und eine zweite Tasse füllte sich mit Kaffee.

Sie saßen am Tisch, als sie sich endlich traute, Markus zu fragen, wie um alles in der Welt er an so eine Wohnung kam.

„Ist nicht meine, die gehört meinem Vater", war seine Antwort, und dann betonte er, dass ihm so eine Wohnung nicht viel bedeute und er versuche, sich möglichst weit fernzuhalten von seinem Vater, das sei relativ leicht, weil der sowieso immer arbeite, und dass er eigentlich woanders wohne. Er sprach sogar öfter von Hausen als von Wohnen, und nur in Sonderfällen sei er hier und sie sei eindeutig ein Sonderfall, und dabei sah er sie wieder mit diesem Blick an, den sie von Anfang an gemocht hatte.

„Das hier ist ansonsten nicht meine Welt, verstehst du? Ich bin zwar in ihr aufgewachsen, aber ich gehöre mittlerweile woanders hin. Ich bin auf der anderen Seite des Systems, verstehst du? Und ich würde dich gerne mit denen bekannt machen, die dort auch stehen."

„Klar, wenn du meinst, kein Problem", meinte Karen, aber ihr gefiel nicht, dass Markus gesagt hatte, er stünde auf

der anderen Seite des Systems. Wo war die, wenn nicht da, wo sie herkam?

„Was macht dein Vater eigentlich?", fragte sie beim Rausgehen.

„Glaub mir bitte, dass es besser ist, wenn du das nicht weißt", antwortete er.

Sie fuhren U-Bahn, die Bahnhöfe alle moderner als im Osten, aber dreckiger, auf den Monitoren in den Waggons liefen in Endlosschleife Berlin-Videos, in denen Berliner Bären zu Marschmusik Fähnchen mit Berliner Bären schwangen und durch Straßen tanzten, die aussahen, als würde jeden Moment Kaiser Wilhelm in der offenen Kutsche um die Ecke biegen.

Sie kreuzten den Osten im Untergrund, fuhren durch Ost-Geisterbahnhöfe, die von der Enklave mit Kunst und Agitation gestaltet waren, an Plakatierungen mit Appellen zu Gewaltlosigkeit oder selbstbestimmtem Leben, an antikapitalistischen Parolen, die sich über die gesamte Länge des Bahnhofs zogen und im Vorbeifahren fließend lesbar waren, dazu naive Darstellungen des unbeschwerten Lebens in der Enklave, das übliche Hippie-Rasta-Gemale, Karen kannte es zur Genüge.

Je voller der Wagen wurde, desto stärker mischte sich unter die Klänge des Hazy Osterwald Quintetts oder in den stampfenden Rhythmus des *Badenweiler Marsches* das Schnattern der zahllosen Smartphones. Keiner scherte sich darum, deren Ton abzustellen.

Am Leopoldplatz stiegen sie aus. Der U-Bahnhof wimmelte nur so von Leuten, die alle aneinander vorbeigingen, höchstens feindselige Blicke austauschten, viele von ihnen dick, davon hatte Karen schon gehört, aber dass es so viele geben würde, die es kaum schafften, die Treppen zu den

Bahnsteigen herunterzukommen, überraschte sie dann
doch.

Markus stellte sich beim Fitzmann-Bäcker in die Schlange,
und noch kurz bevor er dran war, konnte er sich nicht entscheiden, wie viel von welcher Sorte Schrippen, von denen
er jeden Morgen eine große Tüte mit zum U-Bahnhof Seestraße brachte, er kaufen sollte. Karen stand neben ihm und
staunte über die Vielfalt der Waren, und Markus erklärte
ihr, dass letztlich alle gleich schmeckten und nur verschie-
den aussahen, das sei jedenfalls seine Meinung. Trotzdem
konnte er sich nicht entscheiden. Und er wusste, dass es diese
Entscheidungsunfähigkeit war, gepaart mit einem gehörigen
Schuss Phlegma, die viele bei ihm für Besonnenheit hielten.
Schließlich kaufte er von jeder Sorte gleich viele, nur von
den Mohnbrötchen gab es nicht genug, das würde wieder
Gemecker geben. Vielleicht mochten die alle so gerne, weil
sie wenigstens ein bisschen anders schmeckten.

Sie gingen wieder in die U-Bahn hinunter, Markus dicht
vor Karen her. Plötzlich sah der sich um und zückte dann
einen Schlüssel, schloss irgendwo in einer der zahllosen ge-
fliesten Wände eine Stahltür auf und drängte Karen hindurch,
schloss sie hinter sich und ging dann mit ihr eine dunkle
Treppe hinunter. Sie kamen an einen Bahnsteig.

„Wo führst du mich hin?", fragte Karen. Markus sprang
auf das Gleis und reichte Karen seine Hand.

„Du brauchst keine Angst zu haben, hier fahren keine
Züge mehr."

Also sprang auch sie runter. Markus ging Richtung Tunnel.

Trotz seiner Versicherung, dass hier nichts mehr fuhr,
stellte sich Karen vor, wie plötzlich eine U-Bahn um die Kurve
auf sie zugerast kam und sie frontal erwischte, ohne Chance,

auszuweichen. Aber dann sah sie buchstäblich Licht am Ende des Tunnels. Feuerschein. Als sie näherkamen, hörten sie Musik. Auf dem Bahnsteig des Bahnhofes, den sie erreicht hatten, waren Leute, alle ungefähr im selben Alter wie sie, sie trugen Hoodies oder Parkas, Stiefel, einige hatten schwarze Wollmützen auf. Sie schienen hier zu wohnen. Zelte standen da, Fackeln brannten, und in der Mitte des Bahnsteigs war eine Feuerstelle.

„Hallo Genossen!", rief Markus.

Die Gruppe sah erschrocken in ihre Richtung, aber als sie Markus erkannten, liefen sie auf die beiden zu.

„Hallo Genosse!", sagten einige und umarmten Markus, freuten sich offensichtlich, ihn und, noch mehr, die Brötchen zu sehen. Karen fühlte einen gewissen Stolz, mit jemandem zusammen zu sein (waren sie zusammen?), der beliebt war und respektiert, und obwohl sie das Wort Genosse eigentlich nicht mehr hören konnte, klang es hier neu und unverbraucht und ehrlich, wenn sie sich so nannten, eher so, wie man es Karen in der Schule beschrieben hatte, Genossen, gemeinsam im Kampf für eine gerechtere Gesellschaft und so weiter.

Das also hatte Markus mit Hausen gemeint, hier wohnten offensichtlich die, die auf der anderen Seite des Systems waren, und hier hauste wohl auch Markus. Karen hatte die Wohnung über der Stadt besser gefallen. Da, wo sie jetzt hingeraten war, sah es ihr zu sehr nach Osten aus, nur ohne Tageslicht, und sie dachte kurz, dass sie sich das alles völlig anders vorgestellt hatte, aber sie verwarf diesen Gedanken so schnell wie möglich und beschloss, sich in Geduld zu üben, abzuwarten, war froh, in Markus' Nähe zu sein, das war im Moment die Hauptsache. Und wenn es in einem Zelt unter der Erde ist, dachte sie, und nicht im Berlin-Märchenschloss.

Eine schlanke und ernst wirkende Frau mit zurückgebundenen Haaren stand abseits von ihnen und sah Markus scheinbar teilnahmslos an. Markus nahm Karen an die Hand und ging zu ihr hin.

„Das ist Rademacher", sagte er. „Sie ist so was wie unsere Chefin."

Die Frau sah Markus an, dann wieder Karen.

„Hallo. Ich bin Karen ...", sagte Karen langsam und streckte ihre Hand aus, die ungeschüttelt blieb.

„Hallo, schön, dass du hier bist", sagte Susanne Rademacher, aber es war keine Sympathie in ihrer Stimme. Und der feindselige Blick, den sie danach auf Markus warf, entging Karen nicht, obwohl sie in Liebesdingen nicht besonders erfahren war.

Seit ein paar Monaten hielten sie sich jetzt in der stillgelegten U-Bahnstation Seestraße versteckt, tief im Wedding, eine Handvoll Gleichgesinnter. Die U-Bahn, die früher bis hinaus nach Tegel gefahren war, endete jetzt eine Station vorher, wer weiterwollte, musste einen der selten verkehrenden Busse nehmen oder zu Fuß gehen. An der Kreuzung Seestraße/Müllerstraße herrschte trotzdem reges Leben, aber davon bekam die Gruppe um Rademacher nicht viel mit, da sie den U-Bahnhof, der ihnen als Unterschlupf diente, nicht an der Seestraße, sondern immer über die Station davor, Leopoldplatz, jetzt Endstation der U2, betraten. Ein ständiger Ein- und Ausstieg direkt an der See- oder Müllerstraße wäre zu riskant gewesen, hier gab es nur einen Fluchtweg für Notfälle, ansonsten musste man den unterirdischen Weg über die stillgelegte Schienenstrecke zwischen den beiden Bahnhöfen zurücklegen.

Auch am Leopoldplatz war viel Betrieb, hier war eines der großen Zentralkaufhäuser von Fitzmann und um den Platz herum florierte der Schwarzmarkt. Es wimmelte von Menschen, die versuchten, Dinge des täglichen Lebens zu tauschen, immer musste man auf der Hut sei, erwischt zu werden. Andersrum war der Fitzmann-Sicherheitsdienst mit seinen schon von Weitem sichtbaren Retropickelhauben (eine Idee von Dräger, der die preußische Armee liebte) ständig damit beschäftigt, kriminelle Elemente, die so ein Ort unweigerlich anzog, zu verdächtigen, zu erkennen und notfalls dingfest zu machen, sodass es relativ leicht war, unbemerkt den Tunnel zu betreten.

Ein Mitglied der Gruppe hatte sich zu Zeiten, als er bei der BVG angestellt gewesen war, einen Schlüssel für die Tür am Leopoldplatz besorgt, und die Gruppe hatte Kopien angefertigt. Sie hatten sogar eine Art Draisine konstruiert, die Teile dafür in Rucksäcken und Taschen nach und nach abwärts transportiert und unten zusammengebaut. Es gehörte zu den schönsten Erlebnissen, damit durch den düsteren Tunnel zu fahren, der auf den letzten Metern von Fackeln beleuchtet war und einen in einer völlig anderen Welt ankommen ließ als das Westberlin an der Oberfläche. Die Musik mischte sich mit dem Tuckern der kleinen Generatoren, die die Gruppe mit Strom versorgten. Mit dem Feuer mussten sie aufpassen, damit der Qualm, der durch die Aufgänge abziehen konnte, sie an der Oberfläche nicht verdächtig machte. Nachdem sie in den ersten Tagen die Gleise, die Richtung Tegel ins Nichts liefen, als Toilette benutzt hatten, hatte einer von ihnen entdeckt, dass es oben im stillgelegten U-Bahnhof Toiletten gab, die erstaunlicherweise noch funktionierten. Man musste nur das Wasser wieder anstellen. Der Unterschlupf schien perfekt zu

sein, und nachdem sie die ersten Tage und den Schrecken darüber, dass nach ihnen gefahndet wurde, überstanden hatten, fingen sie an, sich sogar einigermaßen wohlzufühlen.

Manchmal machten sie zusammen Musik, saßen im Kreis und hörten zu, manchmal las jemand einen Text oder ein Gedicht vor, es wurde geraucht, getrunken und gelacht. Manche saßen vor ihren Zelten auf dem Boden und lasen Bücher. Von politischem Kampf war dabei immer weniger die Rede.

Rademacher versuchte, der schwindenden Kampfmoral und Disziplin entgegenzutreten, indem sie morgens so etwas wie ein Drilltraining durchzog, bei dem aber nur noch wenige mitmachten, oder immer wieder flammende Reden hielt.

„Ihr vernachlässigt komplett unsere politischen Ziele, wenn ihr hier weiter wie die Kaninchen kuschelt und euch zusauft und ausschließlich am eigenen Wohlergehen interessiert seid, während draußen die erbarmungslosen Mechanismen des Kapitalismus wirken und die Menschen in den Tod treiben!"

„Solange die ein Smartphone haben, sind die doch happy", meinte jemand. „Dann muss man ihnen eben die Smartphones wegnehmen!", konterte Rademacher. Woraufhin sich alle unauffällig vergewisserten, dass ihre noch da waren.

Die Aktionen der Gruppe beschränkten sich tatsächlich in dieser Zeit auf die Versorgung mit dem Lebensnotwendigen, vor allem auf die Beschaffung von Nahrungsmitteln. Sie wurden Profis im Ladendiebstahl, klauten auf dem Markt am Leopoldplatz und stritten anschließend darüber, ob es richtig war, die Schwarzmarkthändler und kleinen Geschäfte zu bestehlen.

„Die Bestohlenen würden Verständnis haben, wenn sie wüssten, dass sie politische Kämpfer sind und sich für das Volk einsetzten!" Andere waren strikt gegen jeden Diebstahl,

aßen aber bei gutem Appetit mit. Jemand schlug vor, nur noch Fitzmann zu beklauen.

„Wir haben aber keine Lust, immer nur Buletten und Eisbein und Pizza und so'n Scheiß zu fressen! Was anderes gibt es doch bei Fitzmann nicht!"

„Seid ihr jetzt Gourmets oder Revolutionäre?", blaffte Rademacher.

„Vielleicht sind wir ja Gourmetrevolutionäre", höhnte es. Fast alle außer Rademacher lachten. Es gab Stimmen, die meinten, man könnte doch anfangen, Sachen herzustellen, schöne, handgefertigte Sachen, so Bastelarbeiten, Zeit genug habe man ja, man könne die Sachen dann versuchen, gegen Lebensmittel einzutauschen. Rademacher wurde noch wütender und bellte, dass es ja wohl ein Witz sei, aus der Widerstandsgruppe einen Bastelkreis machen zu wollen. Schließlich klauten sie weiter. Manchmal gab es Abwechslung, dann fuhren sie zu illegalen Partys, die es immer mal wieder in Westberlin gab. Doch Rademacher drängte darauf, zu handeln. Also begann sie, eine Aktion zu planen.

Karen hatte sich nie für Politik interessiert. In der Enklave erfuhr man wenig über das, was sich im Westen abspielte, und schon gar nichts über Fitzmann, das sich im Internet, soweit man es im Osten nutzen konnte, immer als der gute Freund des Menschen in allen Lebenslagen präsentierte. Sie hatte keine Ahnung, wie ungerecht es in Fitzmanns Bockwurstkapitalismus zuging.

Markus hatte ihr noch mehr davon gezeigt, als Touristen getarnt hatten sie in den folgenden Tagen Westberlin erkundet, beziehungsweise das, was davon übrig war. Die verlassenen Geschäfte abseits des Kurfürstendamms, die ka-

putte Fahrbahn auf der Straße des 17. Juni, die verrotteten Schwimmbäder, die mit Müll übersäten Parks im Wedding und in Neukölln. Markus zeigte ihr Ruinen ehemaliger repräsentativer Gebäude, sie gingen am Reichstag vorbei, der mit den schmutzigen Resten seiner Verhüllung aussah wie ein Symbol des vor langer Zeit geplatzten Traumes eines vereinigten und glücklichen Deutschland.

Aber Markus zeigte ihr auch die Gegend um den westlichen Potsdamer Platz, auf dessen grüner Ostseite sie den Plan für Karens Flucht gefasst hatten, die Mauer trennte die Stadt hier so sicher voneinander wie nirgendwo sonst, hier, wo sich das strotzende Zentrum von Fitzmann mit seinen 27 Etagen befand, drumherum die anderen Firmen, ihre wesentlich kleineren Türme standen wie Diener da, sie alle hatten sich bereits dem König unterworfen.

Im Quasimodo, dem legendären Musikkeller, spielte heute Abend der greise Tony Marshall, das Konzert wurde auf einem großen Plakat mit „Wir lassen uns das Singen nicht verbieten!" angekündigt, und die, die vor der Kasse um Karten anstanden, sahen so aus, als seien sie bereit, diese Forderung mit Gewalt durchzusetzen. Sie sahen die typischen Altberliner in Fitzmann-Schlappen und Fitzmann-Trainingsanzügen in Grünlila über die Straße schlurfen. Sie stellten sich sogar zu den Touristen auf eine Aussichtsplattform am Brandenburger Tor und warfen einen Blick in die Enklave, wo ihnen der ein oder andere von Weitem den Stinkefinger zeigte.

Auf diesen Spaziergängen wurde Karen von Markus sozusagen im Crashkurs politisiert und trotz der ganzen eher beunruhigenden Neuigkeiten, die sie dabei über den Westen erfuhr, und dem, was offensichtlich war, genoss sie die ganze Zeit seine Nähe und das Glück, mit ihm zusammen zu sein.

Obwohl diese Stadt kein guter Ort für Liebespaare mehr war, bewegten sie sich in ihr wie eins, sie gingen Arm in Arm und küssten sich in der U-Bahn. Karen genoss die Tage mit Markus, besonders wenn sie nachts mit ihm auf dem Bahnsteig an der Seestraße in ihrem Schlafsack lag, den sie mit seinem Exemplar zu einem gemacht hatten, und darin seinen Körper spürte, der sie wärmte. Noch besser hätte sie es gefunden, wenn sie mal wieder eine Nacht in Markus' schickem Appartement verbracht hätten. Aber angesichts des politischen Kampfes, von dem Markus sie zu überzeugen angefangen hatte, war ihr der Wunsch nach diesem Luxus zunehmend peinlich.

OST

Die schwarze, alte, russische Limousine fuhr quer durch Pankow nach Marzahn. Wenige Menschen auf der Straße, das Auto musste sich an Schlaglöchern vorbei seinen Weg suchen, manchmal war die Fahrbahn so schlecht, dass der Wagen nur langsam fahren konnte, die Fahrt dauerte fast eine Stunde, obwohl kaum Verkehr war.

Mechthild saß hinten und sah aus dem Fenster, sie hatte ihr Strickzeug, das sie zum Zeitvertreib auf diesen Fahrten nutzte, in den Schoß gelegt.

Eine neue Woche mit der schwierigen Aufgabe, den politischen Alltag in der Enklave Ostberlin zu bewältigen und den Kontakt zu denen im Westen, mit denen sie sich immer noch verbunden fühlte, aufrechtzuerhalten und zu nutzen, obwohl die Lösung der dringlichsten Aufgaben nicht in Sicht war, egal, ob es um Grundsätzliches ging wie den Status, den die Enklave seit der damals verfehlten Einigung der vier Mächte hatte, oder um Konkretes wie den Alltag an der Grenze oder die latente Verärgerung in Westberlin über die Marihuanaproduktion, die unter anderem dazu führte, dass Ostberliner im Westen illegal Gras gegen Westprodukte eintauschten.

Die moralischen Bedenken, die sie bei nahezu allen Dingen hatte, wischte sie beim Thema Gras aus wirtschaftlichen Gründen und des medizinischen Nutzens wegen beiseite. Die Enklave lebte schließlich vom internationalen Export ihres Grases, auch wenn sie damit keine großen Sprünge machen konnte.

Als Mechthild schon anfing, ihr Strickzeug einzupacken, weil sie es nicht mehr weit hatten, bog ihr Chauffeur auf

einmal rechts ab. Den Beruf des Chauffeurs durfte es in einer Gesellschaft, in der alle gleich sein sollten, natürlich eigentlich nicht geben, das war zu sehr Herr und Knecht, als dass man ihn jemandem zumuten konnte, aber Mechthild konnte nicht Auto fahren und war deshalb auf diese Dienste angewiesen. Der mürrische Hippie, der das für sie machte, war infolgedessen widerwillig und eigensinnig und ließ keine Gelegenheit aus, zu betonen, dass er sich keinesfalls als Mechthilds Diener oder so was sah. Er hörte laute Musik im Auto, wenn er Lust dazu hatte, ohne darauf Rücksicht zu nehmen, ob es Mechthild störte oder nicht, und machte Zigarettenpause, wenn es ihm passte, nachdem ihm Mechthild nach längeren Diskussionen abgerungen hatte, wenigstens im Auto nicht zu rauchen.

Mechthild beugte sich nach vorne.

„Eigentlich müssen wir hier geradeaus", sagte sie über die Kopfstütze.

„Ick muss nomma eben bei meim Schwager vorbei", raunzte der Chauffeur, den man nicht so nennen durfte und der wie immer stark nach Patschuli roch.

Nach ein paar Minuten hielt er vor einem Mietshaus, ließ den Motor laufen, stieg aus und verschwand im Eingang. In den 15 Minuten, die Mechthild auf ihn warten musste, dachte sie unter anderem kurz darüber nach, was einem Fahrer der politischen Leitung zu DDR-Zeiten geblüht hätte, wenn er sich so was geleistet hätte. Dann kam der Hippie mit einem großen Karton zurück, den er vergeblich versuchte, in den Kofferraum zu wuchten, und schließlich neben Mechthild auf den Rücksitz schob, was ihre Bewegungsfreiheit stark einschränkte.

„Der zieht nämlich um, mein Schwager, und da ha ick ihm versprochen, paar Kisten in die neue Wohnung zu fahren,

wir müssen jetzt nur noch schnell nach Köpenick und dann fahrn wa direktamente nach Marzahn."

„Nee", sagte Mechthild, jetzt doch ärgerlich. „Wir fahren jetzt direktamente nach Marzahn!"

„Schon jut", sagte der Hippie. „Entspann dich. Musst ja nich jleich die Königin jeben."

Den Rest der Fahrt schwieg er beleidigt. Mechthild seufzte.

Schließlich aber brachte die russische Limousine, deren Hinterachse bedenkliche Geräusche machte, Mechthild in die demokratische Zentrale, einen Plattenbau in Marzahn. Was Besseres hatte es nicht gegeben, als die Selbstverwaltung Ost einen Ort gesucht hatte, um sich zu verwalten. Die Repräsentationsbauten in der Mitte der Stadt waren morbide und unbrauchbar oder symbolisierten die totalitäre Vergangenheit, oder beides, ein Plattenbau in Marzahn erfüllte genau die Anforderungen, die sich die demokratische Leitung einer selbstbestimmten Enklave auferlegt hatte: unauffällig, praktisch und vor allem nicht protzig, bescheiden und so völlig anders als die Gebäude, in denen die alte Sozialistische Leitung sich präsentiert hatte. Dass das legendäre Ministerium für Staatssicherheit sich in einem Plattenbau befunden hatte, sah man als Symbol für den Sieg über das alte System an.

Auch der Plattenbau der demokratischen Leitung war bunt angemalt, kindliche Zeichnungen mit Blumen, Peace-Zeichen, lachenden Menschen, naive Bilder einer glücklichen Welt. Hier hatte Mechthild ihr Büro.

Sie gab ihren Code in das veraltete Einlasssystem an der Leichtmetalltür ein, und obwohl der Öffner sirrte, bekam sie die Tür mal wieder nicht auf. Sie wollte sich gerade dagegenwerfen, als der herbeigeeilte, diensthabende Pförtner

sie öffnete, ohne dass sie es sah, und sie daraufhin mit ihrem ganzen Schwung auf ihrem Hintern und dem Linoleum landete. Der bestürzte Pförtner wollte ihr gerade aufhelfen, da raunzte sie ihn an, er solle endlich aufhören mit diesem devoten Gehabe, hier seien alle gleich, ob er das noch nicht mitgekriegt hätte.

„Jawohl, Frau Hauptsekretärin!", antwortete der zackig und konnte sich gerade noch beherrschen, die Hacken zusammenzuschlagen. Entweder das eine oder das andere Extrem, dachte Mechthild, entweder sie sind unverschämt oder sie buckeln.

Auf den Gängen der demokratischen Zentrale das gewohnte Bild: offene Bürotüren, Publikumsverkehr, Menschen, die der unzureichenden Beschilderung zu folgen versuchten oder sich bereits hoffnungslos verirrt hatten oder auf den Wartebänken vor den Zimmern für Bürgerbelange ausharrten und schon mal einen Dostojewski-Roman zur Hälfte durchlasen, bis sie drankamen. Offene Türen, aus den meisten drang Musik oder Gelächter von hier angeblich Beschäftigten, die aber offensichtlich alles andere zu tun hatten, als zu arbeiten, sondern, Kaffeetassen in der Hand, in lose Gespräche mit Kollegen verwickelt waren, in denen es um alles Mögliche, aber nicht um Berufliches ging. Hier und da ein Schnarchender, den zu wecken nicht gern gesehen wurde.

Als Mechthild bei ihnen vorbeikam, täuschten sie Betriebsamkeit vor, fingen an, willkürlich in irgendwelche Akten zu gucken, oder stellten die Musik zwar nicht aus, aber doch wenigstens leiser.

Hier läuft mal wieder gar nichts, dachte Mechthild. Sie war froh, als sie ihre Bürotür endlich hinter sich zumachen konnte.

Sie legte ihre große Baumwolltasche ab und kramte das alte Telefon aus der untersten Schreibtischschublade, schloss es an eine altertümliche Steckdose an, drückte ein paar Tasten, legte den Hörer ans Ohr und wartete. Es knackte ein paarmal, dann sagte eine Stimme: „Leitung sauber." Am anderen Ende meldete sich Gossen, Staatssekretär für Deutsche Beziehungen.

„Hören Sie, Kreutzer, ich muss Ihnen mitteilen, dass der regierende Bürgermeister außerordentlich unzufrieden ist", kam der gleich zur Sache.

„Ich wusste gar nicht, dass der regiert", sagte Mechthild lakonisch. Gossen atmete durch.

„Lassen Sie die Scherze."

„Sie halten das unter den gegebenen Umständen für einen Scherz? Für mich ist es bittere Wahrheit."

„Dazu möchte ich mich jetzt nicht äußern."

Gossen machte eine Pause.

„Aber Sie haben natürlich Recht. Jedenfalls ist er unzufrieden, dass täglich immer mehr Leute aus Westberlin in den Osten fliehen oder fliehen wollen."

„Das wundert Sie?"

„Nein, mich wundert das nicht, und den regierenden Bürgermeister ..."

Schon wieder dieses Wort.

„... vielleicht auch nicht, aber der Druck von oben in dieser Frage wächst, und ich bin angewiesen, nach Lösungen zu suchen."

„Sie meinen, der Druck von Fitzmann? Die haben doch nur Angst, dass sie nicht mehr genug Fernseher und Telefone verkaufen."

„Wie auch immer."

„Sie könnten ja einfach Ihre Grenze besser bewachen."

„Sie wissen genau, dass das schwierig ist und nur gemeinsam funktioniert. Dabei ist die Mauer auf Ihrer Seite ja nun weitaus durchlässiger als auf unserer."

Mechthild lachte auf.

„Logisch, schließlich wollten die Leute mal vom Osten in den Westen, und nicht umgekehrt, die haben da eben das ein oder andere eingerissen. Und was sollen wir Ihrer Ansicht da tun?"

„Einfach die Stellen dicht machen, an denen die Leute rüber können."

„Das ist nicht unsere Handlungsweise", sagte Mechthild knapp.

„Ich weiß, aber wenn das so weitergeht mit den Flüchtlingen, erteilen die hier noch Schießbefehl, das wollen Sie doch schon gar nicht, oder?"

„Sie hätten es ja nicht so weit kommen lassen müssen, dass die Leute fliehen wollen."

Wieder Pause auf Gossens Seite.

„Das können wir hier jetzt nicht ausdiskutieren, Kreutzer. Wer konnte denn ahnen, dass der olle Osten mal eine Alternative für den Westen sein würde?"

„Für uns war es immer eine, und jeder, der zu uns will, ist willkommen."

Es fühlte sich gut an, das zu sagen.

„Schöner alter Vorsatz, aber glauben Sie nicht auch, dass das irgendwann zu viel wird für Sie da drüben?"

„Platz haben wir genug, halb Pankow steht leer, bin eben durchgekommen."

„Platz ist aber auch alles. Kreutzer, wir können hier gerne endlos weiter diskutieren, Tatsache ist, dass ich angewiesen

bin, Ihnen den Grenzschutz auf Ihrer Seite nahezulegen, zunächst mal hier nur inoffiziell, aber bald könnte da auch was von ganz oben kommen."

„Ich verstehe. Dräger will seine Schäfchen zusammenhalten. Die Herde noch besser kontrollieren. Werde sehen, was sich da machen lässt. Ich tue es aber nicht gerne."

„Wenn Sie wüssten, was ich alles nicht gerne tue."

Pause.

„Gut. Das war's einstweilen."

Sie legten auf.

WEST

Der große Bildschirm hinter der bruchsicheren Glasscheibe zeigte Werbung, aus dem Lautsprecher tönte schwülstige Musik. Wie überall, wo Fitzmann einen aufgestellt hatte, konnte man ihn nicht abschalten, er lief hinter einer Panzerglasscheibe ununterbrochen. Bonanza. Drei Damen vom Grill. Praxis Bülowbogen. Zwischendurch Berliner Musike. Meistens Werbung.

Hannes schlief. Neben sich auf einem Metallstuhl lagen sein Helm und die Uniform, die ihn als Offizier der alliierten Aufsicht, auch Blauhelme genannt, auswies, wenn er sie anhatte. Das Halfter mit der Pistole baumelte von der Lehne. Das Fernsehen begleitete seinen Schlaf, versuchte in seine Träume einzudringen, die Stöpsel, die er sich beim Schlafengehen in die Ohren gestopft hatte, waren rausgerutscht, und plötzlich wachte er auf, von einem Schuss aufgeschreckt. Er sprang hoch, zog seine Pistole aus dem Halfter und hielt sie schussbereit mit beiden Händen. Adam Cartwright hielt ihm eine Winchester entgegen und feuerte.

Scheißfernsehen. Eigentlich war Hannes nahezu taub dagegen geworden, nur Schüsse ließen ihn manchmal aufschrecken, hatte wohl mit seinem Beruf zu tun. Er ließ die Waffe sinken, setzte sich auf die Bettkante und versuchte erst mal, richtig wach zu werden. Kaffee wäre jetzt nicht schlecht.

Also zog er sich an, machte die Tür seines kleinen Appartements hinter sich zu und lief das Treppenhaus hinunter, während das Schießen im Fernsehen weiterging. In allen Wohnungen lief dasselbe, überall die Fitzmann-Dauerberieselung, die großen, heruntergekommenen Hochhäuser plärrten wie Riesenradios vor sich hin, Tag und Nacht.

Der einzige Supermarkt, den es noch gab, hieß ebenfalls Fitzmann, dauerbeschallt von angeblich appetitanregender Musik von Hazy Osterwald oder Paulchen Kuhn.

Dort holte sich Hannes mit seiner Smartphonebezahlfunktion einen Kaffee, der Automat säuselte sein scheißfreundliches „Wir wünschen Ihnen einen wunderschönen Tag".

Um ihn herum, neben dem Piepen der elektronischen Kassen, das Fiepsen der Gewichtsscanner, die zu anderen Zeiten eingeführt worden waren, als Fitzmann-Chef Dräger sich noch um das scheren musste, was der Senat von ihm verlangte, und die Forderung nach gesünderer Ernährung damit zu erfüllen gedacht hatte. Gewichtsscanner mit Laserschranken, die mit einer Personenwaage neben dem Verkaufsband verbunden waren, sodass beim Legen der Ware auf das Band gleichzeitig ein Bodyindex errechnet und angezeigt wurde, der darüber entschied, ob man berechtigt war, die Ware kaufen zu dürfen oder nicht. Eine Maßnahme, um die Übergewichtigen daran zu hindern, weiter Lebensmittel zu kaufen, die sie noch dicker und kränker werden ließen. Aber jetzt störten sich weder Kunde noch Verkäufer mehr daran, sodass unter permanentem Fiepsen stapelweise Cola, Bier, Schnaps, Süßigkeiten, Chips, Pizza, Kuchen, Fleisch und Wurst von Kunden auf die Bänder gewuchtet wurden, die kaum mehr zwischen den einzelnen Kassen hindurchpassten.

Wenn sie dann mit der Fitzmann-Karte bezahlt hatten, fingen die ein oder anderen noch vor dem Supermarkt an, Packungen aufzureißen und sich und ihre dicken kleinen Kinder, die aus den Buggys quollen, mit dem Inhalt zu füttern, sie kauten und schmatzten versonnen und gaben

dabei manchmal tierartige Geräusche von sich, während sie gebannt auf ihre Smartphones starrten.

Hannes verabscheute Fast Food. Er versuchte, sich gesund zu ernähren und seinen Körper fit zu halten, das war er seinem Beruf schuldig, fand er.

Er setzte sich irgendwo in der Betonwüste auf eine Betonbank und ließ sich die Sonne ins Gesicht scheinen. Wenigstens das war noch möglich.

Viel war nicht geblieben von dem, was die Blauhelme einmal für Berlin bedeutet hatten, sie hatten ihre Funktion weitgehend verloren, hin und wieder wurden sie vom Ministerium bei Zwischenfällen gerufen, in letzter Zeit kurioserweise manchmal dann, wenn es galt, Leute an der Flucht in den Osten zu hindern. Offensichtlich hatte Fitzmann es geschafft, alliierte Interessen so für sich zu nutzen, dass alle, die jetzt in den Osten wollten, eine Bedrohung der Enklave darstellten, dabei wollten sie nur raus aus dem Westen.

In Hannes Augen machte das alles keinen Sinn mehr. Warum sollte er weiter verteidigen, was in seinen Augen nicht mehr verteidigungswert war? Warum sollte er Leute festnehmen, die der gleichen Meinung waren wie er? Die versuchten, diesem System zu entfliehen? Die Zweifel nagten an ihm. Irgendwas mit seinem Leben musste anders werden. Das sagte er sich nicht zum ersten Mal. Vielleicht sollte er erst mal diese Uniform loswerden? Eigentlich war es nicht gestattet, sich als Blauhelmsoldat zivil gekleidet in der Öffentlichkeit zu zeigen, aber in letzter Zeit hatte es Übergriffe auf Kollegen gegeben, da die Blauhelme allmählich einen schlechten Ruf bekamen, weil sie Flüchtende aufhielten, das hatte sich rumgesprochen. Erst gestern

Abend hatte ihn eine Gruppe Jugendlicher auf seinem Heimweg angepöbelt. Weil sie ihn für ein Mitglied des Fitzmann-Regimes hielten. Und das wollte Hannes langsam, aber sicher nicht mehr sein.

OST

Um zwölf tagte der Runde Tisch, das demokratische Plenum der Enklave. Die Sitzung fand im Freien im Park am Arkonaplatz statt, in der Nähe der Zionskirche, einer der Orte, an denen die Bürgerbewegung der DDR sich gegründet hatte. Nach der Wende hatte der demokratische Rat dort getagt, bis die Kirche so baufällig geworden war, dass es lebensgefährlich wurde, sie zu betreten. Um in der Nähe zu bleiben, hatte der demokratische Rat den Arkonaplatz gewählt, auf einer kleinen, von Gebüschen, Parkbänken und einem Sandweg gesäumten Rasenfläche wurde alle paar Wochen, je nach Dringlichkeit, die Tafel aufgebaut, demokratische Helfer fuhren die alten Resopaltische bis nahe an den Park und stellten sie im Quadrat auf, denn rund war der Runde Tisch nie gewesen.

Die Sitzungen fanden also im Freien statt, im Sommer war das angenehm, im Winter eher ungemütlich. Aber der Ort war so symbolisch geworden, dass entschieden wurde, es dabei zu belassen, sich praktisch symbolisch Wind und Wetter auszusetzen, um zu zeigen, dass alles, was beschlossen wurde, öffentlich beschlossen wurde, denn auf den an die Wiese angrenzenden Wegen konnte jeder Zeuge sein, der wollte.

Mechthild war spät dran (ihr Fahrer war trotz ihrer Proteste zunächst zu seinem Schwager gefahren), aber alle anderen taten so, als sei das total okay. Sie war die Vorsitzende, wobei das natürlich nicht Vorsitzende hieß, sondern Hauptmoderatorin, in einem volldemokratischen Plenum waren schließlich alle gleich.

Der Platz neben Mechthild, Lottes Platz, blieb seit 2010 leer, seit Lotte, die große Heldin der Wende, gestorben war, davor

hatte sie über 25 Jahre den demokratischen Rat entscheidend mitgeprägt, und es gab böse Zungen, die sagten, sie sei an einer Lungenentzündung gestorben, die sie sich dort im Winter zugezogen hatte, aber das war wahrscheinlich westliche Propaganda. Mechthild war Lottes Nachfolgerin, was den enormen Einfluss betraf, den sie hatte, und doch musste auch sie alles, was sie einbrachte, vom Runden Tisch abgesegnet bekommen.

Nachdem sie die Tagesordnungspunkte ausführlich und wie immer nahezu ergebnislos diskutiert hatten und die dringend notwendige Modernisierung der Kanalisation eine weiteres Mal verschoben hatten, kam es bei der Frage der Cannabiskonsumbesteuerung wieder zu keiner Einigung, weil die Mehrheit diese aus prinzipiellen Gründen ablehnte und weiter lediglich an den Erlösen des Westverkaufs partizipieren wollte, der immer schwieriger wurde.

Erst danach hatte Mechthild Gelegenheit, auf die Forderung des Westens nach einem Grenzschutz zu kommen. Diese wurde weniger dramatisch aufgenommen, als sie befürchtet hatte. In den Augen der Mitglieder des Runden Tisches war es eine Maßnahme, der sie pro forma nachkommen würden, denn keiner war dagegen, dass die innerdeutsche Grenze Berlins überschritten wurde, egal in welche Richtung. Sie diskutierten, ob diese Pro-forma-Aufgabe nicht der schlafenden AKA7 übertragen werden sollte. Schließlich wurde die von ihnen durchgefüttert.

„Die sollen mal was tun für ihr Geld!", rief ein bärtiger Funktionär aus Pankow, der sich bis dahin kaum am Gespräch beteiligt hatte, weil er damit beschäftigt gewesen war, mit einem Stein Walnüsse zu knacken, die er irgendwo auf dem Weg eingesammelt hatte, um sie dann unter lautem Schmatzen zu verspeisen.

„Nüsse sind sehr gesund, sie enthalten alle Vitamine, die man braucht!", hatte er auf Mechthilds Bitte, damit aufzuhören, geantwortet und wie zur Unterstreichung seiner Äußerung eine weitere davon auf der Tischplatte zerschmettert. Mechthild zuckte zusammen.

„Wieso sollen die arbeiten? Bei uns soll keiner arbeiten, das ist das Prinzip, Genosse Dörfler", sagte daraufhin ein spindeldürrer Teilnehmer mit Nickelbrille aus dem Prenzlauer Berg, der ständig Rauchwolken aus einer gebogenen Pfeife absonderte, was mal wieder zu einer Diskussion um ein Rauchverbot am Runden Tisch führte, das dieser mit dem Argument, an der frischen Luft dürfe man ja wohl noch rauchen, strikt ablehnte.

„Aber es stinkt!", sagten auch jetzt wieder einige, „und die Mehrheit ist dagegen!"

„Selbst wenn", sagte der Dürre, „auch Minderheiten haben hier ein Recht, wo kämen wir denn da hin, wenn ..."

„Sollen wir jede Minderheit tolerieren, die stinkt?", blaffte der Bärtige und zertrümmerte die nächste Walnuss.

„Ich habe die Ökorepublik Berlin nicht mitbegründet, um mir das Rauchen verbieten zu lassen!", blaffte der Pfeifenraucher zurück, zündete erneut seine Pfeife an und blies einen extra großen Schwall aus.

„Ich seh' das genauso!", sagte daraufhin eine ältliche Dame in Wickelrock und Wanderstiefeln, die immer eine Flasche Rotwein mit auf die Sitzungen brachte und am Ende meist einen Schwips hatte und dann manchmal anfing zu singen.

„Was siehst du genauso? Dass Frieder rauchen darf oder dass die AKA7 arbeiten soll?", fragte Mechthild.

„Beides!", sagte die ältliche Dame und hielt ihr Rotweinglas in die Höhe.

„Und Trinken muss auch erlaubt bleiben! Prost!"

„Die sollen was tun für ihr Geld!", wiederholte der Bärtige.

„Ist schon peinlich genug, dass eine pazifistische Enklave eine militärische Kampftruppe unterhält!"

„Militärische Kampftruppe? Die meisten, die da waren, können doch nicht mal ein Gewehr halten!"

„Aber Joints, die können sie halten!"

„Apropos Joint! Kann mal einer einen bauen?", fragte ein verknitterter Typ mit Rastazöpfen, der den Bezirk Mitte vertrat.

„Bitte keine bewusstseinserweiternden Drogen während der Sitzungen!", mahnte Mechthild.

„Bisschen Bewusstseinserweiterung könnte dem ein oder anderen hier guttun!"

„Wir füttern die durch!", sagte der Nussknacker wieder.

„Ja, genau!", stimmten einige zu.

„Nein, keiner soll hier arbeiten müssen für sein Geld!", rief der Pfeifenraucher wieder.

„Darum aber achtet scharf, dass man hier alles dürfen darf!", rief die mit dem Rotwein, „das ist von Brecht," konstatierte sie dann und schenkte sich nach.

„Darf ich daran erinnern, dass die AKA7 mal als antikapitalistische Kampfeinheit gegründet worden ist?", fragte Mechthild vorsichtig.

„Sind die eigentlich nicht auch eine Minderheit?", meinte jemand.

„Na, das mit dem antikapitalistischen Kampf ist ja gehörig in die Hosen gegangen", sagte der Nussknacker.

„Vielleicht sind die ja nicht mal in der Lage, die Grenze zu schützen!"

„Ich denke, wir waren uns einig, dass die Grenze gar nicht geschützt werden muss."

„Ja, aber selbst dazu sind sie wahrscheinlich nicht in der Lage."

Alle lachten.

„Bitte etwas mehr Sachlichkeit", mahnte Mechthild.

„Baut jetzt jemand einen Joint oder nicht?", fragte der Rastazopfige wieder.

„Ich erinnere daran, dass sich die alten Mitglieder der AKA7 in der Zeit der Revolution um die Enklave sehr verdient gemacht haben. Ohne sie wären wir heute nicht da, wo wir sind."

„Vielleicht wäre das ja sogar besser, wenn wir heute nicht da wären, wo wir sind," brummte jemand. Wieder lachten alle.

„Ach ja, die Wendezeit ...", seufzte die Alte mit dem Rotwein.

„Frieden schaffen ohne Waffen ..."

Sie bekam einen verklärten Blick.

„Du, lass dich nicht verhärten in dieser harten Zeit ...!", sang sie dann.

„Sei still, Olga", knarzte der Bärtige.

„Was heißt denn hier ‚ohne Waffen'? Die hatten doch Waffen bei der AKA7. Oder hatten die keine Waffen da? Hatten die doch da, oder?", fragte der Rasta.

„Ja, aber sie haben sie nicht benutzt?"

„Weil sie nicht mussten!"

„Und wenn sie gemusst hätten, hätten sie sie dann benutzt?"

„Das steht doch gar nicht zur Debatte. Tatsache ist, dass vom Boden der Enklave nie Gewalt ausgegangen ist."

„Und dass man hier nicht arbeiten muss", sagte der Dürre und paffte Mechthild an, die neben ihm saß und den Rauch mit einer Handbewegung wegfächelte.

„Zurück zu der Grenzschutzfrage: Sollen wir die AKA7 beauftragen, das zu übernehmen?"

Die Dame mit der Rotweinflasche meldete sich wieder. „Warst du nicht mal mit einem von denen zusammen?"

Mechthild stöhnte. Dieses Thema kam immer wieder.

„Ja, war ich. Aber deshalb will ich doch nicht, dass die AKA7 ..."

„Also, wenn das mit dem Grenzschutz sowieso pro forma ist, weil wir unsere Grenze nicht schützen wollen, dann können wir das ja auch denen überlassen, die sie vielleicht nicht schützen könnten, selbst wenn sie sie schützen müssten ...", meinte der Dürre.

„Mechthild, ich glaube, du willst deinem Ex da nur einen Job zuschanzen ...". sagte Olga angriffslustig.

„Olga! Das ist ein Scheißjob! Wenn ich den jemandem ‚zuschanzen' würde, dann höchstens, um ihn zu ärgern!"

„Warum willst du deinen Ex denn ärgern? Was hat der dir denn getan?", fragte der Rasta.

Mechthild stützte kurz den Kopf in die Hände und stöhnte.

„Also", sagte sie dann, „können wir darüber abstimmen, ob die AKA7 die Grenze schützt?"

„Wer ist denn nochmal die AKA7?", fragte der Rasta.

„Oh, mein Gott", seufzte Mechthild, die eigentlich Atheistin war.

„Kann ich auch mal ein Nüsschen haben?", fragte Olga.

Eine knappe Mehrheit stimmte schließlich mit Ja. Olga sang zum Schluss der Sitzung die Internationale. Dann diskutierten sie, ob die Formulierung „Auf zum letzten Gefecht", die darin vorkam, nicht zu militärisch klänge und durch „Auf zur letzten Party" ersetzt werden könne, und nach-

dem neben Olgas Rotwein jetzt auch noch Wodka auf dem Tisch gekommen war und der Rasta endlich den gewünschten Joint gekriegt hatte, stimmten sie darüber ab. Ergebnislos. Mechthild machte, dass sie wegkam.

OST

Mario zog seinen Handkarren quer über die Schönhauser Allee, an Konopkes Imbiss vorbei, und hielt kurz an, um die Speisekarte zu studieren: Würzfleisch, Soljanka, Jägerschnitzel und Kapernklopse, jeweils mit den unvermeidlichen Salzkartoffeln, die ihrer Bezeichnung alle Ehre machten. Manchmal gab es auch Wurstgulasch: Nudeln mit Tomatensoe und Jagdwurst. Vielleicht würde er zum Mittagessen noch einmal vorbeikommen, denn er stand auf alte DDR-Küche und ging auch gern mal in eins der Restaurants, in die Tamara-Danz-Destille, ins Havemanneck, den Manfredkrug oder die Heiner-Müller-Stuben, wo es zum Essen einen selbst gebrannten Kartoffelschnaps gab und DDR-Unterhaltungsmusik lief.

Orte der Nostalgie, der man dort hemmungslos frönen konnte, solange man nicht den Vertretern der alten Obrigkeit frönte, wie es schon mal vorkam. Es gab an den Theken immer wieder Verfechter des alten Systems, die die aktuellen Verhältnisse gerne verbittert mit Sätzen wie „Das hätte es bei Honecker nicht gegeben" oder „Mit so jemandem hätte die Stasi früher kurzen Prozess gemacht" kommentierten.

Mario zog seinen Wagen die Kastanienallee lang, die im Gegensatz zu mancher Straße drumherum noch so hieß, während viele andere jetzt in Harich- oder Janka-Straße oder nach anderen Personen oder Ereignissen der DDR-Opposition in früheren Zeiten umbenannt worden waren.

Mit seiner Schirmmütze und dem Handkarren, in der sich allerlei Handwerkszeug stapelte, das er mit der Zeit angesammelt hatte, sah er aus wie ein altmodischer Tandler, der auf der Suche nach Brauchbarem war oder Unnützes

zu verkaufen versuchte. Aber Mario war einer der Fleißigen Handwerker, die sahen alle so aus, und auf dem Weg zu diversen Reparaturen. Er hinkte ein bisschen hinterher mit seiner Arbeit, in seiner Brusttasche war ein dicker Batzen Auftragszettel, den galt es abzuarbeiten.

Marios handwerkliche Ausbildung bei den Pionieren und später bei der NVA war rudimentär gewesen, von allem ein bisschen, aber mit der ihm eigenen stoischen Ruhe erledigte er die Aufgaben, von denen er manchmal keine Ahnung gehabt hatte, wie er sie lösen sollte. Mit der Zeit lernte er dazu, und mittlerweile scheute er weder Rohrbruch noch Sicherungskasten, wagte sich an Gasleitungen, entwässerte vollgelaufene Keller, weißelte, meißelte, verputzte, mauerte, schraubte und zerlegte alles, worum man ihn bat.

Bei der Erledigung seiner Aufträge kam er mit einer Menge Leute in Kontakt, hörte und lernte viel und machte sich mit der Zeit ein ganz eigenes Bild von der Stadt, in der er lebte. Es unterschied sich von dem, was er vorher gehabt hatte. Zum Beispiel wusste er jetzt, dass man die Enklave hinter vorgehaltener Hand manchmal DDRR nannte, „Deutsche Demokratische Reste-Republik", und dass es viele gab, die ihr kritisch gegenüber eingestellt waren, denen die radikale ökologische Ausrichtung missfiel oder die den staatlich empfohlenen Vegetarismus als repressiv empfanden.

Er hatte alte Damen kennengelernt, die Verdiente des Sozialismus gewesen waren, aber jetzt nur eine kleine Rente bekamen, weil sie im falschen Ministerium oder für den falschen Funktionär gearbeitet hatten. Mürrische Rentner, die nicht einsehen wollten, dass ihre Ansichten über den Sozialismus rückständig waren, und andere, die erst gegen den DDR-Sozialismus und jetzt gegen den Enklavensozialis-

mus waren und deshalb nie eine Heimat gefunden hatten. Familien, die in kleinen Wohnungen wohnten, weil man ihnen nach der Wende wegen alter Besitzrechte ihre großen Häuser weggenommen und nie wiedergegeben hatte. Jetzt wohnten wieder die darin, denen man sie zu DDR-Zeiten weggenommen hatte.

Aber Mario traf auch andere, die sich im neuen System wohlfühlten, es mit nichts auf der Welt tauschen wollten, alte und junge Hippies, Esoteriker, Müslis, Künstler und solche, die sich dafür hielten, er flickte Wasserleitungen in Töpferwerkstätten, reinigte Kamine von Öfen, in denen Vollkornbrot gebacken wurde, das zwar gesund, aber nahezu ungenießbar war, kam in Wohnungen, die den Höhlen von Hobbits bei Tolkien ähnelten, der immer noch populär war, aber nur in Raubdrucken kursierte, Wohnungen mit offenen Feuerstellen oder in einen Hinterhof gebaute Jurten. Es gab Leute, die nur mit Fellen bekleidet waren und ihr Territorium nie verließen, es sei denn, das Bier war alle.

Nicht selten schütteten sie Mario bei seiner Arbeit ihr Herz aus, während er unter tropfenden Spülen lag, Eimer mit Steinen durch ausgetretene Treppenhäuser wuchtete, Treppen notdürftig wieder gangbar machte oder marode Elektroleitungen ausbesserte.

Heute musste er endlich zum Seniorenheim unten am Rosenthaler Platz, die hatten seit zwei Wochen keinen Strom und deshalb auch kein Fernsehen, angeblich war es da schon zu kleineren Unruhen gekommen. Wenn nicht bald jemand den Strom wieder zum Fließen bekam, würde es kritisch werden. Und das sollte jetzt Mario schaffen.

Das Altenheim mit Blick auf die Kreuzung Rosenthaler Platz/Torstraße/Brunnenstraße roch nach DDR-Infektions-

mittel und Braunkohle. Oder waren es seine Bewohner? Mario konnte es nicht sagen. Einige hatten schon auf ihn gewartet.

Ein bebrillter Greis mit Prinz-Heinrich-Mütze schwenkte drohend seine Krücke.

„Nun aber mal flott, junger Mann!"

Eine weißhaarige Dame war ganz außer sich:

„Ich hab' jetzt schon zweimal *Ein Kessel Buntes* verpasst! Nur wegen Ihnen!"

„Genau, das fängt um elf an!"

„Wieso kommen Sie überhaupt so spät? Das ist ja schlimmer als in der DDR!"

„Genau! Da ist es ja sogar unter Ulbricht schneller gegangen!"

Ein dicker Herr im Rollstuhl warf ein Ei in Marios Richtung, es verfehlte ihn aber um einen Meter und landete klatschend auf dem Bürgersteig.

Dieser militante Teil der Senioren, der Mario so feindlich begrüßte, war aber zum Glück in der Minderheit. Die Mehrheit der Bewohner war eher von der Enklave geprägt, die sie teilweise mitgestaltet hatte, in die sie vielleicht mal freiwillig gewechselt war, um ein anderes Leben zu führen als in Westberlin, und sie war dort alt geworden.

Dieser Teil der Insassen des Petra-Kelly-Hauses am Rosenthaler Platz hatte sich jetzt im Saal zum Theaterworkshop eingefunden. Die Leitung hatte Jenny Rehwig, für sie eine willkommene Abwechslung.

Nach einem Entspannungsprogramm inklusive intensiven Ommens im Kreis befanden sie sich jetzt mitten in einer Leseprobe. *Romeo und Julia* von Shakespeare. Jenny fand das, mit ausschließlich Alten besetzt, eine tolle Konzeption.

„Günther, du bist dran"", stupste sie gerade einen Mitt-achtziger mit Strickmütze an, der eingenickt war.

„Was? Ja! Wo? Bin ich dran?", schreckte der auf und suchte hektisch die aufgeschlagene Seite seines Textbuchs ab. Er sollte den Romeo spielen.

„Muss eingenickt sein", sagte er entschuldigend.

„Ja, und zwar schon beim Ommen", bemerkte jemand.

Jenny überlegte kurz, ob Entspannungsübungen das Richtige für den Einstieg gewesen waren.

„Wenn du bei der Balkonszene schläfst, bist du vielleicht doch nicht der Richtige für die Rolle", meinte die Dame, die die Julia sein sollte. Sie konnte den Romeo nicht ausstehen.

„Vielleicht penne ich ja auch nur, weil ich die Julia so langweilig finde", antwortete der Mittachtziger, jetzt erstaunlich wach.

In diesem Moment betrat Mario den Saal, um einen Sicherungskasten zu suchen, der sich angeblich auf der Seitenbühne befand und Ursache für den Stromausfall sein sollte.

„Dit is 'ne Probe hier!", rauschte Jenny ihn von Weitem an.

„Das ist mir egal, wenn sie hier Strom haben wollen, muss ich hier rein, tut mir leid", konterte Mario, und jetzt erst erkannte er Jenny. Und Jenny erkannte ihn.

OST

Während der Wende, bei der Ostberlin genauso vom Westen überrannt zu werden drohte wie die restliche DDR, die jetzt vom übrigen Westblock kaum mehr zu unterscheiden war, kämpften viele gegen die, die in den Osten kamen, mit allen legalen, aber auch illegalen Mitteln an.

Die AKA7 war in der Enklave Ostberlin gleichermaßen Legende und Geschichte. Die Legende nährte sich aus dieser Nachwendezeit, als sie nachhaltig dafür gesorgt hatte, dass sich die Schmarotzer aus dem Westen schnell wieder verzogen. Ja, sie waren sogar direkt daran beteiligt gewesen, dass die Treuhand, die das damals angeblich demokratische System im Westen auch in Ostberlin ansiedeln wollte, kein Bein auf die Erde bekam und sich bereits nach wenigen Wochen angesichts des entschlossenen Widerstands der Bewohner zurückzog.

Aber eigentlich war es noch gar nicht die AKA7 in ihrer späteren Form gewesen, die geholfen hatte, die Kapitalisten aus der Stadt zu jagen, sondern es hatte sich lediglich um einen harten Kern gehandelt, den Danner danach zu einer militärischen Einheit zu formen versucht hatte. Die demokratische Führung hatte in ihrer Anfangszeit die Leistung der Partisanen der Wende, wie die AKA7-Kämpfer später genannt wurden, würdigen wollen. Danner hatte, bei allem Pazifismus, zum Erhalt einer minimalen Verteidigungsmöglichkeit geraten, dazu war der subversive Gedanke gekommen, den westlichen Kapitalismus eventuell durch Sabotage zu schädigen.

Wenn man in der Wendezeit nachts mit einem größeren Westauto durch die grauen Stadtteile von Berlin, immer noch Hauptstadt der DDR, fuhr und sich auch durch die sonstige

Erscheinung als Wessi mit eindeutigen Interessen verdächtig machte, konnte es einem passieren, dass man von patrouillierenden Ostbewohnern angehalten und ausgefragt wurde. Die Konsequenzen waren unterschiedlich, in der Regel fuhr man die der Bereicherung Überführten einfach zur Grenze und wünschte ihnen „Auf Nimmerwiedersehen", aber es kam auch zu Racheakten, dabei blieb es manchmal nicht bei einer Beule im verchromten Mercedes, hin und wieder wurde ein Spekulant oder Wendelgewinnler auch mal geteert und gefedert und der verchromte Mercedes beschlagnahmt und zum Eigentum des freien Volkes der Enklave Ostberlin ernannt. Dem Volkszorn wurde sozusagen freier Lauf gelassen, wie die selbst ernannten Sheriffs des Ostens es gerne nannten, die ihre Stadtteile eisern verteidigten und Schilder aufstellten, die allen Spekulanten drohten und besser zu beachten waren. Später, als die Gewaltlosigkeit in der Enklave als zentraler Bestandteil in der selbst gegebenen Verfassung Pflicht geworden war, dachte mancher, der damals dem ein oder anderen „Westfuzzi" eine Lektion erteilt hatte, die er so schnell nicht vergaß, mit Wehmut an diese Zeit des Wilden Ostens zurück. Mario und Jenny hatten sich in ihr kennengelernt.

WEST

Insgeheim hatte Max immer bereut, damals nicht rüber-
gegangen zu sein in die Enklave und später auch nicht. Jetzt
bereute er es umso mehr, weil es schwerer geworden war. Weil
immer mehr aus dem Westen rüberwollten.

Es gab sogar so etwas wie professionelle Fluchthilfe, die
hauptsächlich die in Anspruch nahmen, die aus anderen Gegenden Deutschlands kamen und vom Westen nach Ostberlin
fliehen wollten. Sie reisten nach Berlin und kontaktierten dort
einen Fluchthelfer, der gegen ein hohes Entgelt dafür sorgte,
dass man den Westen über einen Tunnel verlassen konnte,
der zum Beispiel vom abgehängten Wedding ins von Partys
und Konzerten wummernde Berlin-Mitte führte.

Das war natürlich Geschäftemacherei mit den Tunnels,
weil man nach wie vor relativ einfach an einer der maroden
Stellen Schlupflöcher nutzen konnte, aber das wussten die
Touristen ja nicht. Man durfte sich nur nicht erwischen lassen.
Ortsfremde konnten nicht beurteilen, wie hoch das Risiko
dazu war, wann und wo patrouilliert wurde und wie wahrscheinlich es war, einer der unregelmäßigen Fitzmann-Streifen
zu begegnen. Das Risiko war in Wirklichkeit ungefähr so
hoch, wie beim Schwarzfahren erwischt zu werden, nur dass
das Erwischtwerden lebensgefährlich war. Zu DDR-Zeiten
war die Mauer permanent von bis zu 1.300 Leuten bewacht
worden, heute waren es vielleicht 60, die sich notdürftig um
den gesamten Grenzverlauf auf dem Territorium Westberlins
kümmerten.

Aber Fluchttouristen, wie man sie nannte, nahmen den
sicheren Weg durch Tunnels. Dazu traf man sich in der ersten
Zeit im Westen in konspirativen Kneipen, von denen man

sich, angeführt von Schleppern, in Kleingruppen unauffällig zu den Fluchttunnels begab, die je nach Grenzstärke bis zu einem Kilometer lang waren. Am anderen Ende stieg man dann ans Tageslicht der Ost-Enklave und sah die Schilder mit der Begrüßungsformel der freien Republik Ostberlin:

„Willkommen in der Enklave Ostberlin! Sie betreten den Boden des Sozialismus mit menschlichem Antlitz. Es lebe Freiheit, Gleichheit und Müßiggang!"

Es war auch vorgekommen, dass Tunnels verraten worden waren, dass Leute den Belohnungen, die Fitzmann für Denunziation auslobte, nicht widerstehen konnten, die für ein Jahresabo eines Streamingdienstes oder die Zugangsberechtigung zu einem populären Videospiel Freunde und Verwandte auslieferten.

Mit der Zeit veränderte sich allerdings die Nutzung der Tunnels, mehr und mehr wurden sie für eine Art Nachttourismus genutzt. Die Enklave Ostberlin war eine beliebte Tagestour für Touristen in Westberlin, Hauptstadt des Westblocks. Sie ließen sich mit Bussen durch die idyllischen, bunt angemalten und üppig bepflanzten Ruinen von Mitte, Prenzlauer Berg und Friedrichshain fahren und beglotzten die dort Wohnenden wie exotische Tiere. Sie mussten um 19 Uhr zurück im Westen sein. Ab 19 Uhr war der Grenzübertritt von Westberlin nach Ostberlin verboten.

Das war die Stunde der Tunnels, der kleinen Boote, der verborgenen Lücken und Ausziehleitern, mit deren Hilfe die professionellen „Übergangshelfer", wie man sie jetzt nannte, den illegalen, nächtlichen Transitverkehr ermöglichten, bei denen man quasi Eintritt in die Enklave zahlte, wenn man für eine Nacht dorthin, und Austritt, wenn man wieder zurückwollte.

Für die, die einfach nur feiern wollten, war die Enklave Ostberlin die größte Party der Welt.

Was keiner wusste, war, dass die Enklave schon lange Geld vom Westen bekam, indem sie die Partyleichen, also die, die es in ihrem Zustand nicht mehr rübergeschafft hatten, an den Westen verkaufte, der seine gefallenen Wohlstandskinder zurückhaben wollte und bereit war, dafür zu zahlen.

Die Übergabe fand in der Regel an der Glienicker Brücke statt, dem historischen Ort, an dem auch zu DDR-Zeiten Gefangene ausgetauscht worden waren, allerdings aus ganz anderen Gründen. Die Partyleichen wurden von altmodischen DDR-Bussen in moderne Rettungswagen überstellt, aschfahle Teenager sanken ermattet auf die Trage, hielten die Hände ihrer Eltern und schworen, in ihrem Leben keine Drogen mehr zu nehmen.

Anlässlich einer abendlichen U-Bahnfahrt nach Kreuzberg, bei der Max durch schlechte Luft und die dudelnden Smartphones schwindelig geworden war und deshalb die Bahn verlassen hatte, änderte sich sein Leben.

Er mühte sich am Geländer entlang die Treppe des U-Bahnhofes hinauf ans Tageslicht, atmete durch und sah sich um. Er hatte gar nicht mitbekommen, an welcher Station er ausgestiegen war, und war praktisch in einer fremden Stadt gelandet, jedenfalls erinnerte er sich nicht, hier jemals gewesen zu sein. Aber die frische Luft tat ihm gut.

Als Nächstes hörte er Musik. Sie lockte ihn an und er beschloss, nicht mit dem nächsten Zug weiterzufahren, sondern den Sirenen zu folgen. Er überquerte einen Platz mit einer Kirche, der ihm bekannt vorkam, die Musik wurde lauter, und als ihr Max nochmal um zwei Häuserecken nachgegangen

war, befand er sich an der Mauer, die West- und Ostberlin nach wie vor trennte.

Vor der Mauer tanzten Leute, junge Leute, vielleicht zwanzig, aber Max konnte nicht sehen, wo die Musik herkam. Er näherte sich der Gruppe, aus der ihn einzelne ansahen, abschätzend, vorsichtig, dabei aber freundlich, bald einladend.

Max kam näher, stellte sich ein wenig abseits, lehnte die Aufforderung zum Mittanzen aber mit einer freundlich abwehrenden Handbewegung und etwas zu heftigem Kopfschütteln ab. Dann verstand er, woher die Musik kam. Hinter der Mauer, auf dem Gebiet der Enklave, spielte eine Band.

Max hatte schon von diesen Konzerten gehört, bei denen auf der Seite der Enklave Musik für den Westen gemacht wurde, der sich auf seiner Seite das Konzert nur vorstellen konnte, das drüben stattfand, es sei denn, es passierte das, was er gerade hier erlebte, nämlich dass auch auf der Westseite eine Party stattfand, und somit praktisch eine gesamtdeutsche, ohne dass die beiden Seiten sich begegneten außer im Rhythmus der Musik.

Es gab nicht nur Bandkonzerte mit Gruppen, die früher im Westen wie im Osten bekannt gewesen waren und unter altem Namen und in mehr oder weniger veränderter Besetzung spielten, sondern auch große Technopartys, bei denen zuweilen die zu Hunderten im Osten Tanzenden so laut brüllten, dass sie auf der anderen Seite zu hören waren und die wenigen ermutigten, die sich trauten, sich dort zu versammeln. Gegen beide war Fitzmann zunächst nur mit Lautsprecherwagen vorgegangen, die den gesamtdeutschen Dancerhythmus mit Marschmusik aus dem Takt brachten, was aber nur eine Zeitlang funktionierte, weil sich die Tänzer an das Taktchaos gewöhnten und infolgedessen noch zuckender, stampfender, noch ekstatischer tanzten.

Irgendjemand reichte Max eine Rotweinflasche, er nahm einen tiefen Schluck, der Wein war schrecklich, aber das machte nichts. Ein anderer bot ihm einen Joint an, er zog seit wer weiß wie vielen Jahren zum ersten Mal wieder an einem, dann wieder Rotwein, eine andere, noch schrecklichere Sorte, dazu die Musik, die Max wenigstens so weit mitriss, dass er anfing, mit dem Fuß zu wippen, das war bereits Höchststimmung für seine Verhältnisse, und die hatte er schon lange nicht mehr gehabt.

Kurz darauf war er in einem Gespräch mit einer hochgewachsenen Frau, und der Joint und der Rotwein verfehlten ihre Wirkung nicht. Ein Gespräch war es aber eigentlich nicht, nur Max redete und er konnte gar nicht mehr aufhören zu reden und bemerkte fast gar nicht, wie sie mittlerweile den Ort gewechselt hatten, weil das Konzert in Osten zu Ende war. Er war einfach mitgelatscht, sie waren jetzt in einem der vielen Hinterhöfe, jemand hatte ein Feuer gemacht, die ganze Gruppe war mitgekommen.

Max redete weiter. Über Politik, Musik, seine Lieblingsmusiker, seine Lieblingspolitiker, Lieblingsfilme, er erzählte, gab Empfehlungen, stellte in Aussicht, einen Link zu schicken, wo man diese Filme sehen konnte, er redete von seinen Lieblingsbüchern, von deren Autoren und Figuren und dass er alle diese Bücher zu Hause in seinen Regalen stehen habe. Er erzählte von seiner alten Stereoanlage und seinen Platten und von Marx und von der Akkumulation des Kapitals und von Sommernächten wie dieser, die er vor langer Zeit erlebt hatte und an die er sich hier erinnert fühlte.

Max laberte die fremde Frau voll, könnte man sagen. Auf einmal bemerkte er, dass alle um ihn herum verstummt waren und ihn mit großen Augen ansahen, der immer weiterredete,

wie befreit, glücklich, ein Publikum gefunden zu haben, dem er sich mitteilen konnte, dem er alles erzählen konnte, was sich seit Jahren in ihm aufgestaut hatte.

Er redete von seinem Job, einer Assistentenstelle an der Uni, von der er schon zu Zeiten, in denen es im Westen besser gewesen war, kaum hatte leben können. Er hatte bei der Volldigitalisierung helfen sollen, weil er davon etwas verstand, und nachdem er sich dafür drei Jahre aufgeopfert hatte, bis die ganze Uni-Maschine lief, ohne dass ein Mensch mehr dabei vonnöten war, war sein Vertrag selbst ohne den früher sprichwörtlichen warmen Händedruck gekündigt worden.

„Auf digitalem Wege, selbstverständlich, ohne persönlichen Bezug, sondern als Sammelmail, wie sie hundert andere bekommen hatten, deren Dienste nicht mehr gebraucht wurden, genauso wie die Bildung, für die sie dagewesen waren. Ein digitaler Massenarschtritt! Ich musste sehen, wovon ich leben konnte."

„Und wovon hast du dann gelebt?", fragte einer.

Ein weiterer Joint ging herum, Max zog jetzt schon wie selbstverständlich daran und musste auch nicht mehr husten. Es war Zeit, zu seinem Lieblingsthema zu kommen. Während er den Rauch auspustete, fing es bereits an, aus ihm rauszusprudeln.

„Ihr müsst wissen, dass ich ein Computernerd der ersten Stunde bin." Er sah in die Runde. „Schwer vorzustellen bei einem Mann in meinem Alter, was? Ist aber so. Ich wusste besser als andere, wie man sich im digitalen Ozean bewegt, weil ich den Ozean sozusagen bereits befahren hatte, als noch wenig andere Schiffe fuhren, ganz zu schweigen von den Ozeanriesen, die heute unterwegs sind."

Das war der Moment, in dem die Gruppe Max nicht nur mehr interessiert zuhörte, sondern anfing, an seinen Lippen zu hängen. Ein Computerexperte war genau das, was ihnen fehlte.

„Und was machst du da so?"

„Ihr müsst wissen, dass das Computerbetriebssystem, mit der die Hälfte der Welt damals arbeitete, an sich schon anfällig war, bildlich: gebaut wie ein Haus, das mal als Schuppen angefangen hatte und durch die vielen An- und Umbauten im Laufe der Zeit zu einem wackeligen Gesamtbauwerk geworden war." Max formte mit seinen Händen ein unsichtbares Gebäude, das immer größer zu werden schien.

„Und in dem Gebäude war ständig irgendwo etwas kaputt, und da man oft nicht wusste, wo, wurde es kurzerhand ganz abgeschlossen beziehungsweise der Rechner runtergefahren. Zack, Schlüssel rum, Haus zu und aus. Systemfehler und Ende."

Max drehte einen imaginären Schlüssel rum.

„Das ist ja nix Neues", meinte jemand, „die Art von Abstürzen kennt ja jeder."

„Richtig", bestätigte Max, „und das weist darauf hin, dass das Betriebssystem extrem anfällig ist. Und das, was Fitzmann in Berlin auf Basis dieses Betriebssystems mit seinem Internethandel gemacht hat, ist ungefähr so, als würde besagtes Haus dazu noch weder über fließendes Wasser noch genügend Elektrizität verfügen, als wäre das Dach undicht und der Keller voller Wasser. Vor allem aber kann man es nicht richtig abschließen. Im übertragenen Sinne."

Max blickte sich um und sah in Gesichter, die ihm folgten.

„Es funktioniert zwar, aber in puncto Sicherheit gibt es große Lücken, die es jemandem, der etwas davon versteht,

leicht machen, sie zu nutzen. Doch die meisten haben sich in der nach außen hin fehlerlosen Welt des Internets gut eingelebt und scheren sich nicht um bauliche Mängel, so, wie sie sich auch nicht um die sonstige Verwahrlosung in Westberlin scheren."

„Und wie hast du die Lücken dann genutzt?", fragte Rademacher.

Max schwieg und überlegte einen Moment. Konnte er diesen Leuten vertrauen? Und wenn nicht, hatte er dann nicht sowieso schon genug gesagt, um sich möglicherweise zu schaden?

„Sorry, dass ich das frage", sagte Rademacher jetzt, „du kennst uns ja gar nicht."

Es war so, als hätte sie seine Gedanken erraten. Max nahm noch einen Schluck aus der Rotweinflasche, die wieder bei ihm angekommen war. Die Gruppe wechselte im Schein des Feuers fragende Blicke, und dann sahen alle wieder Rademacher an.

„Ich glaube, wir haben hier jemanden getroffen, dem man vertrauen kann", sagte sie bestimmt.

„Und wenn er lügt?", fragte jemand aus dem Halbdunkel. Max räusperte sich.

„Ich weiß zwar nicht, wer ihr seid oder was ihr macht, aber vielleicht vertraut ihr mir, wenn ich euch erzähle, was ich vorhabe."

Es entstand eine kurze Pause.

„Ok", sagte Rademacher.

Max verspürte plötzlich einen Mut, von dem er nicht wusste, ob er ihn noch haben würde, wenn er wieder nüchtern war.

„Also, was die Frage nach den Sicherheitslücken im Fitzmann-System angeht und wie ich sie genutzt habe, ganz

einfach: Unter der offiziellen Identität, mit der er mich wie Millionen anderer Schafe durch die Fitzmann-Welt treiben lasse, habe ich mir eine zweite, anonyme gebaut."

„Das ist jetzt nicht so ungewöhnlich", meinte Rademacher.

„Richtig. Aber mit einer fremden Identität kommt man nicht weit. Sie würde schnell entdeckt werden. Ich habe sie deshalb in viele andere, erfundene Persönlichkeiten unterteilt, die alle eine eigene E-Mail-Adresse und eigene Accounts haben und die ich in einem ausgeklügelten Verfahren ständig wechsle, sodass es unmöglich ist, sie in ein Profil zu fassen, das dem Urheber irgendwie entspricht. Nie bewege ich mich zum Beispiel mit derselben Identität öfter als zweimal auf dem gleichen Weg durchs Internet, ich bin bemüht, keine Muster zu hinterlassen, während meine offizielle Identität kreuzbrav alles mitmacht, was man von ihr verlangt. Ich klicke jede Einverständniserklärung oder Zustimmung bedenkenlos an und sehe mittlerweile aus wie ein Fitzmann-Musterschüler."

Max lachte.

„Und was machen diese vielen Persönlichkeiten so den ganzen Tag?", fragte Rademacher.

Max sah wieder in die Runde. Er atmete durch und sagte dann:

„Sie bekämpfen Fitzmann, so gut sie können."

Stille. Alle sahen Max mit großen Augen an. Einen Moment dachte er, dass er auf dem komplett falschen Dampfer gelandet wäre. Dass er alles falsch eingeschätzt hätte. Dass er es lediglich mit ganz normalen Partygängern zu tun hätte, die sich einen feuchten Kehricht um Politik kümmerten.

„Genau das tun wir auch", sagte Rademacher dann schließlich.

Max wunderte sich, dass keiner den Stein hörte, der ihm vom Herzen fiel.

Rademacher erzählte Max mehr von der Gruppe, von ihrer Gründung und der aktuellen Situation und der Illegalität, die sie buchstäblich in den Untergrund getrieben hatte, und dem einen oder anderen Mitglied kamen ihre Ausführungen ein bisschen beschönigend vor, vor allem, wie sie die Situation im U-Bahnhof schilderte, als sei es das Paradies auf Erden, sozusagen die Vorform des Lebens in Freiheit nach der Revolution, dabei sehnten sich viele nach einer heißen Dusche, einem bequemen Bett und regelmäßigen warmen Mahlzeiten. Aber keiner wollte den Eindruck erwecken, an der Revolution, von der Rademacher mal wieder mit leuchtenden Augen fabulierte, zu zweifeln.

Max aber entgingen diese Zweifel nicht und sie bestärkten ihn, zu erzählen, war er vorhatte. Das revolutionäre Feuer musste ordentlich angepustet werden.

Im Schatten seiner zweiten, unbekannten Multipersönlichkeit hatte Max begonnen, eine Gegenplattform zu entwickeln, die mit der gleichen Technik arbeitete wie die großen kommerziellen Plattformen in den sozialen wie kommerziellen Bereichen, die sowieso nicht mehr zu trennen waren.

Die zunehmende Kontrolle über die Daten praktisch aller Bürger durch Datenfirmen, die für Regierungen, Parteien oder anderen Organisationen in puncto Wahlverhalten ganze Arbeit geleistet hatten, die sogenannte zielgruppenorientierte Datenverarbeitung, hatte Max mit einer Mischung von Faszination und Abscheu zuerst beobachtet, dann analysiert und schließlich die Simulation einer Gegenplattform entwickelt, mit der es möglich war, die Bevölkerungsgruppen, die den Datenfirmen als relevant erschienen, vom einen zum anderen

Moment mit eigenem Material zu befeuern und dadurch für sich zu gewinnen.

Max hatte gelernt, wie man Daten einsammelte und verwertete. Sein Traum war es jetzt, Fitzmann mit seinen eigenen Waffen zu schlagen. Die Simulation war bereit, hochgeladen und auf die Menschen losgelassen zu werden, dazu brauchte es aber eine enorme Rechenkapazität, die nur die Server hatten, die Fitzmann gehörten. Nicht auszudenken, wie es wäre, sie zu nutzen.

Max hatte alles, was Fitzmann aufgebaut hatte, während seiner Zeit als Archivierungsgehilfe bei der Digitalisierung der Uni intensiv beobachtet, sich in die Entwicklerabteilung gehackt, seit Jahren wie ein Unsichtbarer dort umgesehen und den Datenanalysten auf die Finger geguckt, ohne dass die es gemerkt hatten.

Aber bisher fehlte es ihm in der Realität an einer Entsprechung, an Menschen, an Persönlichkeiten, denen zu folgen seine Plattform suggerieren konnte, wenn er sie erstmal dazu auffordern konnte. Max war alleine mit seinem Projekt. Mit denen von früher, aus den wilden Siebzigern, war nicht zu rechnen. Man traf sich ja nicht mal mehr, tauschte nicht mal mehr E-Mails aus, jedenfalls keine, in denen man etwas sagen konnte, das Dritte nicht lesen sollten. Die Freunde von damals hatten sich verändert, waren mit Familie in Reihenhäuser und Neubauwohnungen gezogen und hatten beim Umzug alles zurückgelassen, was sie mit ihrem früheren alternativen Berliner Leben verband. Zum Teil auch ihre Gehirne, fand Max. Oder aber sie hatten sich mittlerweile die Teile ihrer Gehirne, die sie mitgenommen hatten, im Astragon-Universum weggeschmort.

Was er brauchte, waren junge Leute. Jetzt hatte er sie gefunden.

OST

Als Jenny noch bei ihren Eltern in Weißensee wohnte, wo ihr Vater als prominenter DDR-Künstler ein schönes Haus mit Garten besaß, von dem er mit der U-Bahn zur Probe oder Vorstellung fuhr oder mit dem Auto zu Dreharbeiten abgeholt wurde, veränderten sich nach der Wende und vor dem Eintreten des Enklavenstatus die Lebensumstände der Familie und der Nachbarn innerhalb kürzester Zeit.

Obwohl Jennys Familie in der Nachwendezeit durch Fälle von Nachbarn gewarnt war und ihr Vater Einfluss hatte, konnte sie nicht verhindern, dass sie ihr Haus verlassen musste. Die Enteignung aus DDR-Zeiten wurde rückgängig gemacht, die ehemaligen Besitzer hatten gesiegt, und Jenny musste erleben, wie das Paradies ihrer Kindheit leergeräumt wurde und die Familie in einen Plattenbau nach Hellersdorf ziehen musste, ohne Garten, ohne Bibliothek, in drei Zimmer, wovon sich Jenny, die damals Anfang zwanzig gewesen war, eins mit ihrem jüngeren Bruder hatte teilen müssen.

Ihr Vater nahm die Entwicklung klaglos hin, verwies darauf, dass sie lange genug privilegiert gewesen seien, und trank weiter. In Jenny aber wuchs der Hass auf die neuen Besatzer, die Desperados aus dem Westen, die kleinen und großen Verbrecher, die den Osten unter sich aufzuteilen begannen.

Sie verwandelte ihre Haare in eine rote Irokesenfrisur, stanzte Nieten in ihre Jacke, hängte sich Ketten und Draht um den Hals und schloss sich einer der Gruppen an, die diesen Leuten den Garaus machen wollten. Sie gehörte so bald zu denen, die im Ostberlin der Nachwendezeit patrouillierten, Straßensperren bewachten, Westautos anhielten und manchmal sogar anzündeten.

Ihre Opfer nahmen das nicht tatenlos hin, sondern fingen an, sich zu rächen. Sie kamen über die in dieser Zeit offene Grenze zurück, zuweilen nicht alleine, sondern mit angeheuerten Schlägern, vor denen man sich in Acht nehmen musste. Es gab Nächte, in denen es in Ostberlin wie im Wilden Westen war, mit Banditen, Revolverhelden, Sheriffs und Hilfssheriffs. Jenny fühlte sich eher wie eine Indianerin.

In einer dieser Nächte geriet sie in Bedrängnis. Sie war auf dem Weg zur U-Bahn, als ihr ein dunkler Westberliner Mercedes auffiel, der ihr zunächst entgegenkam, sie drehte sich nach ihm um und sah ihn wenden. Als er auf der anderen Straßenseite gleichauf mit ihr war, fing sie an zu laufen. In diesem Augenblick gingen drei der vier Türen des Autos auf und drei Männer sprangen heraus, Jenny sah sie im Augenwinkel und lief schneller. Als die Männer ihr trotzdem immer näherkamen, bog sie in den nächstbesten Hofeingang ab. Ein Fehler. Sie hatte gehofft, dort irgendwie zu entkommen, stattdessen saß sie in der Falle. Zwischen ihnen und ihr war nur noch eine Hauswand, der Hof bot keine Fluchtmöglichkeit. Die Verfolger verlangsamten ihren Schritt, bis sie schließlich ganz nah bei ihr waren.

Jenny schrie aus Leibeskräften um Hilfe.

Ein Fenster ging auf, jemand sah kurz in den Hof, dann schloss sich das Fenster wieder

und in dem Moment, in dem einer der Männer sie am Kragen packte, öffnete sich eine Haustür und ein großer Mann betrat den Hof.

„Ich darf Sie darauf aufmerksam machen, dass das hier Privatgelände ist", sagte er ruhig.

„Verschwinde, sonst kommst du auch noch dran", sagte einer der drei. Dann gab es einen lauten Knall. Der große

Mann hatte einen Schuss abgefeuert, die Mündung eines kleinen Gewehrs rauchte. Die drei Männer wichen erschrocken zurück, als der große Mann auf sie zuging, dann liefen sie zu ihrem Auto zurück. Es gab einen zweiten Knall, man hörte ein Zischen, dann Reifenquietschen. Der Mercedes holperte hinkend davon, ein Reifen war platt.

Der große Mann ging zurück zu Jenny, die immer noch zitternd an der Hauswand stand.

„Das war knapp", sagte er zu ihr. Jenny hatte sich halbwegs gefangen.

„Ich bin übrigens Mario", sagte der Mann.

„Ick dachte, Bruce Willis", entgegnete sie.

WEST

Ähnlich wie bei seiner verdeckten Internetidentität hatte Max bald auch alle Mitglieder der Gruppe um Rademacher mit einer oberflächlichen Identität ausgestattet.

Seine Arbeit bestand darin, Rademacher und ihre Leute im konspirativen Umgang mit dem Internet weiterzubringen, sie zu Netzkämpfern zu machen, die dem System schaden konnten, wo es ging. Rademachers Leute hatten fast alle rudimentäre Kenntnisse, zumindest was Smartphones betraf, und unter Max' Anleitung lernten sie schnell.

Sie fingen an, das Astragon-Universum zu sabotieren. Sie waren nicht zu orten, und

der U-Bahnhof Seestraße sah bald so aus wie eine kleine Computernerdmesse, in dem alle mit ihren Smartphones oder Tablets hockten und Spaß dabei hatten, lustige kleine Computerviren herzustellen und zu verbreiten, fremde E-Mails zu lesen, Konten zu hacken, Bestellungen zu fingieren, digitale Flugblätter über soziale Medien zu verteilen oder Fake News zu erfinden. Hin und wieder schrien sie erfreut auf wie bei einem erfolgreichen Strike in einem Videospiel, wenn sie Erfolg hatten.

Aber das alles musste in überschaubarem Rahmen geschehen, man durfte nicht auffallen. Auch wenn sie nur schwerlich erwischt werden konnten, war es wichtig, dass Fitzmann nicht einmal den Verdacht bekam, dass es sie gab. Dadurch war die Wirkung der digitalen Aktion bald ähnlich umstritten unter ihnen wie die der konkreten Aktion. Es gab nicht wenige, die meinten, die Gefahr, der sie sich aussetzten, stünde in keinem Verhältnis zum Erfolg, solange sie nur hier und da Nadelstiche setzten.

Vor allem Rademacher wurde unruhig. Sie wollte endlich etwas machen, statt nur rumzusitzen. Es war Zeit für die angedachte Aktion.

OST

Mario und Jenny saßen im Invalidenpark auf der Mauer der brüchigen Terrasse, von der man die Wiese überblicken konnte, auf der das übliche Ostberliner Parkleben stattfand, Frisbee, Kiffen und Bier. Sie sahen auf die Brunnenstraße, über die eine alte Straßenbahn ratterte, der sie länger hinterhersahen als nötig, weil keiner von beiden wusste, wie sie ein Gespräch beginnen könnten nach all dem, was zwischen ihnen geschehen war, in der langen Zeit, in der sie sich nicht gesehen hatten.

Keiner hätte vermutet, dass sie mal ein Paar gewesen waren, und Jenny redete sich heute ein, dass es damals nur die Umstände ihrer Rettung vor den Westschlägern und die Ähnlichkeit Marios mit ihrem Vater, dem Hünen des DDR-Films, gewesen war, weshalb sie sich zu Mario hingezogen gefühlt hatte.

Jenny war bald nach der nächtlichen Rettung schwanger geworden, aber als ihre Tochter zur Welt kam, hatte sie sich bereits von Mario getrennt. Die Zeiten waren turbulent, und man konnte nicht behaupten, dass Jenny hinsichtlich ihres Liebeslebens etwas liegen gelassen hatte. Aber auch wenn sie und Mario noch zusammen gewesen wären, hätte keiner der beiden Zeit gehabt, sich um ein Kleinkind zu kümmern. Die Arbeit der AKA7 sah damals kein Privatleben vor, da sie meist im Westen stattfand, unter nicht ganz ungefährlichen Umständen. So war ihre Tochter bei Danner und Mechthild aufgewachsen, und zu ihrer gescheiterten Beziehung kam das Schuldgefühl, ein Kind abgegeben zu haben, und das machte ein Gespräch jetzt noch schwieriger. Es war schon ein Wunder, dass sie sich überhaupt hier hingesetzt hatten und zu reden versuchten.

Eine Gruppe von glatzköpfigen Hare-Krishna-Jüngern, deren Sekte seit einiger Zeit wieder Zuwachs zu verzeichnen hatte, lief an ihnen vorbei und sang, begleitet von Glöckchen und Trömmelchen, ihr endloses Lied. Beide beneideten im selben Moment die Jünger um ihre naive spirituelle Existenz, in der es keine Probleme und keine Sorge zu geben schien, aber nicht einmal das konnten sie sich gegenseitig mitteilen.

„Machst du jetzt Rentnertheaterarbeit?", fragte Mario endlich und ärgerte sich sofort über die Frage.

„Ick mache nicht nur Rentnertheaterarbeit", entgegnete Jenny. „Ick mach ooch richtijet Theater."

„Ich dachte, du wolltest nie mehr mit Theater zu tun haben", sagte Mario daraufhin und ärgerte sich wieder, das Falsche gesagt zu haben.

„Mit dem, wat meen Vater jemacht hat", sagte Jenny. „Ick mach jetzt wat anderet, ick habe meine eijene Truppe, wir entscheiden jemeinsam, wat wir machen, vastehste?"

„Seit wann kannst du was gemeinsam mit anderen entscheiden?", fragte Mario. Wieder falsch, dachte er. Und wie.

„Wollteste mich sprechen, um mich zu beleidigen?", fragte Jenny gereizt.

„Nein. Entschuldige."

Wieder eine Pause. Mario versuchte es anders.

„Ich wollte dich sprechen, weil ... weil ich es einfach blöd gefunden hätte, das nicht zu tun, nachdem wir uns so lange nicht gesehen haben. Und uns zufällig treffen."

„Wieso bist du jetzt Fleißijer Handwerker?", fragte Jenny und versuchte, es nicht abschätzig klingen zu lassen.

„Krishna Krishna Hare Hare", klang es hinter ihnen.

„Weil es mir Spaß macht. Oder besser gesagt, weil ich irgendwas tun wollte. Ich hatte keine Lust mehr aufs Nichtstun."

„Jing mir ähnlich. Und jetzt, wo ick det Angsambel habe, hat mein Leben wieder einen Sinn. Theater macht Sinn."

„Kann ich mir vorstellen. Wahrscheinlich mehr Sinn, als bei der Truppe zu arbeiten."

„Nicht wahrscheinlich: sicher."

„Ich vermisse sie."

Zum ersten Mal drehte Jenny ihm den Kopf zu.

„Wen vermisst du?"

„Die Truppe", sagte Mario schnell.

„Ick hab wat anderet jedacht", sagte Jenny.

„Hare Hare Hare rama."

„Ich weiß, was du gedacht hast", sagte Mario.

Sie schwiegen wieder, aber jetzt hatte das Schweigen einen Inhalt, sie wussten, worüber sie schwiegen.

„Krishna Krishna Hare Hare Hare Rama Krishna Hare ...", klang es immer leiser.

Dann sagte Mario: „Jenny, es mag hart für dich klingen, aber ich kann keinen vermissen, den ich ein paar Jahre nicht gesehen habe."

„Da jeht's einer Mutter wohl anders", sagte Jenny.

Mario überlegt, ob er Jenny darauf hinweisen sollte, dass sie es war, die damals den Kontakt zu Jenny erschwert hatte. Aber er ließ es bleiben.

Jenny war auch schon aufgestanden und schulterte ihre Tasche.

„Ick muss zurück", sagte sie und ging.

Von den Hare-Krishna-Jüngern war nur noch das Glöckchen zu hören.

Mario nahm den Griff seines Werkzeugwagens und zog ihn in Richtung Zionskirche. Als er die Veteranenstraße überqueren wollte, musste er eine alte russische Limousine

vorbeilassen. Hinten drin saß eine Frau, den Blick in einen Aktenordner vertieft. Mario erkannte sie nicht. Er sah nur ein Auto, das zu denen gehörte, für die er mal gearbeitet hatte. Aber das war Vergangenheit. Genauso wie seine Tochter.

WEST

Hannes hatte gute Laune. Er hatte seine Uniform tatsächlich zu Hause gelassen, und sein neues Outfit fühlte sich schon ein bisschen wie ein neues Leben an, Jogginganzug, T-Shirt, Jeans und Turnschuhe. Damit würde er zumindest nicht mehr auffallen. Jetzt begab er sich auf die Suche danach, wie dieses Leben wohl weiter aussehen konnte. Er spazierte den gesamten Ku'damm hinunter, den er noch von den Zeiten her kannte, als er eine pulsierende Einkaufsstraße gewesen war, die Flaniermeile West mit ihren Läden, Kinos, Theatern und Restaurants. Die Straßen, die vom Ku'damm abgingen, mit ihrer wilhelminischen Vergangenheit und der Vergangenheit der studentischen Proteste, in der man die Wohnungen billig mieten konnte und wo die Kinderläden und die Kommunen entstanden waren und die Demos gegen das Nachkriegssystem und den Vietnamkrieg und den Schah von Persien getobt hatten und man in den Kneipen bis zum frühen Morgen auf die Weltrevolution getrunken hatte.

Der Ku'damm selber war immer noch sehenswert. Natürlich gehörten alle Geschäfte Fitzmann und erweckten nur den äußeren Anschein der Unabhängigkeit, sie sahen so aus, als gäbe es einen florierenden Einzelhandel, eine Art Konsum-Disneyland, Version Berlin.

Hannes schlenderte an den entsprechend putzig anmutenden Geschäften vorbei, zumeist Andenkenläden, deren Auslagen Berliner Bären in allen Variationen zeigten, die ein glückliches Fitzmann-Berlinlachen zeigten. Überall auf den Gehsteigen ebenfalls Berliner Bären, unter den Kostümen steckten Menschen, die wegen der Hitze und ihrer prekären Lebenssituation ächzten, während sie mit

aufgesetzten Bärenköpfen allen fröhlich zuwinken mussten, die vorbeikamen.

Die Gedächtniskirche hatte seit einiger Zeit wieder einen Turm, der so aussah wie der, der im Krieg zerstört worden war, und auf dessen Spitze konnte man bei näherem Hinsehen anstelle des Kreuzes das kleine Fitzmann-Logo erkennen. Gegenüber davon das zentrale Fitzmann-Andenkenkaufhaus, Ziel aller Touristenträume, geballtes Berlin auf vier Etagen.

Eine ganze Etage mit Berlin-Bären im Stehen, im Sitzen, im Liegen, im Kopfstand und allen anderen erdenklichem Haltungen und Farben und Formen und Größen. Berlin-Schneekugeln und Berlin-Andenkenteller und Berlin-Funktürme in allen Farben und Schlüsselanhänger und Ampelmännchen, alles mit dem unübersehbaren Fitzmann-Logo, auf dem selber wieder ein Berliner Bär Eisbein und Sauerkraut aß. Sogar in den Eiskugeln glotzte einen der Berliner Bär an, den entsprechenden Eis-Portionierer gab es ebenfalls zu kaufen.

Berlin-Frühstücksbrettchen und T-Shirts und Fruchtgummi und nach Berlin riechendes Parfum, das nach Hähnchenbraterei roch, und Schweißbänder und Straßenschilder und 10.000-fach der Schriftzug „I love Berlin" mit einem Herzchen statt des Wortes ‚love', das Brandenburger Tor, das in Wirklichkeit eine Ruine war, in tausend Varianten, als Torte und Schokolade und aus Plüsch und Plastik und als Hundenapf und Teekanne, Fußabtreter oder Wasserkocher. Die schon erwähnten Berliner Gerichte, aus Marzipan nachgeformt, Kasseler in Marzipan, Currywurst in Marzipan, Eisbein in Marzipan etc. Berliner Idole aus Marzipan, Paulchen Kuhn am Klavier in Marzipan, Harald Juhnke mit Hut und Schal, Max Schmeling, Hanne Sobek und Grethe Weiser in

Marzipan, in allen Größen, den Funkturm in Marzipan, als Flaschenöffner und Garderobenständer.

Hannes hatte immer noch gute Laune. Er setzte sich auf eine der Bänke und besah sich das Treiben. Große Busse spuckten Touristen auf die Gehwege, die sich sofort auf den nächsten Drei-Damen-Grill stürzten und Würste und Pommes in sich hineinstopften und Fitzmann-Cola dazu tranken oder Fotos von allem machten, was ihnen in den Blick kam. Andere Busse boten Fahrten in die Enklave an, davor Warteschlangen mit zumeist übergewichtigen Menschen, die sich auf die Exkursion freuten wie auf eine Reise in einen Safaripark.

Nachdem Hannes sich das alles einige Zeit belustigt angesehen hatte, bemerkte er, dass gegenüber, auf den Treppen der Gedächtniskirche, ein Pärchen saß, das anders aussah als die Masse der gewöhnlichen Touristen. Die beiden trugen Parkas und Palästinensertücher und Schnürstiefel, er hatten lange und sie gar keine Haare. Hannes sah, wie sie anfingen, ein selbstgemachtes Banner auszurollen und es schließlich hochhielten.

„Stoppt den Bären-Terror!" war darauf zu lesen. Sofort tauchten vier Sicherheitsbeamte auf. Sie zerrten das Transparent auf den Boden und führten das Pärchen kurzerhand ab.

Der Fitzmann-Sicherheitsdienst ging gegen rebellische Symptome vor wie die Westberliner Polizei anno '68 gegen die Demonstranten. Und auch das alte Martinshorn klang so wie früher, nur dass die charakteristischen zwei Töne jetzt wie „Berlin! Berlin" klangen. Die Männer vom Sicherheitsdienst in touristischen Gegenden Westberlins trugen alte Schubmützen und Schlagstöcke und lange Mäntel und sahen auf fast niedliche Weise so aus wie die Polizisten im Kasperletheater, denen sie mal als Vorbild gedient hatten.

OST

Ole saß in einer Kneipe auf der Torstraße an der Theke und trank abwechselnd Kartoffelschnaps und Petro Hell. Der Golf war weg, daran war nichts zu ändern, in einer Stadt, in der es offiziell keinen Besitz gab, gab es infolgedessen offiziell auch keinen Diebstahl, alles schien irgendwie allen zu gehören, da machte ein Auto keine Ausnahme, auch wenn er für die passende Lichtmaschine gerade viel Geld ausgegeben hatte.

Je länger Ole trank, desto weniger ärgerte er sich über den Verlust seines Autos, und nach weiteren vier Flaschen Petro Hell und vier Kartoffelschnäpsen dachte er auch nicht mehr an den Brummschädel, den er davon morgen haben würde. Dann hatte er halt kein Auto mehr, auch egal, dachte er, Besitz war sowieso was Blödes, die hatten schon recht, er freundete sich mit dem Gedanken an, dass er sein Auto nur verliehen hatte, vielleicht hatte jemand einen Mordsspaß damit, machte einen Ausflug zum Müggelsee, sollte er doch. Vielleicht würde es ihm auch wieder begegnen, dann würde er es zurückstehlen, bis der nächste es ihm stehlen würde. Aber stehlen gab es ja gar nicht, egal, alle sollen Auto fahren dürfen, das gefiel ihm. Fragte sich nur, wie der, der es gestohlen hatte, es mit der kaputten Lichtmaschine in Gang bekommen hatte.

Er zahlte und ging raus und trat seinen Heimweg zu Fuß an, Auto hatte er ja keins mehr, sonst wäre er in diesem Zustand auch gefahren, wen störte das hier schon.

Er lief die Torstraße runter, dann rechts, dann wieder links und dann immer geradeaus, bis zur Karl-Marx-Allee, am Café Moskau vorbei, das wie immer rappelvoll war, gegenüber im Kino International lief eine Neunzigerjahreverfilmung von Hermann Kants *Aula*, wahrscheinlich stinklangweilig. Als

er dann endlich in der Simon-Dach-Straße im Friedrichshain in sein Bett fiel, musste er wieder an die AKA7 denken, aber er kriegte die Gedanken nicht mehr richtig zusammen und war schnell eingeschlafen.

Am nächsten Morgen saß er verkatert am Küchentisch seiner WG, er hatte genau den Brummschädel, an den er am Abend zuvor gedacht hatte, als er noch denken konnte. Aber anstatt seinen Rausch ordentlich auszuschlafen, war er früh wach geworden, hatte nicht wieder einschlafen können und nippte jetzt an einem Kaffee, während alle anderen in der Wohnung noch schliefen.

Ole wusste nicht, wie viele gerade hier wohnten, es war ein Kommen und Gehen in der Kommune 2, wie sich die WG nannte, in der er jetzt schon zwei Jahre hauste. Kommune 2, so benannt als Nachfolgerin der berühmten Kommune 1 West in den späten Sechzigern, die ihnen nicht nur dem Namen nach als Vorbild dienen sollte.

Genauso wie diese hatte sie sich freie Liebe, freien Sex und gleiches Recht für alle verordnet, jeder sollte mit jedem pennen dürfen, feste Beziehungen waren verpönt und es war nicht leicht, das einzuhalten. Immer weder passierte es, dass sich zwei ineinander verliebten, da war es schwer auszuhalten, dass die auch noch Sex mit anderen haben sollten, aber Eifersucht galt als spießig.

So herrschte nicht die angestrebte liberale Atmosphäre, sondern Streit, Missgunst, verdeckte und offene Feindschaft vor. Ursprünglich sollte keins der vielen Zimmer irgendjemandem gehören, jeder durfte überall sein und schlafen, die Regeln der Kommune 2 waren auf einem großen, handgeschriebenen Plakat in der Küche zu lesen, auf das Ole jetzt starrte. Mittlerweile hatte wenigstens jeder ein eigenes

Zimmer, und wenn eins frei wurde, weil jemand das mit den Regeln nicht mehr befolgen wollte und auszog oder ein Paar eine spießige Beziehung eingehen wollte und dafür sogar eine Wohnung gefunden hatte, gab es erbitterte Kämpfe darum.

An diesen Diskussionen beteiligte sich Ole in der Regel nicht, was nicht bedeutete, dass sie ihm nicht auf die Nerven gingen. Oles Glück war seine Schleppschaltung, wie ein Lehrer in der Schule konstatiert hatte, als er mal wieder nicht zugehört hatte und wie aus allen Wolken gefallen war, als er angesprochen wurde und geguckt hatte, als wüsste er gar nicht, wer ihn da ansprach. Diese Schleppschaltung war ihm geblieben, und deshalb bekam Ole meist als Letzter mit, was als nächstes passierte.

Ole hatte eine Zeitlang mit Marie geschlafen, die schlief jetzt aber öfter mit Jan, vor Ole öfter mit Henning und deshalb sprach Ole mit beiden länger nicht und sie nicht mit ihm, weil alle drei Marie liebten und Marie das ausnutzte und tat, was sie wollte. Alle wollten tun, was sie wollten, aber was sie wollten, war oft nicht das, was Marie wollte, und im wöchentlichen Küchenplenum redeten sie dann stundenlang darüber, dass jeder tun können solle, was er tun wolle. Marie meinte, man solle sie in Ruhe lassen, denn sie wolle nur das tun, was sie wolle, und wenn sie lieber mit Jan schlafen wollte und mit Ole reden, Ole aber nicht reden, sondern mit ihr schlafen wollte, dann sei das nicht ihr Problem. Wenn dann jemand fragte, warum sie nicht mit allen drei schlafen wolle, schließlich gäbe es hier die freie Liebe, meinte Marie, dass sie ja wohl über ihren Körper selber bestimmen könne, freie Liebe hin oder her.

Dann hatten sich die drei Männer bei einem nächtlichen Besäufnis in der Küche gegen Marie verschworen und be-

schlossen, dass keiner mehr mit Marie schlief, bis die sich für einen von ihnen entschieden hätte, woraufhin Marie sich für keinen von ihnen entschied, sondern einen vierten Typen in die Wohnung brachte, und dann ging das Ganze von vorne los, jetzt aber zu fünft, bis Henning und Jan ihr Coming-out hatten und ein Paar wurden und Marie mit dem letzten Typen auszog und Ole wieder komplett solo war. Wie meistens.

Als sich die Kommune vor einigen Wochen gesamt nackt an die Wand gestellt hatte, um das berühmte Foto der Kommune 1 nachzustellen und ihr Modell der freien Liebe zu manifestieren, war es zu Streitereien gekommen, die sich aggressiv steigerten, die Kamera hatte nicht funktioniert, und dann hatten sie wie so oft angefangen, exzessiv Stierblut und Petro-Hell und hemmungslos Kartoffelschnaps zu trinken und zu kiffen. Dann hatten sie Eierwerfen geübt, und am Ende hatten alle da gelegen, wo sie aufgehört hatten zu trinken und zu kiffen, und ihren Rausch ausgeschlafen, als die Kamera dann doch funktioniert hatte und irgendjemand ein Foto der wild durcheinander Schlafenden gemacht hatte, das jetzt neben dem Plakat mit den Regeln der Kommune 2 hing und als Symbol der darin praktizierten freien Liebe galt.

Ole hatte genug von dem ganzen Mist und mied seine Mitbewohner, so gut er konnte. Er war zwar verkatert, aber trotzdem schaffte er es, die Wohnung zu verlassen, bevor einer von ihnen in die Küche kam.

WEST

Hannes suchte den Breitscheidplatz, an dem er das Pärchen mit dem Transparent beobachtet hatte, jetzt beinahe täglich auf, in der Hoffnung, erneut Leute wie sie zu treffen. Wenn öffentlicher Widerstand gegen Fitzmann, dann hier, dachte er. Vielleicht hatte sein neues Leben ja damit zu tun.

Um nicht aufzufallen, benahm er sich wie einer der vielen Touristen, fotografierte, kaufte und aß mit Widerwillen Fast Food von den Drei Damen vom Grill, wechselte häufiger die Beobachtungsposition, schlenderte interessiert rund um den Platz oder setzte sich auf die Treppe der Gedächtniskirche und tat so, als sei er mit seinem Handy beschäftigt, so wie alle anderen, während er alles im Blick behielt.

Nach mehreren Tagen erfüllte sich seine Hoffnung, dass er vor der Gedächtniskirche finden würde, was er suchte.

Die Gruppe, die sich gegenüber von ihm vor dem Fitzmann-Kaufhaus versammelt hatte, unterschied sich in ihrem Aufzug nicht von allen anderen Touristengruppen, aber Hannes hatte sie trotzdem wiedererkannt. Sie blickten sich an, als ob ihre Mitglieder Angst hätten, entdeckt zu werden, sie schienen irgendeinen Plan umzusetzen, sie wirkten verschwörerisch, obwohl sichtbar bemüht, sich von den anderen nicht zu unterscheiden. Die spielen genauso Tourist wie ich, dachte Hannes.

Er zählte insgesamt sechs von ihnen und beobachtete, dass die Spannung unter ihnen zu steigen begann. Die Blicke wurden hektischer, so, als stünde etwas kurz bevor, und als die fitzmanngekrönte Turmuhr der Gedächtniskirche anfing, elf Uhr zu schlagen, rissen sie ihre Umhängetaschen auf. Sie begannen, die großen Schaufensterscheiben zu besprühen, jeder

ein oder zwei Worte, sie warfen Stapel mit Flugblättern hoch, die dann über den ganzen Vorplatz segelten, und kippten zwei Eimer rote Farbe in den Eingangsbereich.

Das Ganze dauerte kaum eine Minute, dann hörte Hannes die Trillerpfeifen der Schupos, und die Gruppe lief auseinander. Auf den Schaufensterscheiben war jetzt, auf mehrere verteilt, „WURST-NIEDER-MIT-DEM-BOCK-KAPITALIS–" zu lesen, weiter waren sie nicht gekommen und irgendwas war mit der Reihenfolge schiefgegangen. Die Schupos, die aus dem Kaufhaus kamen, rannten achtlos durch die Farbe auf dem Gehsteig, die wie eine Blutlache aussah, in alle Richtungen, um die Täter zu verfolgen, und hinterließen dabei blutigrote Fußspuren.

Hannes konnte gerade noch sehen, wie einer der Sicherheitsleute ein Mitglied der Gruppe, eine junge Frau, einholte und auf den Boden warf. Dann nahm er die Verfolgung auf. Die schlanke Frau, die er sich dafür ausgesucht hatte, weil sie die Anführerin zu sein schien, lief jetzt in hohem Tempo die Tauentzienstraße herunter. Hannes hatte Mühe mitzukommen, konnte aber den Abstand halten, hinter ihm die Trillerpfeifen der Fitzmann-Leute in ihren Schupo-Uniformen, die zum Glück leiser wurden, was heißen musste, dass ihre Verfolger den Anschluss verloren.

Er drehte sich im Laufen um, und wirklich, da waren keine Verfolger mehr, nur noch er und die schlanke Frau, die immer weiterlief, obwohl auch sie gemerkt haben musste, dass ihr die Sicherheitsleute nicht mehr folgten. Wahrscheinlich läuft sie vor mir weg, dachte Hannes, klar, sie muss denken, dass auch ich irgendwie zu denen gehöre. Noch war sie zu weit weg, um ihr etwas zurufen zu können, und selbst, wenn sie näher gewesen wäre, hätte Hannes nicht recht gewusst, was.

Es sah aber auch nicht so aus, als könnte er sie einholen. Hannes war ein guter Läufer, aber nachdem sie etwa zehn Minuten durch die Straßen abseits des Ku'damms gelaufen waren, die dort immer trostloser wurden, in Richtung Spree, merkte er, wie seine Kräfte bei dem hohen Tempo nachließen. Jetzt liefen sie am Spreeufer, an der schmutzigen Promenade mit ihren Obdachlosen und Betrunkenen und Smartphone-junkies und dem ganzen Unrat, entlang, der Abstand wurde immer größer, und schließlich musste Hannes aufgeben. Er ließ sich erschöpft auf eine Parkbank ohne Lehne fallen und rief der unverdrossenen Läuferin ein schwächliches „He, warte doch!" hinterher, ohne ernsthaft zu glauben, dass sie es hören würde. Dann beugte er sich vornüber und schnappte nach Luft, nach einer Minute ging es ihm ein bisschen besser und er richtete sich wieder auf. Vor ihm stand die Läuferin, die Hände in die Hüften gestemmt, und sah ihn aus zusammen-gekniffenen Augen an.

„Respekt. So lange hat noch nie jemand mitgehalten."

OST

Ole stand jetzt auf der Mainzer Straße, blickte auf eine Litfaßsäule, auf der auf einem großen Plakat für die Feier zum 30-jährigen Jubiläum des erfolgreichen Widerstands der Hausbesetzer gegen die Räumungskommandos der Westpolizei in der Wendezeit geworben wurde, bei der in einem großen Spektakel die wichtigsten Szenen von damals nachgespielt werden sollten. Szenen, in denen Wasserwerfer erobert und gegen als Westpolizisten verkleidete Statisten eingesetzt wurden, was in einem hochsommerlichen Bespritzungshappening mit Tanz enden sollte.

Die Enklave liebte Rituale, die an die ruhmreiche Zeit erinnerten, besonders die Westemigranten, die Alternativen, Althippies, Ökos und Autonomen, die in der Zeit nach der Wende angefangen hatten, in den Osten zu gehen und Westberlin seinem Mief zu überlassen, sich mit Gleichgesinnten der dortigen Szene vereinigt hatten und heute Helden des ökologischen Sozialismus waren. Viele von ihnen lebten jetzt in der Mainzer Straße, die so etwas wie der Höhepunkt des freien Lebens in einer freien Stadt war.

Unter den Ostlern dieser Gegend gab es allerdings welche, denen die Verehrung der westlichen Helden der Revolution zu weit ging, die sich schon damals von den aus den Westberliner Häuserkämpfen Erfahrenen verdrängt gefühlt hatten. Aber es wurde nicht gerne gesehen, diese kritische Haltung laut zu formulieren. Für Ole aber, der zu den Glanzzeiten dieser Helden in Kreuzberg aufgewachsen war, waren es Helden, denen er hier im Straßenbild begegnete, deren Spuren überall waren, die hier wohnten und ihre Vergangenheit vor sich hertrugen wie Veteranen eines gewonnenen Krieges ihre Orden.

Erst nachdem er sein Auto mit dem Schlüssel in der Hand angefangen hatte zu suchen, fiel Ole in seinem verkaterten Kopf ein, dass es ja weg war. Er fing wieder an, sich darüber zu ärgern, und fluchte laut vor sich hin, während eine Gruppe von Hare-Krishna-Jüngern an ihm vorbeikam mit ihrem endlosen Gesang von „Hare Krishna, Krishna Krishna, Hare Hare, Hare Rama", von dem er sonst in aller Regelmäßigkeit morgens geweckt wurde.

An der U-Bahnstation Frankfurter Allee gab es einen Fußgängerübergang mit Ampel, bei dem statt des früher obligatorischen Ost-Ampelmännchen ein stilisierter Hippie mit Rauschebart ihn erst zum Warten und dann mit ausgestrecktem Peace-Zeichen zum Überqueren der Straße aufforderte. Das Peace-Zeichen hatte den sozialistischen Gruß abgelöst und war jetzt genauso verbreitet wie sein Vorgänger.

Er bekam eine U-Bahn, die ihn zum Alex brachte, vorbei an einigen Geisterbahnhöfen, in denen sie nicht halten durfte, weil sie auf Westterritorium lagen. Im Vorbeifahren sah Ole die Leuchtreklamen und Werbemonitore von Fitzmann, die ein glückliches Leben durch Konsum versprachen, während der Bahnsteig von einem eher unglücklich aussehenden Sicherheitsdienstmann mit Maschinenpistole bewacht wurde.

Der Markt auf dem Alex war wie immer voll. Hier konnte man alles bekommen, was man brauchte: In Bauchläden, die ursprünglich zum Würstchenverkauf erdacht worden waren, gab es fertiggedrehte Joints, Ausländer in großen Mänteln verkauften Westzigaretten, Stadtbauern Biogemüse aus eigenem Anbau in den Parks und am Stadtrand. Es gab selbst geschleuderten Honig, Stände, an denen man sein Müsli aus Säcken selber zusammenstellen konnte, Fleisch hing an Haken in der warmen Sonne ab, daneben wurden Flugzettel gegen

Tierquälerei verteilt. Große Kessel verströmten den Geruch von Vollkorneintöpfen, und als Ole an einem Stand mit selbst gebranntem Kartoffelschnaps vorbeikam, dreht es ihm fast den Magen um. Trotzdem liebte er den Alexandermarkt, und nachdem er einen Sack WG-Müsli für die nächste Woche erstanden hatte, wofür er zuständig war, legte er sich mit einem Becher Kräutertee, von dem er sich Linderung seines Katers versprach, in der Mitte des Platzes auf eins der Sofas, die hier im Sommer zum Abhängen aufgestellt waren. Er schlief den Rest des Rausches von gestern Abend aus, ohne sich an dem Lärm, dem Marktgeschrei, den Trommelrhythmen und dem Gesang der Hare-Krishna-Jünger zu stören, die den Platz mittlerweile ebenfalls erreicht hatten. Oder war es eine andere Gruppe? Die Stadt war voll davon.

WEST

Rademacher war es unangenehm, dass dieser Typ, der ihr hintergerannt war, nachdem die Fitzmann-Verfolger aufgegeben hatten, immer noch neben ihr herging, nachdem sie ihm am Ufer eine Zeitlang zugehört hatte, es dann aber bevorzugt hatte, weiterzugehen, um nicht womöglich doch noch gefasst zu werden. Er hatte ihr erzählt, dass er ihr nur gefolgt war, weil er Kontakt zu Leuten wie sie suchte, zum Widerstand sozusagen, dass er tagelang am Breitscheidplatz Ausschau gehalten hatte, ob wieder jemand auftauchte, der ihm weiterhelfen konnte, nachdem er einer Aktion an der Gedächtniskirche zugesehen hatte.

Rademacher wusste nicht, ob sie ihm glauben sollte, sie wurde den Verdacht nicht los, dass er das alles nur erfand und eigentlich doch einer von denen war, die hinter ihr her waren.

Jetzt erzählte der Mann, der sich als Hannes vorstellte, dass er eigentlich zu den Blauhelmen gehörte, sich aber entschieden hatte, zu desertieren, soweit man von einer Einheit, die de facto kaum mehr existierte, desertieren konnte.

Die Blauhelme sind eigentlich immer eher die Guten gewesen, dachte Rademacher, sie standen auf der Seite derer, die versucht haben, den Frieden im Sinne der Alliierten zu schützen, bis das wegen der wachsenden Präsenz des Sicherheitsdienstes nicht mehr ging. Gut möglich, dass Hannes' Geschichte stimmte, aber sie musste vorsichtig sein. Gleichzeitig fing sie an, Hannes interessant zu finden, und wenn er wirklich der war, der zu sein er vorgab, könnte es nützlich werden, jemanden dabei zu haben, der militärische Erfahrung hatte. Der Kampf hatte erst begonnen. Sie schrieb sich seine Telefonnummer auf, ohne ihm ihre

zu geben, und versprach, sich zu melden, falls man ihn brauchen könne.

Dann trennten sie sich, und Rademacher sah sich mehrmals um, ob er ihr trotzdem noch folgte, das war nicht der Fall, und so erreichte sie eine halbe Stunde später den Leopoldplatz, verschwand hinter der ominösen Stahltür und war weitere zehn Minuten später auf dem Bahnsteig Seestraße, wo sie alle wieder traf, bis auf Karen, die verhaftet worden war und die man so schnell wie möglich befreien wollte. Wobei keiner eine Idee hatte, wie.

WEST

Karen verbrachte den gesamten restlichen Tag und noch weitere drei in einer Zelle, von der sie nicht wusste, wo sie sich befand. Sie war wie gelähmt vor Angst. Noch nie in ihrem ganzen Leben war sie eingesperrt gewesen. Sie hatte damit gerechnet, verhört und vielleicht misshandelt zu werden, und davor hatte sie sich auf der langen Fahrt in dem verdunkelten Auto gefürchtet, doch jetzt war es ihre Platzangst, die sie beherrschte, und wenn die mal kurz weg war, sofort wieder die Angst davor, was als Nächstes kommen würde zu der Schlaflosigkeit, der unbequemen Stahlliege, dem Stahlklo, aus dem es streng roch, und dem vergitterten Fitzmann-Fernseher, der Tag und Nacht lief.

Karen hatte noch nie Westfernsehen gesehen und keinerlei Abwehrmechanismus dagegen. Während sie Todesängste erlitt, prasselte der gesamte Fitzmann-Schrott auf sie ein und mischte sich in ihre Gedanken und in ihre Träume, die sie bald nicht mehr vom Wachen unterscheiden konnte. Ein einziges Chaos von Soapfratzen, Werbezombies und Berlinschlagern, in Wiederholungsschleife, alle zehn Minuten dieselben Spots, Karen wusste irgendwann schon, wann was kam. In ihrer Not begann sie zu schreien. Sie schrie lange und immer dasselbe. Sie schrie nicht nach Mutter oder Vater, nicht nach Danner oder Markus, nicht um Hilfe oder Gnade, sie schrie nur:

„MACHT ES AUS!!"

Markus' ausweichende Antworten auf Karens Fragen nach seiner Wohnung und Herkunft hatten einen guten Grund gehabt, den geheim zu halten ihn viel Kraft und Mühe kostete.

Markus war der Sohn von Karlheinz Dräger, dem allmächtigen Herrscher von Fitzmann.

Der Kronprinz von Westberlin. Eigentlich. Aber das Verhältnis zu seinem Vater war angespannt, und der Kontakt auf ein Minimum reduziert. Trotzdem bezahlte Dräger seine Wohnung über den Dächern von Westberlin, und Markus ließ sich stillschweigend unterstützen, gleichzeitig hielt er seinen Vater auf Distanz und wusste geschickt mit dem Umstand umzugehen, dass Dräger an ihm hing wie an nichts anderem auf der Welt.

Markus Weg vom gehätschelten Wohlstandskind zum Mitglied einer Widerstandsgruppe war voller Zufälle gewesen. Schon zu Zeiten, in denen er noch bei ihm gewohnt hatte, hatte Markus sich gegen Dräger aufgelehnt und schließlich den Kontakt zu denen gesucht, die sich gegen ihn und gegen Fitzmann wandten und an der Destabilisierung des Systems arbeiten wollten.

Dräger nahm die revolutionäre Attitüde seine Sohnes nicht so ernst, in seinen Augen würde das vergehen, genauso wie alles andere vergangen war in seinem jungen Leben, alle kurzzeitig aufgeflammten Leidenschaften für Sport oder Musik oder irgendwelche Hobbys. Schon als Sechsjähriger hatte Markus an dem Pony, dass er sich so sehnlich wie nichts anderes auf der Welt gewünscht hatte, schnell das Interesse verloren, Hamster verhungern lassen, teure Hobbys nach kurzer Zeit aufgegeben und nichts länger als ein paar Tage ernsthaft betrieben.

Dräger hielt seinen Sohn für sprunghaft, faul und unzuverlässig, und merkte nicht, wie sehr er Markus spüren ließ, dass er so von ihm dachte. In Markus hatte sich aber immer mehr ein Ehrgeiz entwickelt, es zunächst seinem Vater zu zeigen, und dann, ihm zu schaden.

Seine Mutter war bei einem Unfall ums Leben gekommen, als er drei war. Er wusste nicht viel über sie. Sein Vater sprach nicht darüber.

Den Kontakt zu denen, die sich gegen Fitzmann wandten und an der Destabilisierung des Systems arbeiten wollten, verdankte Markus einem einzigen Mann. Dräger hatte seinen Sohn keinesfalls auf die Schulen geschickt, an deren verwahrlostem Zustand er selber schuld war. Er hatte ihn privat unterrichten lassen, und unter den wechselnden Hauslehrern, die ihn unterrichteten, war ein älterer, bärtiger Mann gewesen, der sich um ihn kümmerte, seit Markus sechzehn war. Sein Name war angeblich Hans Feldmann, aber in Wirklichkeit hieß er Max Mommsen. Er hatte den Job unter einer seiner Internetidentitäten bekommen, die nichts über seine Widerstandsarbeit verriet, sondern einen erfahrenen, verständnisvollen und zur Not auch mal strengen Lehrer für alle wichtigen Fächer präsentierte.

Max' Wohnung lag mitten im früheren Zentrum der Studentenbewegung, einer Gegend voller preußischer Altbauten, die man in den Sechzigern für sich erobert hatte, als keiner nach Berlin wollte und die Mieten billig waren. Sie sah ähnlich aus wie die Wohnungen in der Enklave: runtergekommen, aber charmant, eine Oase inmitten des Westens, ein Museum der linksalternativen Vergangenheit Berlins.

Hier kam Markus in Kontakt mit denen, die sich „Die Anderen" nannten. Rademachers Truppe.

Einmal die Woche traf die sich bei Max. Alle freuten sich darauf wie die Kinder.

Vor Rademacher behaupteten sie natürlich, dass sie sich auf den Unterricht im subversiven Umgang mit dem Internet und die Gespräche über Politik und die Revolution und die

nächsten Aktionen freuten, aber in Wirklichkeit freuten sie sich mehr auf eine geheizte Wohnung, Max' Rotwein und das gute Essen, das sie erwartete.

Max kochte und redete übers Kochen, das in Westberlin aufgrund der Fitzmann-Fertigmahlzeiten nahezu vergessen war, es gab kaum mehr jemanden, der auch nur noch ein Spiegelei braten konnte, warum auch, wenn man es fertig und in Plastik eingeschweißt kaufen konnte.

Nach dem Essen redete Max ausführlich über Politik, und alle hörten aufmerksam zu, konnten sich aber oft nicht recht konzentrieren, weil sie ungeduldig auf den Nachtisch warteten, den Max immer erst nach dem Vortrag servierte.

„Erst die Arbeit, dann das Vergnügen", sagte er immer, und Rademacher erwiderte:

„Politik ist auch Vergnügen!"

„Aber Vanillepudding mit Himbeersoße ist besser", sagte jemand.

„Besonders, wenn Max ihn kocht", sagte eine andere, und Max fühlte sich geschmeichelt. Rademacher rührte den Pudding nicht an.

„Pudding macht 'ne weiche Birne, und bei der Revolution darf man keine weiche Birne haben", sagte sie nur.

Markus war beeindruckt von Rademacher, nicht äußerlich, sondern auch von ihrer strengen Art und dem sarkastischen Humor, aber vor allem, weil sie häufig mit ihm stritt. Das gefiel ihm. Diese Streitereien waren allmählich legendär, wenn sie begannen, stöhnten alle, verdrehten die Augen und kratzten angestrengt in ihren Tellern oder Puddingschalen herum.

Es ging immer um dasselbe. Das leidige Thema mit der Gewaltlosigkeit. Von allem, was Max Markus beigebracht hatte, war die Gewaltlosigkeit das, was ihn am meisten faszinierte,

und da natürlich besonders das Wirken von Mahatma Gandhi, den Markus so sehr verehrte, dass er unter vorgehaltener Hand von den anderen bereits Gandhi genannt wurde, und als er das mitkriegte, war es ihm sogar angenehm, und von da an nannte ihn Rademacher meistens so.

Gandhi hatte die gewaltlose Revolution gepredigt, und Markus predigte sie ebenfalls.

Rademacher war aber der Ansicht, dass nur Gewalt die Verhältnisse in Westberlin ändern konnte.

„Was hat es Gandhi gebracht? Er ist erschossen worden!"

„Aber er ist aus religiösen Gründen erschossen worden, nicht wegen der Gewaltlosigkeit!", erwiderte Markus.

„Erschossen ist erschossen, und das Einzige, was man sich bei ihm abgucken kann, ist der Hungerstreik, in den er getreten ist!", blaffte Rademacher.

„Kann ich deinen Pudding haben?", fragte einer der Genossen, der gar nicht zugehört und die ganze Zeit auf Rademachers volle Schale geschielt hatte.

„Sag ich doch: weiche Birne", sagte Rademacher lakonisch.

Das Seltsame war: Je öfter sich Rademacher und Markus stritten, desto näher kamen sie sich. Immer wieder ließ Rademacher Hasstiraden gegen Dräger los. Markus fühlte sich von den unverhohlenen Mordfantasien, in die sie sich hineinsteigerte, insgeheim verletzt, denn so sehr er sich von seinem Vater entfernt hatte, ermordet wollte er ihn keinesfalls sehen. Also steigerte er sich in seine Argumentation der Gewaltlosigkeit immer mehr hinein, und als die beiden eines Abends in der Runde alleine übrig geblieben waren und sich schließlich in einem Wortgefecht eng gegenüber gestanden und wütend in die Augen geschaut hatten, hatte Rademacher plötzlich zu Markus gesagt:

„Irgendwie habe ich das Gefühl, als wolltest du dieses Schwein beschützen!"

Es war ein Schuss ins Blaue gewesen und der hatte getroffen, und Markus blieb der Mund offenstehen und es war still.

„Entschuldige bitte", sagte Rademacher ruhig. Und dann küsste sie ihn plötzlich. Sie konnte selbst kaum glauben, dass sie das tat, es war wie im Affekt. Markus schaute sie groß an, und dann küsste er sie und sie küssten sich gegenseitig und immer wieder. Der Streit schien der Funke gewesen zu sein, der ein Feuer entzündete, mit dem beide nicht gerechnet hatten. Sie taumelten in Max' Gästezimmer und blieben die ganze Nacht dort. Es sollte die einzige bleiben. Markus war nicht der Typ, der sich in feste Hände begab. Und wenn Rademacher eine Absicht in diese Richtung gehabt hätte, ließ sie sich das nicht weiter anmerken.

Max hatte zu Anfang ebenfalls nicht gewusst, wer Markus in Wirklichkeit war, aber irgendwann hatte sich Markus ihm gegenüber outen müssen, er hatte seinen Lehrer zu gern gewonnen, um vor ihm so ein großes Geheimnis für sich behalten zu können. Max hatte natürlich sofort begriffen, dass die Nähe zur Dräger und seiner unmittelbaren Umgebung eine Riesenchance war. Er hatte Glück gehabt. Zum zweiten Mal. Markus hatte er versprechen müssen, es keinem zu verraten, und dem war dieser gerne nachgekommen. Alles zu seiner Zeit.

Rademacher hatte Markus dann auch in die Gruppe aufgenommen, und da er im Gegensatz zu den anderen noch eine legale Existenz besaß, war er in der Lage, hin und wieder Lebensmittel mitzubringen, was die Diskussion um das Klauen seltener werden ließ und sein Ansehen gesteigert hatte. Man verzieh ihm sogar, dass er manchmal nicht im U-Bahnhof,

sondern woanders übernachtete, solange er Schrippen, Wein, Bier, Zigaretten und Schokoriegel mit zur Seestraße brachte. Nicht zu vergessen Klopapier, denn die großen Verpackungen waren schwer zu klauen.

Die Aktion am Breitscheidplatz hatte nur kurz für Aufsehen gesorgt, nur so lange, bis ihre Spuren in einer eiligen Aufräumaktion beseitigt worden waren und der Bereich mit Astragonzäunen abgeschirmt, deren Werbeaufschriften versprachen, dass Fitzmann „hier für Sie baut". Der Bürgersteig war gereinigt und die Fenster gesäubert worden, alles sah schnell wieder so aus wie vorher, der Schaden war begrenzt und nirgendwo wurde darüber berichtet. Den Touristen, die etwas mitbekommen hatten, wurde vermittelt, dass es sich um Dreharbeiten gehandelt habe, sie glaubten es bereitwillig, fragten, wann der Film denn gesendet würde, und hofften, dass sie dann im Bild sein würden.

Neben Rademacher und den anderen war auch Markus die Flucht vom Breitscheidplatz gelungen, indem er an den herausrennenden Sicherheitsleuten vorbei in das Kaufhaus hineingerannt war, sich dort in einer Umkleidekabine versteckt hatte und schließlich, als die Luft rein war und das Kaufhaus seinen Betrieb fortgesetzt hatte, unbehelligt durch den Haupteingang hinausspaziert war.

Kurz nach Rademacher traf er auf dem U-Bahnhof ein. Sie hielten Kriegsrat, bei dem nichts herauskam, sie waren verzweifelt, wussten nicht weiter, fingen wieder an, sich zu streiten, es kam zu Schuldzuweisungen, die ganze Aktion wurde plötzlich in Frage gestellt, dann wieder warfen sie sich gegenseitig Tatenlosigkeit vor, und immer wieder zerbrachen sie sich die Köpfe darüber, wie sie der Verhafteten helfen

könnten. Das Gespräch drehte sich im Kreis. Irgendwann waren alle erschöpft, und als die Stimmung auf dem Nullpunkt war, fasste Markus einen Entschluss.

„Äh, ich muss euch etwas sagen. Also, ich hätte es schon lange tun sollen, aber ...", er machte eine Pause. Alle sahen ihn erwartungsvoll an.

„Irgendwie, wie soll ich sagen ... ich habe, äh, irgendwie nie den richtigen Moment gefunden, euch das zu sagen."

„Was denn?", fragte jemand. Sie waren gewohnt, dass Markus sich manchmal etwas umständlich äußerte.

„Stimmt. Ich hab's euch ja noch nicht gesagt, klar ... Is ja Quatsch. Also, ich bin, ich meine, ich sag's mal so: Ich hab' ein Geheimnis vor euch. Ich bin jemand anderer, als ihr denkt."

Alle sahen ihn verständnislos an.

„Bevor ich weiterspreche, äh, möchte ich versichern, also, ich möchte, dass ihr mir das glaubt, dass ihr mir trotz dem, was ich zu sagen habe, vertrauen könnt, dass ich von den Zielen der Gruppe überzeugt bin. Und euch bleiben werde, sozusagen. Ja."

„Das wollen wir doch hoffen", sagte jemand.

„Das könnt ihr", sagte Markus und nickte zur Bestätigung ein paarmal. Dann atmet er tief ein und sagte: „Ich möchte euch mitteilen, dass ich der Sohn von Karlheinz Dräger bin."

Kurze Stille. Einer lachte.

„Du bist was?", fragte einer.

„Der Sohn von Karlheinz Dräger, ja", wiederholte Markus.

Und dann erzählte er ihnen seine ganze Geschichte. Die anderen hörten ihm mit offenem Mund zu. Als Markus fertig war, sagte Rademacher lapidar: „Wenn das so ist, könntest du deinen Alten ja bei nächster Gelegenheit umlegen, und damit wären viele Probleme gelöst."

Obwohl sie es halb im Scherz gesagt hatte, widersprach Markus heftig.

„Wir waren uns doch einig, keine Gewalt gegenüber Menschen anzuwenden, dachte ich!"

„Erzähl mir doch jetzt nichts von Gewaltlosigkeit. Du willst deinen Vater schützen, das ist alles", sagte Rademacher kühl.

„Er ist immerhin mein Vater", sagte Markus.

„Und deine Einnahmequelle. Oder?"

„Wie, Einnahmequelle? Soll das etwas heißen, dass die Schrippen und das andere Zeugs, das du uns mitbringst, letztendlich von Drägers Geld bezahlt sind?", fragte jemand.

„Na ja, man könnte es vielleicht ja auch so sehen, dass ich das Geld meines Vaters sozusagen gegen ihn verwende", sagte Markus zaghaft.

„Wow! Ich bin sicher, dass wird ihn stürzen!", meinte Rademacher und malte mit den Händen ein Schild in die Luft.

„Die Schrippenrevolution! Ich lach mich tot. Das Einzige, was hilft, ist, ihn umzulegen. Schon mal was von Tyrannenmord gehört? Der Welt wäre viel Leid erspart geblieben, wenn man Hitler, Stalin und andere frühzeitig ermordet hätte, bevor sie Millionen anderer ermorden konnten!"

Alle nickten zustimmend. Markus blickte ängstlich in die Runde. Rademacher machte ein mitleidiges Gesicht.

„Na, mach dir mal nicht ins Hemd, Gandhi. Dein Vater würde in so einem Fall wahrscheinlich einfach ersetzt werden, und damit wäre rein gar nichts gewonnen. So leicht lässt sich der Bockwurstkapitalismus nicht beseitigen."

Markus war einigermaßen beruhigt.

Dann ging es wieder um die verhaftete Karen, die anderen fingen an, Markus zu drängen, sich bei seinem Vater für sie

einzusetzen, wenigstens das könne er tun. Woraufhin Markus darauf hinwies, dass dieser Einsatz unweigerlich dazu führen würde, dass sein Vater mitbekam, dass er mit der Gruppe zu tun hatte, woher hätte er sonst von der verhafteten Karen gewusst, von der Aktion, die nicht an die Öffentlichkeit gekommen war? Sie würden alle auffliegen.

Nein, man musste seine Nähe zu Dräger anders nutzen. Allmählich wurde allen klar, dass, wenn sie Markus vertrauten, die Gruppe nie geahnte Möglichkeiten hatte, den Kampf fortzusetzen. Es könnte vorbei sein mit diesem Kratzen an deren Rändern, das mehr Schaden als Nutzen brachte.

Es kam wieder Leben in die eben noch verzweifelte Gruppe, der Kampfgeist schien wieder geweckt zu sein, und alle fingen an zu überlegen, was man denn für die Verhaftete tun könne, ohne Markus dabei auffliegen zu lassen. Das war der Moment, in dem Markus sich an etwas erinnerte.

„Karen hat mir erzählt, dass sie bei einem Freund ihrer Eltern im Prenzlauer Berg ... also, Karen ist ja aus dem Osten, aber das wisst ihr ja ... also, sie ist eben im Prenzlauer Berg aufgewachsen, und der Freund, bei dem sie da aufgewachsen ist, der war mal Chef von so einer Art Sondereinheit, die ist mal gegründet worden, um sozusagen im Westen den Kapitalismus zu unterlaufen, oder so ähnlich."

„Meinst du die AKA7?", fragte Rademacher. Sie kannte sich aus.

"Ja, genau die, die mein' ich."

Rademacher wandte sich kurz an die Gruppe.

„Im Osten eine Legende", sagte sie.

„Und Karen hat mir erzählt, dass das nicht funktioniert hat und die Gruppe daraufhin eingefroren worden ist und ihre Mitglieder jetzt verstreut in Ostberlin leben. Und dass dieser

Freund früher mit einer Frau zusammen gewesen sein soll, die sozusagen wie ihre Mutter ist, weil ihre richtige Mutter, die ist nämlich, also, die musste … egal, das spielt jetzt keine Rolle … die hat jedenfalls heute eine führende Position in der Enklave, also nicht die richtige Mutter von Karen, sondern die andere."

„Weißt du zufällig, wie die heißt?", fragte Rademacher interessiert.

„Nee, hab' ich mir nicht gemerkt. Sorry", sagte Markus. „Aber die hat sogar so was wie den Oberbefehl über diese schlafende Einheit da. Und die hat auch Kontakt zu höchsten politischen Stellen im Westen."

„Das kann nur Mechthild Kreuzer sein!", rief Rademacher.

„Genau, Mechthild. Karen hat von Mechthild gesprochen. Du kennst die?", fragte Markus ungläubig.

„Nicht persönlich", sagte Rademacher, „aber ich würde sie sehr gerne kennenlernen. Hast du die Adresse?"

„Von Mechthild?"

„Nein, von diesem Danner natürlich."

„Raumerstraße 8. Karen hat mir das Haus gezeigt."

Sie beschlossen, dass Rademacher und Markus bereits am nächsten Morgen die Grenze nach Ostberlin überqueren sollten, um Danner zu besuchen und um Hilfe zu bitten. Zum Abschied bildeten sie einen Kreis und tanzten und brüllten die Parolen, und zum ersten Mal machten wieder alle dabei mit. Dann packten alle ihre Sachen und verließen den U-Bahnhof Seestraße, denn die Gefahr war zu groß, dass Karen ihren Standort verriet.

WEST

Nach dem Anschlag auf das Fitzmann-Kaufhaus und der Verhaftung Karens war Rademacher klar geworden, dass es ihrer Gruppe an Fähigkeiten fehlte, wirklich etwas auszurichten. Etwas, was mehr Effekt hätte als „Kinderstreiche", wie sie es vor der Gruppe jetzt gerne nannte, mehr Effekt als Farbbeutelattentate oder Flugblattwerfen oder harmlose Sabotage im Internet. Sie wollte Dinge tun, die das System nicht nur symbolisch schwächten, wobei ihr noch nicht genau klar war, was für Dinge das sein sollten. Dafür kannte sie sich zu wenig mit den Strukturen des Systems aus.

Jedenfalls brauchte sie jemanden, der das System erlebt hatte, oder besser noch, gerade erlebte. Max wusste alles nur aus dem Internet, er hatte schon lange das gerne so genannte ‚echte Leben im falschen' nicht mehr mitbekommen. Rademacher war ihm dankbar, nicht zuletzt auch wegen seines Einsatzes, die Gruppe im Internet schlagkräftiger zu machen, aber das war nur die eine Seite ihrer Vorstellung des Kampfes. Die andere war konkret und betraf die Straße. Markus war ein Träumer, wenn auch ein interessanter, aber im Ernstfall ein Wackelkandidat, nicht nur aus Sorge um seinen Vater. Aber waren sie im Ernstfall nicht alle Wackelkandidaten? Würden sie sich im Ernstfall nicht alle in die Hosen machen, wenn es mal wirklich knallte?

Rademacher brauchte einen Mann der Tat. Einen, der wusste, wie die Dinge im Westen liefen, und an den richtigen Stellen Entschlossenheit zeigen konnte, sie brauchte einen treuen Soldaten.

In gewisser Weise war Hannes ihr vom Himmel geschickt worden. Wenn sie an so was wie den Himmel geglaubt hätte.

Schon mit Markus auf dem Weg in den Osten, rief sie ihn an. Am Leopoldplatz sollte ihn jemand abholen und durch den Tunnel zum Camp bringen. Kurz darauf gehörte Hannes zur Gruppe, die sich jetzt wieder in dem übte, was sie eigentlich immer tat: Sie daddelte im Internet und wartete.

Bis dahin hatte Hannes noch nie gekifft. In seiner Westsozialisation war so was einfach nicht vorgekommen, höchstens auf der Schule mal, aber die, die das da gemacht hatten, hatte er nicht gekannt, sogar eher gefürchtet, da sie Verbotenes machten, Verbotenes mit Drogen dazu, das passte so gar nicht in die geordnete Welt, aus der er kam, die Welt in Bad Salzuflen, östliches Westfalen. Er war nie darauf gekommen, sich mit was anderem zu berauschen als mit Bier und manchmal ein paar Schnäpsen zwischendurch.

Am Abend seines ersten Tages im Kreis von Rademachers Leuten, im Alter von 47 Jahren, rauchte er seinen ersten Joint. Die Wirkung übertraf alles, was er erwartet hatte.

Hannes kam es auf einmal so vor, als sehe er sich selber, mehr noch, als könne er seine Gedanken sehen, als könne er sich zuhören, ohne zu verstehen, was er sagte, sich sehen, wie er auf einem Berg stand und in einem wohlbekannten Tal Dinge lagen, die er noch nie bemerkt hatte, er meinte, alles deutlich zu sehen, was er bisher falsch gemacht hatte, und er wusste, wie er es in Zukunft richtig machen würde, weil nur die Liebe über ihn regieren würde, die er erst jetzt intensiv in seinem Herzen spürte. Jedenfalls äußerte er sich in dem unmittelbar nach dem Rauchen einsetzenden Laberflash über einen längeren Zeitraum in dieser Weise vor seinen neuen Freunden.

Bereits am Morgen darauf, an dem er zu seiner Freude keinerlei Kater verspürte, war Hannes sich sicher, dass er die

Droge gefunden hatte, die er gesucht hatte. Beziehungsweise, dass sie ihn gefunden hatte. Und von diesem Zeitpunkt an taten beide nichts anders mehr, als diese Begegnung zu feiern.

OST

Danner rannte in seiner Wohnung in Ostberlin zu der Kommode, in der er sein Telefon aufbewahrte, nahm es raus und sah aufs Display, das aufleuchtete und auf dem „Mechthild" zu lesen war. Er runzelte die Stirn, drückte auf den Annahmeknopf und sagte seinen Namen.

„Na, endlich", sagte Mechthild. „Ich dachte schon, du hast vergessen, dass es mich gibt."

„So weit ist es noch nicht", sagte Danner, während ihm mehrere Möglichkeiten durch den Kopf gingen, weshalb sie ihn anrief. Als Erstes dachte er an Karen und dass ihr was passiert sein könnte, dann an ein Versäumnis seinerseits, aber er konnte sich nicht vorstellen, welches das hätte sein können. Oder ging es um Geld, um seine Pension, wie er es manchmal nannte, also das, was die demokratische Leitung ihnen zahlte, während sein Dienst für die AKA7 ruhte?

„Was gibt's?", fragte er dann in die Leitung.

„Da ich gerade in der Nähe bin, würde ich gerne zu dir kommen und es persönlich mit dir besprechen. Ist dir das recht?"

„Äh, natürlich, ich muss nur eben ..."

„... ein bisschen aufräumen, oder was? Danner, wir kennen uns lange genug, das wird nicht nötig sein. Ich bin in fünf Minuten da. Bis gleich."

Das Gespräch war beendet. Danner sah kurz das Telefon an und steckte es dann zurück in die Kommode. Es war lange her, dass sich die demokratische Leitung bei ihm gemeldet hatte, und obwohl er darauf gewartet hatte, dass sie es tat und damit seinem vorgezogenen Pensionärsdasein ein Ende setzte, war er jetzt eher unangenehm überrascht. Dass Mechthild ihn

aus privaten Gründen anrief, war unwahrscheinlich, trotz der langen Geschichte, die sie verband. Er hatte sich vor Jahren von ihr getrennt, für sie war das schwerer gewesen als für ihn, auch wenn sie das nicht zugeben konnte. Jedenfalls sah Danner das so. Für ihn war in ihrem Leben irgendwann zu wenig Platz gewesen, und Mechthilds immer stärkere Hinwendung zur Politik einerseits und zu einem ökologischen, ja, er fand, übertrieben esoterischen Leben andererseits war Danner fremd gewesen. Aber ihm war klar, dass Mechthilds Akribie und Prinzipientreue sie dafür prädestinierte – zusammen mit ihrer Überzeugung, dass ein ökologischer Sozialismus machbar war –, höhere politische Aufgaben zu übernehmen, denen sie konsequent und mit großem Einsatz nachging. Danner bewunderte sie dafür, konnte dieser Bewunderung vor ihr aber kaum Ausdruck geben.

Auf der anderen Seite musste er nicht bei allem, was er tat, reflektieren, ob es aus politischen oder ökologischen Gründen vertretbar war. Danner war nun einmal Soldat und hatte keine Lust, deshalb permanent in Frage gestellt zu werden.

Er war der Leiter der einzigen Militäreinheit, die es in der Enklave je gegeben hatte, dazu noch einer geheimen Einheit, von der der Westen nichts wissen durfte. In ihrer aktiven Zeit hatte sie Befehle befolgt, auch wenn die immer auf kollektiven Entscheidungen basierten, die umständlich gefällt werden mussten, bis sie erteilt wurden, und deshalb meist zu spät kamen. Immer wieder war die Gruppe durch diese basisdemokratische Verzögerung in ihrer Arbeit behindert oder sogar gefährdet worden. In Danners Augen war eine pazifistische Armee paradox und der Kapitalismus nicht lediglich durch Sachbeschädigung zu schwächen.

Er räumte doch ein bisschen auf, leerte die Aschenbecher, stopfte die Bierflaschen unter die Spüle und goss diejenigen Pflanzen, die in seiner Wohnung überlebt hatten, seit Mechthild sie nicht mehr pflegte. Als ob die sich bis zu ihrer Ankunft erholen würden.

Danner war sofort wieder in diesem Mechthild-Aufräummodus, in dem alles seinen Platz hatte, den nur sie kannte, als sie noch zusammengewohnt hatten. Und Danner hasste das und hatte nach Reinhilds Auszug aus irrationalem Protest alles so lange verlottern lassen, bis es ihn nicht mehr an sie erinnerte. Genauso wie er es jetzt hasste, dass sie einfach hereinkam und sofort die Fenster aufriss und ostentativ hustete und sich über den Rauch beklagte, als erstes und vor irgendeiner Begrüßung.

„Das Rauchen wird dich noch umbringen", sagte Mechthild und nahm stirnrunzelnd einen Stapel Krimskrams von einem Küchenstuhl, um sich zu setzen.

„Mag sein, aber du bist bestimmt nicht hergekommen, um mir das zu sagen", sagte Danner.

„Ich bin gekommen, um dir zu sagen, dass wir die AKA7 wieder brauchen", sagte Mechthild kurz und bündig.

„Gossen hat mich angerufen. Im Westen sind sie beunruhigt wegen der täglich größer werdenden Zahl von Flüchtlingen, die zu uns wollen. Die haben da Angst, dass sie nicht mehr genug Handys verkaufen, oder so. Und ehrlich gesagt, ich kann sie verstehen. Auch für uns wird das allmählich zum Problem."

„Aha. Aber sollten wir uns nicht darüber freuen, wenn so viele zu uns und nicht mehr im Westen leben wollen?", fragte Danner.

„Danner, du weißt so gut wie ich, dass wir schon Probleme haben, die Leute unterzubringen und zu versorgen, die

hier sind. Die Flüchtlinge kampieren schon in den Parks. Wir kriegen die Dinkelkanone gar nicht mehr schnell genug voll."

„Dinkelkanone?", fragte Danner.

„Vegetarischer Eintopf aus ehemaligen NVA-Feldküchen. Verteilen wir an die Flüchtlinge. Übrigens eine Idee von mir."

„Und die hauen dann nach dem Essen nicht sofort freiwillig wieder ab?", sagte Danner.

„Spar dir deine Ironie. Jedenfalls, wenn das so weitergeht, kriegen wir noch größere Probleme. Und zwar auf allen Gebieten."

„Also nicht nur bei der Körnerkanone?"

„Dinkelkanone."

„Ok. Und was hat die AKA7 damit zu tun?"

„Ihr müsst uns helfen."

„So so, und wie?"

„Indem ihr die Grenze schützt."

Danner lachte auf.

„Wir sollen die Grenze schützen?"

„Genau."

„Du weißt schon, dass es uns eigentlich aus einem ganz anderen Grund gibt, ja?"

„Sei nicht albern, natürlich weiß ich das. Aber die Zeiten haben sich geändert."

„Wenn wir die Grenze schützen sollen, hört es sich eher so an, als würden die alten Zeiten wieder zurückkommen. Können die das da drüben nicht selber?"

„Da, wo sie es können, tun sie es, aber du weißt so gut wie ich, dass wir die besseren Möglichkeiten haben. Immerhin haben wir die Mauer gebaut."

„Und eingerissen. Zumindest teilweise."

„Und da, wo sie eingerissen ist, müssen wir sie ab jetzt bewachen."

„Das ist nicht dein Ernst. Die Sekretärin der demokratischen Leitung verlangt von mir, die Mauer wieder aufzubauen? Das ist grotesk."

Mechthild stand auf.

„Das mag sein, Danner. Aber es gibt keine Alternative. Wir haben nicht mehr 1990."

„Das muss ich aus deinem Mund hören?"

Mechthild atmete tief durch.

„Es tut mir leid, Danner. Also, lass dir was einfallen."

„Mechthild, unsere Einheit ist praktisch aufgelöst."

„Das ist sie nicht. Sie schläft."

„Aber sie schläft so tief, dass sie vielleicht gar nicht mehr aufwacht."

„Dann versuch, sie aufzuwecken. Schließlich werdet ihr nach wie vor bezahlt."

Mechthild war jetzt schon an der Tür.

„Und vielleicht machst du hier mal ein bisschen sauber."

Weg war sie.

Danner ging zum Fenster und sah sie unten in ihren Wagen steigen, vor dem ein langhaariger Chauffeur stand, der gemütlich seine Zigarette zu Ende rauchte, bevor er mit Mechthild hinten drin davonfuhr. Er schaltete den Fernseher an und setzte sich auf sein Sofa. Eine Fernbedienung hatte er nicht, wozu auch, es gab ja nur ein Programm. Angelika Unterlauf erschien, die war jetzt schon Anfang 80 und sagte immer noch das Fernsehprogramm an. „Hier das Abendprogramm des Ostberliner Fernsehens, eine Zusammenschluss des ehemaligen Fernsehens der DDR, DT64 und 11.99 ..."

Danner schaltete ab. Ihm war die Lust zum Fernsehen vergangen. Grenzschutz. Oje.

Mario ging, um sich von dem unangenehmen Gespräch mit Jenny abzulenken, zum Trainieren ins Jahnstadion, dessen Tribünen wegen Baufälligkeit schon lange gesperrt waren. Laufbahn und Rasen waren halbwegs benutzbar, wenn man von dem Schutthaufen in der Südkurve absah, um den man jedesmal einen Bogen machen musste, wenn man daran vorbeilief, sodass jeder Lauf unfreiwillig zu einem mit Hindernis wurde.

Auf der Wiese spielten ein paar Leute Fußball. Offiziell gab es keine Meisterschaft, Leistungssport war in der Enklave ebenso verpönt wie Leistung generell. Mario hörte einen Mann im Trainingsanzug, der sich offensichtlich als Trainer versuchte, einen der Spieler anbrüllen: „Ey, beweg dich mal!", woraufhin der Spieler ihm den ausgestreckten Mittelfinger zeigte und „Wir sind doch hier nicht im Gulag, Alter!" zurückschrie.

Mario drehte weiter seine Runden und dachte an Karen. Wie sie jetzt wohl aussah? Eine junge Frau mittlerweile. Hatte sie wohl mehr Ähnlichkeit mit ihm oder mit Jenny? Von wem hatte sie was geerbt? Jennys Temperament oder sein Phlegma? Irgendwie beneidete Mario Danner, der sich schon so lange um sie kümmerte. Für Danner war das kein Problem gewesen, schließlich war er als Leiter der Gruppe meist im Osten, während er mit den anderen diese sinnlosen Aufgaben im Westen erledigen sollte. Danner lebte von seiner Frau getrennt, sie war irgendwas Hohes in der demokratischen Leitung, was genau, wusste Mario nicht.

Er beendete seine Runden, zog das nassgeschwitzte Trikot aus, warf es in die Karre und zog wieder seinen Kapuzen-

pullover über. Vielleicht würde er mal einfach bei Danner vorbeigehen. Vielleicht würde er Karen zufällig dort treffen. Er zog seine Karre langsam die Schönhauser Allee herunter in Richtung Konopkes Imbiss. Es war Zeit zum Essen. Plötzlich klingelte sein altes Diensthandy, das er im Gegensatz zu den meisten seiner alten Einheit regelmäßig lud und bei sich trug. Also Danner. Gerade in diesem Moment, dachte Mario. Er war vielleicht das einzige AKA7-Mitglied, das sich über dessen Anruf freute. Vielleicht ein bisschen Abwechslung vom fleißigen, aber langweiligen Handwerken.

Danner hatte wohl oder übel angefangen, seine AKA7-Leute zu reaktivieren, und Kontakt zu ihnen aufgenommen, von denen er doch noch einige erreicht hatte. Die wenigsten hatten damit gerechnet, noch einmal herangezogen zu werden, ein paar hatten Danners Anruf einfach ignoriert und waren unauffindbar, wie er befürchtet hatte.

Schließlich hatte Danner aber insgesamt um die dreißig Leute zusammentrommeln können, um den seltsamen Auftrag, den Mechthild ihm weitergegeben hatte, auszuführen.

Die Einschätzung des Runden Tisches, was die Kampffähigkeit der schlafenden AKA7-Mitglieder betraf, war nicht ganz falsch gewesen. Viele von denen, die da in Danners Wohnung eintrudelten, wollten an diesem Tag das große Friedensfest unter den Linden besuchen und wurden durch Danner davon abgehalten. Also benahmen sie sich, als seien sie auf eine Feier eingeladen, wenn schon kein Friedensfest Unter den Linden, dann wenigstens Party am Helmholtzplatz.

Sie machten sich sofort über Danners Vorräte her, tranken das vorhandene Bier, und als das alle war, seinen Wein aus, aßen das auf, was im Kühlschrank war, und legten Musik

auf, nicht ohne zu bemängeln, dass Danner überhaupt keine Platten zum Tanzen habe.

Auch Mario war da, er saß etwas abseits, beobachtete das Treiben und war froh, dass er mit der ganzen Feierei abgeschlossen hatte. Jenny tauchte auf und grüßte ihn zurückhaltend, auch er nickte ihr nur zu, insgeheim hatte er gehofft, sie würde nicht kommen.

Einen blonden, etwas verschlafen wirkenden jungen Mann, der sich freundlich als Ole Steiner vorstellte, hatte er noch nie gesehen, wahrscheinlich war er erst ganz am Ende rekrutiert worden, kurz bevor man die Einheit in den Schlaf versetzt hatte.

Zilinski vom Schrottplatz, der noch immer so aussah wie früher, nur waren seine Haare jetzt noch länger und ziemlich ergraut.

Danner wartete ein bisschen ab, wie viele wohl noch kämen, dann stellte er die Musik einfach ab. Er seufzte kurz. Den Spielverderber geben, das gehörte ja auch zu seiner Arbeit für die AKA7, hatte er fast vergessen. Er konfrontierte die, die schließlich gekommen waren, in seiner knappen, sachlichen Art damit, dass das sorglose Leben und die Ausschweifungen, denen sie sich auch hier mal wieder hingaben, ein vorläufiges Ende finden würden. Es gab eine neue Aufgabe. Die Begeisterung hielt sich in Grenzen.

Überhaupt wieder arbeiten zu sollen, war für einige schon schlimm genug, aber dann noch diese Grenzbewachung! Abgesehen davon, dass die überwiegende Mehrheit den Flüchtlingen, die dem kapitalistischen System entkommen wollten, positiv gegenüber eingestellt waren, wurde endlos darüber diskutiert, im welches Licht der Umstand, dass es jetzt wieder eine Grenze gab, die Freie Republik Ostberlin

rücken würde, die sich Gewaltlosigkeit und Toleranz auf ihre bunten Fahnen geschrieben hatte und für die die alte Grenze das Hauptsymbol für eine repressive Staatsform war.

Nachdem es keine Einigung über den Sinn dieser Grenzbewachung gegeben hatte – beziehungsweise einen solchen Auftrag auszuführen –, hatte Danner in der Auslegung des Auftrags einen Kompromiss gefunden, bei dem die „Grenzschützer" in jedem Einzelfall einfach selber entscheiden sollten, wen sie rüberlassen wollten und wen nicht. Was, so dachte Danner, in der Realität natürlich dazu führen würde, dass sie jeden rüberließen, da für sie gleiches Recht für alle galt und Selektion ausgeschlossen war. De facto hatte er es mit einer Einsatztruppe zu tun, die jeden Befehl prinzipiell verweigerte. Schwere Zeiten für einen Offizier zwischen den Stühlen.

OST

Rademacher war noch nie im Osten gewesen, Markus kannte sich durch seine Begegnung mit Karen bereits aus. Es war früher Abend, Rademacher wollte möglichst schnell zu Danner, schließlich hatten sie einen dringenden Auftrag.

„Wir sind auf dem schnellsten Weg", versicherte Markus ihr, aber nachdem sie in der Nähe des verfallenen Reichstags die Grenze überquert hatten, der immer noch die Reste seiner Verhüllung nach der Wende in den Neunzigerjahren trug und aussah wie ein notdürftig mit Servietten bedeckter, faulender Kuchen, gerieten sie, als sie über Kopfsteinpflaster zu Unter den Linden kamen, in das große Friedensfest, das die Ost-Enklave einmal im Jahr im Sommer feierte. Sie kamen nur langsam weiter.

Vom Brandenburger Tor bis zum Alexanderplatz hatten sich Tausende Enklavenbewohner versammelt, auf beiden Seiten des ehemaligen preußischen Boulevards gab es Bühnen, Stände, Artisten, altmodische Karussells, Schießbuden, an denen man auf Portraits alter DDR-Politiker feuern konnte, Buden, an denen man Joints kaufen konnte, die nicht mehr als Zuckerwatte kosteten und reißenden Absatz fanden, sodass bereits nach wenigen Stunden praktisch alle ausgelassen tanzten und sich von Bühne zu Bühne bewegten, den Rhythmus der Musik auf der einen Bühne allmählich verlassend und in den Rhythmus der nächsten Bühne hinübertanzend.

Rademacher war abgestoßen von dem ungehemmten Treiben, von dem Schweiß der ekstatisch Tanzenden, von der Ungepflegtheit der Ökos mit ihren Wickelröcken, Pluderhosen, Strickstrümpfen, Holzpantinen und Rastafrisuren, den bunten Farben, den schmutzigen, aber glücklich spielenden

Kindern. Deren Eltern tanzten ununterbrochen, stießen dabei spitze Jubelschreie aus und schienen die ganze Welt umarmen zu wollen.

„Sorry", sagte Markus auf einmal, „aber wenn man schon mal im Osten ist, sollte man auch mal was von deren Gras rauchen. Soll das beste der Welt sein."

Er trat an einen der Stände, wo ihn eine junge Frau mit Stirnband anlächelte und ihm, als er den Joint mit ein paar Cent Westgeld bezahlen wollte, tief in die Augen schaute und meinte, dass sie ihn ihm schenken würde. Markus hatte schon ein Feuerzeug in der Hand, um das Ding anzuzünden, da blieb Rademacher mitten im Strom der Feiernden stehen und sah ihn entgeistert an, woraufhin Markus nichts anderes übrigblieb, als auch stehen zu bleiben.

„Du willst dich doch nicht ernsthaft jetzt zukiffen, während deine Freundin da drüben irgendwo um ihr Leben kämpft, oder?"

Sie drehte sich um und lief schnurstracks weiter durch die Menge. Markus steckte den Joint in die Tasche und folgte ihr.

Zwanzig Minuten später gingen sie das Treppenhaus zu Danners Wohnung hoch, wobei ihnen eine Gruppe von Leuten entgegenkam, die „Geh zu ihr und lass deinen Drachen stei-hei-gen!" grölte.

Sie klingelten an der Wohnungstür. Danner öffnete mit missmutigem Gesichtsausdruck, offensichtlich hatte er befürchtet, dass die Party doch noch nicht zu Ende sein könnte.

„Sind Sie Hermann Danner?", fragte Markus.

„Der bin ich", antwortete Danner.

Rademacher lehnte sich erschöpft ans Treppengeländer.

„Das ist gut", sagte sie. „Können wir reinkommen?"

„Warum wollen Sie das?", fragte Danner.

„Es geht um Karen", sagte der junge Mann.

Danner guckte überrascht.

„Kommen Sie rein."

Der Küchentisch, an dem sie saßen, war mit leeren Flaschen, Gläsern, Essensresten und Zigarettenkippen übersäht. Sie erzählten ihm alles. Danner war bestürzt.

Ja, er konnte ihnen helfen, wollte ihnen helfen, musste ihnen helfen. Da Mechthild engen Kontakt zu Karen gehabt hatte, als sie kleiner gewesen war, stand für ihn außer Zweifel, dass sie ihnen ebenfalls helfen würde und ihre sämtlichen Beziehungen im Westen nutzen würde, um herauszufinden, wo Karen sich befand, und sie dann zu retten. Es kam ganz auf die Loyalität von Gossen, dem Kontakt der demokratischen Leitung im Westen, an, und auf dessen Kontakte, die es ermöglichen konnten, herauszufinden, was sie wissen wollten. Dabei war darauf zu achten, dass alles an Fitzmann und Dräger vorbeilief, damit der nicht mitbekam, was für einen dicken Fisch er sich da geangelt hatte. Markus und Rademacher blieben die Nacht bei Danner, Rademacher hatte den Verdacht, dass sie in Karens Zimmer schliefen, aber sie fragte ihn nicht danach.

Am ehemaligen Checkpoint Charlie, auf der Westseite, da, wo der Übergang gewesen war, standen jetzt Bürohäuser über Ladenzeilen, da, wo das Ostterritorium begann, sah man noch das alte Grenzhäuschen, Schlagbäume, Betonhindernisse und Zäune, nur dass sie jetzt wie überall in der Enklave bunt angemalt und mit Blumen verziert waren. An einer großen Betonwand prangte ein Wandgemälde, auf dem die Sozialisten symbolisch die Hippies umarmten, darunter das Wappen Ostberlins, gekreuzte Bierflasche und Joint. Auf

einem alten Schild hatte jemand „Charlie" durchgestrichen und „Marley" daruntergeschrieben, und jetzt saßen da plötzlich Leute aus der Enklave.

Der Fitzmann-Sicherheitsdienst war ursprünglich zur Bewachung der Fitzmann-Transporte gedacht gewesen und hatte mit dieser Aufgabe alle Hände voll zu tun. Fitzmann-Lieferungen waren immer mehr von Plünderern bedroht, die den LKWs auflauerten und sie ausraubten oder die Drohnen, mit denen der Konzern eine Zeitlang Ware zuzustellen pflegte, abfingen und mit ihr und der Ware verschwanden, bis man diese Zustellweise notgedrungen einstellte. Der Sicherheitsdienst war chronisch unterbesetzt und konnte neben seiner notwendigen Präsenz im Stadtbild der Aufgabe, eine Grenze zu schützen, nur unzureichend nachkommen, geschweige denn alle Schlupflöcher im Blick haben. Aus diesem Grund hatte Dräger Gossen und sein Ministerium dazu gebracht, die Enklave zu überzeugen, ihre Grenze wieder selber zu schützen.

Die Westseite tat so, als würde sie die Hippies am Checkpoint Charlie nicht sehen. Schwer zu sagen, ob die verstohlenen Blicke, die hin und wieder auf sie geworfen wurden, nur voller Verachtung oder auch hin und wieder voller Neid waren auf die offensichtlich sorglose Existenz der Enklavenbewohner, die sie plötzlich permanent vor der Nase hatten.

Da, wo mal stramme Vopos Kofferräume öffnen ließen und missmutig Tagesstempel in Pässe knallten, standen jetzt zottelige Enklavenbewohner. Alle hatten alte NVA- oder Volkspolizeiuniformjacken übergezogen, in deren Revers Blumen steckten, und auf dem Kopf NVA- oder Volkspolizeimützen, die ihnen zu groß oder zu klein waren.

Einer ließ lässig einen von diesen alten Tagesstempeln in der Hand schlenkern, ein anderer ein Klemmbrett. Letzterer

stellte die ‚Einbürgerungsfragen‘, auf die man sich geeinigt hatte. Alle anderen saßen in alten DDR-Campingstühlen mit bunt gestreifter Sitzbespannung rum, eine Flasche Petro-Hell in der Hand, den Blick amüsiert auf die Friedrichstraße West gerichtet. Einer spielte Gitarre, ein anderer Bongos. Sie wippten entspannt mit der Schuhspitze. Manchmal stand jemand auf und fing an zu tanzen. Da sie bereits zum zweiten Mal das Friedensfest Unter den Linden nicht besuchen konnten, feierten sie es eben diesmal hier.

Sie mussten nur aufpassen, dass der Sicherheitsdienst ihre Laxheit nicht mitbekam. Deshalb spielten sie, wenn dieser mal auftauchte, auf einmal augenzwinkernd die Autoritären bei den Übergangswilligen, ließen Leute zum Spaß strammstehen, die daraufhin zum Spaß strammstanden, damit es so aussah, als nähmen sie ihre Sache ernst.

Dann arbeiteten die behelfsmäßigen Grenzposten am Checkpoint Charlie belustigt mit den ankommenden Flüchtlingen die Einbürgerungsfragen ab:

„Welche Rockband hat als erstes nach dem Mauerfall in Ostberlin gespielt? Bruce Springsteen, Queen oder die Beatles?“

„Äh, die Beatles?“

„Falsch. Noch zwei Antwortmöglichkeiten.“

Oder:

„Können Sie mindestens zwei Mitglieder des Runden Tisches nennen?“

„Hm. Margot Honecker? Helene Fischer?“

„Lassen wir beide gelten.“

Klack, schon war der Stempel in den Papieren. Willkommen in der Enklave Ostberlin.

WEST

Der Bendlerblock hatte zu anderen Zeiten ganz andere Rollen in der deutschen Geschichte gespielt. Jetzt war er Zentrale des Fitzmann-Sicherheitsdienstes, Karlheinz Dräger hatte ihn günstig gekauft.

Die circa zwanzig Leute, die sich auf dem Hof eingefunden hatten, der zu dem Gebäude gehörte, sahen nicht so aus, als könnte man aus ihnen eine Armee aufmachen. Berker besah sie sich vom Fenster seines Büros aus. Das bekommt man also, wenn man heutzutage Freiwillige sucht, dachte er. Einige waren so dick, dass sie in keine Uniform passen würden, alle glotzten apathisch auf ihre Smartphones, die vorherrschende Kleidung war Jogginghose und T-Shirt mit Fitzmann-Aufdruck, sie wirkten übermüdet und rochen nach Schweiß, einige hatten sich auf den Fußboden gesetzt, weil sich nicht länger als fünf Minuten stehen konnten, und alle stöhnten unter der Hitze, der ausgeliefert zu sein, sie nicht gewohnt waren, obwohl der Sommer noch gar nicht richtig begonnen hatte.

Berker beobachtete sie eine Zeitlang. Er verstand jetzt, warum Fitzmann Schwierigkeiten hatte, gute Leute für den Sicherheitsdienst zu finden. Der Westen hatte sich zu einem Land entwickelt, das bei einer ernsthaften Bedrohung nicht verteidigungsfähig gewesen wäre, dachte er, und dass dieser Umstand gefährlich werden konnte und Fitzmann es geschickt verstand, ihn zu vertuschen und das System mit einer Handvoll Lügen aufrecht zu erhalten, gemischt mit viel Technik, die Allmacht vorgaukelte, wo eigentlich Stagnation herrschte. Wie zerbrechlich das alles ist, wenn man näher hinschaute, dachte Berker, für einen Fachmann mit den ent-

sprechenden Mitteln wäre das, was Fitzmann schützen soll, leicht zu destabilisieren, wenn nicht sogar auszuschalten. Es bedürfe nur des entschlossenen Handelns von dreißig, vierzig Leuten, und schon würde das alles zusammenbrechen.

Aber das war nicht sein Auftrag. Sein Auftrag war, eine Truppe zusammenzustellen, die die Enklave Ostberlin destabilisierte, womöglich vernichtete. Aber aus wem sollte die bestehen? Aus denen da draußen bestimmt nicht. Bei denen da draußen musste er nur ein oder zwei Stunden abwarten, dann würde sich die Spreu vom Weizen trennen. Mal sehen, wie viele übrig blieben.

Berker wurde klar, dass die Zersetzung der Enklave Ostberlin nur von innen heraus gelingen konnte. Mit dem, was Westberlin zu bieten hatte, würde er nicht weiterkommen. Er musste Leute finden, die motiviert und fähig waren, am besten Leute, die das Land gut kannten, deren Lebensinhalt womöglich die Organisation der alten DDR gewesen war und die die Hoffnung nicht aufgegeben hatten, dass sie eines Tages wiederkommen würde, wo sie dann wieder die Fäden in den Händen halten würden und die ganze drogen- und bioversiffte demokratische Leitung beseitigen und wieder eine ordentliche DDR errichten würden, die mit dem Westen kooperierte oder in ihm aufgehen sollte, wie auch immer, Hauptsache, das mit den Gammlern und der lauten Musik hörte auf. So hatte sich Karlheinz Dräger ausgedrückt. Und diese Kreise, die die alte DDR verherrlichten, die gab es im Osten wie im Westen. Berker hatte davon gehört. Jetzt musste er sie finden. Plötzlich fiel ihm ein Name ein.

OST

Danner tippte aus dem Kopf Mechthilds Nummer in das altmodische Handy. Das zweite Mal in kurzer Zeit, dass er mit ihr sprechen würde. Mechthild ging nach ungefähr neunmal Klingeln dran, und noch bevor er etwas sagen konnte, blaffte sie, dass sie gerade nicht könne und gleich zurückrufen werde. Ich störe sie wahrscheinlich beim Sonnengeflecht, dachte er dann, doch dann meldete sie sich schneller, als er befürchtet hatte.

„Du hast mich beim Sonnengeflecht gestört", meinte sie dann auch tatsächlich und hob schon wieder an, ihm zu erklären, was das für sie bedeute, die einzige Zeit am Tage, die sie für sich habe und so weiter, aber diesmal unterbrach Danner sie.

„Fitzmann hat Karen festgenommen."

Mechthild schluckte und schwieg. Danner dachte kurz, die Verbindung sei unterbrochen, doch dann konnte er das Vogelgezwitscher auf der Datscha hören.

„Wie kann das sein?", fragte Mechthild.

„Sie ist mit einem Jungen aus dem Westen getürmt, der bei so was wie einer Widerstandsgruppe ist."

„Widerstandsgruppe? So was gibt es im Westen?"

„Wusst' ich auch nicht. Jedenfalls ist sie bei dem Attentat am Breitscheidplatz verhaftet worden."

„Was für ein Attentat?", fragte Mechthild.

„Farbbeutel auf das Fitzmann-Kaufhaus, Flugblätter. Zwei Leute der Gruppe sind hier bei mir, die haben mich über Karen informiert. Kriegt ihr denn da gar nichts mit in eurem Ministerium?"

Mechthild räusperte sich.

„Jede Geheimdiensttätigkeit basiert auf Misstrauen, das weißt du doch."

Danner wurde ungeduldig.

„Wie dem auch sei, jedenfalls müssen wir was unternehmen. Ich schlage vor, du nutzt deinen diplomatischen Draht ins Ministerium für deutsche Angelegenheiten. Vielleicht können die ja rausfinden, wo sie sich befindet."

„Ja, das werde ich wohl machen müssen", sagte Mechthild. „Wenn ich was weiß, sollten wir uns treffen."

„Ja!", antwortete Danner. „Und zwar mit allen."

„Wer sind alle?", fragte Mechthild skeptisch.

„Na die, die uns dabei helfen können."

„Du meinst, es gibt ein Wiedersehen?"

„So kann man es nennen", sagte Danner und legte auf.

Er musste genau überlegen, wen er in die Aktion involvierte, die zur Befreiung Karens notwendig sein würde. Im Endeffekt kam er auf vier Leute, die ihm geeignet erschienen. Vor allem Mario und Jenny, wobei er sich nicht sicher war, ob noch mehr persönliche und damit emotionale Beteiligung der Sache guttun würde. Auf der anderen Seite war es unmöglich, sie in einer so persönlichen Angelegenheit wie der Befreiung der eigenen Tochter außen vor zu lassen, und Marios Tatkraft war ihm dabei genauso wichtig wie Jennys Intuition, Redegewandtheit und Wandlungsfähigkeit.

Dann kam ihm noch Ole Steiner in den Sinn, der ehemalige Wessi, den sie in den letzten Tagen der aktiven AKA7 rekrutiert hatten, ein Mann ohne jede praktische Erfahrung, aber dafür wohl mit Ortskenntnissen, den Westen betreffend, die von Nutzen sein könnten. Zuletzt Zilinski, der Autokönig vom Prenzlauer Berg, dessen Kontakte zur Beschaffung von Equipment aller Art ihn unverzichtbar

machten, und zwar von Autos über schweres Gerät bis zu Waffen, an die im entmilitarisierten Osten besonders schwer zu kommen war.

WEST

Hans Werner Heitmeier grub sich mit der kleinen Schaufel immer weiter an der Wurzel entlang bis zu ihrem Ende. Er würde dem Ginster, der diese Ecke seines Schrebergartens immer wieder überwucherte, und allem anderen, was da wachsen sollte, das Leben abwürgte, den Garaus machen. Er hatte schon ganz andere Dinge bei den Wurzeln gepackt, da waren die paar Wurzeln hier geradezu lächerlich, er würde sie beseitigen, und wenn er die ganze Woche dafür bräuchte, jede einzelne, mit Stumpf und Stiel, wie es so schön hieß. Er war froh, den Schrebergarten in Wilmersdorf zu haben, hier fand er Ersatz für die Tätigkeit, aus der man ihn nach der Wende im Osten entlassen hatte. Wenn nötig, würde er mit bloßen Händen weitergraben, seine Fingernägel waren schon ganz schwarz und sein Rücken tat ihm weh, aber er gönnte sich keine Pause und buddelte auf Knien verbissen weiter.

Er hatte sich bis zur letzten Minute der Wende entgegengestellt, er war letzter diensthabender Offizier am Grenzübergang Heinrich-Heine-Straße gewesen, als die Ereignisse der Wende das Leben in der DDR auf den Kopf stellten und damit auch sein Leben. Dazu hatte er sich mit seinen Genossen auch noch auslachen lassen müssen, weil er im Sinne seiner Aufgabe versucht hatte, die in den Westen drängenden DDR-Bürger aufzuhalten, indem er und Kollegen vom MfS sich am Checkpoint Charlie untergehakt und eine Kette gebildet hatten. Eine anti-imperialistische Kette, wie sie sie später immer wieder genannt hatten, und diese Kette gegen den Klassenfeind, zu dem offensichtlich nahezu die gesamte Ostbevölkerung außer ihnen gewillt war überzutreten, war ihm und seinen Grenzsoldatengenossen

bis heute ein Symbol dafür, dass eines Tages wieder alles wie früher sein würde.

Auf DDR-Nostalgieveranstaltungen in Westberlin, die nach außen hin wie harmlose Sportvereinstreffen aussahen, waren Heitmeier und seine Grenzgenossen heute gern gesehene Gäste, die als Höhepunkt und nach dem Konsum von sehr viel Wodka als anti-imperialistische Kette untergehakt Kasatschok tanzten und so das eine Symbol mit dem anderen zu verbinden wussten, Vergangenheit von gestern mit sowjetischer Bruderliebe von vorgestern.

Hans Werner Heitmeier und seine Grenzsoldatengenossen, so auch der etwas sperrige Name, unter dem man sie im Internet finden konnte, wenn man wusste, wie (www. erichlebt.de), wollten sich aber keinesfalls damit zufriedengeben, als Retroclowns auf siebzigsten Geburtstagen von ehemaligen höheren Genossen aufzutreten. Sie wollten wieder aktiv werden. Der Stachel der Verachtung, die ihnen widerfahren war, als sie ihre Pflicht auch noch im Untergang ausübten, saß tief und war der Motor, der die alten Herren am Leben hielt.

Heitmeier griff wieder zum Spaten, holte aus und durchtrennte mit Wucht einen weiteren Wurzelstrang. So würde er es auch mit diesen Graspflanzen machen, wenn man ihn ließe, mit diesem Teufelszeug, das denen da drüben die Sinne vernebelte und die Stadt verkommen ließ, abhacken würde er sie eines Tages, vernichten, verbrennen, ausmerzen. Mit jedem Wort hackte er erneut auf die Ginsterwurzeln ein. Dann hielt er inne, schnaufte, nahm die Mütze ab und wischte sich die Stirn. Es ging ihm schon besser.

Am Gartentor stand ein Mann.

„Genosse Heitmeier?", fragte Berker.

„Lange her, dass mich jemand Fremdes so angesprochen hat", sagte Heitmeier skeptisch.

„Dürfte ich einen Moment hereinkommen?"

„Kommt darauf an, aus welchem Grund."

„Ich denke, aus einem guten. Aber das müsste ich näher erklären."

Heitmeier stellte den Spaten ab, kam langsam dem Gartentor näher und musterte Berker.

„Leutnant Helmut Berker", sagte Berker und deutete einen militärischen Gruß an.

„Feldwebel Klaus Heitmeier", sagte Heitmeier und nickte kurz. „Kommen Sie rein. Ist ja selten, dass man einen Genossen trifft."

„Aber nicht ausgeschlossen", schmunzelte Berker.

Heitmeier öffnete das kleine Törchen und ließ ihn ein. Sie gingen einen gepflasterten Weg an strammstehenden Pflanzen in geordneten Reihen vorbei.

Heitmeier deutete auf das widerspenstige Ginsterbeet.

„Alles guter Boden hier. Nur da hinten, der Ginster, das ist der Schandfleck."

„Über Schandflecke wollte ich auch mit Ihnen reden."

Sie setzten sich auf die Holzterrasse des Schrebergartenhäuschens und gossen sich Instantkaffee auf. Berker schilderte ihm seinen Auftrag und verriet auch, dass es sich um Dräger handelte, der ihn gegeben hatte. Heitmeier äußerte sich erstaunlich positiv über Dräger und auch über Fitzmann, und Berker merkte, dass er selber diese positive Meinung nach seinen Erfahrungen nicht unbedingt teilte. Aber er sagte nichts dazu.

„Der hat wenigstens im Westen anständig aufgeräumt", meinte Heitmeier. Berker nickte zögernd.

Heitmeier war erwartungsgemäß Feuer und Flamme für das, was Berker von ihm wollte. Zwei Stunden später hatten sie einen Plan. Dessen Grundannahme war einfach:

Was schon damals zu DDR-Zeiten lange und gut funktioniert hatte, die systematische Beeinflussung der Bevölkerung in all ihren Facetten, von der Versprechung bis zur Täuschung, von der kleinen Einschüchterung bis zur handfesten Drohung, warum sollte es heute nicht wieder funktionieren?

Und so fanden sich Heitmeier und seine engen Getreuen kurz darauf im Bendlerblock ein, allesamt wohl über sechzig und seltsam altmodisch gekleidet. Mäntel in unauffälligen Pastellfarben, beige und graue oder violette Neunzigerjahre-Anoraks, Hüte aus Cord, einer eine Schirmmütze auf dem Kopf, und alle hatten Aktentaschen in der Hand, aus denen sie mit geübten Bewegungen hin und wieder fahle Thermosflaschen oder Plastikbutterbrotdosen zückten und, ohne die Aktentasche abzustellen, kurz etwas aßen oder tranken.

Neben Heitmeier Unteroffizier Bangeberger, der, seinem Namen zum Trotze, als der Mutigste der ehemaligen Einheit galt und sich, bei einer Körpergröße von eins neunzig, auch schon mal die Hände schmutzig machte, wenn es nötig war. Drießen, der kleine Nachrichtenoffizier, der durch seine dicke Brille Zusammenhänge erkannte, die den anderen verborgen blieben, und sogar mit diesem neumodischen Internet zurechtkam, sowie der einfältige Gefreite Lanzenegger, von den anderen nur Lancelot genannt, der eigentlich zu gut aussah, um Polizist zu sein.

Berker hatte jetzt die Leute, die aus dem übergewichtigen Sauhaufen auf dem Hof, von dem noch circa 15 Leute übrig geblieben waren, so etwas wie Soldaten machen konnten. Und denen das wahrscheinlich sogar Spaß machen würde.

Heitmeier führte dabei das Kommando. Er trug bereits wieder das fesche, kurzärmelige Vopohemd, die dazugehörige Mütze aufzusetzen, kam ihm zu diesem Zeitpunkt übertrieben vor. Da es sommerlich warm war, hatte er sich zu kurzen Hosen entschlossen, die ihm in seinen Augen gut standen, besonders im Gesamtbild auf seinem Klapprad mit der Trillerpfeife zwischen den Zähnen. Er stieß in gewissen Abständen hinein, woraufhin die Rekruten, die er beim Versuch des Joggens an der Spree begleitete, anhielten und verschiedene Übungen ausführten, je nachdem, wie oft Heitmeier pfiff. Einmal Pfeifen Liegestütz, zweimal Kniebeugen und bei drei kurzen Pfiffen mussten alle strammstehen und „Jawoll, Herr Leutnant!" rufen, obwohl Heitmeier nur Feldwebel gewesen war.

Man kann sagen, dass die Übungen die zwanzig Übriggebliebenen von den hundert, die mal interessiert gewesen waren, bis an den Rand ihrer Leistungsfähigkeit brachten, und auch darüber hinaus. Besonders die Liegestütze waren von den meisten angesichts ihrer Leibesfülle nahezu unmöglich auszuführen. Aber das Versprechen, wenn man genügend Bemühen zeigte, nach diesem Tagespunkt der Ausbildung eine Stunde lang an sein Smartphone zu dürfen, was ansonsten tabu war, spornte alle an, und sie gaben ihr Bestes, auch wenn das im Einzelfall nicht viel war.

Die Smartphones waren ihnen unmittelbar nach der Einwilligung mit den Geschäftsbedingungen, die sie nicht gelesen, und wenn doch, nicht verstanden hatten, weggenommen worden, und daran waren viele fast wahnsinnig geworden. Keiner von ihnen war in seinem Leben jemals länger als zehn Minuten ohne Smartphone gewesen, und die Entzugserscheinungen in den ersten Tagen waren be-

mitleidenswert. Doch nach ein paar Tagen waren sie aus dem Schlimmsten raus. Sie hörten zum Beispiel allmählich damit auf, mit leerem Blick auf den Boden zu starren und dabei seltsame Laute auszustoßen, als habe man das Gerät noch in der Hand und suche verzweifelt den Einschaltknopf. Heitmeier und seine Leute waren ohne Mitleid vorgegangen und hatten unter vorgehaltener Schusswaffe alle Telefone in einen blauen Müllsack eingesammelt. Jetzt sahen sie manchmal amüsiert zu, wie sich die Besitzer um den Sack balgten, wenn sie sie mal für kurze Zeit benutzen durften, wie Affen, denen man Bananen hinwarf.

Nach ein paar Wochen waren auch die ersten Resultate der Ausbildung in psychologischer Kriegsführung zu sehen, einzelne Rekruten fingen an, Kollegen zu denunzieren, es bildeten sich Grüppchen, die sich zu bekriegen begannen. Ordnungsliebe und Misstrauen wuchsen gleichzeitig, Lüge und Verrat waren plötzlich an der Tagesordnung. Einer bespitzelte den anderen, kurz, das subversive Potenzial wurde durch die sachkundige Ausbildung seitens Heitmeiers und seiner Genossen so schnell zutage gefördert, dass die Truppe bald in der Lage zu sein schien, erste Schritte in puncto Zersetzung auf feindlichem Territorium zu machen.

Drießen, der kleine Nachrichtenoffizier, hatte seit Wochen das Treiben der Enklavegrenzkontrolle am ehemaligen Checkpoint Charlie per Feldstecher studiert, Diagramme über An- und Abwesenheit und vor allem Rauschzustand der Diensthabenden angefertigt und dadurch den günstigsten Zeitpunkt für einen unbewachten Grenzübertritt ermittelt.

Es war der frühe Morgen nach dem ausgiebig gefeierten Geburtstag eines Mitglieds dieser langhaarigen Gammlertruppe, an dem es dem Kommando Heitmeier gelang, an

den ihren Rausch ausschlafenden Ost-Grenzposten vorbei die erste Einheit beiger Herren in die Enklave zu führen, um mit der Zersetzung zu beginnen. Für die von der ausgiebigen Geburtstagsfeier wie besinnungslos Schlafenden, denen die original DDR-Offiziersmützen tief ins Gesicht gerutscht waren, während sie in ihren Campingstühlen schnarchten, hatten sie nichts als Verachtung übrig.

WEST

Hans Hermann Gossen saß auf einer Parkbank in der Nähe des Ministeriums für innerdeutsche Angelegenheiten, Westberlin, und starrte auf sein Handy. Er kniff die Augen zusammen, als ob er es dann besser sehen würde. Dann sah er sich um, ob ihn auch keiner beobachtete, holte einen Flachmann aus der Innentasche seines Jacketts, das er wegen der Hitze ausgezogen und neben sich gelegt hatte, schraubte den Deckel ab und nahm einen Schluck. Obwohl er einiges gewohnt war, musste er sich kurz schütteln, als der Schnaps die Kehle hinunterrann. Dann schaute er wieder auf sein Telefon.

Aus einem Ministerium, das sozusagen den Artenschutz der Ost-Enklave als Aufgabe hatte, war eine Behörde geworden, deren täglicher Überlebenskampf ihn alle Kraft kostete und in der er gegen den Einfluss von Fitzmann wie gegen Windmühlen ankämpfte. Gossen wusste nicht, wie lange er noch Kraft dazu haben würde.

In den Nullerjahren ein moralisch integrer Sozialdemokrat, hatte er sich auch innerhalb der Partei gegen alle neoliberalen Tendenzen gewehrt, die Konzernen wie Fitzmann das Leben leicht machen wollten, gegen das Zauberwort der Privatisierung, das in den Neunzigern Dinge aus der Hand des Staates gegeben hatte, die besser in ihr geblieben wären.

Ohne Erfolg. Gossen erinnerte sich zum Beispiel genau an den Tag, an dem das Trinkwasser in den Besitz von Fitzmann geraten war. Jetzt kostete Wasser beinahe so viel wie Bier.

In einem großen Interview, das er gegeben hatte, als er als vielversprechender Parteivorsitzender und Kandidat für den Regierenden Bürgermeister gehandelt wurde, hatte er auf so

eindringliche Art seine Integrität hervorgehoben, dass er allen, die schon damals lieber mit dem Kapital als mit dem Volk Bündnisse schlossen, endgültig suspekt geworden war.

Die Folge war, dass er weder für den Parteivorsitz noch als Bürgermeister kandidierte. Aus heutiger Sicht war das zu verschmerzen, da der Regierende Bürgermeister eigentlich nur noch repräsentative Aufgaben hatte, aber damals, davon war Gossen nach wie vor überzeugt, hätte er noch was von dem verhindern können, das heute vorherrschte: eine Demokratie, die nur noch auf dem Papier existierte, auf der einen, und die absolute Herrschaft von Fitzmann auf der anderen Seite.

Der Teil in Gossen, der immer noch für ein besseres Land zu kämpfen bereit war, kämpfte gegen Verdrossenheit und Müdigkeit an. Er war müde von den sinnlosen Versuchen, immer noch geltendes, aber nicht mehr respektiertes Recht durchzusetzen. Die Jahre hatten ihn bitter gemacht, der Anblick des Wohlstands, für den sich Genossen und politische Weggefährten verkauft hatten, kränkte ihn und machte ihn gleichzeitig neidisch. Jeden Abend, an dem er in das Bett in seiner Wohnung in Wilmersdorf fiel, schwor er sich, nie so zu werden wie die. Doch anstelle des Schwurs trat in letzter Zeit immer mehr der Alkohol, der die Wut, die er bekämpfen sollte, nur stärker machte, und die Isolation, in der er steckte, unerträglich.

Gossen drohte ein verbitterter, alter Mann zu werden, wenn er weiter dem widerstand, dem sich alle anderen ergeben hatten. Der ehemals starke Baum hatte angefangen zu schwanken. Und jetzt, hier im Park, fiel er um. Gossen meinte, das Umkippen förmlich zu spüren. Er nahm noch einen Schluck aus dem Flachmann, um den Aufprall etwas abzufedern. Kein Wunder, dass er jetzt, nachdem sich Mechthild bei ihm nach

Karens Aufenthalt erkundigt und damit preisgegeben hatte, dass sich ein dicker Fisch im Netz von Fitzmann verfangen hatte, Drägers Nummer auf seinem Telefon drückte.

OST

Danner öffnete die Ofenklappe seines EWS-Elektroherdes, den seine Eltern in den Fünfzigern angeschafft und ihm vererbt hatten. Obwohl keine Zeit zu verlieren war, hatte er für alle gekocht, um den Plan zur Befreiung Karens bei einem gemeinsamen Abendessen zu entwerfen. Das hatte er früher immer gemacht, wenn es etwas zu besprechen gab, und allen hatte es gefallen. Die Klappe quietschte, und als er den Rost mit dem schweren Bräter herauszog, wäre ihm das Ding fast auf den Boden gefallen. Bei der Rettung verbrannte er sich trotz gestrickter Topflappen an den Händen den rechten Zeigefinger, fluchte kurz, begoss die im Bräter befindliche Lammkeule mit Soße, schob das Ganze wieder zurück und ließ die Klappe krachend zuschlagen. Als er am Spülbecken stand und kaltes Wasser über den verbrannten Finger laufen ließ, bis der fast taub war, klingelte es. Zweimal kurz, einmal lang. Durch den Türspion sah er Mechthilds eierförmig verzerrtes Gesicht. Ausgerechnet sie musste die Erste sein. Er öffnete, wieder ging sie an ihm vorbei direkt in die Küche.

„Ich hab' ein bisschen was gekocht", sagte Danner, als er hinter ihr herstapfte.

„Man riecht's", meinte Mechthild und öffnete ein Fenster.

Jedes Mal, wenn sie kommt, benimmt sie sich, als würde sie hier noch wohnen, dachte Danner.

„Findest du ein Tieropfer passend für die Gelegenheit?", fragte sie jetzt.

„Es gibt auch was Vegetarisches, Kartoffelgratin", versuchte Danner, sie zu beruhigen.

„Wahrscheinlich mit Käse. Veganer essen auch keinen Käse, Danner. Und wahrscheinlich hast du es zusammen

mit dem Lamm gemacht, wodurch es dann auch danach schmeckt."

„Oh, Mist", meinte Danner, „ich habe vergessen, es in den Ofen zu tun."

„Dann besteht ja noch Hoffnung", sagte Mechthild. Sie versuchte zu lächeln.

„Was ist denn mit deiner Hand?", fragte sie und deutete auf das Geschirrtuch, das Danner um seinen Finger gewickelt hielt.

„Hab' mich verbrannt, als du geklingelt hast."

„Tut mir leid, das wollte ich nicht. Vielleicht sollten wir ein bisschen Salbe drauftun."

Sie langte in ihre Umhängetasche und holte nach längerem Suchen einen kleinen Tiegel hervor.

„Das ist eine selbst gemachte Salbe, ein altes Hausmittel, bestehend aus ..."

„Schon gut", sagte Danner.

Er ließ er sich von Mechthild den Finger einreiben, obwohl er es auch alleine gekonnt hätte. Dabei blickte er sie an.

„Vielleicht sollten wir mal was anderes probieren als die alten Scharmützel", sagte er. Sie erwiderte seinen Blick kurz. Dann stand sie auf.

„Ich lass' dir was da, am besten so zwei-, dreimal am Tag benutzen. Aber mach es bitte auch, sonst entzündet es sich noch."

Danner seufzte. Mechthild kratzte an der Spüle mit einem Löffel Salbe aus dem Tiegelchen.

„Hast du was zum Reintun?"

„Lass es doch so auf dem Löffel."

„Ok. Hast du vielleicht eine Serviette zum Drauflegen?" Sie spreizte angewidert ihre rechte Hand.

„Mechthild, bitte."

Zum Glück klingelte es wieder. Zweimal kurz, einmal lang.

Danner ging öffnen. Schon von Weitem erkannte Mechthild Jennys meckernden Berliner Singsang. Danner und Jenny kamen in die Küche.

„... issen det fürn Mist, Manno, ick bin fix und fertig, wat machen wir denn da ..."

Sie erblickte Mechthild.

„Oh, die Frau Vorsitzende. Muss man ja wohl jetzt sagen, wa ..."

Sie lachte herzlich auf. Mechthild stand auf, Jenny umarmte sie, etwas zu fest für Mechthild, die so was grundsätzlich nicht mochte. Dann sahen sie sich an. Beide überlegten, wie lange sie sich wohl nicht gesehen hatten.

„Schöne Scheiße, det mit Karen, wa?", sagte Jenny.

„Kann man wohl sagen", antwortete Mechthild.

Danner war dabei, das Gratin in den Ofen zu schieben.

„Nicht zusammen mit dem Lamm, Danner", bat Mechthild.

„Kartoffeln und Lamm müssen sich leider vertragen", sagte Danner gereizt und klappte den Ofen zu. Mechthild überhörte das.

Mario kam als Nächstes. Zweimal kurz, einmal lang.

„Tachchen", sagte er zu den beiden Frauen, die in der Küche standen, und lächelte, wie immer. Wenn ihm auffiel, was für ein kurioses Familientreffen sich hier abspielte, ließ er es sich nicht anmerken. Vier Elternteile sozusagen, die sich trafen, um ihre Tochter zu finden, respektive Pflegetochter. Kein Wunder, dass sie als einzige pünktlich waren. Wieder klingelte es. Mechthild und Danner liefen gleichzeitig zur

Tür. Das ist meine Wohnung, hier mach' ich auf, dachte Danner. Draußen standen Markus und Rademacher.

„Mechthild Kreutzer? Wow! Habe viel von Ihnen gehört", sagte Rademacher spontan.

„Nur die Hälfte davon ist wahr", sagte Mechthild und lächelte.

„Ich hoffe, es handelt sich um die Hälfte, die ich mag", sagte Rademacher. Sie gaben sich die Hand.

„Susanne Rademacher. Ich freu' mich sehr, Sie kennenzulernen."

Rademacher strahlte. So hatte Markus sie noch nie gesehen. Sie vergaß sogar, ihn vorzustellen.

„Hi. Ich bin Markus", sagte er deshalb.

Als letztes kamen Ole und Zilinski, zufällig gemeinsam, sie hatten sich vor der Haustür getroffen, und Ole hatte kurz an das Geld gedacht, das er Zilinski schuldete, aber der hatte keine Anstalten gemacht, es zu verlangen. Zilinskis massige Gestalt schien die ganze Küche auszufüllen.

Danner servierte frisch geschlachtetes Lamm aus einer Herde im Volkspark Friedrichshain, er war stolz, davon etwas bei Tayfun ergattert zu haben. Das Kartoffelgratin war nicht gar, als Zilinski das bemerkte, sah Mechthild Danner triumphierend an.

„Und es schmeckt nach totem Tier", sagte sie dann.

Danner verdrehte die Augen. Irgendwann könntest mal 'ne neue Platte auflegen, dachte er.

„Ich find's lecker", sagte Ole mit vollem Mund.

„Darf ich vorstellen, das ist Ole Steiner", nahm Danner diese Aussage zum Anlass.

„Er ist in den letzten Monaten rekrutiert worden, kurz bevor es vorbei war. Er kommt aus dem Westen. Ich hab' ihn dazugeholt, weil er sich da auskennt, das könnte uns nützlich sein."

Ole winkte schüchtern. Markus nahm einen Schluck von dem Bier, das auf dem Tisch stand, es schmeckte nach Benzin, und er hätte es fast wieder ausgespuckt.

„Und das sind Sus Rademacher und ihr Freund Markus."

„Susanne, und nicht Suse, bitte", sagte Rademacher, „und Markus ist nicht mein Freund."

„Karen ist bei einer Aktion verhaftet worden, in die sie involviert waren", sagte Danner.

Jenny sah die beiden vorwurfsvoll an. Danner fuhr fort.

„Sie gehören einer Widerstandsgruppe aus dem Westen an, zu der Karen gestoßen ist."

„Ick wusste jar nicht, dass es im Westen Widerstand jibt", meinte Jenny und trank einen Schluck Bier. Ihr schmeckte es.

„Wie ist denn das passiert? Was hat Karen überhaupt im Westen gemacht?", fragte Mechthild. Rademacher sah Markus an. Der wich dem Blick aus und beugte sich über seinen Teller, aber antworten musste er trotzdem.

„Äh, wie soll ich sagen, sie ist ... äh, ich habe sie ..."

Rademacher antwortete für ihn.

„Er ist mit ihr zusammen", sagte sie knapp in die Runde. Alle sahen Markus an.

„Na ja, wir haben ... also ..."

Er erzählte die Geschichte zunächst so, wie sie gewesen war, das Kennenlernen über die App, das Treffen im Musenkeller, wie sie über die Grenze gefahren waren, aber dann ließ er den Teil in seiner teuren Wohnung aus und sie direkt im U-Bahnhof Seestraße landen. Rademacher sah ihn dabei

die ganze Zeit kampflustig an, und Markus befürchtete, dass weitere Indiskretionen ihrerseits auch noch seine wahre Identität preisgeben würden. Das wollte er auf keinen Fall. Aber als er fertig war, schwiegen alle, einschließlich Rademacher.

„Unsere Kleene ist verliebt", sagte Jenny dann. „Wie die Zeit verjeht. Für mich ist sie gestern eingeschult worden."

Mechthild lag etwas auf der Zunge, aber jetzt war nicht die Zeit, über die Vergangenheit zu reden. Der Umstand, dass sie Jennys Tochter teilweise mit aufgezogen hatte, spielte hier nur eine private Rolle.

Als Zilinski nach dem Essen anfing, einen großen Joint zu bauen, protestierte Danner energisch und wies daraufhin, dass man einen klaren Kopf behalten sollte, woraufhin Zilinksi ihm erklärte, dass er genau deswegen den Joint baute, den er dann fast ganz alleine rauchte.

Mechthild war es gegenüber Leuten, die sie zum Teil gar nicht kannte oder lange nicht gesehen hatte, sichtlich unangenehm, von den Möglichkeiten zu sprechen, die ihre Position mit sich brachte. Aber sie hatte bereits mit Gossen telefoniert, und der hatte herausgefunden, dass Karen in der großen Fitzmann-Anlage auf dem ehemaligen Flughafen Tempelhof gelandet war.

„Na, wenn sie da is in dem Flughafendingsda, dann holen wir sie raus!", sagte Jenny entschlossen und blickte in die Runde.

„Schließlich waren wir mal 'ne Spezialeinheit!"

„Die Betonung liegt auf ‚waren'", sagte Danner, „und bewaffnete Gefangenenbefreiung war nicht gerade unsere Spezialität."

„Sondern?", fragte Markus.

Alle sahen sich fragend an.

„Destabilisierung. Im Wesentlichen. Sabotage in Westberlin. Aktionen gegen das kapitalistische System drüben", sagte Rademacher. Alle blickten sie kurz irritiert an. Bisher hatten sie gedacht, dass die AKA7 unerkannt gearbeitet hatte.

„Lange her", sagte Mario.

„Und nicht besonders erfolgreich", meinte Zilinski ein bisschen höhnisch. Keiner widersprach.

„Hört sich ganz so an wie das, was wir gerade da drüben probieren", sagte Markus.

„Die Kaufhausaktion hätte jedenfalls von uns sein können", meinte Danner und steckte sich eine Zigarette an. Mechthild stand auf und öffnete das Fenster wieder.

„Immer gewaltlos natürlich", sagte sie zu Markus.

Markus nickte zustimmend.

„Da bin ich unbedingt für!"

Rademacher verdrehte die Augen. Jetzt geht das wieder los, dachte Danner.

„Ich glaube nicht, dass man das Mädchen da rausholen kann, ohne Gewalt anzuwenden", knurrte Zilinski und sah Mechthild an.

„Nur im äußersten Notfall", sagte die.

„Na, dann ist det jetzt mal 'n äußerster Notfall!", polterte Jenny.

Wie oft waren Diskussionen dieser Art in der Enklave geführt worden? Danner konnte sie nicht zählen. Während Ole auf der Küchenbank schlief, weil er den zweiten Joint, den Zilinski gebaut hatte, wieder nicht abgelehnt hatte, ergingen Jenny und Zilinski sich in Fantasien, wie sie das Fitzmann-Gebäude stürmen wollten und mit vorgehaltener Waffe Karen da rausholten. Zilinski versprach, für das notwendige Equipment zu sorgen, dazu für passende Fahrzeuge als auch für Waffen.

Danner, Mario und Rademacher kamen sich vor wie im Kindergarten. Sie teilten unmissverständlich mit, dass mit dem Sicherheitsdienst nicht zu spaßen war und ins Fitzmann-Gebäude zu gelangen schwierig und gefährlich. Was sie brauchten, war eine Idee, eine List, irgendetwas ohne Gewaltanwendung, bei der sie sicher unterlegen sein würden. Ein trojanisches Pferd. Aber wie sollte das aussehen?

Sie saßen da und schwiegen und dachten nach.

„Vielleicht ...", sagte Rademacher langsam. Alle sahen sie an. Rademacher sah zu Markus.

„Vielleicht kannst du uns ja helfen?" Sie weitete die Augen.

„Ich? Wieso ich?", fragte Markus.

„Na, durch, wie soll ich sagen, durch gewisse Beziehungen ..."

Markus sah sie mit weit aufgerissenen Augen an.

„Das ist nicht dein Ernst", presste er heraus.

„Dürfen wir vielleicht erfahren, um was für Beziehungen es sich handelt?", fragte Danner. Rademacher räusperte sich.

„Markus, ich hab' mir das gut überlegt, ich mach' das hier jetzt nicht aus Eifersucht oder um dir eins auszuwischen oder so. Ich glaube, dass es bei der Aktion helfen könnte, wenn die Leute hier wüssten, wer du bist."

Markus sah ängstlich in die Runde und schwieg.

„Also, ich sehe jetzt keinen Grund mehr, es zu verschweigen", sagte Rademacher zu ihm. Sie wartete Markus Reaktion nicht ab und wandte sich wieder der Runde zu.

„Die Beziehungen bestehen darin, dass Markus der Sohn von Karlheinz Dräger ist", sagte sie.

„Der – wat?", fragte Jenny.

„Ja, das stimmt", sagte daraufhin Markus und sah Rademacher böse an.

„Ich bin Karlheinz Drägers Sohn. Aber ich will ihn bekämpfen. Ihn und Fitzmann. So wie ihr auch."

Er räusperte sich.

„Tut mir leid, dass ich es nicht selber gesagt habe."

Wieder sah er Rademacher an. Sie wich seinem Blick aus.

„Na, wenn das so ist, dann würde es bedeuten, dass wir ein ausgezeichnetes Gegenmittel in der Hand haben", sagte Zilinski und zog an seiner Zigarre. Mechthild fächelte den Rauch schon weg, bevor er ihn ausgepustet hatte.

„Wir könnten dich sozusagen im Gegenzug zur Geisel machen."

Markus schluckte. Wieder sahen ihn alle an. Zilinski stand auf, ging hinter Markus' Stuhl und legte ihm die Hände auf die Schultern. Markus zitterte.

„Aber so sind wir zum Glück nicht", meinte Zilinski dann.

„Nein, so sind wir nicht", bestätigte Mechthild.

Markus atmete auf. Dann erzählte er von dem schwierigen Verhältnis zu seinem Vater und wie er Max kennengelernt hatte und dann Rademacher und von seinem Eintritt in deren Truppe und wieder ließ er das aus, was er für privat hielt, nämlich seine Beziehung zu Rademacher, aber auch erneut das schöne Appartement über der Stadt.

Danner ergriff das Wort.

„Es ist natürlich nicht von der Hand zu weisen, dass deine Herkunft für uns von großem Nutzen sein kann. Ich nehme an, du könntest uns die ein oder andere Tür öffnen."

„Den janzen Scheißpalast könnte er uns öffnen, wenn du mich fragst", sagte Jenny, „er könnte direkt zu seinem Vater spazieren und ihm sagen, dass er seine Freundin freilassen soll. Ihm irgendwas vorheulen, dass er ohne sie nicht leben kann, und schon wär' sie draußen."

„So einfach ist das nicht", sagte Markus, „wenn mein Vater mitkriegen würde, dass ich mit einer Widerstandsgruppe zu tun habe, wäre alles zu spät, das kann ich euch versichern."

„Du musst ihn eben irgendwie um den Finger wickeln", sagte Jenny, „irgendeinen Weg wird es schon jeben."

„Ich halte es für gefährlich, wenn wir Markus jetzt enttarnen", sagte Danner, „ehrlich gesagt, kann ich in dem Umstand, dass er Drägers Sohn ist, in Bezug auf Karens Befreiung keinen Nutzen sehen."

Markus sah Rademacher triumphierend an.

„Es sei denn, die kennen den da in Tempelhof", fing Jenny wieder an, „oder er weist sich einfach als Sohn von Dräger aus. Dann könnte er uns als seine Freunde ausgeben und eine Führung vortäuschen. Eine Führung durch den Betrieb seines Vaters sozusagen. Und dann sind wir drin und hauen Jenny raus."

Mario verdrehte die Augen.

„Kann ich mir nicht vorstellen, dass die da Führungen machen. Das ist doch kein Museum oder so."

„Hab ick doch auch gar nich gesagt, dass det ein Museum ist," sagte Jenny gereizt. Mario hob beschwichtigend seine Hände.

„In jedem Fall wäre er dann enttarnt, sein Vater würde es schnell mitkriegen", meinte Danner, „das heißt, wenn die Befreiung schiefgeht, hätten wir die Karte bereits gespielt."

„Ich glaube nicht, dass ich in Tempelhof reinkommen würde", meinte Markus, „Da kommt niemand rein, es sei denn, aus triftigen Gründen. Am Potsdamer Platz ist das anders. Da kennt mich jeder."

„Könnte uns natürlich auch von Nutzen sein," meinte Zilinski.

„Vollkommen richtig", sagte Danner, „von großem Nutzen sogar. Ich schlage deshalb vor, dass du deine Pflichten als Sohn, die du bestimmt hast, weiterhin erfüllst."

„Viel ist da nicht", sagte Markus, „Geburtstage, Weihnachten, Ostern, hier und da eine Veranstaltung ..."

„Du solltest keinen Verdacht aufkommen lassen. Spiel den guten Sohn."

„Krieg ich hin." Markus sah wieder Rademacher an, diesmal entschuldigend.

„Also zurück zur Grundfrage: Wie kommen wir da rein?", fragte Danner.

Sie waren genauso weit wie vorher. Klar war jedenfalls, dass sie jemanden brauchten, der das Areal auskundschaftete, sich einen Überblick über die Gegebenheiten verschaffte, vielleicht waren sie danach schlauer. Die Wahl fiel auf Ole, weil der sich auskannte. Nachdem sie ihn geweckt und ihm das mitgeteilt hatten, war Ole sofort hellwach, das Adrenalin pulverisierte seinen Grasrausch, seine Augen weiteten sich vor Angst, und er konnte weder mit Schmeicheleien noch mit Ermutigungen überzeugt werden, als Vorhut alleine in den Westen zu gehen. Er erklärte sich erst dazu bereit, als Zilinski vorschlug, ihn zu begleiten. Bei dieser Gelegenheit würde der auch das nötige Equipment in den Westen schaffen.

Irgendwann war eine von Jennys vielen Ideen wieder mal die richtige. Der daraufhin entstehende Plan war so gewagt, dass sie lange darüber diskutierten, ob er aufgehen konnte. Aber am Ende mussten sie sich eingestehen, dass sie keinen besseren hatten. Klar war, dass sie alle in den Westen mussten.

Feldwebel Heitmeier und der einfältige Lanzenegger inspizierten das Klingelbrett eines Plattenbaus in Lichten-

berg, Ostberlin. Sie würden systematisch vorgehen, also war es sinnvoll, rechts unten anzufangen und dann von Tür zu Tür zu wandern. Sie drückten also rechts unten bei Selke, kurz darauf summte der Türöffner. Sie gingen ins Haus und standen bald an der entsprechenden Wohnungstür. Heitmeier hielt einen Ausweis nah vor den Türspion, worauf die Tür sofort aufging. Ein älterer Herr in Pantoffeln stand da.

„Sind Sie der Herr Selke?", raunzte Heitmeier ihn an.

„Das bin ich!", antwortete selbiger, und es sah fast so aus, als würde er Haltung annehmen.

„Mein Name ist Heitmeier und das ist mein Kollege Lanzenegger. Wir kommen von der demokratischen Leitung und wollten uns mal mit Ihnen unterhalten."

„Was, äh, ja, natürlich, kommen Sie herein."

Sie gingen ihm voraus in die Wohnung.

„Grete, da sind zwei Herren von der demokratischen Leitung, die möchten sich mit uns unterhalten", rief Herr Selke in Richtung Küche.

Kurz darauf saßen Heitmeier und Lanzenegger zurückgelehnt im Sofa des kleinen Wohnzimmers, während das Ehepaar Selke nervös auf dem Rand ihrer Polstersessel hockte.

„Worüber wollen Sie sich denn mit uns unterhalten?", fragte Herr Selke, sichtlich verunsichert. Heitmeier gab Lanzenegger ein Zeichen, der stand auf und begann, die Schrankwand und die wenigen Bücher, die darin waren, zu inspizieren.

„Sie wohnen schon lange hier?", fragte Heitmeier beiläufig.

„Seit dreißig Jahren", sagte Herr Selke.

„Fünfunddreißig", berichtigte ihn seine Frau stolz.

„Stimmt. Im August fünfunddreißig."

Heitmeier nickte anerkennend.

„Da ist nichts außergewöhnlich", sagte Lanzenegger aus Richtung Schrankwand.

„Hab' ich mir gedacht", sagte Heitmeier und lächelte das Ehepaar an. Lanzenegger setzte sich wieder.

„Sagen Sie mal ehrlich", Heitmeier beugte sich vor, „wo hat es Ihnen besser gefallen? In der ehemaligen DDR oder heute, in der Enklave Ostberlin? Sie können ohne Bedenken Ihre Meinung sagen. Frei heraus." Er nickte auffordernd. Frau Selke setzte an, etwas zu sagen, aber ihr Mann sah sie kurz und warnend an.

„Also, sagen wir mal so ..." setzte er an. Wieder sah sich das Ehepaar an.

„Beides hat seine guten Seiten, würde ich sagen", sagte Herr Selke dann diplomatisch.

Heitmeier lächelte und nickte.

„Was würden Sie sagen, wenn Sie erführen, dass bald alles so wie früher sein wird?", fragte er dann.

„Sie meinen, wie ... wie in der DDR früher?"

„Genau."

Frau Selkes Augen begannen zu leuchten.

„Das wäre ja wunder–"

Wieder unterbrach sie ihr Mann.

„Wie gesagt, beides hat seine Vor- und Nachteile", meinte er dann, um ja nichts Falsches zu sagen. Lanzenegger trank einen Schluck Tee, den Frau Selke ihnen auf Tassen mit Untersetzern serviert hatte.

„Verstehe", sagte Heitmeier nachdenklich. Dann wandte er sich an Lanzenegger.

„Genosse Lanzenegger, was meinen Sie? Die Herrschaften legen sich offensichtlich nicht fest. Würden Herr und Frau ... äh ..."

„Selke", half ihm Frau Selke, die froh war, auch mal was sagen zu können.

„Selke, richtig. Danke. Würden Herr und Frau Selke lieber in der ehemaligen DDR oder besser in der heutigen Enklave leben?" Er sah das Ehepaar ernst an.

„Mit seinen verlotterten Sitten und den ganzen Drogen?"

„Eindeutig die DDR, Genosse Leutnant", sagte Lanzenegger. Das Ehepaar schluckte, beide gleichzeitig.

„Wäre ... wäre das schlimm?", fragte Herr Selke ängstlich.

„Aber ich bitte Sie, lieber Herr Selke! Das ist doch nicht schlimm, wenn man die Vergangenheit schätzt. Das darf doch jeder so halten, wie er mag, hab' ich recht, Genosse Lanzenegger?"

„Voll und ganz", sagte der und biss in eins von den Plätzchen, die neben der Teekanne in einer Schale standen. Wieder nickte Heitmeier bedächtig.

„Ich nehme das mal so zur Kenntnis", sagte er dann und stand auf.

„Tja, das war es eigentlich schon, was wir wissen wollten."

Lanzenegger nahm sich noch einen Keks und stand ebenfalls auf. Sie gingen den engen Flur entlang Richtung Wohnungstür. Heitmeier hatte sie schon geöffnet, als er sich nochmal zu dem Ehepaar umdrehte.

„Ach, noch was. Sehen Sie gerne fern?"

Das Ehepaar Selke stand verunsichert neben der Küchentür.

„Ja, sehr gern", sagte Frau Selke. „Besonders die Frau Hahnemann und ..."

Wieder schnitt ihr Mann das Wort ab.

„... und viel Sport", sagte er.

„Na, dann werden Sie in der nächsten Zeit viel Spaß haben", sagte Heitmeier vieldeutig. „Alles Gute. Und wenn Sie was hören, hier ist meine Karte."

Er legte eine schlichte Karte auf den kleinen Tisch neben der Garderobe und zog die Tür hinter sich und Lanzenegger zu.

Das Ehepaar Selke stand noch eine Weile verwundert in der Tür.

„Was meint der mit ‚wenn wir was hören'?", fragte sie ihren Mann.

„Keine Ahnung", antwortete der, „am besten, wir verhalten uns ruhig."

Heitmeier und Lanzenegger klingelten bereits an der nächsten Wohnungstür.

So oder ähnlich arbeiteten die beigen Herren unter Heitmeiers Befehl in Ostberlin, langsam, aber effektiv. Sie tauchten an vielen Wohnungstüren auf, gaben sich immer als Beauftragte der demokratischen Leitung aus und erweckten dabei mit voller Absicht den Eindruck, die Stasi sei wieder auferstanden. Dadurch waren sie den einen sympathisch und den anderen suspekt, alle jedoch waren irritiert und ließen sie in ihre Wohnung. Man konnte ja nie wissen.

Sie setzten sich in Couchgarnituren oder an Küchentische, ließen sich Tee oder Kaffee bringen und plauderten scheinbar belanglos, wie sie es in ihrer Ausbildung mal gelernt hatten. Sie studierten dabei ausgiebig die Bewohner, deren Einrichtungen und die Bücherregale, und machten sich ein Bild davon, ob ihre Besitzer zu denen gehörten, die das angeblich freie Leben im Osten genossen, oder aber zu den Bürgerlichen, die ihr braves Leben dort unbehelligt weiterführten. Je nachdem, mit

wem sie es zu tun hatten, entschieden sie vor Ort die weitere Vorgehensweise und gingen zuweilen so weit, unverhohlen zu drohen, dass ihr Treiben sie früher oder später in den wiedereröffneten Stasiknast in Hohenschönhausen bringen würde. Oder aber materielle Versprechen bei gefügiger Kooperation zu machen, bei Weigerung aber ebenfalls Hohenschönhausen in Aussicht zu stellen.

Wenn sie gegangen waren, blieben nicht nur die Selkes ratlos zurück. Sie wollten nicht glauben, was sie da gerade erlebt hatten, sahen sich gegenseitig verwundert an, wagten es aber nicht, sich anderen mitzuteilen, bereits in der Angst, der, dem sie sich anvertrauten, könne sie denunzieren.

Wer sich trotz dieser Drohungen und Verlockungen nicht auf die Wiederkehr der alten DDR freuen wollte und dagegen Widerstand andeutete, dem wurde auch schon mal ein Schlägertrupp Nazis vorbeigeschickt, von denen es auch in der Enklave immer noch welche gab. Sie waren immer noch da, wie Ratten da waren, die man selten sieht und erfolglos zu bekämpfen versucht. Auch zu ihnen hatten Heitmeier und seine Genossen aus der Vergangenheit ausreichend Kontakte und wenig Mühe, die zu mobilisieren, die sie schon früher nur halbherzig verfolgt hatten.

Diese Aufgabe, von Heitmeier gewissenhaft geplant und ausgeführt, betraf aber lediglich die eine Hälfte der Gruppe, jene Mitglieder also, die Erfahrung mit dem Osten hatten, weil sie einmal dort gewesen waren und bei der Stasi, den Grenztruppen, der Volkspolizei oder NVA gedient hatten, was jetzt letztlich auf dasselbe hinauslief.

Die andere Hälfte, diejenigen, die von den Bewerbern aus dem Westen übrig und von Heitmeier mehr oder weniger

erfolgreich ausgebildet worden waren, widmeten sich einer anderen Aufgabe. Ein Teil von ihnen war mit den beigen Herren bei Nacht an benebelten Grenzposten vorbei in den Osten gegangen, und während die Kollegen sich geduldig mit der Infiltrierung der Bevölkerung beschäftigten, hatten sie die Aufgabe, Transportmittel zu beschaffen, egal welcher Art, egal ob LKW, Kleintransporter, Viehwagen oder eine Mischung aus allem zusammen. Sie stahlen sie einfach von der Straße weg, da sie meistens nicht abgeschlossen waren, weil das in der Sozialistischen Öko-Republik Ostberlin nicht nötig war, in der man ja offiziell keinen Diebstahl kannte.

Ihre Kollegen auf der Westseite fuhren mit Fitzmann-LKWs zu mehreren Stellen an der Mauer, von denen sie wussten, dass sie sich für eine Übergabe eigneten. Und tief in der Nacht, als die Enklave schlief oder in ihrem berüchtigten Nachtleben schwelgte und sich gänzlich unbeobachtet fühlte, fingen sie an, ihre LKWs zu entladen und den Kollegen auf der Ostseite große Pakete zu übergeben, die diese auf ihre geklauten Transportmitteln in die Enklave fuhren und den Einwohnern in ihren Plattenbauten oder Altbauwohnungen im Morgengrauen vor die Wohnungstüren legten wie früher die Morgenzeitung. In den Paketen waren die neuesten Fitzmann-All-Media-Flatscreenmonitore mit integriertem Internetanschluss ans Westnetz inklusiver zweimonatiger kostenfreier Nutzung aller Dienste.

Auch Herr und Frau Selke freuten sich über dieses unerwartete Geschenk.

Berker würde seine Infiltrierung der Freien Republik Ostberlin so lange durchziehen, bis deren Bewohner nicht mehr widerstehen könnten und entweder gegen die demokratische Führung auf die Barrikaden gingen oder sich dem Groß-

bildschirm und damit Fitzmanns Einschläferungsmethode ergaben, die sie verlässlich in wenigen Wochen in die Verdummung und Willenlosigkeit führen würde. Das wäre das Ende der Enklave Ostberlin.

Mario und Jenny hatten bei der AKA7 als Pärchen operiert, und so sollte es auch jetzt sein. Nach der Begegnung im Park war Mario skeptisch, ob das gut gehen würde.

Sie mussten sich als Erstes über die Vorgehensweise des Grenzübertritts einig werden. Das Gespräch lief wie früher ab, indem Jenny redete und er zuhörte, es fand auf der Schönhauser Allee statt, nachdem sie bei Danner gewesen waren. Mario zog langsam seinen Handwerkskarren, das Tempo nervte Jenny und sie lief wie ein junger Hund immer ein Stück vor, schnatterte, wartete, bis Mario sie eingeholt hatte, und entwarf einen Plan nach dem anderen, wie sie über die Grenze kamen. Die Verstimmung vom Gespräch neulich schien vergessen, zum Glück. Mario hörte zu und sagte so gut wie nichts.

„Wir könnten natürlich ooch mit sonne Technotruppe rübermachen, die tanzen ja am Wochenende immer irgenwo hier, da muss man sich vielleicht nur anschließen und dann kommt man automatisch rüber, ick habe jehört, dit läuft über so'n Tunnel, der ist eijentlich mal für die jebaut worden, die zu uns abhauen wollten, weil se det nich aushalten im Westen, klar, wer hält dit schon aus, die janze Zeit nur blöde Videogames zocken und den janzen Tag Pizza fressen, da wird man ja irre, der Mensch braucht Bewegung, sag ick dir, du hast aber ooch zujelegt, seh ick jrade, nich mehr so janz der Modellathlet alter Tage, wa, machste noch Sport, ick jeden

Tag, dann so beim Theater, da kommste ooch immer wieder aus de Puste oder, nee, warte, ick hab ne andere Idee, wir steigen einfach in so einen Tourismusbus ein zu dem Wessis, wenn die ma Pinkelpause machen oder ne Currywurst bei Konopke essen oder wat die so machen, wenn die hier rüber kommen ..."

Mario sah sie von der Seite an.

„Die steigen überhaupt nicht aus ihrem Bus aus, wenn die hier durchfahren. Die fahren hier durch wie durch einen Zoo."

„Echt? Wahnsinn. Wusst ich jar nich."

Mario glaubte nicht, dass es unter den gebürtigen Berlinern mehr dumme Menschen gab als in anderen Bevölkerungsgruppen. Das Problem war, dass die dummen Berliner eher auffielen, da sie im Gegensatz zu anderen Dummen die Klappe nicht hielten, sondern ihre Dummheit lautstark und ausführlich allen Umgebenden zur Kenntnis gaben, ob sie darum gebeten wurden oder nicht. Für Mario gab es von denen genauso viele, wie es intelligente Berliner gab, und wenn die redeten, hörte er sehr gerne zu. Jenny war eindeutig ein Zwischending. Manchmal blitzgescheit, dann wieder einfältig, von beidem legte sie wechselnd Zeugnis ab.

Grundsätzlich aber schien es nach Marios Meinung so zu sein, dass der Berliner erst anfing zu denken, wenn er zu reden angefangen hatte, egal, was dann dabei herauskam.

WEST/OST

Zilinski hatte schon aus geschäftlichen Gründen seinen ganz eigenen Zugang zum Westen. Um die Enklave herum war alles zu Westen geworden, wenn auch in keiner Weise zu den blühenden Landschaften, die der Mann, der zur Wendezeit Kanzler gewesen war, versprochen hatte. Im Gegenteil: Wenn in Westberlin, dem Zentrum des neu entstandenen Landes, mal eine Infrastruktur gewesen war, mit deren Resten die Menschen einigermaßen leben konnten, so war der ehemalige Osten, „das übrige Beitrittsgebiet" rund um Berlin, jetzt trister als zu DDR-Zeiten.

Die Grenze, die die Enklave vom restlichen Westblock trennte, war noch löchriger als die innerstädtische, es gab zwar einen durchgängigen Zaun, aber Zilinski hatte nur eine passende, weil nicht gut einsehbare Stelle finden müssen, an der er ihn aufschneiden und zu einer bequemen Durchfahrt machen konnte, die sich nach Bedarf öffnen ließ und ansonsten so getarnt war, dass keiner ahnen konnte, dass sie als Schlupfloch diente.

Zilinski nutzte sie als Zugang zu den Orten im Westen, an denen er Nachschub für seine Geschäfte in der Enklave besorgte. Es war nicht die einzige Stelle, von der aus man von der Enklave in den Westen kam, hier und da gab es weitere, aber deren Bewohner nutzten sie selten. Schon zu DDR-Zeiten war Berlin, „Hauptstadt der DDR", unbeliebt in der restlichen DDR gewesen, traditionell neideten deren Bewohner den Hauptstädtern ihre Privilegien wirtschaftlicher und politischer Art.

Zilinski und Ole hatten sich mit einem Transporter durch Zilinskis Schlupfloch auf den Weg nach Westberlin gemacht,

um Karens Befreiung einzufädeln. Ole fuhr, weil Zilinski natürlich gleich nach der Grenzüberquerung einen großen Joint bauen musste. Ole sah ihn jetzt mit sorgenvoller Miene von der Seite an.

„Der bringt dich nach vorne, sag' ich dir!", tönte Zilinski gegen den Motorenlärm. Das sagt der, glaub' ich, jedes Mal, dachte Ole. Zilinski steckte das Ding an. Der Qualm vernebelte die Fahrerkabine. Ole verdrehte die Augen.

Er musste standhaft sein, wenn er jetzt hier mit Zilinski den Joint rauchte, würde er ziemlich sicher bald Paranoia bekommen, schon aus dem einfachen Grund, dass sie in den Knast West gehen würden, wenn man sie hier beim Kiffen erwischte, und dazu mit den schätzungsweise 200 Gramm, die Zilinski in einer Plastiktüte zu seinen Füßen stehen hatte und die rochen wie eine ganze Plantage in der Sommersonne. Na, einmal ziehen könnte er ja.

Zilinski schob eine Kassette in den altertümlichen Kassettenrekorder und schon lief scheppernd Bob Marley, und obwohl Ole eigentlich fand, dass das Opamusik war, war Bob Marley auf einmal saugut, und die Paranoia blieb auch aus. Er kam sich diesmal leicht und cool vor und auch ein bisschen wichtig bei dieser Befreiungsaktion, wie ein Agent, der für das Gute stand und auf dem richtigen Weg war. Apropos richtiger Weg: Musste er nicht irgendwann runter von der Transitautobahn? Ja, richtig, da waren ja schon die Schilder Richtung Berlin, gleich musste er abfahren, jetzt, hier ...

„Zions ship is coming our way ...", sang Bob Marley.

„Wo sind wir denn jetzt gelandet?", fragte Zilinski.

„Abfahrt Berlin", sagte Ole.

„Nee", sagte Zilinski, „die ist erst in fünf Kilometern. Wir fahren geradezu ins Nirgendwo."

Die Straßen wurden immer schlechter, sie fuhren langsamer, es gab keine Schilder mehr, und irgendwann mussten sie sich eingestehen, dass sie sich verirrt hatten. Sie hielten an.

„So. Und wie geht es jetzt weiter?", fragte Ole und sah Zilinski vorwurfsvoll an, als hätte der sich verfahren und nicht Ole selber.

„Nur die Ruhe", meinte Zilinski. „Vielleicht sollten wir erst mal aussteigen und die Landluft genießen. Macht man ja als Städter viel zu wenig."

Er stieg aus, Ole tat es ihm gleich, und so standen sie jetzt in der Dunkelheit, und statt die Landluft zu genießen, zündete Zilinski seine Zigarre wieder an.

„Was machen wir denn jetzt?", drängte Ole, der seine Nervosität kaum verbergen konnte.

„Wir können doch hier jetzt nicht rumstehen und auf ein Wunder hoffen, wir müssen doch was machen, wenn man sich verirrt hat, muss man versuchen, den Weg wiederzufinden, wir müssen doch ..."

„Psst!", machte Zilinski. Ole verstummte und erst jetzt hörte er, was Zilinski offensichtlich schon länger gehört hatte. In der Ferne war rhythmisches Trommeln zu hören, weit weg, aber deutlich genug.

„Immer wenn man meint, es geht nicht mehr, kommt von irgendwo ein Licht daher", sagte Zilinksi und deutete mit der Hand in die Richtung, aus der die Trommeln kamen.

„Guck mal, da hinten."

„Da leuchtet was", bemerkte Ole jetzt.

„Sag' ich doch", grunzte Zilinski.

„Sieht aus wie ein Feuer," mutmaßte Ole.

„Das *ist* ein Feuer."

Tatsächlich sah Ole jetzt auch den Schein eines Feuers, der Nachthimmel war davon rötlich gefärbt.

„Wahrscheinlich ein Fest."

„Was denn für ein Fest?"

„Keine Ahnung. Aber irgendeinen Anlass finden die immer hier. Sonnenwende, Mondbahn, Ernte, den Lauf der Jahreszeiten, Hexerei oder Zauberei oder der Geburtstag des einen oder anderen."

„Wer ‚die'? Wohnt hier überhaupt noch jemand?", fragte Ole.

„Also, von denen, die hier mal gewohnt haben, ist so gut wie keiner mehr da. Aber es gibt Zugezogene."

„Zugezogene? Wer soll denn hier hinziehen? Das ist doch voll die Pampa hier."

„Soll ja welche geben, die genau das wollen. Die Pampa. Hier gibt's Dörfer, die von ihren Bewohnern irgendwann nach der Wende verlassen worden sind, Dörfer, in denen sich Menschen niedergelassen haben. Menschen, die das Leben auf dem Lande suchen. Mit all seinen Entbehrungen. Sich von selbst Angebautem ernähren und die Natur zu ihrem Lebensinhalt machen und so. Für mich wär's nix."

Zilinski zog an seiner Zigarre.

„Du meinst die Landkommunen?"

„Genau. Schon mal davon gehört?"

„Ja. Kumpels von mir sind bei so was gelandet. Weil sie das wilde Partyleben in Ostberlin zu sehr mitgenommen hatte. Ausnüchterungskur mit Hafergrütze, Kürbis, Schafsmilch und Plumpsklo."

„So ungefähr. Den Pflanzen beim Wachsen zusehen oder auf Knien auf dem Acker malochen. Bis der Kater vorbei ist."

„Und du meinst, das da hinten ist so eine Kommune?"

„Was sonst?"

„Ich habe gehört, die Feste sollen das Beste sein."

„Jedenfalls besser als Kartoffeln ausbuddeln."

„Vielleicht sollten wir da mal hinfahren."

„Von mir aus. Aber vorher rauchen wir noch einen."

„Muss das sein?"

„Wenn wir erstmal da sind, ist es vorbei mit Drogen. Die gibt es da nicht. Verboten. Überhaupt halten viele von denen uns Ostberliner für Pseudo-Ökos, die hauptsächlich daran interessiert sind, sich zu bekiffen oder zu besaufen. Oder beides zusammen."

„Ist ja eigentlich auch so, oder?", fragte Ole.

Zilinski lachte.

„Ich will damit nur sagen, dass es nicht gesagt ist, dass die uns da freundschaftlich aufnehmen. Aber was bleibt uns anderes übrig?"

Also rauchten sie einen weiteren von Zilinskis kunstvoll gebauten Joints und fuhren dann langsam in Richtung des Feuers, und Ole kam sich jetzt vor wie in einem der Western, die er als Kind gesehen hatte, in denen die Helden sich einem Indianerdorf näherten und nicht wussten, ob sie dort freundlich aufgenommen oder am Marterpfahl landen würden.

Sie wurden freundlich aufgenommen, und von der Feindseligkeit, von der Zilinski gesprochen hatte, war nichts zu spüren.

Das Fest war in vollem Gange. Menschen saßen oder tanzten um ein großes Feuer. Sie bekamen zu essen und zu trinken. Bald tanzte Ole im Schein des Feuers mit. Er imitierte den Bärentanz, den er in einem der Western gesehen hatte, bewegte den Oberkörper auf und nieder, stieß dabei rhythmischen Singsang aus und steigerte sich mit ekstatischen

Bewegungen immer mehr in einen Rausch, woraufhin andere einen Kreis um ihn bildeten und ihn anfeuerten, mittanzten, sich abwechselnd als Partner zu ihm gesellten, und als er schließlich erschöpft niedersank, hoben sie ihn auf, warfen ihn gemeinsam ein paarmal in die Luft, fingen ihn wieder auf, und Ole fühlte sich im Flug und bei der sanften Landung in den Armen der Tänzer so wohl, als würde er gerade geboren werden. Er hatte keine Ahnung gehabt, dass er zu so etwas fähig war. Zilinski lehnte die ganze Zeit an einem Baum und sah dem Treiben belustigt zu.

Das Fest dauerte bis zum frühen Morgen, sie schliefen auf der Ladefläche des Transporters bis gegen zwölf, tranken Getreidekaffee mit ihren neuen Freunden und erkundigten sich bei der Gelegenheit nach dem Weg Richtung Autobahn Westberlin.

Der Rhythmus der selbst geschlagenen Trommeln, das große Feuer und die ekstatisch tanzenden Landkommunarden gingen ihnen nicht mehr aus dem Kopf, als sie am frühen Abend endlich Westberlin erreichten, nachdem Zilinksi dem Auto gefälschte Westkennzeichen angeschraubt hatte.

Ole war lange nicht im Westen gewesen. Zehn Jahre, genauer gesagt. Der Unterschied zum Osten war früher größer gewesen, hauptsächlich, was das Marode und die Verwahrlosung betraf, das sah er auf den ersten Blick. Die einstmals stolzen Autobahnschilder waren jetzt unbeleuchtet und verbogen. Sie fuhren am alten Übergang Unter den Linden und Zehlendorf vorbei Richtung Messe, auf dem, was mal die Avus gewesen war. Die Ruine des ICC, Schandfleck Berliner Stadtarchitektur aus den Siebzigern, aus dessen fensterlosen Höhlen Pflanzen wuchsen. Sah schon wieder fast cool aus, dachte Ole.

Zilinski fuhr jetzt, und Ole hatte es tatsächlich geschafft, Zilinskis Frühstücksjoint abzulehnen, aber der nüchterne Anblick des sich hilflos selbst überlassenen Westberlins war seinem Zustand auch nicht förderlich. Im Gegensatz zum Fest in der vergangenen Nacht hatte Ole jetzt wieder ein unangenehmes Gefühl der Angst, einen erhöhten Adrenalinspiegel, der ihm wie Magenschmerzen vorkam.

Auf der Gegenfahrbahn sah er immer wieder große Busse mit zugezogenen Gardinen, die den Touristen, die von einem Tagesausflug aus Westberlin kamen, verhüllten, was sie nicht sehen sollten oder wollten, die Verödung in den Randgebieten, der krasse Gegensatz zu den herausgeputzten Straßen, die sie im Inneren der Stadt zu sehen bekommen hatten.

Es war schon dunkel, als sie in eine von Linden gesäumte Straße in der Nähe des Stuttgarter Platzes abbogen und den Transporter parkten.

WEST

Zilinski und Max waren sich nicht von Beginn an sympathisch, aber nach mehreren Flaschen Wein wurden beide zutraulicher und gegen ein Uhr nachts hielten sie sich bereits für dicke Freunde und hatten ihre West- und Ostbiografie eingehend ausgetauscht. Ole war schlafen gegangen, manchmal drehte er sich von der einen auf die andere Seite und gab ein kurzes Bärentanzgeräusch von sich.

Es gab bei Leuten wie Zilinski und Max, die länger oder schon immer in Berlin lebten, Gemeinsamkeiten, besonders aus der Zeit nach der Wende, die es ausführlich zu besprechen gab, und dabei stellten sie fest, dass es viele Veranstaltungen gegeben hatte, bei denen sie beide gewesen waren, ohne sich zu kennen („Oh nein, da warst du auch??") Egal, ob es ein Neil-Young-Konzert in der Waldbühne war oder ein Reggaefestival, eine Demo oder ein Multi-Kulti-Umzug. Sie beklagten ausgiebig den Umstand, dass das Leben vielleicht anders verlaufen wäre, wenn sie sich damals bei einer dieser Gelegenheiten kennengelernt hätten. Vielleicht hätte Max den Westen sogar verlassen, wenn er Zilinski damals schon gekannt hätte. Zilinski hätte seinen Traum vielleicht wahr gemacht und hätte mit Max eine Moto-Guzzi-Niederlassung in Westberlin aufgemacht, wenn er Max schon gekannt hätte. Max fragte, wieso er darauf käme, er habe keine Ahnung von italienischen Autos, woraufhin Zilinksi meinte, dass das Motorräder seien und keine Autos.

„Siehste, ich hab' ja gesagt, ich hab' keine Ahnung."

Immer wieder sprachen sie natürlich auch über die bevorstehende Aktion zur Befreiung Karens.

Max hatte auf einmal eine fantastische Idee gehabt, war aufgesprungen, hatte dabei fast den gesamten Wohnzimmer-

tisch umgerissen und war aus der Wohnung raus ins Treppenhaus und nach oben gelaufen.

Jetzt suchte er auf dem Speicher in einem Regal rum, hinter ihm stand Zilinski, beide auf Max' Speicher. Max konnte mit seiner schwächelnden Taschenlampe nicht gut sehen.

„Siehst du's jetzt?", fragte Zilinski und hielt ihm sein Handylicht entgegen. Max blinzelte.

„Ja, da oben. Halt mal eben."

Max zerrte eine alte Einkaufstüte mit einem Satz Handfunkgeräten aus dem Regal. CB-Funk, Kinderspielzeug mit einer Reichweite von fünf Kilometern, es kam drauf an, was im Weg stand. Aber immerhin.

Seine Idee war, die Truppe damit auszustatten, denn erstaunlicherweise funktionierten die Dinger angeblich nicht nur nach wie vor, sondern man konnte sie auch nicht orten, weil die Technik schlichtweg vergessen war. Keiner funkte mehr analog, bereits Vierjährige verständigten sich mit einem Smartphone über entsprechende Kleinkinder-Apps, auf der sie nur ein Foto von Mama drücken mussten, um mit ihr Sprech- und Sichtkontakt zu bekommen.

„Was willst du damit?"

„Es ist wichtig, dass wir kommunizieren, ohne dass Fitzmann es mitbekommt."

Sie verließen den Speicher, gingen zurück in die Wohnung, breiteten die CB-Funkgeräte auf dem Küchentisch aus und versuchten, sie unter Zuhilfenahme einer weiteren Flasche Rotwein in Gang zu kriegen, und als ihnen das gelungen war und es wegen der Rückkoppelung fiepste, taumelten sie in die Berliner Nacht hinaus, gingen in verschiedene Richtungen los und spielten, jeder ein Kinderfunkgerät in der Hand,

wie die Lausbuben Polizeifunk. Achtung, Achtung, bitte kommen, over, Ende.

Gegen vier Uhr morgens endlich begaben sie sich zur Ruhe, Max misslang es, das Sofa für Zilinksi zu beziehen, Zilinski meinte, er solle es gut sein lassen, krabbelte irgendwie unter die Wolldecke und schlief sofort ein, das alles hatte jetzt selbst ihn ein bisschen müde gemacht.

Max setzte sich noch an seinen Schreibtisch, fuhr den Rechner hoch und war wild entschlossen, die heutigen Erlebnisse festzuhalten. Er machte lauschige Musik dazu an und war nach einem Satz zurück in den Sessel gesunken und eingeschlafen.

Auf der Höhe seiner Macht kontrollierte Fitzmann nahezu die komplette Wirtschaft. Keiner konnte mehr ohne Fitzmann produzieren, die Bedingungen wurden von Fitzmann vorgegeben, und der Vertrieb konnte nur noch über Fitzmann abgewickelt werden. Fitzmann hatte alle möglichen Tricks angewandt, die Nachfrage aufrechtzuerhalten, indem es Waren produzierte, die nach kurzer Zeit kaputt gingen und neu angeschafft werden mussten. Außerdem hatte man ein Umtausch- und Reklamationsrecht eingeführt, nach dem eine Reklamationsgebühr verlangt werden konnte. An einem Geschäftsvorgang verdiente man so gleich mehrfach. Die reklamierten oder umgetauschten Waren wurden sofort vernichtet, manchmal kam es vor, dass ein Artikel am Tag öfter vernichtet wurde als verkauft, an beidem verdiente Fitzmann. Die zurückgeschickten Waren wurden geschreddert, zu einem farblosen, giftigen Granulat verarbeitet und auf riesige Halden geworfen.

Nach Gossens Anruf bei Dräger landete Karen direkt am großen Schlund einer der Schreddermaschinen im Fitzmann-

Logistikzentrum Tempelhof. Da sollte die Ostgöre mal lernen, was Arbeit ist. Für später hatte er noch andere Ideen, was er mit diesem Sozialistentöchterchen machen würde. Er freute sich schon jetzt darauf.

Die Schreddermaschinen, kreisförmig angeordnet, mussten gefüttert werden und spuckten dann die verdauten Konsumgüterreste auf einen Platz in der Mitte, wo sie ununterbrochen von ausliefernden LKWs weggefahren wurden.

An der Stelle, an der Karen ihren Frondienst verrichten musste, wurden die zum Schreddern bestimmten Waren angeliefert und abgekippt, vieles fiel direkt in den Schlund, aber genug davon landete daneben. Karen und fünf andere Gefangene hatten ununterbrochen damit zu tun, diesen Teil aufzuheben und in den Schlund zu befördern, wobei sie immer darauf achten mussten, nicht von den großen Lastern überfahren zu werden, die keine Anstalten machten, auf sie zu achten.

So wuchtete Karen zwölf Stunden am Tag Kisten, Möbel, Lebensmittel, Fernseher, Kühlschränke und anderes in den Schlund, aus dem ein stetiges Malmen zu hören war, darüber immer das Bersten von Kunststoff und Metall und Glas, ein Platzen und Zerspringen von nagelneuen Fernsehern und Küchengeräten und Fahrrädern und Spielzeug, alles von großen Stahlzähnen gefressen, die ihr jedes Mal, wenn sie hineinblickte, vorkamen wie der Höllenschlund, von dem sie mal in ihrer Kindheit in einem Buch gelesen hatte.

WEST/OST

Nachdem er mit seiner Truppe ein paar Wochen in der Enklave aktiv gewesen war, stand Ex-Feldwebel Heitmeier mit seinen drei engsten Mitarbeitern Bangeberger, Drießen und Lanzenegger sichtlich zufrieden und voller Tatendrang in Berkers Büro im Bendlerblock. Natürlich konnte man die Aktionen bis jetzt nur als Test verstehen, aber dieser Test konnte als Erfolg gewertet werden. Berker stieß mit Heitmeier und seinen Leuten mit einem Weinbrand auf diesen Erfolg an, und sie standen dabei genauso steif herum, wie man es aus den Filmaufnahmen aus DDR-Zeiten kannte, wenn Erich Honecker oder Erich Mielke der Staatssicherheit dankten, den in einer Reihe aufgestellten Männern in die Augen schauten und jedem die Hand schüttelten. Man konnte das schlechte Rasierwasser riechen, und Berker musste schmunzeln, als er in die stolzen Gesichter der Männer blickte, denen Genugtuung anzusehen war.

Heitmeier hielt das Glas hoch und setzte zu einer kleinen Rede an.

„Genosse Berker! Lassen Sie mich von unserer Seite aus sagen, dass wir im Sinne der Sache bereit sind, die notwendigen Mittel zu ergreifen, um die gesamte Enklave Ostberlin, diesen verwahrlosten, verlausten, narzisstischen und egoistischen Gammlerschandfleck, in den real existierenden Sozialismus und dessen strahlende Zukunft zurückzuführen. Prost!"

Sie tranken ihre Cognacschwenker leer. Berker schmunzelte. Real existierender Sozialismus? Stellten die sich wirklich vor, dass alles wie früher sein würde, wenn Fitzmann die Enklave übernahm?

Heitmeier fing jetzt an, darüber zu dozieren, was weiter geschehen könnte, generalstabsmäßig und ohne darauf zu achten, dass Berker eigentlich so was wie sein Vorgesetzter war. Sein Vortrag setzte zunächst bei der Rekrutierung an. Natürlich brauchte man mehr Leute. Heitmeier skizzierte dazu einen ausführlichen Plan, mit dem er sowohl im Westen wie im Osten möglichst alle, die für die Sache in Frage kamen, mobilisieren würde. Hier waren es hauptsächlich die Vereine der Ehemaligen, die es auch im Osten gab. Im Westen hatten Heitmeier und seine Truppe durch ihr Engagement in der DDR-Folklore Kontakte zu praktisch allen Gruppen, in denen sich ihresgleichen befanden.

Diejenigen ehemaligen Stasimitarbeiter, Volksarmisten oder Grenzsoldaten, die im Osten geblieben waren, hatten sich übrigens in der Anfangsphase der Enklave gewisser Umerziehungsmaßnahmen zu unterziehen. Der grenzenlose Idealismus der demokratischen Führung ließ diese glauben, Überzeugungstäter in Entzugskliniken mit Gruppentherapien verändern zu können, in denen man voller Verständnis und Zärtlichkeit auf die ehemaligen Staatsknechte einzugehen versuchte. Ohne dabei das Geringste ausrichten zu können, im Gegenteil, die meisten radikalisierten sich noch mehr angesichts dieser „Kuschelkurse", weil sie sich nicht ernst genommen fühlten und man sie von einer Krankheit heilen wollte, die in ihren Augen keine war.

Berker konnte mit dem Stand bei der Erfüllung seines Auftrages zufrieden sein. Er hatte die passenden Leute gefunden. Ein gutes Gefühl hatte er dabei nicht. Ganz im Gegenteil zu Heitmeier und seinen Leuten, deren Stimmung sich nach ein paar weiteren Gläsern Weinbrand immer mehr lockerte. Sie erzählten sich Anekdoten von früher, lachten, und Heitmeier

sang ein paar von den Liedern, die sie einst mit Erich Mielke gesungen hatten. *Prost, Prost, Prösterchen!* Sie hatten die
Tränen in den Augen. Aber da war Berker schon nach Hause
gegangen, ohne dass sie es bemerkt hatten.

Heitmeier gelang es innerhalb von zwei Wochen, seine
Konterrevolutionsgruppe um ein Vielfaches wachsen zu lassen.
Zur Unterwanderung mit kapitalistischen Methoden gehörte
die Errichtung einer Sendestation im Osten, gut versteckt,
um einerseits eine moderne Kommunikation zu ermöglichen
und andererseits die sich im Osten befindlichen Handys und
deren Besitzer mit Fake News zu fluten, immer wieder mit
der Behauptung, die Enklave sei am Ende und Drogenbesitz
oder -konsum jetzt strafbar im Osten. Er ließ willkürlich und
exemplarisch den ein oder anderen in den alten, verlassenen
Stasiknast in Hohenschönhausen sperren (sie hatten noch
einen Schlüssel), dessen lange Flure und zahllosen Zellen nur
darauf zu warten schienen, wieder Insassen zu bekommen.
Nach kurzer Zeit und unangenehmen Verhören ließ man die
Verhafteten wieder frei, damit sie unter vorgehaltener Hand
herumerzählten, dass es die alte Stasi wieder gab, die die einen
fürchten und die anderen willkommen heißen würden. Der
Zweifel an der demokratischen Führung wurde wie ein Virus
verbreitet, das sich in kürzester Zeit verbreitete. Durch den
Kontakt zu den vielen ehemaligen Genossen gab es übrigens
auch wieder Zugang zu dem Vermögen, dass die Stasi nach
der Wende hatte verschwinden lassen, und das jetzt auf
wundersame Weise wieder auftauchte und ohne Zögern in
die Konterrevolution gesteckt wurde.

WEST

Von Werbespots permanent unterbrochen, die länger dauerten als das, was sie eigentlich nur umrahmen sollten, lief auf allen Fitzmann-Kanälen schon lange eine Serie, die jeder kannte. Sie handelte, wie konnte es anders sein, von Fitzmann. Genauer gesagt, von einem Fitzmann-Warenzusteller, der als eine Art Wohltäter für alle inszeniert war.

Zusteller-Pit war das Werbegesicht des Fitzmann-Zustellerdienstes. Pfeifend und gut gelaunt brachte er den Menschen, was sie sich sehnlichst wünschten, und wurde dabei in amüsante Handlungen verwickelt, in denen er Probleme spielend löste, am Ende jeder Folge augenzwinkernd in die Kamera blickte und einen Daumen hochhielt.

Mischa Kern spielte den Zusteller-Pit.

Er war an die 50, stammte aus der ehemaligen DDR und hatte dort eine umfangreiche Theatervergangenheit. Nach der Wende hatte er sein Glück als Schauspieler im Westen gesucht, aber nicht gefunden. Er hatte als Kinokartenverkäufer gearbeitet, solange es noch Kinos gab, kleinere Rollen in Theatern gespielt, bevor sie geschlossen wurden, dann in Imbissbuden gejobbt und Fritteusen bedient, auf dem Bau und in Parks Hilfsarbeiten erledigt oder von Arbeitslosengeld gelebt, solange es noch existierte. Als das alles auch nicht mehr lief und er fast am Ende war, hatte man ihn für die Rolle des Zusteller-Pit ausgewählt.

Er konnte sein Glück kaum fassen und dachte in diesem Zusammenhang nicht darüber nach, wer ihn da eigentlich anstellte, weil er quasi sofort Wohnung, Auto und ein nahezu unbegrenztes Fitzmann-Guthaben bekam.

Jetzt kannte ihn jeder als Zusteller-Pit mit dem großen

Herzen, bei dem das Leben im Westblock unbeschwert und lebenswert erschien, den alle mochten und den jeder mal treffen wollte.

In Wirklichkeit hatte Mischa Kern ein Alkoholproblem, keinen Führerschein mehr, sein Engagement als Zusteller-Pit war ebenfalls zu Ende und damit auch sein unbegrenztes Fitzmann-Guthaben. Die Serie war irgendwann eingestellt worden, einfach weil man genug Folgen produziert hatte, die man weiterhin auf allen Kanälen wegsendete, aber auch weil Mischas zunehmendes Körpergewicht immer schwieriger zu kaschieren gewesen war.

Mischa Kern war zum zweiten Mal im Westen fast am Ende, berühmt, aber verarmt. Wenn er sich in der Öffentlichkeit zeigte, durfte keiner merken, wie es um ihm stand. Er war nach wie vor, aber jetzt ohne Bezahlung, zu repräsentativen Zwecken bei Fitzmann verpflichtet, zu Empfängen, Geschäftseinweihungen oder Geburtstagspartys, die sich mit seiner Anwesenheit schmückten. Dort aß er sich, wenn es ein Buffet gab, ausgiebig an diversen Gulasch- oder Erbsensuppenkanonen satt und verbarg beim Rausgehen seine gefüllten Manteltaschen, mit deren Inhalt er ein paar Tage leben konnte.

Jenny kannte Mischa aus Jugendzeiten. Sie war mit ihm in einer Klasse gewesen.

WEST

Ole wusste, wo der Tempelhofer Flughafen lag, aber nicht, was aus ihm geworden war. Als er den Westen verließ, lag das Gelände brach, immerhin etwa vier Millionen Quadratkilometer, um deren Nutzung lange gestritten worden war, nachdem der Flugverkehr endgültig eingestellt worden war und die Nutzungsideen sich jahrelang gegenseitig ausgeschlossen hatten. Entweder behinderte eine Bürgerinitiative die kommerzielle Nutzung, oder kommerzielle Interessenten verhinderten eine bürgernahe. Das Hin und Her ging so lange, bis Dräger mit Fitzmann groß genug geworden war, um die bürgernahen Ideen zu ignorieren und das Gelände kurzerhand zu schlucken. Der Konzern wählte es als Hauptversandzentrum.

Dräger, der als Kind auf der Neuköllner Seite nach der Übersiedlung seiner Familie in den Westen in einem heruntergekommenen Mietshaus nahe an dem Zaun gewohnt hatte, der das damalige Flughafengelände umgab, hatte Stunden damit verbracht, durch dessen Maschen zu beobachten, wie die Maschinen starteten und landeten. Dabei hatte er sich vorgestellt, wie es in dem in der Ferne ziemlich klein aussehenden, in Wirklichkeit aber riesigen Hauptgebäude aussah. In seiner Fantasie wurde es zum Inbegriff eines Schlosses, in dem ein moderner König regierte, und er hatte sich ausgemalt, wie es wäre, dieser König zu sein. Jetzt war er es, und der Flughafen Tempelhof war sozusagen eines seiner Stadtschlösser, neben ein paar anderen, darunter ein echtes in Charlottenburg.

Während die zwei älteren Herren noch schliefen – Max hatte irgendwie doch noch den Weg in sein Bett gefunden –, war Ole für seine Verhältnisse früh aufgestanden, viertel nach

neun. Er fuhr mit Zilinskis Lieferwagen zum Tempelhofer Flughafen, den fand er leicht, jedenfalls die Seite, wo sich die Columbiahalle befand, in der er in seiner Jugend das ein oder andere Konzert besucht hatte.

Das Areal war riesig, und Ole umrundete es so lange, bis er den Haupteingang gefunden hatte. Hier war er noch nie gewesen. Er staunte über die Größe des Flughafengebäudes, ohne zu wissen, dass es sogar mal das größte zusammenhängende Gebäude der Welt gewesen war.

Vor dem Haupteingang war ein großer Parkplatz, ziemlich voll, und Ole wunderte sich, dass er den Transporter trotzdem so hingestellt bekam, dass er das Geschehen mit einem Fernglas gut beobachten konnte. Er konnte ziemlich genau sehen, wer rein- und rausging, und hatte vor allem den Einlassdienst gut im Auge, wenn er ein Fernglas zu Hilfe nahm. Er war in einem metallenen Containerhäuschen vor dem eigentlichen Gebäude untergebracht und kontrollierte jeden, der kam.

Ole beobachtete den Fitzmann-Eingang über eine Woche täglich mit einem Fernglas und versuchte zu verstehen, nach welchem Plan die Schichten wechselten. Vergeblich. Er konnte jetzt zwar die einzelnen Beamten erkennen, hatte aber keine Ahnung, wann sie Schicht hatten. Das wäre von Nutzen gewesen, da er schnell festgestellt hatte, dass es einen Beamten gab, der für ihren Plan geeignet war. Wenn er kam und bevor er seine Uniform anzog, trug er ein T-Shirt mit dem Konterfei von Mischa Kern alias Zusteller-Pit. Und das, was er in seinem bequemen Pförtnersessel bei leichtem Wippen den ganzen Tag auf dem Laptop ansah, wenn nichts zu tun war, konnte nichts anders als die dazugehörige TV-Serie sein. Er hatte es offensichtlich mit einem Fan zu tun. Das war genau das, was sie suchten. Leider tauchte er aber zunächst nicht wieder auf.

WEST/OST

Mario und Jenny waren als Letzte bei Max eingetroffen. Sie hatten den Grenzübertritt schließlich über einen der Partytunnel geschafft. Marios Idee. Allerdings erst, nachdem Jenny auf einer der Partys ausgiebig getanzt hatte, während Mario am Rand der Tanzfläche gestanden und unangenehme Erinnerungen an seine Partyzeit gehabt hatte. Er verstand nicht, wie man in dem einen Moment vor Sorge um Karen verzweifelt sein konnte und im nächsten ausgelassen tanzen konnte, aber Jenny hatte ihm erklärt, dass man Sorgen beim Tanzen vergessen konnte und dass ihr das gerade irre guttun würde. Mario ließ es über sich ergehen, er trank Wasser und war froh, dass es nicht Petro-Hell war, das er trank und von dem er nie mehr einen Schädel haben wollte.

Dann waren sie durch den engen Tunnel in der Nähe des Brandenburger Tors gekrochen, hatten es geschafft, bis nach Charlottenburg zu kommen, ein Weg, auf dem sie aus dem Staunen über den Westen nicht mehr herauskamen. Sie hatten Mühe gehabt, den Eingang über den Hinterhof zu Max' Wohnung zu finden, während der Suche hatten sie sich gestritten, am Ende hatte Jenny die richtige Idee gehabt und kostete den Triumph über Mario, der ja immer alles besser wusste, voll aus.

Danner hatte sich einer Reisegruppe aus dem Westen angeschlossen, wie Jenny es ebenfalls erwogen hatte. Bei einem Kurzstopp („Achtung, Drogenhändler! Bitte bleiben Sie in der Nähe des Reisebusses!") am Kollwitzplatz, den die Westtouristen in all seiner bunt angemalten Heruntergekommenheit leidenschaftlich gerne fotografierten, weil sie ihn so romantisch fanden, stellte er sich mit seinem Fotoapparat

dazu und knipste munter mit. Dann stieg er einfach mit in den Bus ein und setzte sich weit hinten hin, wo noch ein paar Plätze frei waren. Er wunderte sich, dass niemand ihn an seiner Kleidung als Ostler erkannte, die er wegen mangelnder Auswahl nur notdürftig auf West hatte trimmen können. Aber wahrscheinlich reichte die dämliche Fitzmann-Kappe, die er mal irgendwo gefunden hatte, schon aus.

Im Westen dann, an der Gedächtniskirche, versuchte er sich unauffällig wieder von der Gruppe abzusetzen, als ihn jemand mit einem lauten „Hallo!" zum Stehenbleiben aufforderte. Danner schloss kurz die Augen und dachte, dass die „Aktion Tochter" für ihn womöglich jetzt schon zu Ende sein könnte. Aber als er sich umdrehte, stand da nur ein schwergewichtiges Touristenehepaar, das ihn im rheinischen Dialekt ansprach. Dabei streckten sie ihm ein Smartphone entgegen.

„Können Sie vielleischt ein Foto von uns machen? Dat wäre sehr sehr nett! Möglischst mit der Kirsche dahinter!"

Erleichtert kam er dieser Bitte nach. Dann grüßte er hastig und war verschwunden. Im Gegensatz zu Mario und Jenny hatte er keine Probleme, den Zugang zu Max' Hinterhof und seiner Wohnung zu finden.

Rademacher hatte Hannes mitgebracht, trotz ihrer Bedenken wegen dessen Graskonsums.

Sie sah Hannes' Entwicklung mit Unbehagen. Der disziplinierte Soldat, der ihr willkommen gewesen war, verwandelte sich zusehends in einen Spinner, der von den Süßigkeiten, die er sich von wer weiß wo besorgte, zu dick wurde, und vor allem zu viel kiffte. Heute war er ausnahmsweise nicht stoned, was sich im Laufe des Abends aber noch ändern sollte. Ole erstattete Bericht und konnte alle davon überzeugen, dass der Wachmann mit dem Zusteller-Pit-T-Shirt der ein-

zige war, an dem sie eine Chance hatten, vorbeizukommen. Wann der aber wieder dort sein würde, wusste er nach wie vor nicht. Die Gruppe sah keine Alternative, als zu warten, so sehr die Zeit auch drängte, und wenn der vermeintliche Zusteller-Pit-Wachmann dann endlich käme, müssten sie sofort zuschlagen.

Mario und Hannes hatten sich schnell angefreundet, im Gegensatz zu Danner und Max, bei denen man, da sie im selben Alter waren, ein gewisses Interesse füreinander hätte vermuten können. Aber Max hielt Danner insgeheim für einen Ost-Apparatschik, wenn auch offensichtlich mit liberalem Hintergrund. Und Danner hielt Max für einen dieser Salonkommunisten, die nur redeten, noch nie etwas bewirkt hatten und letztlich nur an sich selber dachten. Beide waren allerdings alt genug, diese Skepsis nicht zum Problem werden zu lassen und sie vor den anderen zu verbergen.

Es wurde bereits hell, als diese erste Versammlung, die der genaueren Planung der Aktion Tochter gegolten hatte, zu Ende ging und jeder sich zur Ruhe begeben hatte, mit der berechtigten Hoffnung, ausschlafen zu können, weil sich am nächsten Tag ziemlich sicher nichts tun würde.

Rademacher und Markus hatten Ole von ihrem unterirdischen Stützpunkt in ehemaligen U-Bahnhof Seestraße erzählt, und Ole war Feuer und Flamme gewesen. Sie hatten ihn eingeladen, mit ihnen zu kommen, und er hatte sofort eingewilligt. Sie würden mit dem Auto fahren, und als Ole fragte, ob das um diese Zeit, dazu noch in angetrunkenem Zustand, nicht gefährlich sei, winkten die beiden ab. Die Gefahr, angehalten zu werden, sei verschwindend, der Sicherheitsdienst von Fitzmann, die Bockwurstpolizei, kümmere sich um so was wie Straßenverkehr nicht. Also schnappte Ole sich seine

Tasche, sie verabschiedeten sich und gingen hintereinander die quietschenden Stufen des alten Treppenhauses hinunter. Über den Hinterhof verließen sie das Grundstück, und als sie die Parallelstraße erreicht hatten, sah Ole plötzlich sein Auto. Rademacher und Markus liefen geradewegs darauf zu. Er begann zu lachen.

„Was ist denn auf einmal so komisch?", fragte Markus.

„Wisst ihr was? Ich glaube, ihr habt mein Auto geklaut", antwortete Ole.

„Wieso dein Auto?", fragte Markus.

„Enklave. Wisbyer Straße. Habt ihr's da gefunden?"

Markus schluckte.

„Ja, äh, aber es tut mir leid ... Ich brauchte was, um, na ja ..."

„Um deine Freundin in den Westen zu bringen?", sagte Rademacher, die den Braten sofort gerochen hatte.

„Sie ist nicht meine ..."

„Schon gut", unterbrach sie ihn, „du bist mir keine Rechenschaft schuldig."

„Ich weiß, dass das scheiße war, aber ich, na ja, ich ... brauchte es eben einfach", meinte Markus dann zu Ole. Der war eher belustigt über den Zufall. Was er vor allem nicht verstand, war, dass man ein Auto mit defekter Lichtmaschine klauen konnte, woraufhin Markus ihm vorsichtig erklärte, dass er das Auto nicht nur kurzgeschlossen, sondern auch das Kabel wieder an die Lichtmaschine angeschlossen hatte, das sich gelöst hatte. Ole besah sich seinen Daumen, auf dem noch immer Spuren seiner verzweifelten Ausbauaktion in Zilinskis Halle zu sehen waren, und schüttelte den Kopf über seine eigene Unfähigkeit.

Max' olle Funkgeräte sollten als Verabredungszeichen dienen. Sie mussten zweimal am Tag auf Empfang sein, nämlich

dann, wenn in Tempelhof die Schichtwechsel am Eingang waren, morgens und abends.

Der Mann, auf dessen Schicht sie warteten, schien plötzlich in Urlaub zu sein, nichts passierte, also zogen Mario und Hannes während der Wartezeit in Hannes' Wohnung. Mario war froh, Jenny mal nicht in seiner Nähe zu haben, sie sahen fern, tranken Bier, rauchten Joints, hörten Musik, zockten Ego-Shooter-Spiele, Hannes stopfte Süßigkeiten in sich hinein, dann schliefen sie irgendwann ein paar Stunden und setzten diesen Tagesablauf am nächsten Morgen fort.

Ja, Mario hatte wieder angefangen, Alkohol zu trinken und sogar zu kiffen, er wusste nicht genau, ob diese Entscheidung mit Hannes und der damit einhergehenden Geselligkeit zu tun hatte oder mit Jenny, die ihm zunehmend auf die Nerven gegangen war, vielleicht aber auch nur, weil das Bier im Westen besser schmeckte.

Die drei verbliebenen älteren Herren, Max, Zilinski und Danner, dazu Jenny, der die Wartezeit am meisten ausmachte, verbrachten die Zeit in einer Art WG in Max' Wohnung. Sie teilten Küche, Bad und Wohnzimmer, und Max kochte. Er hatte im Hinterhof ein großes Beet angelegt, von dem er Salat und Gemüse erntete und Mahlzeiten zubereitete, die Jenny gut geschmeckt hätten, wenn sie etwas hätte essen können. Danner kamen sie exotisch vor. Ein anständiges Schnitzel wäre mal was, dachte er. Jenny redete die ganze Zeit über, nur so schien sie die Wartezeit ertragen zu können.

Zilinski schlief weiterhin auf dem Sofa im Wohnzimmer, Danner in Max' Arbeitszimmer auf einer Luftmatratze. Er lag da und bestaunte Max' Bibliothek, deren Regale rundum die Wände des Raumes einnahmen. Es gab Bücher, von denen er bisher nur gehört hatte, Danner wusste gar nicht,

wo er anfangen sollte, und stand zunächst, die Hände in die Hüften gestemmt, vor den Regalen, die alle bis zur Decke vollgepackt waren. Er drehte sich im Kreis, versuchte, die Titel in den obersten Reihen zu entziffern, und hatte den Mund vor Neid offenstehen. Das war typisch Westen von früher, immer hatten die Wessis mehr als sie drüben gehabt, hundert Bücher, wenn er zehn hatte, hundert Schallplatten, wenn er gerade mal drei hatte, für die er auch noch stundenlang hatte anstehen müssen, wenn er überhaupt eine bekommen hatte.

WEST

Ole hatte sein geliebtes Auto wieder, mit dem er jetzt vor dem Tor von Astragon in Tempelhof stand, es war unauffälliger, neben dem Transporter ein zweites Auto zu haben, in dem man Posten beziehen konnte. Außerdem war er froh, seine geliebten Mixtapes wiederzuhaben, von denen er jetzt eine nach der anderen in den Kassettenschacht schubste.

Gegen halb eins, kurz nach dem Schichtwechsel, den er ordnungsgemäß über das Funkgerät gemeldet hatte und auf den daraufhin von Max Entwarnung für alle bis 18 Uhr gegeben worden war, kam völlig unerwartet der Mann mit dem Pit-T-Shirt auf seinem Moped angefahren.

Ole versuchte gerade, den Bandsalat seiner Lieblingskassette zu entwirren, als er ihn sah. Offensichtlich übernahm der Mann eine Schicht von einem Kollegen, denn kurz darauf verließ einer der Beamten das Häuschen und fuhr auf einem anderen Moped davon.

Ole drückte sofort die Taste des Funkgerätes.

Jenny hatte ihres die ganze Zeit über an und achtete tunlichst darauf, es zu laden, da die veralteten Akkus nur kurze Zeit hielten, weshalb die anderen sie nur einschalteten, wenn es verabredet war. Als Oles Notruf kam, benachrichtigte sie Max, Zilinski und Danner, die in der Küche Scrabble spielten und daraufhin aufsprangen wie die Feuerwehrleute, die zu einem Einsatz gerufen werden. Es gelang ihnen, Rademacher und Markus zu benachrichtigen, die sich eine Stunde danach bei Max einfanden und eilig mit den notwendigen Vorbereitungen begannen.

Hannes und Mario waren nicht zu erreichen. Die Operation Tochter musste ohne sie beginnen.

Jenny machte sich auf den Weg zu ihrem alten Schulfreund Mischa Kern, der in einer kleinen Wohnung in der Pestalozzistraße wohnte, und musste ihn, der wie meistens betrunken in seinem Bett lag, mit einer kalten Dusche und einer heißen Tasse Kaffee transportfähig machen, bevor sie ihn zu Max' Wohnung brachte.

Gegen frühen Nachmittag erreichten sie, zusammen mit Mischa Kern alias Zusteller-Pit – der kaum gehen konnte, so betrunken war er – in ihrer Mitte unauffällig untergehakt, das Fitzmann-Zentrum Tempelhof. Sie waren mit Kameras, Stativen, Scheinwerfern und Mikrofonen bewaffnet.

Der Pförtner starrte Zusteller-Pit ungläubig an. Seine Augen weiteten sich, und während Zilinski ihn ansprach, konnte er keinen Moment den Blick von seinem Idol lassen.

„Tachchen, wir kommen von Fitzmann-TV. Wir sollten eigentlich erst nächste Woche bei Ihnen drehen, aber da ist was schief gelaufen mit der Dispo, und da würden wir es gerne heute schon machen. Wäre das in Ordnung?"

Wenn der Pförtner jetzt gefragt hätte, ob sie eine Drehgenehmigung hätten, hätte Zilinski gesagt, nein, eben noch nicht, weil es ja erst nächste Woche gewesen wäre, aber der Pförtner war so konsterniert über die Anwesenheit von Zusteller-Pit, dass er nur mit offenem Mund nickte. Erst als die Gruppe sich bereits in Bewegung gesetzt hatte, da rief er plötzlich:

„Halt!"

Alle drehten sich erschrocken um.

„Könnte, könnte ich vielleicht, äh, ein Selfie machen?", fragte er dann schüchtern.

„Aber klar doch", sagte Mischa Kern gönnerhaft, und beide grinsten blöde in ein hingehaltenes Smartphone. Dann war der Weg endgültig frei.

Max hatte Angst. Er hielt das Ganze für eine Schnapsidee, und jetzt sollte er auch noch den Regisseur des seltsamen Fernsehteams geben. Wer ein bisschen was vom Filmemachen verstand, musste sofort sehen, dass das Equipment, das Zilinski besorgt hatte, völlig absurd war. Kameras, die man mit Magnetbandkassetten füttern müsste, wenn man wirklich etwas aufnehmen wollte, riesengroß und schwer, die würde man zurücklassen müssen, wenn es schnell gehen musste. Das, was Ole, der den Tonmann darstellte, als Ton-Angel in die Höhe hielt, war bei näherem Hinsehen ein mit einem Kabel umwickelter, langer Alu-Besenstiel, was er als Aufnahmegerät umgehängt hatte, ein alter DDR-Heizlüfter, an dem er geschäftig an Knöpfen drehte, und auf dem Kopf hatte er einen roten, alten Hörschutz, unter dem er halb taub war. Zilinski fuchtelte mit einem alten Scheinwerfer rum, der nicht einmal Licht gab.

Sie taten so, als würden sie eine Szene drehen, in der Pit und Jenny im Gehen einen langen Dialog führten. So liefen sie durch die Abteilungen, Danner als Kameramann rückwärts, Rademacher mit einem Klemmbrett neben Max, der hin und wieder „Und bitte!" oder „Danke, gekauft" sagte, oder was ein Regisseur sonst so sagen könnte, während Jenny auf Mischa Kern einbrabbelte und ihn dabei immer wieder stützen musste, weil er manchmal wegsank wie ein Sandsack. Aber er war die meiste Zeit bemüht, bei jedem freundlich zurückzuglotzen, der ihn mit leuchtenden Augen anglotzte. Alle sahen sich während der Aktion permanent diskret um, ob sie Karen sahen, die hier irgendwo sein musste. So durchkämmten sie den gesamten Komplex und warfen einen Blick in jeden Gang mit seinen riesigen Regalen und sahen in jedes der Gesichter der Menschen, die dort arbeiteten.

Die Nachricht, dass das Team mit Zusteller-Pit in der Fabrik drehte, hatte sich wie ein Lauffeuer verbreitet, und hier und da blieben bald welche stehen, Arbeiter in blauen Overalls, Stapel von Paketen jonglierend, Gabelstapelfahrer bremsten, um sie zu beglotzen oder aber erschrocken wegzutauchen oder im Gegenteil in die Kamera zu winken, wenn sie dachten, dass sie im Bild waren. Wenn die Gefahr nicht wäre, wäre es zum Lachen, dachte Max.

So bewegten sie sich quer durch das Areal, kamen in immer neue Abteilungen, begegneten sogar dem einen oder anderen vom Sicherheitsdienst, aber auch in diesen Fällen tat die Popularität von Mischa Kern alias Zusteller-Pit ihren Zweck, einige sprachen ihn sogar mit dem berühmten Zitat „Na, alles im Lack, Pit?" aus der Serie an, mit dem die TV-Welt den sympathischen Helden begrüßte.

Lange konnte das nicht gut gehen. Nachdem sie ungefähr zwei Drittel des Logistikzentrums auf diese Weise durchkämmt hatten, stießen sie auf Widerstand. Sie befanden sich jetzt mitten in dem Areal, in dem die zurückgeschickten Sendungen vernichtet wurden. Einige Leute schufteten unmittelbar an den Schlünden, in die sie einfüllten, was von den Lastern, die die Pakete anlieferten, danebengefallen war. Wer hier arbeitete, machte das nicht freiwillig, insofern konnte es gut sein, dass sie Karen hier fanden. Aber keine Spur von ihr. Plötzlich sprach sie ein Wachmann des Sicherheitsdienstes an.

„Was drehen Sie denn gerade für eine Szene?", fragte er interessiert.

„Das ist, wir drehen gerade die Szene, in der ..." Max fiel nichts ein.

„Folge 451, Szene drei, Fitz Mannzentrum, innen, Tag!",

sagte Danner schnell und tat dabei so, als würde er es von seinem Klemmbrett vorlesen.

„So so", sagte der Wachmann und kniff die Augen zusammen.

„Und wieso ist da überhaupt keine Kassette in der Kamera?"

Max starrte ihn mit aufgerissenen Augen an. In diesem Moment brach die ganze Täuschung zusammen, der Wachmann blies laut in seine Trillerpfeife und das falsche Filmteam begann, um sein Leben zu rennen.

„Zurück zum Ausgang!", brüllte Danner, denn schon waren ihnen drei oder vier andere Sicherheitsdienstler auf den Fersen und drohten, von der Schusswaffe Gebrauch zu machen. Sie rannten trotzdem weiter, Max wusste nicht, wie er den Mut dazu aufbrachte, vorbei an der mittlerweile angewachsenen Menge von schaulustigen Arbeitern, die die Verfolgungsjagd mit Anfeuerungsrufen begleiteten, weil sie immer noch dachten, dass es sich um Dreharbeiten handelte.

Als dann tatsächlich ein Schuss ertönte, dachte Max: Jetzt sterbe ich. Aber Danner brüllte:

„Die schießen nur in die Luft! Weiter!", und sie rannten weiter. Jenny zog an Mischa Kern, der immer wieder aufgeben wollte, sie schlugen Haken, liefen Umwege durch Regalgassen, mussten umkehren, als ein Beamter um die Ecke auf sie zugeschossen kam, und näherten sich schließlich tatsächlich dem Ausgang. Eine Stimme aus einem Lautsprecher befahl, das Gatter runterzulassen, sie sahen in das Gesicht des Mannes, der sie hineingelassen hatte und jetzt nicht wusste, ob er den Befehl befolgen sollte oder ob das zum Film gehörte, und wenn ja, wieso Zusteller-Pit darin auf einmal fliehen musste. Er ließ sie wieder passieren. So schafften sie es tatsächlich

bis nach draußen, wo sie sich allerdings einer Gruppe von ungefähr acht Beamten mit gezückter Waffe gegenübersahen. Sie blieben stehen, völlig außer Atem, sahen in die Mündungen der Pistolen, nahmen die Hände hoch und hatten sich bereits mit dem furchtbaren Ende ihres tollkühnen Planes abgefunden, als es einen lauten Knall gab. Dann war auf einmal alles voller Rauch, und eine Stimme rief „Hier lang!", und sie rannten wieder los, in Todesangst, jeden Moment erschossen zu werden, in Richtung der Stimme, die ihnen bekannt vorkam. Sie rannten und husteten, Tränen traten ihnen in die Augen, dann hörten die Schüsse auf, auch die Beamten mussten husten, und nach weiterem Rennen, das Max endlos vorkam und alle, bis auf Rademacher, an den Rand der Erschöpfung brachte, waren sie auf der anderen Seite der Straße angekommen. Sie schlugen sich in einen Hauseingang und sahen ihre Verfolger daran vorbeilaufen. Sie standen da, den Oberkörper auf die Knie gestützt, immer noch hustend und schwer atmend, und als sie sich wieder aufrichten konnten, tauchten Mario und Hannes vor ihnen auf. Mario lachte und meinte:

„Wozu diese alten NVA-Rauchgranaten doch noch gut sind."

„Nee, das sind russische", japste daraufhin Zilinski.

„Das war höchste Eisenbahn", sagte Danner.

„Woher wusstest du eigentlich, dass die nur in die Luft geschossen haben?", fragte Jenny.

„Wusste ich nicht", sagte Danner.

Mehr Zeit zum Reden hatten sie nicht, weil sich der Rauch verzog und die Wachleute mit dem Husten fertig waren und die Verfolgung aufnahmen. Sie schafften es bis zum Lieferwagen, sprangen rein, und Zilinski fuhr auf dem

nicht gerade kurzen Weg zum nächsten Grenzübergang, dem Checkpoint Charlie.

Er zeigte seine ganzen Fahrkünste, die er sich als Champion bei den wilden Rennen im ungeregelten Straßenverkehr der Enklave erworben hatte, und versuchte, den Sicherheitsdienst, der ihm mit mehreren Fahrzeugen folgte, abzuhängen. Er bog in voller Fahrt in Seitenstraßen ab, machte gewagte U-Turns auf Autobahnzubringern, nagelte durch Fußgängerzonen, über Schlaglöcher und durch Baustellen. Für die, die hinten drinsaßen und durcheinandergewirbelt wurden wie beim Schweinetransport, stellte sich beinahe die Frage, ob sie jetzt durch Fitzmann oder Zilinskis verwegenen Fahrstil ums Leben kommen würden. Sie sahen nicht, wo sie hinfuhren, und hörten nur Zilinskis Flüche oder Jubelschreie, der sich im Führerhaus benahm wie ein Teenager im Ego-Shooter-Videogame. Neben sich Ole, der die Augen weit aufgerissen hatte, ob nur aus purer Angst oder auch Erstaunen über Zilinskis Fahrstil, wusste er selber nicht genau.

Sie schafften es tatsächlich, den Sicherheitsdienst abzuhängen, und bogen mit quietschenden Reifen auf die Friedrichstraße ab und donnerten Richtung Checkpoint Charlie, in der berechtigten Hoffnung, dort von den lax agierenden Grenzposten der Enklave einfach durchgewunken zu werden. Doch zu ihrem Erstaunen sahen Zilinski und Ole da von Weitem Grenzbeamte stehen, wie es sie vor langer Zeit gegeben hatte, Grenzbeamte mit grauen Uniformen und großen, grauen Mützen über dickrandigen Brillen, die breitbeinig dastanden und keinen Zweifel daran ließen, dass sie niemanden durchlassen würden, den sie nicht ausgiebig kontrolliert hatten. Zilinski bremste und riss das Steuer rum,

wieder wurde die ganze Gruppe durcheinandergewirbelt, er wendete und fuhr die Friedrichstraße zurück. Die Grenze war zu. Wie auch immer es dazu gekommen war.

WEST/OST

Markus hatte sich vor der Aktion von der Gruppe abgesetzt und nach Charlottenburg aufgemacht. Zu den Zugeständnissen, die er seinem Vater machen musste, um weiter das Leben zu führen, das er nicht entbehren wollte und das ihn gleichzeitig ankotzte, gehörte eben immer die Teilnahme an privaten Anlässen, an denen er den braven Sohn spielen musste. Er konnte das ziemlich gut und war sehr beliebt bei denen, denen er dabei begegnete, er machte den Sunnyboy, war charmant und erfüllte seinen Vater mit Stolz. Der wichtigste private Anlass des Jahres war Drägers Geburtstag. Dafür dachte sich sein Vater immer eine ganz spezielle Party aus. Markus hasste sie bereits, bevor sie stattgefunden hatte.

Die Straße, die am Charlottenburger Schloss vorbeiführte, war weiträumig abgesperrt, im Park dahinter verloren sich ungefähr zweihundert geladene Gäste, die den einflussreichsten Mann der Stadt feiern sollten. Alle hatten in historischen Kostümen zu erscheinen, die es in einer Sonderedition bei Fitzmann zu kaufen gab und die in die Zeit Ludwig XIV. gehören sollten, man konnte im Onlineshop zwischen verschiedenen Kostümen wählen, aber es gab nicht so viele Wahlmöglichkeiten, als dass sich nicht alle Partygäste ähnelten. Alle Männer staksten in ähnlichen barocken Jacken auf hochhackigen Schuhen herum, alle Frauen in denselben ausufernden Kleidern, nur in drei Farben unterschieden, Barock von der Stange, rot, blau und grün, eine uniform kostümierte Gesellschaft mit identischen Allongeperücken, unter denen die Träger wegen der heißen Sommersonne schwitzten wie in einer mobilen Sauna und sich wunderten, dass sie alle gleich aussahen.

Die letzten zweihundert Meter wurden die Gäste mit alten Kutschen gefahren, aus denen sich die Übergewichtigen durch den engen Einstieg mühsam ins Freie zwängten. Die Gäste verloren sich in dem riesigen Garten, standen vereinzelt, paarweise oder in kleinen Gruppen, zwischen ihnen rannten Arbeitskräfte in Livree herum und reichten Häppchen und Getränke oder dampfende Teller mit Suppe aus der unvermeidlichen Erbsensuppenkanone, aus gegebenem Anlass mit extra Bockwursteinlage. Alle simulierten gute Stimmung, waren aber wegen der Hitze der Ohnmacht nahe, setzten unentwegt verzerrt lächelnde Fratzen auf, während sie sehnlichst das Ende der Veranstaltung erwarteten, die noch gar nicht begonnen hatte und für die sie auch noch Eintritt hatten zahlen müssen.

Währenddessen stand Dräger in einem kühlen Raum des Schlosses und ließ letzte Hand an sein König-Ludwig-Kostüm anlegen. Ein Maskenbildner tupfte ihm vorsichtig zwei schwarze Muttermale ins Gesicht, und seine weißen Schnallenschuhe wurden blitzblank poliert. Dräger liebte das Barock, auch wenn er nicht allzu viel darüber wusste, nur dass es da einen König gegeben hatte, der ihm gefiel, weil er Prunk und Verschwendung geliebt hatte und alle rücksichtslos nach seiner Pfeife hatte tanzen lassen. Sich ihn als Vorbild zu nehmen, schien ihm die passende Würdigung seines sechzigsten Geburtstages zu sein. Er war begeistert von Herrschern der Vergangenheit und sah Fitzmann eindeutig als ein Herrschergeschlecht, in dem er die Krone an seinen Sohn weitergeben wollte.

Dräger pflegte seinen Geburtstag in jedem Jahr mit so einem Mottofest zu begehen, im letzten hatte er was mit Nero gemacht, das hatte ihm auch gut gefallen, besonders dass er

dabei zwei Straßen in Kreuzberg hatte niederbrennen lassen, so wie Nero Rom abgebrannt hatte, das war spektakulär gewesen, ein Riesenspaß. Dieses Jahr also Ludwig XIV., und auch dazu hatte Dräger ein paar schöne Ideen. Er liebte echte Gefühle.

Draußen, direkt vor dem Schloss, hatte bereits ein großes Orchester seinen Platz eingenommen, nein, es war kein richtiges Orchester, die Musiker, die noch in der Lage waren, ein echtes Instrument zu spielen, konnte man in Westberlin an einer Hand abzählen, seit es keine subventionierten Orchester mehr gab. Es waren Statisten, die auf Instrumentenattrappen so taten, als würden sie musizieren. Die Musik wurde über Lautsprecher eingespielt, und den Unterschied zu echt gespielter Musik konnte keiner mehr erkennen.

Zu diesen Klängen trat Dräger in seinem barocken Prunkkostüm aus dem Schloss, neben ihm sein Sohn Markus in einem den Drei Musketieren ähnlichen Kostüm inklusive Degen, das ihm sehr gut stand. Claqueure fingen an, einen infernalischen Applaus zu initiieren, dem zu folgen für alle Pflicht war. Der dadurch entstehende falsche Jubel schmeichelte Dräger, ohne dass er sich dessen Aufgesetztheit bewusst war. Er winkte den Menschen so zu, wie er es in dem Film gesehen hatte, mischte sich unter sie, führte Gespräche, bei denen alle laut lachten, egal ob komisch war, was er erzählte, oder nicht, und ständig wurden ihm Leute vorgestellt, die vor ihm katzbuckelten, weil sie sich Vorteile davon versprachen. Sie behandeln mich wirklich wie einen König, dachte Dräger, das nenn' ich mal ein gelungenes Fest.

Allmählich entspannten sich die vorgeladenen Gäste, der Abend brachte Abkühlung, die Sonne ging romantisch in den Parkanlagen unter, der Alkohol tat seine Wirkung.

Für die vorgerückte Geburtstagsstunde hatte sich Dräger etwas Besonderes ausgedacht. Von dem Wenigen, was er sich bei seiner losen Beschäftigung mit Ludwig XIV. gemerkt hatte, hatte ihm neben Ausschweifungen und uneingeschränkter Macht das Guillotinieren am besten gefallen. Er erinnerte sich an eine Filmszene, in der der König den Daumen über eine Delinquentin senkte, deren Kopf durch das Loch in einem zweigeteilten Brett steckte und die schreiend ihre Unschuld beteuerte, woraufhin das Fallbeil fiel, der abgetrennte Kopf in einen Korb plumpste und das lärmende Volk verstummte. Er wollte das gerne mal live erleben. Dazu hatte er eine Guillotine bauen lassen, die fast so aussah wie die aus dem Film, auf einem erhöhten Holzpodest, davor ein Korb.

Im feuerähnlichen Licht der elektrischen Fackeln wurde unter dumpfem Trommeln ein Karren den Kiesweg heruntergefahren, auf dem sich in einem Holzkäfig, an beiden Armen festgebunden, eine Frau befand, die nicht weniger laut brüllte als die in Drägers Film, von dem er nicht einmal mehr den Titel wusste. Dass sie so brüllte, gefiel Dräger, der grinsend den Wagen näherkommen sah, neben ihm Markus, der plötzlich vor Schreck zusammenfuhr.

Die Frau auf dem Wagen war Karen.

Markus war mit einem Schlag klar, dass das bedeuten konnte, dass sein Vater wusste, dass sein Sohn Mitglied einer Verschwörung gegen ihn war und sie so was wie seine Freundin. Möglicherweise hatte man sie sogar gezwungen, all das zu gestehen.

Sein Vater sagte kein Wort. Vielleicht wollte er ihn auf die Folter spannen, sehen, wie er reagierte, sicher wollte er ihn quälen, bevor er ihn für immer verstieß und damit Markus' Doppelleben beendete. Oder Schlimmeres im Sinn hatte.

Sie führten Karen auf das Podest, die sich im Griff der verkleideten Schergen wand, banden sie auf dem Brett fest, und kurz darauf erschien ihr Kopf in der Öffnung.

Das war der Moment, in dem Markus alles auf eine Karte setzte. Er stürzte Richtung Holzgerüst, schwang sich gekonnt auf die Plattform, zog galant den Degen, der zu seinem Kostüm gehörte, rief laut:

„Halt!"

Die Schergen hielten inne und blickten unwillkürlich erst Markus und dann Dräger an, der lächelte schon wieder und ließ dann seine Hand sinken, deren Daumen schon bereit zum Urteil gewesen war. Der Henker dachte, dass das sein Zeichen sein musste, und zog am Seil. Markus schrie so laut, wie er noch nie in seinem Leben geschrien hatte:

„Nein!!"

Karen verlor die Besinnung und das Fallbeil fiel. Ungefähr dreißig Zentimeter über Karens Kopf kam es abrupt zum Stillstand. Dräger lachte sich halbtot.

Karen erwachte aus ihrer Ohnmacht und sah Markus' Gesicht über sich. Sie hatte allen Grund zu glauben, sie sei im Himmel.

„Wir kennen uns nicht, verstehst du mich?", zischte er sie an und riss dabei die Augen weit auf. Hinter ihm hörte sie jemanden lachen, eher war es schon eine Art Lachanfall, der einen Mann schüttelte, den sie nicht kannte, der dick war und ein seltsames Kostüm anhatte und einfach nicht aufhören konnte zu lachen. Dann sah sie dessen feistes Gesicht, hochrot, zu dem Markus sich umdrehte. Der begann jetzt ebenfalls zu lachen, eine erzwungenes, künstliches Lachen, und jetzt erst wusste Karen wieder, wo sie war und wie man sie auf diesem Karren hergefahren hatte. Sie erinnerte sich an ihre Todesangst

und an diese ganzen Leute, die aussahen wie aus einem Film, an dessen Titel sie sich nicht erinnerte, und an die Guillotine, von der sie wusste, dass da die Bösen hingerichtet wurden, und dass sie nicht verstanden hatte, was denn an ihr so böse sein sollte, dass man sie hinrichtete, und dann riss der Erinnerungsfaden an der Stelle, an der sie auf dem Brett lag.

Markus machte jetzt in seinem Prinzenkostüm so etwas wie einen Kratzfuß vor seinem Vater, verbeugte sich, wobei ihm sein Degen fast in die Kniekehle geriet, und sagte:

„Eure Majestät, in der Tat ein toller Spaß."

Der dicke Mann, der sich gerade eingekriegt hatte, prustete wieder los, nickte heftig, prustete erneut und sagte dann mühevoll:

„Des Volkes Belustigung geht mir über alles!" Das letzte Wort kriegte er kaum noch raus, weil er wieder lachen musste. Dräger gefiel es, dass sein Sohn mitspielte, er hatte schon immer gedacht, dass er schauspielerisches Talent hatte.

„Euer Majestät, wie wäre es, wenn Ihr angesichts Eures unübersehbaren Vergnügens dem genarrten Opfer dieses unbestreitbar lustigen Einfalls und aus Anlass Ihres Jubeltages einen Gefallen tun würdet?", fragte Markus und machte wieder einen Kratzfuß.

„Und was", es riss Dräger fast schon wieder, „wa-was wäre das für ein Gefallen?"

Seine Augen hatten sich mit Tränen gefüllt, er hatte lange nicht mehr so gelacht, und es mochte den einen oder anderen unter den herumstehenden Partygästen geben, der insgeheim hoffte, er möge sich totlachen.

Karen verstand überhaupt nichts.

„Nach alter Sitte schenken Könige an Ihrem Geburtstag jemandem die Freiheit. Lasst es an diesem die junge Frau sein,

deren Antlitz mich außerdem ergötzt", und dabei schaute Markus seinen Vater so zweideutig an, wie er konnte.

Dräger hörte plötzlich auf zu lachen, guckte dumpf und ernst, nahm einen Schluck aus dem Weinpokal, den er die ganze Zeit vor seinem Bauch gehalten hatte, und wischte sich mit einem Ärmel den Mund ab.

„Deren Antlitz dich außerdem ergötzt, so so."

Ein kurze Stille trat ein.

Dann prustete Dräger wieder los, alle um ihn herum zuckten zusammen, er machte eine wegwerfende Bewegung mit einer Hand und sagte:

„Die Bitte sei ihm gewährt!"

Markus hob Karen von dem Brett, stellte sie hin und küsste ihr die Hand. Sie guckte ihn verständnislos an. Dräger fand das alles wieder unheimlich lustig, dann sah Markus sie wieder so an wie zuvor und zischte:

„Lauf weg!"

Ehe sie auch nur darüber nachdenken konnte, rannte sie los, so schnell sie konnte. Sie rannte die Stufen des Podests hinunter, an den Menschen in den merkwürdigen Kostümen vorbei, den nächstbesten der von Hecken gesäumten Wege hinunter, dann links in Richtung der Bäume und immer weiter. Keiner folgte ihr. Erst als sie hinter einer Parkbank niedersank, um zu verschnaufen, konnte sie wieder einen klaren Gedanken fassen. Das gerade war eine Begegnung mit Markus' Vater gewesen, begriff sie plötzlich.

Die Parkanlage, durch die sie lief, schien kein Ende zu nehmen, aber irgendwie schaffte sie es doch aus ihr raus, rannte weiter durch den fremden Westen, nur in ihrem Henkerskleid, die Straßen waren schlecht beleuchtet, sie wich den wenigen Menschen, die ihr begegneten, aus, sie nahmen keine Notiz

von ihr. Sie lief weiter, ziellos. Wenn sie nur irgendwann den Fernsehturm im Osten sehen würde, sie wusste, dass er auch vom Westen aus an vielen Stellen gut erkennbar war, ein Symbol in der Enklave, die Verlockung einer anderen Welt, die für immer mehr Menschen unwiderstehlich wurde.

Sie landete an einer Autobahn, die über ihr dröhnte, und beschloss, von der aus weiterzukommen, wohin auch immer, wenn vielleicht nicht in die ersehnte Enklave, so doch wenigstens raus aus der Stadt. Vielleicht würde sie jemand mitnehmen.

Sie kletterte eine Böschung rauf, zog sich das letzte Stückchen an einer Leitplanke hoch und stand dann am Rand der dreispurigen A 100, auf der um diese Zeit nicht mehr viel Verkehr war. Karen hielt den Daumen raus. Es dauerte nicht lange, da stoppte ein alter Kleinwagen, jemand beugte sich vom Fahrersitz zu Beifahrertür, öffnete sie, und die Musik, die schon bei geschlossener Tür unüberhörbar gewesen war, wurde jetzt noch lauter. Karen stieg ein und machte die Türe zu. Der Fahrer, ein vierschrötiger Typ mit einem imposantem Irokesenhaarschnitt, der oben am Fahrzeugdach hin und her schrappte, während er rhythmisch zu der lauten Punkmusik den Kopf bewegte, gab Gas. Der letzte Punk von Westberlin, dachte sie. Sie fuhren ein paar Kilometer auf der Autobahn, bis diese endete. Karen bat den Punk darum, eine Nachricht auf dessen Telefon verschicken zu dürfen. Gott sei Dank wusste sie Markus' Nummer auswendig.

„Bin in Sicherheit. Deine Prinzessin." Nur Markus nannte sie so. Als der Punk sich anschickte abzubiegen, gab Karen ihm ein Zeichen, aussteigen zu wollen. Sie hatte ein altes Schild gesehen, das geradeaus in den Prenzlauer Berg wies. Die Grenze konnte nicht weit sein. Sie hatten kein Wort

gesprochen, und das war Karen ganz recht gewesen. Sie lief die Straße weiter geradeaus, bis sie zu einer Brücke kam, unter der Züge fuhren und auf der sich ein Grenzübergang mit dem Namen Bornholmer Straße befand.

Sie versteckte sich hinter einem überfüllten Müllcontainer und beobachtete den Übergang. Er war hell erleuchtet und Uniformierte standen da, breitbeinig mit über der Brust verschränkten Armen. Karen kannte sich nicht aus mit Uniformen und konnte Vopos von Schupos, die sie im Westen gesehen hatte, nicht unterscheiden. Aber sie konnte ihnen ansehen, dass sie bereit waren, jeden Grenzübertritt zu verhindern.

Sie entschloss sich deshalb, es über die Gleise zu versuchen, und nachdem sie in sicherer Entfernung von der Brücke war, suchte sie nach einer undichten Stelle in dem alten Zaun. Da, wo er aus Altersschwäche auf ungefähr zehn Metern umgesunken war, konnte sie ihn leicht überwinden. Karen war wieder zu Hause.

WEST

Max saß jetzt im Transporter vorne bei Zilinski. Mischa Kern war hinten schlecht geworden, sie setzten ihn in der Pestalozzistraße ab, bedankten sich bei ihm. Zilinski sah im Rückspiegel, wie er sich an einer Straßenlaterne festhielt. Sie bretterten dann zu Max' Wohnung, wo sie sich einigermaßen sicher zu fühlen glaubten.

„Bisschen so wie nach der Wende, als es schick war, mit hundert Sachen zwischen den Stadtteilen hin- und herzubrettern", meinte Max zu Zilinski, der gekonnt durch die Gänge schaltete.

„Ja", meinte Zilinski, „nur dass ich hundertdreißig fahre."

Max lachte vor Schreck kurz auf und sah dann aus dem Fenster. Sie donnerten den Kaiserdamm hinauf, bogen schließlich links ab und näherten sich dem Stuttgarter Platz.

Vor Max' Haus standen mehrere Wagen des Fitzmann-Sicherheitsdienstes. Zilinksi drosselte das Tempo. Max erstarrte. Sie rollten an den dicken SUVs vorbei und vermieden Blickkontakt mit den Beamten, die aus dem Haus kamen und Kisten in den Händen trugen.

„Scheiße", sagte Max.

„Muss ja nicht heißen, dass die bei dir waren", sagte Zilinski.

„Muss nicht, aber kann. Jedenfalls sollten wir jetzt nicht mal durch den hinteren Eingang das Haus betreten."

„Bleibt uns wohl nichts anderes, als zu diesem U-Bahnhof von denen zu fahren", meinte Zilinski und hielt an. Wie kam man dahin? Zilinski stieg aus und öffnete die Seitenschiebetür des Transporters, hinter der der Rest der Gruppe mit bleichen Gesichtern übereinanderlag.

„Wird leider nix mit der Wohnung von Max. Weiß jemand den Weg zu eurem Widerstandsnest im Wedding?"

Also saß Rademacher jetzt vorne, und Max hinten drin, und während auch er sich an das Schaukeln des Autos und das Durchschütteln seiner Passagiere gewöhnen musste, stellte er sich vor, was die Fitzmann-Sicherheitsleute in seiner Wohnung veranstalteten, falls sie in ihr waren. Er stellte sich vor, wie sie sie durchwühlten, vor allem seine Bücher, wie sie sie auf die Straße warfen und mit Benzin übergossen und anzündeten.

Als Zilinksi den Transporter endlich im Wedding in einer Seitenstraße in der Nähe des Leopoldplatzes abgestellt hatte und die Gruppe ausstieg, war auch Max schlecht. Und alle hatten ein bisschen Pudding in den Beinen.

WEST

Markus wusste sich die gönnerhafte Stimmung, in die sein Vater auf seinem sechzigsten Geburtstag gekommen war, weiter zunutze zu machen. Dräger hatte offensichtlich keine Ahnung von seiner Verbindung zu dem Opfer, dem er heute Abend die Freiheit geschenkt hatte, er war glücklich über den schönen Abend mit seinem Sohn und hatte deshalb reichlich Champagner getrunken. Als das Fest vorbei war, fuhr Markus mit ihm zu dessen Haus im Grunewald, einem ehemaligen Hotel in traumhafter Lage, das er alleine bewohnte und in dem Max aufgewachsen war. Vorher hatte er in einem günstigen Moment Rademacher rudimentär davon unterrichten können, dass Karen frei war.

Jetzt saßen sie auf der großen Terrasse und tranken weiter, mittlerweile Whiskey.

„Bolle reiste jüngst zu Pfingsten, nach Bangkok war sein Ziel", grölte Dräger und schwenkte sein Glas.

Wo es bei Markus bis dahin noch so was wie familiäre Rücksicht gegeben hatte, war jetzt, nach der geschmacklosen Aktion mit Karen, nur noch Abscheu. Aber er spielte das Spiel mit.

„Da verlor er seinen Jüngsten ganz plötzlich im Gewühl!!"

Dräger sang noch lauter. Er stieß sein Glas an das seines Sohnes. Markus Handy leuchtete. Eine Textnachricht von Karen. Er atmete auf.

„Sing doch mal mit!", lallte Dräger. „Det ist ja nicht so oft der Fall, det wir zwee beeden zusammen feiern!"

Markus schüttete das Glas hinter sich in einen Blumenkübel. Das merkte der Alte in diesem Zustand nicht mehr. Dann leitete er die Nachricht weiter und tippte etwas dazu.

„Ne volle halbe Stunde hat er nach ihm gespürt!!", grölte Dräger währenddessen weiter.

Markus fiel lauthals in den Refrain ein.

„Aber dennoch hat sich Bolle janz köstlich amüsiert!", sangen sie zusammen. Sein Vater wiederholte den Refrain mit steigendem Vergnügen, immer wieder, Markus tat es ihm gleich. Sie mussten jetzt kilometerweit zu hören sein. Schon als Kind hatte Markus dieses alte Berliner Volkslied und den betrunkenen Vater darin gehasst, der nicht auf sein Kind aufpassen konnte. Dräger ließ sich schließlich erschöpft in einen der gusseisernen Gartenstühle sinken.

„Ick freu mir wie Bolle!", sagte er. „Wie Bolle! Verstehste, det kommt aus diesem Lied, det man sich freut wie Bolle! Aus dem Bollelied kommt det! Irre."

Markus nickte bestätigend.

„Mensch, Junge, a propos Bangkok, weeste noch, wie wir da in Urlaub waren?"

Sie waren in Vietnam in Urlaub gewesen, und nicht in Thailand, und das Lied handelte von Pankow, und nicht von Bangkok.

„Klar, weiß ich das noch", sagte Markus freundlich.

„Wie klein du da gewesen bist. So süß!"

Markus lachte zustimmend. Dräger riss plötzlich die Augen auf.

„Mensch, ick hab da doch 'n Foto von, wa, det hab ick doch immer in der Brieftasche!"

Er langte hinter sich zu dem Königsmantel, den er mittlerweile abgelegt hatte, kramte darin herum und legte verschiedene Gegenstände auf den Tisch, ein Taschentuch, eine Sonnenbrille und sein großes Smartphone, bis er das Foto schließlich in einer kleinen Lederbrieftasche fand. Markus

spielte Begeisterung, dabei ließ er das Smartphone nicht aus den Augen, das immer noch auf dem Tisch lag.

„Guck, det sind wir zwee beeden!", sagte sein Vater weinerlich und kam Markus mit dem Foto so nah, dass der dessen Whiskeyfahne riechen konnte. Auf dem Foto sah man einen wesentlich jüngeren und vor allem wesentlich schlankeren Dräger, der fröhlich in die Kamera winkte, auf einer Liege am Strand, auf dem Rand der Liege Markus als ungefähr Fünfjähriger, mit einem eher unglücklichen Gesichtsausdruck.

Dräger sah seinem Sohn kurz in die Augen, Markus wich seinem Blick aus.

„Det waren schöne Zeiten damals", sagte Dräger gerührt.

„Stimmt, Papa", sagte Markus. Dräger kamen die Tränen. Er drehte sich um und füllte die Gläser neu.

„Wie lange du zu mir nicht mehr Papa jesagt hast", sagte er dabei.

Dann reichte er Markus das Glas, und sie stießen wieder an. Markus schüttete den Inhalt erneut in den Blumenkübel.

Später, als Dräger in sein Schlafzimmer geschwankt war, um dort wie erschossen ins Bett zu fallen, zückte Markus, der sitzen geblieben war, angeblich, um die schöne Nachtstimmung noch ein bisschen zu genießen, sein Smartphone und rief die App auf, die die Übertragung von Daten zwischen zwei Geräten versprach. Ein praktisches Fitzmann-Produkt, das tadellos funktionierte, wenn man es entsprechend zu bedienen wusste.

Er legte das Gerät seines Vaters wieder auf den Tisch und verließ das Haus durch den Haupteingang. Sein Vater schnarchte im ersten Stock wie ein Sägewerk. Markus hoffte, dass es das letzte Mal war, dass er das hörte.

WEST/OST

Die Anderen hausten jetzt in einer leerstehenden kleinen Werkshallen in Moabit, in der es zwar heller war als im U-Bahnhof Seestraße, dafür aber wesentlich enger. Zumal jetzt die Beteiligten der gescheiterten Befreiungsaktion dazugekommen waren.

Rademacher sah sich in der kleinen Lagerhalle um, die jetzt ziemlich voll war. Jeder hatte einen notdürftiges Lager gefunden, man saß oder lag sehr eng aneinander, und die Stimmung war schlecht. Die fehlgeschlagene Befreiungsaktion bedrückte nicht nur die, die daran beteiligt gewesen waren. Keiner sagte ein Wort. Ein kümmerliches Häufchen gescheiteter Revolutionäre.

Rademachers Handy zwitscherte. Markus. Was wollte der?

„Karen ist in Sicherheit" stand da. Was sollte das? Rademacher schickte ein Fragezeichen zurück. Daraufhin eine weitergeleitete Nachricht:

„Bin in Sicherheit. Deine Prinzessin."

„Brauche mehr Info", schrieb Rademacher zurück.

„Geht grad nicht, musst mir glauben."

Dann kam nichts mehr.

Rademacher stand auf und blickte wieder auf das Nachtlager der Enttäuschten.

„Genossen!", rief sie. Einige blickten auf, die meisten taten so, als hätten sie nichts gehört oder verdrehten die Augen.

„Bitte keine Durchhalteparolen jetzt", sagte jemand müde.

Rademacher schüttelte den Kopf.

„Was ganz anderes. Ich habe gerade eine Nachricht von Markus bekommen. Er sagt, Karen ist frei."

Sofort waren alle Blicke auf ihr.

„Wie kann det sein?", fragte Jenny.

„Ich habe keine Ahnung, aber er meint, wir sollten ihm glauben."

„Beweise?", fragte Danner.

„Sie hat Markus über ein fremdes Handy geschrieben und dabei ihren ...", sie räusperte sich kurz, „... Kosenamen benutzt. Den kannte nur er. Bis jetzt jedenfalls."

Rademacher unterdrückte einen Eifersuchtsimpuls. Karen war offensichtlich frei, alles andere war unwichtig. Das sahen auch die anderen so, und die eben noch trübe Stimmung verwandelte sich schnell in helle Freude.

Sie beschlossen, die Ostgruppe am nächsten Morgen durch Zilinskis Schlupfloch am Rand von Berlin zurück in die Enklave zu bringen, während Rademacher und ihre Mitstreiter im Westen bleiben sollten.

Max fragte zaghaft, ob er mit in den Osten kommen könne. Zilinksi lud ihn herzlich ein, schließlich war Max ja jetzt so was wie obdachlos. Genauso lud Mario seinen neuen Freund Hannes ein mitzukommen, und Hannes freute sich darauf, den legendären Osten Berlins mit all seinen Verführungen endlich kennenzulernen. Dann stießen sie zur Feier des letztlich doch erfolgreichen Tages an. Sie waren mit einem blauen Auge davongekommen.

Später lauschten sie den Erzählungen der alten AKA7 Kämpfer, von denen ihnen Rademacher mal erzählt hatte, vor allem denen von Jenny, die anschaulich berlinerisch von versuchten Attentaten auf Industrielle, vermissten Genossen, von gefährlichen Situationen, Geiselnahmen und falschen Identitäten berichtete, oder von gefälschten Papieren, die so

schlecht gewesen waren, dass sie sich gewundert hatten, wie sie damit hatten einreisen können. Zu den unangenehmeren, aber recht effektvollen Aktionen der AKA7 hatte die gehört, Müll, den Westberlin zu DDR-Zeiten im Osten und auch auf dem heutigen Gebiet der Enklave verklappt hatte, in den Westen zurückzubringen, symbolisch natürlich, aber trotzdem waren es immerhin sechs LKW gewesen, die sie bei Nacht und Nebel an möglichst prominenten Orten der Stadt abkippten.

„Det sah danach in Westberlin bei Sonnenaufgang teilweise schlimmer aus als nach Silvester. Und wie det in Berlin nach Silvester aussieht, kann sich keener vorstellen, der et noch nich jesehn hat."

Die Aktion hatte wesentlich zum legendären Ruf der Gruppe im Westen beigetragen.

Vor lauter Nachdenken über den vergangenen Tag und wegen der ungewohnten Situation, nicht in seinem Bett, sondern auf dem Boden in einem Schlafsack zu schlafen, der ihm dazu nicht gehörte und unangenehm roch, dazu mit dem traurigen Gefühl, sein Refugium verloren zu haben, tat Max in der Nacht kein Auge zu. Er sah immer wieder seine ansehnliche Bibliothek in Flammen aufgehen.

Mario und Jenny lagen durch Zufall nebeneinander in ihren Schlafsäcken auf dem harten Boden der Werkshalle. Mario wunderte sich, dass ihm das überhaupt nichts ausmachte. Wie immer schlief er schnell ein.

„Du schnarchst ja immer noch", weckte ihn Jennys Stimme.

Mario öffnete die Augen. Als er eingeschlafen war, hatten sie einander abgewandt gelegen. Jetzt blickt er in Jennys Gesicht. Das erste Mal seit vielen Jahren, dass sie sich so ansahen.

„Tut mir leid", sagte er und lächelte entschuldigend.

„Früher habe ich mir ja Ohropax in die Löffel gesteckt. Die habe ich aber leider gerade nicht dabei."

Es klang nicht ärgerlich, sondern nett.

„Ich werde mir Mühe geben", sagte Mario und schloss die Augen wieder.

Beim nächsten Schnarchen hielt Jenny ihm die Nase zu, das hatte sie manchmal früher auch so gemacht. Natürlich wachte Mario wieder auf.

„Schon wieder?", fragte er. Jenny nickte. Sie sahen sich wieder an.

„Vielleicht kannst du warten, bis ich eingeschlafen bin?", fragte Jenny.

„Klar", sagte Mario. Er faltete die Hände hinter dem Kopf und sah die Hallendecke an oder das, was davon im Halbdunkel zu sehen war. Zwei Schlafsäcke weiter hörte er Hannes schmatzen, der sich irgendeine Leckerei einverleibte. Als er nach ein paar Minuten Jennys gleichmäßigen Atem hörte, drehte er sich wieder auf die Seite. Also auf Jennys.

Danner saß die ganze Nacht vor der Halle auf einer Rampe und rauchte. Er versuchte zu verstehen, warum die Grenze plötzlich zu war. Irgendetwas stimmte nicht. Aber was?

OST

Am nächsten Morgen, auf ihrem Weg zurück in den Osten, fuhren sie möglichst wenig auf der Autobahn und benutzten dafür alte Landstraßen. Max wieder vorne, das Tempo war niedriger, dafür wurden die Passagiere jetzt von dem alten Kopfsteinpflaster durchgerüttelt, das nicht zu enden schien. Sie fuhren durch Geisterstädte, an verlassenen Häusern vorbei, verrotteten ehemaligen LPGs, überwucherten ehemaligen russischen Armeearealen und verfallenen Höfen, verlassenen Raiffeisenbanken und verwitterten Sexshop-Hinweisschildern aus der Nachwendezeit. Am Alex war Endstation. Von hier konnte jeder alleine nach Hause finden. Hannes ging mit zu Mario, Max zu Zilinski. Zumindest zwei Freundschaften hatte die Unternehmung hervorgebracht.

Sie verabschiedeten sich neben dem Transporter. Obwohl die Aktion kein Erfolg gewesen war, hatte sie die Stimmung gehoben, keiner wagte darüber zu sprechen, was sein würde, wenn Karen nicht auf andere Weise gerettet worden wäre. Aber sie hatten es durchgezogen und waren stolz darauf. Fitzmann war verwundbar, das war jetzt allen klar. Und sie hatten die Hoffnung, dass man was bewegen konnte, wenn man die Chance dazu hatte. Keiner ahnte, wie schnell sie kommen würde.

OST

Ole war froh, endlich wieder nach Hause zu kommen, so schwierig es in seiner Kommune-WG auch immer mal sein mochte. Schon im Treppenhaus fiel ihm auf, wie sauber es überall war. Die Mülltonnen standen oder lagen nicht mehr auf der Straße, sondern standen ordentlich im Hof, wie er aus dem Treppenhausfenster sehen konnte, jetzt mit Schlössern versehen, links ein kleiner Drahtverhau mit ausgestellten Müllteilen, die offensichtlich falsch entsorgt worden waren, daran ein großes Schild:

„Trennverstöße. Besitzer bzw. Verunreiniger bitte beim Hausmeister melden."

Die Stufen waren mit Treppenläufern ordentlich ausgelegt, auf jedem Absatz stand eine Topfpflanze mit Untersetzer, an den Wänden hingen kleine Täfelchen mit Aufschriften wie „Üb immer Treu und Redlichkeit" oder „Ordnung ist das halbe Leben". Das Treppenhaus sah jetzt eher so aus, als sei sie das ganze.

Ole dachte schon, er sei im falschen Haus gelandet, aber nein, auf seiner Etage standen die Namen seiner WG-Bewohner, jetzt allerdings auf einem sauber angeschraubten Schild anstelle der unordentlich übereinandergepappten Aufkleber, dazu ein paar, die er nicht kannte.

„Schuhe aus!", hörte er jemanden rufen, als er den Schlüssel in das alte Wohnungstürschloss steckte. Irgendwas Grundsätzliches hat sich verändert, dachte Ole. Während er tat, wie ihm gesagt wurde und sich dazu auf ein bereitgestelltes Höckerchen setzte, daneben sauber aufgereiht Schuhe, stand plötzlich ein Fremder vor ihm, gekleidet in einen grauen Overall und mit sauber gescheiteltem Haar.

„Ich nehme an, Sie sind Ole Steiner, der Bewohner von Zimmer vier! Schön, Sie endlich kennenzulernen, mein Name ist Waseritz, ich bin der Wohnungsobmann für diese Etage."

Ole sah ihn an wie ein Auto. Noch nie war er in seiner eigenen Wohnung gesiezt worden, und einen Wohnungsobmann hatte es schon gar nicht gegeben.

„Äh ...", setzte er an, aber der Obmann hatte schon weitergeredet.

„Ich bitte Sie, die Badezimmerzeiten genau einzuhalten und nach 22 Uhr Musik nur noch in Zimmerlautstärke zu hören. Außerdem sind Sie mit Ihren Kollektivaufgaben in Rückstand, und ich mache Sie darauf aufmerksam, dass das zur fristlosen Kündigung führen kann. Schönen Tag noch!"

Schon war er im Treppenhaus verschwunden. Hatte nur noch gefehlt, dass er die Hacken zusammenschlug. Ole blieb einen Moment auf dem Hocker sitzen, bis er den Mund wieder zukriegte. Zum Glück tauchte jetzt Henning aus seiner alten WG auf, Ole erkannte ihn, auch wenn er die Haare kurz hatte und in seiner grauen Windjacke und dem Schlips aussah, als ginge er zum Dienst ins Finanzamt.

„Hallo Henning, sag mal, was geht denn hier ab?"

Henning hatte es eilig, drängte Ole vom Hocker weg und begann, seine Schuhe anzuziehen.

„Ganz rechts die Fünf ist dein Abteil, denke ich", sagte er und deutete auf die Reihe mit den sauber abgestellten Schuhen, mit Klebeband am Boden eingeteilt und mit Ziffern versehen.

„Na, du warst eine Zeitlang nicht da, hat sich einiges verändert hier."

„Ja, fühlt sich an wie eine Kadettenanstalt", sagte Ole.

„So ungefähr", sagte Henning. Er stand jetzt schon in der Tür. „Alles fing damit an, dass hier dieser Typ, den du gerade gesehen hast, eingezogen ist. Der hat alles umgekrempelt, am Anfang haben wir noch protestiert, aber dann hat er gemeint, dass wir alle wegen Drogenbesitzes in den Knast kommen, wenn wir nicht spuren."

Er hielt einen Moment inne.

„Und ehrlich gesagt, sind einige Sachen gar nicht so schlecht. Es gibt weniger Streit und man muss nicht mehr ewig am Klo anstehen, weil wir jetzt feste Zeiten haben."

„Was ist das denn für ein Typ?", rief Ole Henning hinterher, der jetzt schon auf dem Treppenabsatz war.

„Keine Ahnung, woher der kommt! Aber es schwirren jetzt überall so Leute rum!"

„Wo willst du eigentlich hin?", rief Ole.

„Zur Arbeit!", rief Henning und war verschwunden.

Seit wann arbeitete der denn, dachte Ole. Dann sah er auf den ausgedruckten Plan, der sauber an der Wand aufgehängt war, und stellte fest, dass er mit Treppenhauskehren dran war. Er nahm wohl oder übel Besen, Handfeger und Kehrblech und machte sich an die Arbeit. Nach ungefähr zehn Minuten tauchte dieser Obmann wieder auf. Er wies im Vorübergehen mit einem Finger in eine Ecke.

„Da, Herr Steiner, ist auch noch was." Und ging dann weiter.

OST

Nachdem Max und Zilinski ein paar Flaschen Bier in Zilinskis Autoteilelager am Kollwitzplatz geleert hatten und sich Max alle möglichen Auto- und Motorradteile hatte ansehen müssen, über die Zilinski in einem Fachchinesisch doziert hatte, von dem Max kein Wort verstand, gingen sie zusammen in ein Restaurant, in dem Zilinski zu essen pflegte und das wegen seiner bodenständigen Küche und trinkfreudigen Atmosphäre legendär in der Enklave war, in die bereits erwähnten Heiner-Müller-Stuben. Zilinski meinte, man könne dort für kleines Geld so viel essen, wie man wolle, das Bier würde kostenlos nachgeschenkt, solange es welches gab, allerdings sei gegen sechs meistens alles weg. Rauchen sei nicht nur erlaubt, sondern erbeten, und wer wolle, könne sich am Ausgang eine Kopfschmerztablette nehmen, denn im Ausschank sei das unvermeidliche Petro-Hell. Der greise Namensgeber Heiner Müller sitze meist in einer Ecke, rauche Zigarre, trinke Whiskey und gebe gelegentlich intelligente Sätze von sich.

Zilinski drückte, während er Max gerade über die Qualität irgendeines Motorradmotors Baujahr '85 zutextete, die schwere Tür des Lokals auf und verstummte.

Alles sah anders aus, als er es geschildert hatte. Der Gastraum war mäßig besetzt, die wenigen Gäste saßen an sauberen Tischen vor Plastikabteiltellern, vor sich ein braves Glas Bier, die Wände waren frisch und gefängnisgrau gestrichen, und an der größten hing ein riesiger Astragonfernseher und dudelte laut vor sich hin. Wo früher schmeichelndes Licht gewesen war, sorgten jetzt mehrere Leuchtstoffröhren für eine ungemütliche Atmosphäre. Ein Zilinski wohlbekannter Kellner trat auf die beiden zu und sagte:

„Moment! Die Herren werden platziert."

„Wir werden was?", fragte Zilinski und guckte weiter fassungslos auf die Veränderungen. Max sah ihn fragend an.

„Was 'n hier los?", fragte Zilinski dann.

„Besitzerwechsel."

„Wieso das?"

„Keine Ahnung. Aber das ist nicht das Einzige, wovon ich keine Ahnung habe."

„Warum trägst du diese komische Kellnerkluft? Und was hast du mit deinen Haaren gemacht?"

„Schwierige Geschichte. Vielleicht können wir reden, wenn ich euch platziert habe."

„Warum musst du uns platzieren? Das Lokal ist fast leer!" Zilinski war verwirrt.

„Und was für ein Besitzer ist das denn jetzt hier?"

„Na ja, das alte Lokal hat nicht genug abgeworfen", sagte der Kellner und blickte sich unsicher um. Erst jetzt sahen sie, dass in der Ecke ein massiger Mann an einer elektronischen Kasse saß und sie interessiert beobachtete, die Arme über der Brust verschränkt.

„Und dann", der Kellner sprach jetzt leiser, „dann ist der da gekommen und hat gemeint, er sei jetzt der Chef."

„Seit wann muss ein Lokal in der Enklave was abwerfen?", fragte Zilinski so laut, dass der Dicke es hören musste. Der stand auf und ging auf die drei zu.

„Die Zeiten ändern sich, manchmal schneller als gedacht", sagte er lächelnd. „Die Heiner-Müller-Stuben heißen jetzt nicht mehr so. Und der Herr Müller kommt auch nicht mehr. Der wohnt jetzt im Seniorenheim am Rosenthaler Platz. Hier ist jetzt ein Geschäft, das sich rentieren soll, und wenn Ihnen das nicht passt, dann können Sie gerne woanders hingehen."

Daraufhin drehte er sich um und ging zu seiner Digitalkasse zurück. Der Kellner sah Zilinski und Max achselzuckend an.

„So ist es jetzt. Für unsereins, ehrlich gesagt, gesünder."

Er beugte sich zu den beiden vor.

„Weniger Arbeit. Kommt ja kaum mehr einer."

Und damit drehte auch er ab.

„Nee!", sagte Zilinski laut in den Raum, „uns passt es nicht!"

Dann drehte er sich zur Tür.

„Und ich glaube auch nicht, dass es sich so rentiert! Und ja, wir gehen woanders hin!", rief er über die Schulter, und damit waren er und Max wieder draußen.

OST

Mechthild hatte wieder ein paar Tage auf ihrer Datsche verbracht, allerdings immer mit dem AKA7-Telefon in der Nähe. Sie versuchte, sich zu entspannen, was auf der Datsche eigentlich immer gut klappte, nur dass die Sorge um Karen sie diesmal nicht zur Ruhe kommen ließ. Also fing sie an, sich zu beschäftigen, machte Gartenarbeit, sogar die lästige wie Unkraut jäten oder Kompost umgraben, Hauptsache, es lenkte sie ab. Abends schlief sie mit einem Glas Stierblut mehr, als sie vertrug, ein. Dann kam der lang ersehnte Anruf von Danner, und sie war erleichtert, dass Karen frei war, konnte sich aber ebenfalls keinen Reim darauf machen, wie sie das geschafft hatte.

Sie verbrachte den Rest des Sonntags mit Lesen, endlich konnte sie sich wieder auf ein Buch konzentrieren. Früh am Montagmorgen stand sie pünktlich am Gartentor, um sich von ihrem Fahrer abholen zu lassen. Sie wartete vergebens. Hat wahrscheinlich verpennt, der olle Hippie, dachte sie. Ein Mann, den sie noch nie gesehen hatte, kam vorbei und sagte:

„Bei Ihnen muss aber auch mal die Hecke geschnitten werden, die ist ja einen halben Meter über Maximalhöhe."

Mechthild sah ihn verständnislos an. Seit wann wurde hier auf so was geachtet? Als das gewohnte Auto um zehn immer noch nicht da war, rief sie in der Zentrale in Niederschönhausen an. Keiner nahm ab. Schließlich holte sie die alte MZ aus dem Schuppen, ein kleines Motorrad aus DDR-Produktion, mit dem sie zu früheren Zeiten in die Stadt gefahren war. Nach mehreren Startversuchen fing der Motor an zu knattern, und sie machte sich auf den holprigen Weg zur Zentrale der demokratischen Leitung in Marzahn. Sie war froh, als sie sie

sehen konnte, denn ihr war trotz des sommerlichen Wetters kalt auf dem kleinen Motorrad geworden, sie war gründlich durchgeschüttelt, und der eierförmige Helm drückte. Letzterer sollte von Vorteil sein, denn als sie näherkam, sah sie vor dem Haupteingang einen dunkelblau Uniformierten mit Maschinenpistole stehen.

Da stimmte etwas nicht. Genauso, wie Max an seiner Wohnung in Charlottenburg unerkannt vorbei gefahren war, fuhr sie jetzt an der Zentrale vorbei, unerkannt mit dem Helm auf dem Kopf, in dem die Gedanken durcheinander wirbelten wegen dem, was sie gerade gesehen hatte. Sie hielt in sicherer Entfernung an, setzte den Helm ab und versuchte, sich zu sammeln. Da fing das AKA7-Handy in ihrem Rucksack an zu dudeln, sie kramte es hervor und sah Danners Namen im Display.

„Was ist hier eigentlich los?", fragte er sie.

„Das würde ich auch gerne wissen", antwortete Mechthild.

OST

Heitmeier saß in Reinhilds Bürostuhl und genoss die Aussicht durch die breite Glasfront, die bis zum Fernsehturm reichte. Die Übernahme der Zentrale der demokratischen Leitung war sein bisher größter Coup in Verbindung mit der Rückeroberung der DDR, ein Meilenstein, auf den er stolz war, und deshalb genoss er diesen Moment und gönnte sich ein Gläschen Rotkäppchen-Sekt.

Er war mit einer Gruppe von 15 Leuten in DDR-Uniformen durch den Haupteingang marschiert, in der Hoffnung, dass ein autoritäres Auftreten der alten Obrigkeit immer noch seine Wirkung zeigen würde, vor allem bei Leuten, die trotz ihrer Trägheit ja immer noch so was wie Beamte waren. Und so war es auch gekommen.

Innerhalb kurzer Zeit hatte er nicht nur den Laden übernommen, sondern auch vorläufig auf Vordermann gebracht. Da, wo vorher träge Buchhalter mit Kaffeebechern zurückgelehnt und mit hinter dem Kopf verschränkten Händen dagesessen oder andere auf Klappliegen geschnarcht hatten und hier und da Skat gespielt und Bier getrunken worden war, herrschte jetzt rege Betriebsamkeit. Wagen mit Aktenstapeln wurden dienstbeflissen über die Flure gefahren, alles tippte, faxte, telefonierte, mailte, und sogar die, die auf den Wartebänken schon ohne jede Hoffnung gewesen waren, jemals dranzukommen, waren jetzt drangekommen.

Es war Heitmeier wichtig, dass die Menschen mitbekamen, dass sich etwas verändert hatte in der Enklave, dass jetzt alles besser funktionierte dank der Übernahme, von denen alle, mit denen sie in Kontakt traten, informiert werden sollten. Werbung in eigener Sache sozusagen, dazu wurden alle an-

gehalten, damit sich herumsprach, dass jetzt wieder alles wie früher war. Ordentlich, fleißig, pünktlich und gewissenhaft. Da, wo es nicht gleich klappte, ging Heitmeier persönlich hin, ließ alle strammstehen, und sein Gebrüll war auf der gesamten Etage zu hören, besonders Formulierungen wie „Sauhaufen", „andere Saiten aufziehen", „Flötentöne beibringen" und „Wird's bald", die man in der Enklave eigentlich für ausgestorben gehalten hatte, taten ihre sofortige Wirkung. Nichts ging über eine passende Ansprache, dachte Heitmeyer und lehnte sich gemütlich im Sessel zurück. Dann fiel ihm etwas ein. Er nahm seine Aktentasche, holte ein gerahmtes Bild von Erich Honecker heraus, dazu einen kleinen Hammer und einen Nagel. Er klopfte den Nagel hinter sich an die Wand und hängte das Bild daran. Er hatte eben an alles gedacht, sagte er sich zufrieden.

OST

Bei Mario war durch seinen längeren Aufenthalt im Westen einige Fleißige-Handwerker-Arbeit liegen geblieben, trotzdem setzte er mit Hannes das konsequente Nichtstun, das sie in Hannes' kleiner Wohnung im Westen so genossen hatten, zunächst einmal fort.

Langsam aber wurde es Zeit, wieder mit dem Arbeiten zu beginnen. Hannes versprach, Mario zu helfen, so gut er konnte. Er stellte sich vor, wie lustig ein Reparaturzug durch die Enklavengemeinde sein müsste, bei dem man vermutlich alle möglichen Gestalten treffen würde, mit denen man bestimmt viel Spaß haben könnte. Von dem Frühstücksbier, das sie gegen die Kopfschmerzen vom Vorabend getrunken hatten (ein gefährlicher Kreislauf), leicht angeheitert, machten sie sich an einem strahlenden Morgen mit Marios Handkarren auf den Weg.

Da Hannes so was wie ein Praktikant war, wie Mario immer wieder scherzhaft meinte, musste er die Karre ziehen, was angesichts des maroden Pflasters und der holprigen Gehwege schwerer war, als er gedacht hatte. Einmal, an einem dieser etwas zu hohen Randsteine zum Kopfsteinpflaster der Straße hin, war sie ihm komplett umgefallen, sie mussten alles wieder einladen, und dann rauchten sie was zusammen und standen noch einen Moment da und Hannes sah sich um.

Gysistraße, ehemals Dimitroffstraße, Ecke Knaackstraße, gegenüber dem hinteren Eingang der Kulturbrauerei. Man konnte durch das Gitter den gepflasterten Hof sehen, alles sah eigentlich noch so aus wie zu DDR-Zeiten, ein Teil der Gebäude eingefallen, andere aber bunt angemalt und mit improvisierten Blumenbeeten, für die man das Pflaster auf-

gerissen und die Steine als Begrenzung verwendet hatte. Vor einem davon stand ein kleiner Lastwagen, aus dem jemand eine große Pappkiste wuchtete und an eine Tür brachte, an die er klopfte, woraufhin ein Typ mit Rastazöpfen ihn freudestrahlend hereinbat. Auf der Kiste prangte die Aufschrift „Koof nich doof, koof bei Fitzmann!".

„Wusste gar nicht, dass man in der Enklave bei Fitzmann bestellen kann", sagte Hannes zu Mario, der in den Himmel starrte und überlegte, was Jenny wohl gerade machte. Er versuchte, den Gedanken an sie zu verdrängen.

„Was? Fitzmann? Hier?", fragte er überrascht.

„Ja, da ist gerade ein Riesenkarton mit einem Astragonfernseher angeliefert worden."

Mario sah ihn ungläubig von der Seite an.

„Nee, mein Lieber, da musst du dich täuschen", sagte er dann überzeugt und warf den Jointstummel auf die Straße, „die gibt es hier zum Glück nicht."

Hannes zuckte mit den Achseln. Sie liefen weiter Richtung Kollwitzplatz, zu einer alten Dame, die sehnlichst darauf wartete, dass ihre Waschmaschine wieder in Gang kam. Mario hatte keine Ahnung von Waschmaschinen, aber vielleicht war es was Einfaches, ein Schlauch, eine Schraube oder so was. Hannes meinte, dass er sich mit so was ganz gut auskenne, vielleicht sollte Mario das ihm überlassen.

Sie klingelten mehrmals an der Wohnungstür, nachdem sie im Treppenhaus ein paar Hühnern ausgewichen waren, und eine kleine, alte Frau mit weißem Dutt und himmelblauer Kittelschürze, bestimmt über achtzig, öffnete. Sie fing sofort mit einer dieser typischen Berliner Meckertiraden an, in der sie vor allem das späte Kommen der beiden, aber auch die Zeiten an sich geißelte, das heiße Wetter, die lärmenden Nachbarn,

die schlechte Versorgungslage, die mangelnde Müllabfuhr und was ihr verstorbener Mann zu dem allen gesagt hätte, alles im Icke-dette-Staccato, die Gedanken laut gestellt. Mario nickte zu allem verständnisvoll, während Hannes mit ein paar Schläuchen in der einen und einem Werkzeugkasten in der anderen Hand neben ihm stand.

„Aber det soll ja jetzt allet anders werden, wa? Bin ich mal jespannt", meinte sie zum Schluss vielsagend. Mario und Hannes sahen sich kurz fragend an. Die Dame verschwand durch eine Tür, hinter der man einen Fernseher brüllen hören konnte.

Hannes fühlte sich kurz wie in eine andere Zeit versetzt, die alte Frau, aus deren Küche es nach Kohlsuppe roch, das alte Badezimmer, in dem ein alter Badeofen stand, aber auch eine Wellenradwaschmaschine, DDR-Fabrikat, Sechzigerjahre.

„So eine Maschine habe ich noch nie gesehen", meinte Mario, und einen Moment lang standen sie nachdenklich da.

„Ach was", sagte Hannes dann, „die sind doch irgendwie alle gleich."

Er fing an, an einem der Schläuche herumzuschrauben.

„Erstmal die Wasserabfuhr prüfen, dann weiß man, ob's die Pumpe ist", zwinkerte er Mario fachmännisch zu

„Klingt kompetent", sagte Mario und lehnte sich an den Badeofen. „Mach mal. Und du bist sicher, dass das die Wasserabfuhr ist und nicht die Zufuhr?"

„Ganz sicher. Das erkennt man ja schon daran, wie dick der Schlauch ..."

In diesem Moment schoss ihm ein Wasserstrahl um die Ohren.

Nachdem sie das Wasser mithilfe einer kleinen Pumpe, die zu Marios Ausstattung gehörte, aufgesaugt hatten (wobei eine

beträchtliche Menge in die Wohnung unter ihnen geflossen sein musste), stellten sie fest, dass es tatsächlich nur an einem Schlauch gelegen hatte.

Mario übernahm, improvisierte, und schließlich funktionierte das Ding wieder. Sie klatschten sich in Siegerpose ab und klopften dann an die Tür des Zimmers, in das die alte Dame sich zurückgezogen hatte und aus dem Musik und Stimmen zu hören waren. Sie klopften erst vorsichtig, dann lauter. Schließlich öffneten sie die Tür, da die Dame offensichtlich schwerhörig war. Sie sahen sie von hinten im Dunkeln in einem Sessel sitzen, die Rollläden waren heruntergelassen und sie starrte auf einen großen, nagelneuen Fitzmann-Flachbildschirm, der das Zimmer flackern ließ. Das Gesicht eines Mannes mit Cordhut und strenger, rechteckiger Brille war darauf zu sehen, hinter ihm eine Stellwand, voll mit Fitzmann-Logos. Die alte Dame drehte sich zu ihnen um.

„Ick gloobe, wir kriegen 'nen neuen Vorsitzenden", sagte sie und drehte sich wieder zum Fernseher.

„Wird ooch Zeit. Det war ja 'n Drunter und Drüber hier ..."

OST

Zilinski und Max standen bei Konopke unter den U-Bahn-gleisen an der Schönhauser Allee und aßen den Mittagstisch, als Vorspeise hatte es Currywurst gegeben, noch immer eine Legende. Dann Grünkohl, Kartoffeln und dazu eine dicke Mettwurst. Dazu tranken sie ein Bier, dessen Etikett interessant aussah. Max fand, dass es ein bisschen nach Benzin schmeckte, sagte aber nichts. Sie schwiegen und beobachteten die Umgebung, die ihnen, je länger sie das taten, immer seltsamer vorkam.

Unter den üblichen pittoresken Gestalten des Enklaven-alltags fielen ihnen immer wieder Herren in Trenchcoats auf, Aktentaschen an der Hand, alle eiliger als im üblichen Enklaventrott, einige sahen sie in Wohnhäusern verschwinden, nachdem sie die Klingeln erst sorgfältig studiert, dann mit einem Formular auf einem Klemmbrett verglichen und schließlich gedrückt hatten.

Aus der Imbissbude plärrte ein Radio. Sie hörten zunächst nicht richtig hin, dann aber wurden sie aufmerksamer, und schließlich stellten sie sich sogar näher, um besser verstehen zu können.

Die Radiostimme, Zilinski vom Enklavenradio wohl bekannt, redete über eine neue Zeit, die angebrochen sein sollte, von Veränderungen, die der Enklave ein besseres Leben bringen würden, und es war sogar von der Ablösung der demokratischen Leitung die Rede.

Max sah Zilinski verwundert an.

„Sag mal, was ist denn da los bei euch?", fragte er ihn.

„Frag mich nicht, ich hab' keine Ahnung. Aber irgend-was scheint passiert zu sein, während wir weg waren. Der

Fitzmann-Fernseher eben war ja auch nicht normal. Und der Besitzerwechsel in den Müller-Stuben auch nicht."

Plötzlich war Gesang zu hören, der näher kam, und dann bog eine Menschenmenge um die Ecke von der Kastanienallee ab, vielleicht hundert Leute, auf den Lippen die alte DDR-Hymne *Auferstanden aus Ruinen*. Sie hielten Transparente hoch, auf denen Sprüche wie „Folgt der neuen Ordnung!", „Schluss mit der Lotterdiktatur!" oder „Freies Fernsehen für freie Bürger!" zu lesen waren. Der Begriff ‚Ruinen' in der Hymne bekam dabei angesichts des Zustands der Enklave eine ganz neue Bedeutung.

Dann klingelte Zilinskis AKA7-Handy. Danner persönlich.

OST

Karen war zuerst zu Danner gelaufen, sie war froh, sich endlich wieder auszukennen, in ihrem Teil Berlins, der ihr jetzt tröstlich vorkam nach ihren Erfahrungen im Westen. Wie ruhig es hier war. Viele Zimmer waren hell erleuchtet, neu war, dass es aus vielen bunt flackerte. Karen kannte dieses Flackern, sie hatte es in ihrer Zelle im Westen zur Genüge gesehen und sie fragte sich, wie die Leute auf einmal an diese Fernseher kamen, deren Monitore sie hier und da genau erkennen konnte, inklusive des ein oder anderen Bildes, das sie an diese schlimmsten Tage ihres Lebens erinnerte.

Leider war Danner nicht zu Hause gewesen, und seit man sie verhaftet hatte, war auch ihr Schlüssel weg. Sie beschloss zu warten, bis Danner käme, und setzte sich dazu auf eine Bank im Park gegenüber, der sie an ihre Kindheit erinnerte.

Nach einer gewissen Zeit bemerkte sie, dass Danners Haus bewacht wurde. Von Leuten, die denen, die sie im Westen verhaftet und bewacht hatten, ähnelten, die gleichen Visagen und genauso dick wie diese. Sie standen vor dem Haus und guckten und aßen und wechselten sich alle paar Stunden ab. Es war klar, dass sie's auf Danner abgesehen hatten, auf wen sonst. Karen musste vorsichtig sein.

Sie schlief zwei Nächte bei einer alten Freundin, Dörthe. Sie kannten sich seit der Grundschule, damals waren sie dicke gewesen, danach war der Kontakt loser geworden, aber nie abgerissen, die Freundschaft war von der gemeinsamen Ablehnung der Lebensumstände in der Enklave geprägt gewesen, eine Art Verschwörungsstimmung, in der sie das Lästern über alles, was sie an der Enklave hassten, geeint hatte.

Dörthe erzählte Karen am ersten Abend bei mehreren Flaschen Wein alles, was sie über die Veränderungen der letzten Wochen wusste. Obwohl Karen mehrfach vor Erschöpfung fast eingeschlafen wäre, hörte sie ungläubig zu.

„Ganz merkwürdig", meinte Dörthe. Sie feuchtete mit der Zunge das Blättchen an, mit dem sie sich eine Zigarette gedreht hatte. „Es scheint hier jetzt irgendwie wieder so etwas Ähnliches wie die Stasi zu geben, aber anders, eher eine kapitalistische Stasi oder so. Von denen sieht man jetzt immer mehr hier."

Karen runzelte die Stirn.

„Stasi?", fragte sie ungläubig.

„Ja, so ähnlich halt. Aber man kann auch jetzt besser einkaufen als früher, es gibt so neue Supermärkte, da kann man fast alles kriegen."

„Was denn für Supermärkte?", fragte Karen.

„Na, von Fitzmann."

„Von Fitzmann?", fragte Karten mit aufgerissenen Augen.

„Ja. Es gibt übrigens viele, die das gut finden. Andere haben aber auch Angst, weil diese neumodischen Stasileute bei ihnen klingeln und sie ausfragen. Die wollen nicht wieder alle naselang kontrolliert werden. Aber die meisten finden es toll, weil sie nach erfolgter Kontrolle einen Gutschein für einen Fernseher kriegen, den man in den Fitzmann-Märkten einlösen kann. Meine Eltern haben schon einen, der läuft den ganzen Tag."

„Waren die denn auch schon bei dir?", fragte Karen.

„Nee. Oder siehst du hier irgendwo einen neuen Fernseher?"

Dann erzählte Karen ihr von dem, was sie erlebt hatte, die ganze Geschichte, vom Kennenlernen Markus' angefangen

über die Widerstandsgruppe bis zur nächtlichen Odyssee im Büßerkleid, das sie immer noch trug, bis Susanne ihr was anderes anbot. Sie standen vor deren Kleiderschrank und suchten was Passendes aus, es kam zu einer angeheiterten Modenschau, Karen probierte alles Mögliche an und entschied sich dann für die unauffälligste Variante. Als sie in die graue Hose und den dunkelroten Pullover schlüpfte, hielt sie inne.

„Dörthe, wenn ich jetzt nach allem, was ich erlebt habe, wählen könnte, in welchem Teil der Stadt ich leben möchte, würde ich eindeutig die Enklave wählen. Und wenn wir noch so sehr darüber gemeckert haben."

„Du meinst die Enklave, wie sie mal war, oder?", fragte Dörthe.

„Ja, klar", antwortete Karen. Dörthe schien ganz Karens Meinung zu sein, dass das, was gerade in der Enklave passierte, aufgehalten werden musste. Gegen vier sank Karen dann auf eine alte Schlafcouch und war augenblicklich eingeschlafen. Erst am nächsten Morgen kam sie auf die Idee, bei Tayfun, dem Gemüseladen auf der Gysistraße, vorbeizugehen. Vielleicht wusste der was über Danner.

OST

Einen Tag, nachdem Danner wieder nach Hause gekommen war, gerade als er sich anschickte, sein gewohntes Leben wieder aufzunehmen, da der Ausflug in seine berufliche Vergangenheit zunächst beendet zu sein schien, fiel ihm auf, dass er observiert wurde. Seine Bewacher standen nicht nur permanent vor seiner Haustür, sondern gingen Danner auch hinterher, sobald er das Haus verließ. Er erkannte sie sofort, entweder an ihrer Kleidung oder an ihrer Leibesfülle oder an beidem, die Überwachung war lückenlos, aber lächerlich, weil die Beschatter versuchten, sich unauffällig zu benehmen, und sich dabei ziemlich dämlich anstellten.

Danner hatte über das AKA7-Handy wieder Kontakt mit der Gruppe aufgenommen und ein Treffen initiiert, bei dem sie darüber reden wollten, was sie jetzt tun könnten. Das Treffen war übermorgen, und er brauchte dringend eine Idee, wie er seiner Dauerbeschattung entwischen konnte. Beim Einkaufen hatte er sie.

Einer seiner Bewacher war ihm wie immer gefolgt, er konnte sie mittlerweile schon nach Schichten unterscheiden, heute morgen war es der Dicke mit der Brille, der immer so schnell aus der Puste kam, er stand jetzt vor Tayfuns Gemüseladen und tat so, als interessiere er sich brennend für Rüben, Möhren und Grünkohl, während Danner innen mit dem Besitzer einen Plan schmiedete. Tayfun war ein verlässlicher Mann, Danner vertraute ihm, zumal das Gemüsegeschäft dadurch bedroht war, dass in nächster Nähe ein Fitzmann- Lebensmitteldiscounter eröffnen sollte, jedenfalls hatte Tayfun so was gehört. Danner verließ das Geschäft wieder, zog seine Einkaufskarre die Gysistraße hinunter und wartete kurz,

damit sein Begleiter mitkam, er drehte sich sogar um und nickte ihm aufmunternd zu, ungefähr so, wie man einen Hund zu sich ruft. ‚Na, komm!‘, hätte er fast gerufen.

Am Morgen des Treffens zog er erneut mit seiner Einkaufskarre los, seinen Hut auf dem Kopf und in seinem grauen Mantel näherte er sich wieder dem Gemüseladen, betrat ihn, wieder hatte der Dicke die Morgenschicht und fing von Neuem an, das Gemüse zu kontrollieren. Nach ein paar Minuten kam er wieder heraus und begab sich auf den Rückweg nach Hause, wobei der Dicke diesmal froh sein konnte, dass er sich nicht wieder umdrehte und ihn wie einen Hund behandelte. Sie gingen die Dunckerstraße runter, kamen zu Danners Haus auf der Raumerstraße, Danner winkte dem Dicken, ohne sich umzudrehen, und verschwand im Eingang.

In der Wohnung angekommen, legte er Hut, Brille und Mantel ab und sah sich um. Es war das erste Mal, dass Tayfun in Danners Wohnung war, obwohl sie sich schon so lange kannten.

Danner war zu diesem Zeitpunkt bereits in Tayfuns dreirädrigem Lieferwagen unterwegs, in Tayfuns Kittel und auf dem Kopf Tayfuns Strickmütze, die ihm zu warm war, weshalb er sich fragte, wie der das im Hochsommer aushielt. Er holte Karen bei ihrer Freundin ab, wozu sie sich über Tayfun verabredet hatten. Als sie sich neben ihn in die enge Fahrerkabine setzte, umarmte er sie, und Karen hatte Tränen in den Augen.

„Steht dir gut, die Mütze“, sagte sie, wischte sich mit dem Handrücken über die Augen und lächelte. Danner lächelte zurück. Sie fuhren los.

OST

Natürlich hatte Berker von der seltsamen Begnadigung des inhaftierten Mitglieds der Kaufhausattentäter auf Drägers Geburtstagsfeier gehört. Er war deswegen verärgert. Nicht wegen der Begnadigung an sich, sondern weil sie geschehen war, bevor er der Verhafteten hatte abringen können, wer ihre Genossen waren und wo sie sich aufhielten. Seine Leute wären dabei zu allem fähig gewesen, und das war mehr als ein bisschen Dauerfernsehen und Kühlschränkeentsorgen. Dräger hatte in Berkers Augen unumsichtig und emotional gehandelt, und er schien das Attentat zu unterschätzen, etwas, was Berker sich als Sicherheitsberater nicht leisten konnte. Aber wer war er, seinen Auftraggeber zu kritisieren?

Von der Freigelassenen fehlte jede Spur, aber Berker behielt die Sache im Kopf, so viel er auch mit der Revolution in der Enklave beschäftigt war, die sich zufriedenstellend anließ.

Sie hatten die Zentrale der demokratischen Leitung in der Hand, die Fitzmann-Propaganda lief wie geschmiert, und man begann den Einzelhandel und die Gastronomie zu kontrollieren. Nicht schlecht, dachte Berker. Und diese Kaufhausattentäter würde er auch noch erwischen. Die Chance dazu bekam er schneller als geahnt. Es war ein Hinweis über Karens Aufenthaltsort, und sowohl der Informant als auch der Hinweis stammten aus der Enklave, und zwar von einer jungen Frau, die behauptete, sie zwei Nächte beherbergt zu haben. Es geht voran, dachte Berker. Sie denunzieren sich schon wieder.

OST

Danner hatte immer noch Tayfuns Strickmütze auf dem Kopf, es schien ihm wichtig, die Tarnung aufrechtzuerhalten. Karen machte weiter Witze darüber, sie lachten, als sie die Kastanienallee hinunterfuhren, der Dreiradtransporter ratterte über das Kopfsteinpflaster. Danner sah in den Rückspiegel. Das Auto, das in der Dunckerstraße hinter ihnen losgefahren war, folgte ihnen immer noch. Ein Westfabrikat, Danner kannte sich nicht gut genug aus, um zu wissen, welches. Er entschloss sich, nicht rechts zur Zionskirche abzubiegen, wo das Treffen stattfinden sollte, sondern den Berg runterzufahren, bog dann erst rechts in die Brunnenstraße ab, sah gegenüber den greisen Heiner Müller vor dem Seniorenheim eine Zigarre rauchen, trat auf das kleine Gaspedal und hatte Tayfuns Transporter schnell an seiner Leistungsgrenze, die bei ungefähr sechzig lag. Danner bog links in die Invalidenstraße ab, dabei ergab sich ein kurzer Moment, in dem er das Westauto nicht im Rückspiegel sah. Er nutzte ihn, um plötzlich das Steuer nach rechts zu reißen, kurz vor der Elisabethkirche wieder abzubiegen und in eine Hofeinfahrt zu steuern. Jetzt sah er das Auto wieder im Rückspiegel, das an der Einfahrt vorbeifuhr, er hörte dessen Motor aufheulen und die Reifen beim Beschleunigen auf das Kopfsteinpflaster hämmern, dann war es weg. Danner setzte zurück, bog dann wieder links ab, fuhr die Veteranenstraße hinauf und kam an der Zionskirche an. Er atmete auf. Die einfachsten Einfälle waren meist die besten.

„Das war jetzt wie im Film", meinte Karen.

„Hoffen wir, dass er gut ausgeht", sagte Danner. Er stellte Tayfuns Transporter in einer Straße etwas weiter weg ab. Nicht weit weg genug, wie sich herausstellen sollte.

OST

Berker war wütend auf sich selbst. Er hatte sich wie ein Anfänger abhängen lassen. Er fuhr noch eine Weile die Straßen in der Umgebung ab und hatte Glück. In der Nähe der Zionskirche sah er das merkwürdige, dreirädrige Fahrzeug stehen. Er parkte sein Auto ebenfalls. Dann stellte er sich gegenüber der Kirche auf und wartete. Er wusste nicht, ob es mit ihrer mythischen Vergangenheit aus Wendezeiten zu tun hatte, die er gut kannte, aber irgendetwas sagte ihm, dass da was mit dieser Kirche war.

Wenig später näherten sich zwei sichtlich gut gelaunte ältere Herren dem Eingang, der eine mit weißen, zurückgekämmten Haaren und einer modischen Brille, die eher auf Westen schließen ließ, der andere, ein kräftiger Mann mit Pferdeschwanz und einem Ohrring, in einem seltsamen Overall, darüber eine Jacke, die eher auf Osten schließen ließ. Beide hatten eine Bierflasche in der Hand, ein in der Enklave gewohnter Anblick.

Berker versteckte sich hinter einem Gebüsch und konnte die zwei dabei beobachten, wie sie sich zuerst prüfend umblickten und dann durch die große Eingangstür die Kirche betraten. Er tat es ihnen nach, allerdings durch eine Seitentür. Er war lange nicht hier gewesen, und seine Erinnerungen an diese Kirche waren nicht durchweg positiv.

Er war hier unter anderem konfirmiert worden, was in der DDR erlaubt, aber nicht gerne gesehen gewesen war. Die Kirche war jetzt innen halb verfallen und einsturzgefährdet, aber sie hatte noch denselben Geruch, der Berker an damals denken ließ, an die vielen Sonntagmorgende, an denen er zum Beten gezwungen gewesen war, an die Heiligabende, an

denen er immer bis zur Beendigung des Gottesdienstes auf die Bescherung warten musste, bei der dann selten mehr als praktische Dinge wie Kleidung oder Schulutensilien unter dem Baum lagen.

Als Berker Stimmen hörte, schlich er sich die Treppe zur Empore hoch, duckte sich und kam so bis zur Brüstung, von der man das Kirchenschiff überblicken konnte. Dann hörte er jemanden die Treppe hinaufkommen, er versteckte sich hinter einem Pfeiler und sah von dort einen jungen Mann mit Brille, der prüfend den Blick schweifen ließ, ohne Berker zu entdecken, und dann die Treppe wieder runterging.

„Alles klar. Hier ist keiner außer uns!", rief der junge Mann.

Berker krabbelte auf allen vieren zurück zur Brüstung. Vorsichtig spähte er runter.

Eine Gruppe von neun Personen saß einander zugewandt in den ersten Paar Reihen der teilweise kaputten Kirchenbänke. Erst jetzt erkannte Berker, dass der Mann darunter war, den er eben noch mit dem Auto verfolgt hatte.

OST

Jenny schloss Karen in die Arme, als sie mit Danner in die Kirche kam, und dann umarmte Karen Mario, den die Herzlichkeit der Umarmung überraschte und freute. Er stellte fest, dass Karen erwachsen geworden war. Eine junge Frau von einnehmendem Wesen und mit einer positiven Ausstrahlung. Äußerlich ähnelte sie Jenny, hatte aber augenscheinlich nicht ihr Temperament.

Sie erzählte ihre Geschichte, die anderen hörten ihr zu. Jenny hielt sich bei der einen oder anderen Stelle vor Schreck die Hand vor den Mund, und als sie zu dem Teil mit Drägers Geburtstag und der Schauhinrichtung kam, schüttelten alle fassungslos die Köpfe.

Dann erzählten sie sich gegenseitig, was sie von der rasanten Umwälzung in der Enklave mitbekommen hatten. Schließlich erhob Danner das Wort.

„Es steht außer Frage, dass etwas passieren muss, und zwar nicht nur hier, sondern auch im Westen. Dazu sollten wir uns zuerst darum kümmern, die Zentrale der demokratischen Leitung wieder in die Hand zu bekommen."

„Und dann fliegen wir dabei auf und werden hopsgenommen und das war's dann, oder was?", fragte Hannes.

„So viel Glück wie in Tempelhof haben wir so schnell nicht wieder. Ist es nicht viel wichtiger, die Westpropaganda anzugreifen?", fragte Zilinski.

„Zilinski hat recht", sagte Danner, „wenn die da weitermachen mit ihrem Fitzmann-Wohlfühlterror auf allen Kanälen, ist hier bald der letzte Hippie zum Kapitalismus konvertiert, von den ganzen anderen Leuten zu schweigen. Wir haben gesehen, dass Fitzmann anfällig ist, sonst hätten wir in Tem-

pelhof nicht so leicht reinmarschieren können. Wir müssen versuchen, die Westpropaganda irgendwie aufzuhalten."

Das hört sich an wie im Kalten Krieg, dachte Ole, aber wahrscheinlich musste das so sein. Er hatte die Aufgabe, darauf zu achten, dass sie nicht belauscht wurden, und sollte die Tür im Auge behalten. Trotzdem wollte er hören, was da besprochen wurde. Jetzt meldete sich Max.

„Da wäre es am besten, wenn man den zentralen Computer unter Kontrolle bekäme."

„So was gibt's?", fragte Jenny.

„Bestimmt, einer hat ja das Sagen, einer bestimmt ja grundsätzlich, was passiert."

„Dräger", sagte Rademacher.

„Oder hat jedenfalls die Möglichkeit, es massiv zu beeinflussen", fuhr Max fort.

„So was wie der rote Knopf, womit der Ami-Präsident früher die Atombomben losgehen lassen konnte?", fragte Zilinski.

„So was Ähnliches", sagte Max, „nur dass man da schon ein paar mehr Knöpfe kennen muss als den roten."

„Und wer kennt diese Knöpfe?", fragte Danner.

„Ich", sagte Max und lächelte verschmitzt.

Alle sahen ihn an. Sie wussten um sein Wissen um Computer und Internet. Aber dass es so weit gehen sollte, war keinem klar gewesen.

„Aber wie kommt man da rein, wo der Computer steht?", fragte Mario dann.

„Mit einem Schlüssel", sagte eine Stimme von weiter hinten.

Es war Markus. Keiner hatte ihn kommen hören, auch Ole nicht.

„Und wisst ihr, was?"

Alle glotzten ihn an.

„Ich habe einen."

Und er schwenkte sein Handy. Auf sein Gesicht fiel Licht aus einem der Kirchenfenster und ließ ihn ein bisschen so aussehen wie den Erlöser, an den in dieser Situation alle gerne glauben wollten. Der Erlöser mit dem Smartphone in der Hand.

Nach erneuter herzlicher Begrüßung, bei der sich Rademacher bei Markus auffällig zurückhielt, erzählte der von dem Datensatz, den er vom Smartphone seines Vaters kopiert hatte. Sofort wurde allen klar, was das bedeutete. Es hatte sich gelohnt, die Trumpfkarte Markus Dräger so lange im Spiel zu halten. Sie sollte im richtigen Moment gespielt werden.

Blieb nur noch die Frage, wer sich um die Rückeroberung der demokratischen Zentrale kümmern sollte, wenn sie alle Hände mit dem geplanten Umsturz im Westen zu tun hätten. Wieder glaubte Jenny, dafür die richtige Idee zu haben. Man musste den Gegner mit den eigenen Waffen schlagen.

OST/WEST

Berker hatte das gesamte Gespräch mitangehört und das meiste trotz des Halles in der großen Kirche verstanden. Außer Danner und Karen, die er aber nicht in Verbindung setzen konnte, kannte er keinen der Anwesenden. Wobei ihm eine Stimme bekannt vorkam.

Er beschloss, sich die Gruppe noch einmal von der Nähe anzusehen, verließ deshalb die Kirche durch den gleichen Seiteneingang, durch die er sie betreten hatte, und versteckte sich in der Nähe des Ausgangs wieder im Gebüsch. Er erinnerte sich daran, dass er das als Kind auch getan hatte, nach den Sonntagsgottesdiensten, als er mit anderen Kindern noch so lange im Park gespielt hatte, bis seine Eltern ihn gerufen hatten.

Nach und nach sah er die Gruppe aus der Kirche kommen, zuletzt Karen, zusammen mit der Frau, die die Idee gehabt hatte, wie man die Kontrolle über die Zentrale der demokratischen Leitung wiedererlangen konnte. Eine amüsante Idee, fand Berker, aber das musste seine Privatmeinung bleiben.

Zunächst fiel ihm die Ähnlichkeit der beiden auf, woraus er schloss, dass es sich um Mutter und Tochter handelte. Aber da war noch was anderes. Berker wusste nur nicht genau, was.

Er fuhr wieder zurück über die Invalidenstraße zum gleichnamigen Kontrollpunkt, wo die Beamten salutierten, nachdem sie seinen Handycode gescannt hatten. Die Grenze war jetzt zu beiden Seiten von den gleichen mausgrauen Beamten geschützt, ein Novum in der ereignisreichen Geschichte Berlins.

Wieder in seinem Büro am Bendlerblock, schaltete er seinen Computer ein, um herauszufinden, an wen ihn die Frau und auch ihre offensichtliche Tochter erinnerten.

Doch als der Monitor noch schwarz war, während der Rechner hochfuhr und er sich darin undeutlich spiegelte, wusste er es bereits. Die Tochter erinnerte ihn an sich selber. Und die Mutter hatte er nicht sofort wiedererkannt, weil er sie aus seinem Gedächtnis verdrängt hatte. Aber jetzt war sie wieder da.

2007 hatte die demokratische Leitung ein Pilotprojekt durchgeführt, um später vielleicht sogenannte Sozialseminare einzuführen, in denen man die Menschen in Umgangsformen, Rechten und Pflichten eines Bürgers im modernen öko-sozialistischen Staat unterweisen wollte. Das hörte sich zwar ein bisschen wie Umerziehungslager an, war aber tatsächlich der Versuch, die gewaltfreie, anti-militaristische und altruistische Philosophie und das alternative Leben in der Enklave mit all seiner Romantik eindringlich zu vermitteln und zu festigen.

Der Modellversuch für dieses Projekt fand in einer ehemaligen Ferienanlage in Brandenburg statt, das dafür in einen hübschen Bungalowpark umgebaut worden war. Man hatte als Testkandidaten einen Querschnitt der Bevölkerung Ostberlins ausgesucht, und so waren unter den Teilnehmern sehr unterschiedliche Leute sowohl aus dem bürgerlichen wie auch aus dem alternativen Spektrum, aber auch Mitglieder der ehemaligen Staatsorgane der DDR, die man möglichst sanft vom neuen Kurs überzeugen wollte.

Jenny erlebte dort die für sie bis dahin schönste Zeit ihres Lebens. So ähnlich wie in dem Seminar musste es in den

Ashrams der indischen Gurus gewesen sein, von denen sie gehört hatte. Polit-Ashram in Brandenburg sozusagen.

Als ehemaliges Mitglied der NVA war ein Mann namens Berker dabei gewesen, der widerstrebend zugesagt hatte und den das Ganze eher abstieß mit seinen Friedensappellen und Feierstunden und den Lagerfeuern und fortwährendem Gequatsche vom Guten im Menschen, mit den sanften Therapeuten, die für alles Verständnis hatten, und der in seinen Augen aufgesetzten Freundlichkeit, die ihn zu sehr an seine protestantische Kindheit erinnerte, als dass er sich davon vereinnahmen ließe.

Dabei hatte ihn allerdings eine junge Frau angezogen, in die er sich bald verliebte. An einem der Abende am Feuer und mit guter Musik begann ihre Affäre, deren Fortsetzung über das Seminar hinaus sich Berker gewünscht hatte. Aber Jenny beendete das Verhältnis, weil ihre Beziehung zu Mario ihr damals noch zu viel bedeutete, als dass sie sie aufs Spiel setzen wollte. Berker hatte diese für ihn bittere Pille geschluckt und erfolgreich alles getan, um Jenny zu vergessen.

Jetzt saß Berker vor dem Monitor und sah auf ihr Foto, das er nach einer Minute im Internet gefunden hatte. Darauf war Jenny so alt wie zu der Zeit, als er sie getroffen hatte. Und sie sah der Frau, die ihre Tochter sein musste, darauf noch ähnlicher. Aber eben nicht nur ihr, dachte Berker.

OST

Jennys Schauspieltruppe hatte ohne sie weitergemacht und spielte unverdrossen *Dantons Tod* und *Lysistrata*, wobei sie nicht nur die Komödie, die nicht komisch war, sondern auch das ernste Revolutionsstück wegen der geforderten „Wirkungsmechanismen" durch einige gefällige Gags aufzupeppen versuchten, die den ein oder anderen der immer spärlicher kommenden Zuschauer zum Lachen bringen sollten. Aber getreu Jennys Devise, dass auch nur ein einziger Zuschauer, den man erreicht, dem Theaterspielen Sinn gibt, spielten sie weiter. Was sollten sie auch sonst tun? Einmal passierte es, dass während der Vorstellung ein Kollege dem anderen zuraunte, er könne jetzt mit dem Spielen aufhören, da keiner mehr im Zuschauerraum sei. Aber der Angesprochene reagierte beleidigt und zwang alle, das Stück zu Ende zu spielen, woraufhin am Ende nur der Souffleur, in Personaleinheit mit dem Assistenten, klatschte, während sich das Ensemble vor leeren Stühlen verbeugte.

Das alles hielt die Truppe aber nicht davon ab, nach jeder Vorstellung Kritik zu machen, wie das am Theater üblich ist. Der Assistent/Souffleur, der mit Jenny zusammen gewesen war, machte deren Einfluss nach wie vor auch gegen massiven Einspruch des ein oder anderen Kollegen geltend und war so unnachgiebig bei der Kritik, wie Jenny es ihm beigebracht hatte. Die Kollegen mussten die Ausführung seitenlanger Notizen über Fehler, Ungenauigkeiten und nicht eingehaltene Verabredungen in Vorstellungen über sich ergehen lassen, die kein Zuschauer gesehen hatte.

Während einer dieser endlosen Kritiken tauchte Jenny auf. Die Begrüßung war vom überwiegenden Teil des Ensembles

eher zurückhaltend. Immer noch nahmen sie ihr die Enthalt-samkeit während der *Lysistrata*-Proben übel, bei denen sie sich mit dem Assistenten vergnügt hatte. Und doch schaffte es Jenny in einer bemerkenswerten Ansprache, wieder mal alle auf ihre Seite zu bringen, indem sie von einem neuen Stück sprach, mit dem sie durchschlagenden Erfolg haben würden und das sie berühmt machen würde. Und obwohl fast alle, die dazu gehörten, die Hoffnung auf Ruhm mehr oder weniger aufgegeben hatten, ließen sie sich mit dieser Aussicht locken. Schauspieler halt.

„Und was für ein Stück soll das sein?", fragte der, der immer für die Rückkehr zum Handwerk plädiert hatte.

„Ein russisches", sagte Jenny, „und es wird sowohl Witze als auch Wirkungsmechanismen enthalten."

OST

Die Stasi war zu DDR-Zeiten eine eigenständig ope-rierende Behörde gewesen, die praktisch nicht kontrolliert wurde und deshalb vor niemandem Respekt und schon vor gar keinem Angst haben musste. Vor keinem außer vor den russischen Besatzern, deren Macht größer und deren Mittel furchteinflößender gewesen waren als irgendetwas sonst in deren sozialistischem Satellitenstaat.

Die alte Wolga-Limousine aus Zilinskis PKW-Beständen war voll besetzt, als sie sich der Zentrale der demokratischen Leitung näherte. Die Schauspieler in ihrem Innern diskutier-ten die letzten Details ihres Plans, nein, vielmehr stritten die einen darüber, während andere vor Lampenfieber an ihren Fingernägeln knabberten. Sie waren nervöser als bei jeder Premiere im Theater, was wirklich etwas hieß. Andererseits freuten sie sich, endlich wieder mal in guten Kostümen auf-zutreten, sie steckten in echten russischen Uniformen, die Jenny durch ihre alte Bekanntschaft mit dem Gewandmeister des Berliner Ensembles besorgt hatte.

Wischnewski, der Älteste unter ihnen, der immer schon die Chefs und Vorgesetzten gespielt hatte, wollte auch jetzt den kommandierenden Offizier spielen, und Müller-Helling, ein paar Jahre jünger und mit weniger natürlicher Autorität ausgestattet, machte ihm die Rolle streitig, mit einem triftigen Argument:

„Bei allem Respekt, Norbert, wieso sollst du den spielen? Im Gegensatz zu mir kannst doch überhaupt kein Russisch."

„Na, das ist es doch eben! Ich habe die Autorität! Aber deine Rolle als Adjutant ist die eigentliche Hauptrolle!"

Müller-Henning stutzte.

„Echt?"

„Ja! Weil du mich dolmetschen wirst!"

„Aber wie soll ich dich dolmetschen, wenn du überhaupt kein Russisch kannst? Solltest nicht besser du mich dolmetschen?"

„Das ist doch gerade der Witz! Außerdem kann ich Russisch."

„Wieso kannst du auf einmal Russisch?"

„Na ja, nicht richtig. Nur so ein paar Sätze. Aus dem Kirschgarten von Tschechow. Wir haben den mal als Gastspiel in Moskau gespielt. Einige Passagen mussten wir auf Russisch sagen."

„Und du willst da ernsthaft mit Tschechow-Texten rein?"

„Tschechow ist ein großer Schriftsteller!"

„Ohne Frage, aber in diesem Fall ... findest du das nicht ein bisschen riskant? Was ist, wenn die Russisch können?"

„Ich bin in der DDR aufgewachsen. Kaum einer konnte da Russisch. Auch die von der Stasi nicht. Russisch war die Sprache der Besatzer, nicht die der Befreier."

Die Zeit für Diskussionen war vorbei, sie waren angekommen, ein verdutzter Wachsoldat aus Heitmeiers Ostkontakten in einer zu knapp gewordenen Volkspolizeiuniform öffnete die Wagentür. Müller-Henning stieg aus, ordnete seinen Mantel und sah den Vopo ernst an. Der Vopo glotzte weiter. Müller-Henning sagte mit russischem Akzent und so streng wie er konnte:

„Wollen Se nich mal Chaltung annehmen??"

Der Vopo stand unverändert. Jetzt stieg Wischnewski aus. Dem Vopo stand der Mund offen. Wischnewski bellte etwas, das wie Russisch klang und setzte ein „Dawai!" hintendran. Der Vopo knallte die Hacken zusammen und sagte zackig:

„Jawoll, Genosse Leutnant!"

Wischnewski, um einiges grösser als Müller-Henning, beugte sich zu diesem runter und wisperte:

„Hab' ich doch gesagt. Die verstehen kein Wort. Jetzt musst du nur noch übersetzen ..."

„Äh, ja ...", setzte Müller-Henning an, aber Wischnewski schnauzte schon den nächsten russischen Satz, der so klang wie die Besetzungsliste des Kirschgartens.

„Lopachin ranevskaja da epichodov gaev trofimov! Dawai!"

Wischnewski nickte Müller-Henning zu, das zu übersetzen.

„Der, äh, Leutnant der russischen Besatzungsmacht in Berlin wünscht dringend den Leiter der Behörde zu sprechen!"

Der Vopo schlug wieder die Hacken zusammen.

„Jawoll, Genosse Leutnant. Folgen Sie mir!"

Er drehte sich um und ging auf den Eingang zu.

„Wusste gar nicht, dass das 'ne Leutnantsuniform ist, die ich da anhabe", raunte Wischnewski den Kollegen zu, die mittlerweile ebenfalls ausgestiegen waren und in ihren zusammengewürfelten Uniformen möglichst zackig zu wirken versuchten.

„Na, viel mehr als die Besetzungsliste kanntest du vom Kirschgarten jetzt ja nicht", sagte Müller-Henning.

Von dem beflissenen Vopo angeführt, marschierte die kleine „russische" Entourage durch sämtliche Gänge, nicht nur Wischnewski, sondern auch die Kollegen wurden immer mutiger und schnauzten immer wieder vermeintlich Russisches in die Büros, woraufhin die, die es vorher geschafft hatten, Leute, die nie in ihrem Leben strammstehen wollten, strammstehen zu lassen, nun selber strammstanden vor dem großen sozialistischen Bruder, der plötzlich wieder da und dem bedingungslos zu folgen war.

Auch Heitmeier nahm sofort Haltung an, als die vermeintlich russische Militärdelegation sein Büro betrat. Man legte ihm ein auf Deutsch verfasstes Dokument vor, auf dem er seinen sofortigen Abzug quittieren musste. Heitmeier starrte Delegation und Dokument wie paralysiert an und unterschrieb. Er wurde leichenblass, salutierte, sagte etwas in einen Telefonhörer, und innerhalb weniger Minuten waren er und seine Leute auf und davon.

In der Behörde kehrte bald der gewohnte Trott ein. Die Konterrevolution in ihren Räumen war vorbei, und nachdem man ausgiebig mit den vermeintlichen russischen Soldaten mit Sekt angestoßen hatte und über die Aktion herzlich gelacht hatte, vertieften sich die Wartenden in ihre Dostojewski-Romane, alle Füße lagen auf den Schreibtischen, und es herrschte wieder das angenehme Klima der totalen Arbeitsverweigerung, das der Zentrale der demokratischen Leitung immer schon eigen gewesen war. Alle waren erleichtert und hatten so etwas wie ein heldenhaftes Gefühl, den Aufstand niedergeschlagen zu haben. Dass sie den westlichen Eindringlingen vorher zunächst bereitwillig und ohne Widerstand gefolgt waren, hatten sie bereits vergessen.

Auch Mechthild Kreutzer kehrte in ihr Büro zurück. Der gewohnte Anblick ihrer Behörde machte sie seit Langem zum ersten Mal wieder glücklich.

OST/WEST

Sie hätten sich bei dem Plan, wie sie die Fitzmann-Zentrale am Potsdamer Platz in ihre Gewalt bekommen würden, ganz auf die Vorteile verlassen können, die Markus' Eigenschaft als Drägers Sohn mit sich brachte, aber allein auf seine Bekanntheit dort zu bauen und dadurch mehr Leute als ihn selber ins Gebäude zu bekommen, schien ihnen zu unsicher. Deshalb wurde ein Ablenkungsmanöver geplant, das durchzuführen Rademachers Aufgabe war. Sie musste dafür zurück in den Westen zu ihrer Basisgruppe, die dabei eine entscheidende Rolle spielen sollte.

Zum Grenzübertritt wählte sie diesmal einen der legendären Partytunnel, die jetzt weniger genutzt wurden, da sich herumgesprochen hatte, dass im Osten etwas im Gange war, was den Vergnügungssuchenden gefährlich werden könnte. Aber immer noch gab es sie, die typischen Ost-Partytouristen. Rademacher stand mit ein paar von ihnen in dem niedrigen Tunnel in einer kurzen Schlange, sie rochen nach Alkohol und Gras und Schweiß, das Leergut klapperte, und so sehr Rademacher das auch abstieß, erinnerte es sie doch an das große Friedensfest, über das sie mit Markus gelaufen war, und je mehr sie sich verbieten wollte, an ihn zu denken, umso mehr tat sie es.

Bei den Anderen in ihrer Werkshalle im Wedding gab es wieder gewisse Auflösungserscheinungen, die Tatenlosigkeit ließ die Mitglieder so langsam an der Revolution zweifeln, zu der sie mit so viel Emphase durch Rademacher aufgestachelt worden waren. Die war jetzt schon wieder einige Zeit weg, und mit ihr auch die Disziplin, zu der sie sie angehalten hatte. Da tanzte keiner mehr im Kreis und schwang Parolen. Die

Langeweile schläferte den Elan der letzten Wochen ein oder ließ sie Alkohol und Gras derartig zusprechen, dass sie bald nichts mehr von den Kämpfern an sich hatten, für die sie sich noch vor Kurzem gehalten hatten. Andererseits aber hatte der wochenlange Aufenthalt auf engstem Raum mit nur wenig Tageslicht die Rademacher-Gruppe für die anstehende Aufgabe prädestiniert, bei der sie ihr Schicksal ganz in die Hände ihrer Ostgenossen geben sollten. Ein Scheitern der Übernahme am Potsdamer Platz hätte ihr Schicksal besiegelt.

Aber so, wie es Jenny bei den Mitgliedern ihrer Schauspieltruppe geschafft hatte, sie zu mobilisieren, so schaffte es auch Rademacher, ihre Truppe wieder zu entzünden. Irgendetwas zwischen Märtyrer- und Scheißegalstimmung ließ sie dem Himmelfahrtskommando zustimmen, das man für sie ausgewählt hatte.

Also machten sie sich in der bewährten Touristenkleidung und mit ihrem ganzen Arsenal an Plakaten, Flugblättern, Spruchbändern, Spraydosen, Farbeimern und Pinseln auf den Weg zum Potsdamer Platz, vom Leopoldplatz aus zu Fuß. Wenn sie sich unbeobachtet fühlten, reichte das neu entfachte revolutionäre Feuer sogar dazu aus, dass sie ein paar alte Arbeiterkampflieder intonierten. Die Gefahr, der sie entgegengingen, ließ sie sich selber zu Helden stilisieren, die bereit waren, ihr Leben für die Revolution zu opfern. In Wirklichkeit sollten es nur ein paar Tage sein.

Zum verabredeten Zeitpunkt fingen sie an, gegenüber dem Haupteingang des protzigen Hochhauses, in der sich die Fitzmann-Zentrale befand, den Gehweg blutigrot anzustreichen, Flugblätter zu verteilen und antiimperialistische Parolen zu rufen. Sie wunderten sich, dass es fast eine Viertelstunde dauerte, bis sich nahezu der gesamte Fitzmann-Sicherheitsdienst,

der für die Bewachung der Zentrale verantwortlich war, auf sie stürzte und diesmal keinen entwischen ließ.

Im Schatten dieser Aktion hatten Danner, Markus, Karen, Max, Zilinski, Mario, Jenny, Ole und Hannes dank der Identifikationsdaten von Drägers Handy unbemerkt die Zentrale betreten und fuhren mit dem Aufzug in den elften Stock, wo sich Drägers Büro befand. Die erste Stufe der freundlichen Übernahme war geschafft.

Markus ging alleine zum Empfangstresen, an dem darüber entschieden wurde, wer zu Dräger vorgelassen wurde und wer nicht. Die dort sitzende Dame erkannte ihn sofort, strahlte, und Markus fing munter an, mit ihr zu flirten. Sie schien ihn zu mögen. Irgendwie mögen den viele, dachte Karen. Sie warteten hinter einer Säule und in Hörweite ungeduldig, in der Angst, dass jeden Moment jemand vorbeikommen konnte, dem sie verdächtig vorkommen mussten. Danner verdrehte die Augen, als Markus sich länger beim Flirten aufhielt als nötig.

„Wird das da ein Heiratsantrag oder was?", fragte Zilinski ungeduldig. Karen sah ihn überrascht an.

„Das war ein Witz, Kindchen."

Jetzt telefonierte die Dame mit Dräger, kam hinter ihrem Tresen hervor und sagte mit einladender Geste: „Der Herr Papa lässt bitten", und öffnete die große Tür zu dessen Büro.

„Danke sehr!", sagte Markus grinsend, „es macht Ihnen doch nichts aus, wenn ich meine Freunde mitnehme, oder?"

Wie auf Kommando stürmte die gesamte Gruppe an der verdutzten Empfangsdame vorbei in Drägers Büro.

„Markus! Das ist ja eine Überrasch–"

Dräger blieben die Gummibärchen und das Wort im Halse stecken, als auf einmal eine Gruppe von neun Leuten

vor seinem Schreibtisch stand, von denen ihm außer seinem Sohn mindestens zwei bekannt vorkamen und zwei andere eine Pistole auf ihn richteten. Sofort wurde ihm klar, dass es sich hier nicht um eine verspätete Geburtstagsüberraschung handelte. Er hustete und spuckte dabei ein paar Bärchen auf die marmorne Schreibtischplatte, darunter drei rote, weil er die am liebsten aß.

Dann beugte er sich vor, um auf die Taste seiner Sprechanlage zu drücken, aber Mario wischte das Gerät mit einer lässigen Geste vom Tisch auf den Boden, wo es zunächst einen piepsig gurgelnden Laut von sich gab und dann verstummte.

„Tja, Papa", sagte Markus und verschränkte die Hände vor der Brust, „ich muss dir leider die enttäuschende Mitteilung machen, dass dein Sohn sich gegen dich gewandt hat."

Er reckte die Faust in die Höhe.

„Was soll denn das heißen, gegen mich gewandt?", fragte Träger zornig und erhob sich aus seinem Drehstuhl. Zilinski, der neben ihn getreten war, schubste ihn mit einer Hand lässig zurück.

„Gegen dein System, gegen die Ausbeutung, gegen alles, was du aus Berlin gemacht hast! Gegen Verschwendung und Luxus!", brüllte Markus.

„Spinnst du? Seit wann hast du denn etwas gegen Verschwendung? Immerhin lebst du von diesem Luxus, wa! Immerhin zahle ick dir sogar ein Luxusapartment!"

Markus ließ die Faust sinken und sah die anderen kurz unsicher an.

„Für ein freies Berlin!", rief er dann schnell und riss die Faust wieder hoch. Der Satz war ihm gerade so eingefallen, nicht besonders originell, aber erst mal tat es das.

„Für ein freies Berlin!", rief spontan auch Jenny, sprang auf den Schreibtisch und sah Dräger von oben ins Gesicht, ebenfalls mit gereckter Faust.

Der neue Slogan schien anzukommen.

„Für ein freies Berlin!", schrien jetzt auch alle anderen und hielten hoch, was sie gerade in der Hand hatten.

Dräger lachte auf.

„Glaubt ihr, ihr könnt hier einfach so reinmarschieren und die Macht übernehmen, oder was?"

„Wir glauben das nicht nur, wir sind sogar sicher", sagte Zilinski und kippte Drägers Sessel nach hinten, sodass der wie eine umgedrehte Schildkröte, die Arme und Beine in die Luft streckend, in der Horizontalen lag.

Mario hatte bereits eine dicke Rolle Gaffatape aus seinem Rucksack geholt, und innerhalb von Sekunden war Dräger samt dem Stuhl damit umwickelt und konnte sich nicht mehr rühren. Sie schoben ihn in eine Ecke ans Fenster mit dem Gesicht zur Wand, wo er vor sich hinzuschimpfen begann, was aber nicht zu verstehen war, weil Mario ihm ein Taschentuch in den Mund gestopft hatte, ohne dabei zu vergessen, noch eine Handvoll Gummibärchen hinzuzufügen.

„Hier. Die magst du doch so gerne", sagte er.

Max saß mittlerweile an Drägers Computer, zu dem er sich über Markus' Smartphone mit Drägers Daten Zugriff verschafft hatte, und schon bald hatte er sich durch die Programme zu den entscheidenden Stellen vorgearbeitet, schnalzte triumphierend mit der Zunge oder hielt den Daumen in die Luft wie ein Fußballspieler, der gerade eine besonders gute Flanke bekommen hat.

Überhaupt fühlten sie sich jetzt wie eine Mannschaft, so wie früher, dachte Danner, wie die Kämpfer, die einst

aufgebrochen waren, die Freiheit Ostberlin zu verteidigen und im Westen durchzusetzen. Sie würden diesen Dräger und dem ganzen Regime den Garaus machen, das spürten sie jetzt, und sie stellten sich auf die Heizkörper unter den großen Glasfenstern und sahen über Berlin hinweg und schrien wieder:

„Für ein freies Berlin!!"

Obwohl man sie so weit oben und hinter dem Glas gar nicht hören konnte.

„Westberlin ist jetzt in den Händen der AKA7, der antikapitalistischen Einsatztruppe des freien Sozialismus Ostberlin", schrie Jenny. Und dann schrien alle durcheinander, jeder, was ihm einfiel, und zwischendurch immer wieder: „Für ein freies Berlin!", daraus wurde eine Art Lied, zu dem sie auf den Fensterbänken tanzten und über die Stadt blickten, deren Erlösung bevorstand.

WEST

Hannes und Zilinski sollten Dräger mit seinem eigenen Hubschrauber, dessen Landeplatz man über eine Treppe direkt vom Büro aus erreichen konnte, aus der Stadt bringen. Hannes sollte dabei der Pilot sein. Dräger saß hinten mit gefesselten Händen auf dem Rücksitz, sein Mund war immer noch zugeklebt.

„Hast du überhaupt schon mal einen Hubschrauber geflogen?", fragte Zilinski.

„Klar!", meinte Hannes selbstsicher. „Also, nicht den jetzt im Besonderen. Aber die sind doch irgendwie alle gleich, oder?"

Er inspizierte mit einem kurzen Blick das riesige Armaturenbrett.

„Wo ist denn da die Gangschaltung?", fragte er dann.

Sie kriegten das Ding dann gemeinsam irgendwie in Gang, hoben etwas holprig und schräg ab und flogen in nördlicher Richtung davon, über das nächtliche Berlin mit seinen vielen Lichtern bis über die Stadtgrenze hinaus, wo die Lichter immer weniger wurden, bis es unter ihnen nur noch schwarz war. Hannes nahm hin und wieder ein Handvoll Gummibärchen aus Drägers Gummibärcheneimer und stopfte sie sich in den Mund.

Gar nicht so schlecht, die Dinger, dachte er. Nach zehn Minuten nickten sich Zilinski und Hannes zu, Zilinski drückte den Joint, den er geraucht hatte und dessen Qualm die Kabine vernebelt hatte, in Drägers Zigarrenaschenbecher aus, Hannes schaffte es, einen Scheinwerfer einzuschalten, sie gingen tiefer und setzten mit größter Mühe auf freiem

Feld auf, irgendwo in der Pampa, fünfzig Kilometer weit weg von Berlin.

Die Scheinwerfer erleuchteten einen Teil des Feldes, das Korn wirbelte auf, und ohne die Rotorblätter abzustellen, hievten sie Dräger aus dem Hubschrauber, führten ihn in geduckter Haltung aus dem unmittelbaren Sog weg und nahmen ihm die Fesseln ab. Dann rannten sie zum Hubschrauber zurück und konnten nicht verstehen, was ihnen der dicke Mann mit zugeklebtem Mund nachrief, aber sie konnten es sich ungefähr denken. Sie hoben ab und sahen ihn alleine dort stehen. Dräger sah aus wie eine aufgeblasene Vogelscheuche und wurde immer kleiner, bis er in der Dunkelheit nicht mehr zu erkennen war. Dann sagte Zilinski: „Mir wäre lieber, wir hätten ihnen beseitigt."

Es dauerte, bis Hannes antwortete.

„Mir geht es ähnlich. Aber gewaltfrei ist gewaltfrei, und da gehört wohl jetzt auch der Tyrannenmord dazu."

Zilinski nickte bedächtig.

WEST

Max hatte sich an Drägers Computer gerade auf die Ebene vorgearbeitet, auf der es möglich war, Inhalte und Texte nach Belieben zu manipulieren, als plötzlich die Tür aufgerissen wurde. Bei allem Jubelgeschrei und der Begeisterung über die scheinbar leicht von der Hand gehenden Revolution hatten sie Drägers Vorzimmerdame komplett vergessen, die die erste Gelegenheit genutzt hatte, sich zu verdrücken und den Sicherheitsdienst zu rufen.

Mario drehte sich um und erhob seine Waffe, aber er sah sofort, dass er es mit einer Übermacht zu tun hatte. Etwa zehn Beamte mit gezogener Dienstpistole standen vor ihm. Auch die anderen erhoben sich schnell und hielten zur Vorsicht die Hände in die Höhe, weil mit denen, die da kamen, offensichtlich nicht zu spaßen war.

„Alle auf den Boden!", rief deren Anführer. Es war aussichtslos. Danner sah das genauso ein wie Mario, und so knieten sie auf dem Boden und hielten die Hände über den Kopf verschränkt und ergaben sich. Wäre auch zu schön gewesen, mal eben so einfach Westberlin einzunehmen, dachte Danner. Jenny hielt immer noch die geballte Faust nach oben und rief ein letztes Mal: „Für ein freies Berlin!"

Schon hatte sie einen der Stiefel der Sicherheitsbeamten im Nacken.

Ole zitterte am ganzen Körper. Egal jetzt, ob sie mich erschießen, ich bin stolz auf das, was ich getan habe, dachte er, vielleicht werden meine Kinder mich als Helden feiern, als Märtyrer der Revolution, und dann fiel ihm ein, dass er überhaupt keine Kinder hatte.

Markus kniete neben Karen, nah genug, um ihre Hand

nehmen zu können, es war der erste Körperkontakt seit ihrer Wiederbegegnung in der Zionskirche. Karen freute sich darüber, und gleichzeitig staunte sie, dass man sich in einer lebensbedrohenden Situation wie dieser über so etwas freuen konnte, und sie sah, wie Markus zitterte, und einen kurzen Moment fragte sie sich, wer hier nun Angst hätte, sie, die Kleine aus dem Osten, oder er, der coole Revolutionsführer Markus.

Auch in Max' Kopf rasten die Gedanken. Würde man sie erschießen? Würde es so schnell gehen, wie er es in den Filmen gesehen hatte? Wovor sollte er mehr Angst haben, vor dem Tod oder vor den Schmerzen und dem Leid bis dorthin? Und wenn es ein Jenseits gab, würde er dort seine Bücher wiederbekommen? Wie würde der Rotwein da schmecken? Und wie viel Mist konnte man eigentlich gleichzeitig denken?

Nur Mario dachte an nichts anderes als daran, wie man einen solchen Scheißfehler hatte machen können. Das Schnaufen der Sieger war im Raum genauso zu hören wie das der Besiegten, die mit auf dem Rücken verdrehten Armen auf dem Boden gehalten wurden.

Sie flogen den Hubschrauber zurück nach Berlin und mussten mehrere Versuche unternehmen, ihn wieder auf das Dach am Potsdamer Platz zu setzen. Für einen Ungeübten war das ein waghalsiges Unternehmen, das sogar jemandem wie Zilinski ins Schwitzen geraten ließ. Er sah sich schon auf dem Platz, der tief unter ihm lag, zerschellen.

Dann hatten sie es geschafft und fuhren mit dem Aufzug runter in Drägers Büro, wo sich zum Erstaunen jetzt viel mehr Leute aufhielten als vorher.

Berker war keine Minute zu spät gekommen. Er stand in voller Fitzmann-Uniform in der Tür, begleitet von einer

Handvoll Leute. Sein Ton ließ keinen Zweifel daran aufkommen, wer hier das Sagen hatte.

„Berker, Leiter der Spezialeinheit Enklave", sagte er energisch und hielt eine entsprechende Plastikkarte hoch.

„Ich danke Ihnen für den Einsatz, meine Herren. Ich und meine Leute übernehmen hier. Wir haben diese Gruppe seit Längerem im Auge. Leider haben wir es nicht ganz rechtzeitig geschafft. Schön, dass man sich auf die Kollegen verlassen kann."

Die Sicherheitsleute salutierten gehorsam und verließen das Büro.

„Ihr könnt aufstehen. Sie sind weg", sagte Berker dann und lehnte sich an Drägers Schreibtisch. Alle erhoben sich langsam, der Schreck stand ihnen noch ins Gesicht geschrieben. Berker lächelte sie an.

„Macht weiter, wir haben nicht ewig Zeit."

Jenny starrte ihn an.

„Berker?", fragte sie. Berker lächelte immer noch.

„Was machst du denn hier? Arbeitest du für die?", fragte Jenny.

„Ich habe für sie gearbeitet", antwortete Berker, „ungefähr bis vor zwei Tagen."

„Tss", meinte Jenny und schüttelte ungläubig den Kopf, „Paul Berker, Brandenburg, Sommer 2007."

„Eine Woche mit Musik, Politik und Liebe. Ja, so war's."

Sie sahen sich einen längeren Moment in die Augen, und die anderen standen drumherum und sahen dabei zu, schließlich räusperte sich Danner und meinte:

„Könnt ihr mir mal verraten, was hier gerade vorgeht?"

Jenny blickte Danner an und dann die andern und sagte:

„Wir kennen uns, wir sind mal so was wie'n Paar jewesen, wenn auch nur für ein paar Tage."

„Leider nur für ein paar Tage", sagte Berker und sah Jenny dabei nach wie vor an.

„Und wie kommen wir zu der Ehre, dass du uns hier den Hals rettest?", fragte Jenny

Berker zögerte einen Moment. Dann sagte er: „Ich hab' euch beobachtet, in der Kirche. Ist ja so was wie meine Heimat, die Zionskirche. Hab' da meine halbe Kindheit verbracht."

„Sie haben uns in der Kirche beobachtet?", fragte Karen.

„Ich wusste gar nicht, dass du religiös bist", sagte Jenny.

„Du weißt vieles nicht."

„Und wieso bist du jetzt bei den Fitzmann-Leuten?"

„Das ist eine längere Geschichte", meinte Berker.

„Die Kurzfassung würde uns reichen", sagte Danner.

Also versuchte Berker, es kurz zu machen, was ihm nicht wirklich gelang. Fast könne man von einer Bekehrung sprechen, wo sonst sollte so etwas stattfinden als in einer Kirche, meinte er schmunzelnd. Als er von der Empore in der Kirche zugehört hatte, habe er verstanden, wogegen die Gruppe kämpfte. Nicht dass er in Tränen ausgebrochen wäre, aber er hätte auf einmal klar und deutlich das Verlangen gespürt, dieser Gruppe zu helfen, anstatt sie zu verfolgen. Er wollte zu ihr gehören. Als er dann von der erfolgreichen Wiedereroberung der Zentrale der demokratischen Leitung durch eine Gruppe als russische Soldaten verkleideter Schauspieler gehört und darüber habe schmunzeln müssen, habe er beschlossen, dem weiteren Plan, den die Gruppe gefasst und den er belauscht hatte (und für gewagt hielt), freien Lauf zu lassen. Er würde auftauchen, wenn er gebraucht würde.

Zunächst aber habe er Leute finden müssen, die ihm helfen würden. Das konnten auf keinen Fall welche von denen sein, die zu seiner Sondereinheit zählten und die gerade mit der Umwälzung in der Enklave zu tun hatten, ohne zu wissen, dass eine viele größere Umwälzung bevorstand, die die, mit der sie beschäftigt waren, sinnfällig machen würde.

Er habe sie im Mompereck gefunden, seiner Automaten-Stammgaststätte mit der Berliner Eckkneipenfassade. Immerhin sechs seien schließlich mit ihm losgezogen, er habe sie im Bendlerblock in Fitzmann-Uniformen gesteckt und jetzt sei er mit ihnen hier.

Die sechs Uniformierten grüßten schüchtern. Zilinski bot ihnen ein Bier aus Drägers Kühlschrank an. Aufatmen war zu hören.

„Tja, und so habe ich mich auf die andere Seite geschlagen. Und ich glaube, dass ich das Richtige getan habe", sagte Berker abschließend und nickte mehrmals, als müsse er sich das nochmal selber bestätigen. Seine Momperkumpels hoben die Bierflaschen und sagten entschlossen: „Prost!", was etwas unpassend war, aber trotzdem gut ankam.

Danner war die ganze Zeit ungeduldig gewesen, ihm dauerte das alles zu lange, er drängte auf weitere Schritte, solange sie noch nicht entdeckt worden waren.

„Ich glaube dir nicht", sagte Jenny auf einmal zu Berker, „wenn du vorher in der Lage warst, für so jemanden wie Fitzmann so einen Auftrag anzunehmen, kannst du mir nicht erzählen, dass der Sinneswandel dadurch gekommen ist, dass du in der Kirche ein paar Freiheitskämpfer belauscht hast. Irgendwie spielt da was anderes noch eine Rolle. Was Persönliches oder so ...“

Alle sahen Jenny an, als hättee sie gerade die Party gesprengt.

„Kann man so sagen", meinte Berker langsam.

Danner trommelte nervös an den Türrahmen.

„Das ist ja hier eine ganz nette Liebesszene oder so was, aber vielleicht nicht im richtigen Moment. Könnt ihr euch die vielleicht für das Finale aufbewahren? Wir müssen hier nebenher noch 'ne kleine Revolution durchführen."

„Ich habe es sozusagen für meine Familie getan", sagte Berker unbeirrt und fast feierlich.

„Wat denn für 'ne Familie?", fragte Jenny.

„Na, für dich und ... für unsere Tochter", sagte Berker und sah Karen groß an, die überhaupt nicht begriff, was gerade passierte. Jenny fiel fast die Kinnlade runter.

„Für unsere Tochter?"

„Ja", sagte Berker, „ich denke, Karen ist unsere Tochter. Und ich denke, das sieht man auch."

„Du denkst, du bist Karens Papa, oder wat?"

„Ist doch möglich, oder?", sagte Berker, jetzt auf einmal unsicher.

„Nee, Berker, isset nicht. Karen ist ein Jahr nach Brandenburg geboren. Ihr Vater ist der da", sagte sie und deutete auf Mario.

„Und ick finde, det sieht man ooch", fügte sie hinzu und lachte Mario dabei an.

Das musste Berker erst mal verdauen.

„Bist du dir ganz sicher?", fragte Berker.

„Ganz sicher, wie jesacht", sagte Jenny.

„Sind hier jetzt irgendwie alle miteinander verwandt, oder was?", fragte Ole. Danner lächelte. Ja, das sind wir wohl, dachte er.

„Nee, ick nicht", sagte Zilinski und legte Berker eine Hand auf die Schulter.

„Und du, mein Freund, bist es offensichtlich auch nicht. Trotzdem danke, dass du uns bei der Revolution hilfst."

„Gern geschehen", sagte Berker. Wenn es in diesem Moment für irgendetwas zu spät war, dann für einen Rückzieher.

„Es hat Zeiten gegeben, wo Männer erleichtert waren, dass sie nicht der Vater sind", meinte Zilinski. Berker sah ihn an und konnte sich zu einem Lächeln durchringen.

Max war schon wieder über den Computer gebeugt, er hatte den Schock der Pistole, die auf ihn gerichtet worden war, schnell überwunden, derart fasziniert war er von seiner Arbeit. Wieder streckte er den Daumen nach oben.

„Ich hab's! Wir können mit dem Füttern anfangen!"

Nach außen hin musste alles so sein wie immer – was die Gruppe vor gewisse Schwierigkeiten stellte. Wollte man sich weiterhin anonym durch das Fitzmann-Imperium bewegen, musste man erst einmal aus dem Fitzmann-Hochhaus kommen, an den Wachen vorbei, gegenüber denen Berker so tun konnte, als habe er sie verhaftet.

Deshalb legten Berker und seine Mompersoldaten Markus, Jenny und Ole prophylaktisch Handschellen an, dann ließen sie sich quer durch das Gebäude und das Foyer führen, und Berker machte sogar so etwas wie einen Spaß, indem er Mario den Kopf runterdrückte und zischte: „Euch Brüdern werden wir alle das Handwerk legen!"

„Es waren ooch Schwestern dabei", konnte Jenny sich nicht verkneifen zu zischen.

Sie wurden in Zilinskis Kleintransporter geschubst, und der gab Gas und schon bald hatten sie den Potsdamer Platz

hinter sich gelassen und fuhren Richtung Neukölln. Ziel war das große Fitzmann-Logistikzentrum auf dem Tempelhofer Flughafen. Max hatte seine Computertätigkeiten vor Ort bald beendet, weil er alles, was er brauchte, auf einer Festplatte gespeichert hatte und lieber von woanders weiterarbeiten wollte.

Zilinskis Lieferwagen bremste plötzlich scharf und blieb stehen. Unmöglich, dass sie schon in Tempelhof waren. Warum hatte Zilinski angehalten? Im Laderaum des Lieferwagens war es dunkel, und jetzt, im Stehen, spürten sie auch die Hitze deutlicher, es war immer noch Sommer, draußen herrschten Temperaturen über 25 Grad, die Sonne schien direkt auf das Auto. Dann hörten sie, wie die Fahrertür zugeschlagen wurde, schließlich sich entfernende Schritte, die von Zilinski stammen mussten. Wo ging der hin? Sie versuchten, sich ruhig zu verhalten und zu lauschen. Jenny wollte etwas sagen und wurde mit einem einstimmigen „Psst!" zum Schweigen gebracht. Die Stille dauert circa zehn Minuten. Keiner wagte es, die Schiebetür zu öffnen. Wer wusste, was sie draußen erwartete? Berker nahm zur Vorsicht seine Pistole in die Hand.

Dann wurde die Tür kräftig aufgeschoben. Berker sprang mit gezogener Waffe auf und trat Ole dabei auf den Fuß. Ole schrie auf. Draußen stand Zilinski, auf einem Arm einen Stapel Pizzakartons balancierend. Im Hintergrund sahen sie die Leuchtreklame einer Pizzeria, eine der Filialen der Fitzmann-Gastrokette.

„Ich dachte, ihr habt vielleicht Hunger, deshalb habe ich uns ein paar Pizzen geholt. Die sind zwar von Fitzmann, sollen aber gar nicht so schlecht schmecken."

So standen sie dann an den Lieferwagen gelehnt und aßen die heiße Pizza, stopften die labberigen Stücke gierig in sich

hinein und verbrannten sich an dem künstlichen Käse den Mund. Dabei sah Berker immer wieder Jenny an, als könne er immer noch nicht glauben, dass alles anders gewesen war, als er gedacht hatte. Jenny wich seinem Blick aus und schaute öfters zu Mario, der aber so tat, als würde er das nicht bemerken.

„Meine erste Fitzmann-Pizza", meinte Danner.

„Schmeckt wirklich nicht schlecht", sagte Jenny mit vollem Mund.

„Früher war auf der Pizza immer Oregano", bemerkte Berker. „Ich steh' auf Oregano."

„Sah immer 'n bisschen so aus, als hätte jemand Gras drauf gestreut", sagte Zilinski und lachte.

„Kannst du eigentlich auch an was anderes denken?", fragte Jenny, aber Zilinski schien ihre Frage nicht zu hören.

„Oregano ...", sagte er geheimnisvoll. Sie aßen weiter.

WEST

Rademacher saß mit ihren Leuten in einer der Fitzmann-Zellen mit Fernsehberieselung, von der Karen in der Kirche erzählt hatte. Sie hatte dabei nicht übertrieben, dachte sie, obwohl sie mit Westfernsehen aufgewachsen war. Wenn alles glatt gehen würde, würden sie in kurzer Zeit von ihren Genossen rausgeholt werden, und wenn nicht ... ja, was konnte ihnen blühen? Weiter fernsehen oder in den Mühlen von Fitzmann schuften, wie es Karen gemusst hatte?

Am Anfang war das ununterbrochen und in voller Lautstärke laufende Programm eher Anlass zur Belustigung unter ihnen gewesen, solange man mit Kommentaren darüber herziehen konnte, aber bereits in der ersten Nacht wurde die Situation angespannter, als durch den Dauersurroundbeschuss und die endlosen Wiederholungen von *Praxis Bülowbogen* an Schlaf nicht zu denken war.

Nach zwei Tagen hatte es die ersten Nervenzusammenbrüche gegeben, dazu immer wieder Versuche, wenigstens den Ton abzustellen, aber der 72-Zoll-Bildschirm war unter Panzerglas, und der Lautsprecher hinter einem massivem Gitter postiert.

Die Leute, die das Essen brachten, trugen Hörschutz, um der Folter zu entgehen, und schoben die Rationen durch eine Klappe in die Zelle, es gab immer Fitzmann-Pizza, die zunächst allen ganz gut schmeckte, aber nach vier Tagen dreimal Pizza und demselben Pizzawerbespot alle zwei Minuten hatten sich alle mindestens einmal in das Stahlklosett übergeben müssen. Schließlich waren sie darauf gekommen, sich Pizzateigkügelchen in die Ohren zu stopfen, was besser half, als sie gedacht hatten.

Nur Rademacher versuchte eine andere Methode, eine Art Meditationsmethode, bei der sie im Schneidersitz immer auf einen Punkt des Monitors starrte und sich darauf konzentrierte, sodass sie nur mehr die sich verändernde Farbe dieses Punktes sah und nicht mehr die ganzen, sich endlos wiederholenden Bilder. Dabei murmelte sie einen mantraähnlichen Spruch, mit dem es ihr gelang, den Ton nur noch als Lärmkulisse ohne Sinn wahrzunehmen. Sie saß da wie ein weiblicher Odysseus, der den Sirenen trotzte, und versuchte sozusagen, sich mit aller Kraft unempfindlich für die Suggestionen des Kapitalismus zu machen.

So hätte sie fast nicht mitbekommen, wie sich das Programm auf einmal veränderte. Erst als einer ihr auf die Schulter tippte, wachte sie aus ihrer Meditation auf und sah auf dem Monitor ein ihr wohlbekanntes Gesicht. Es gehörte Mischa Kern. Jetzt konnte es nicht mehr lange dauern, bis sie wieder draußen waren.

WEST

Als sie in Tempelhof ankamen, erklärte sich Mario bereit, im Wagen zu bleiben und den Eingang zu überwachen, auch, damit sie schneller abhauen konnten, wenn etwas schief ging. Berker zückte an der Pforte wieder seine Plastikkarte, und sie wurden großzügig durchgewunken. In der Halle sprang er auf einen der Kartonstapel, ein Megafon im Anschlag, und wandte sich an die Belegschaft:

„Alle mal herhören! Wir haben euch was Wichtiges zu sagen!"

Er überlegte kurz, ob er weiterreden sollte, überlegte es sich aber dann anders und drückte Markus das Megafon in die Hand, der sprang ebenfalls auf den Kartonstapel. Zilinski tat es ihm gleich.

„Mitarbeiter!"

Das Megafon gab eine fiepsende Rückkopplung von sich.

„Ich kann euch die freudige Mitteilung machen, dass die Zentrale des Fitzmann-Konzerns ..."

Wieder fiepste es. Markus fummelte am Lautstärkeregler rum.

„... dass die Zentrale des Fitzmann-Konzerns sich, äh, in den Händen von einigen, oder sagen wir mal, einer Handvoll entschlossener Revolutionäre befindet, die die kommerzielle Schreckensherrschaft meines Vaters beenden werden! Ja. Also, ich selber, Karl-Heinz Drägers Sohn, gehöre zu ihnen, ich meine ...", er dachte kurz darüber nach, ob es besonders sinnvoll war, jetzt hier auf seine Verwandtschaft mit Dräger hinzuweisen.

„Und, äh, obwohl Dräger mein Vater ist, habe ich meinen Teil dazu beigetragen, ihn zu stürzen!"

Langsam wurde er sicherer.

„Mitarbeiter! Wie lange wollt ihr euch noch von Fitzmann schikanieren lassen? Wie lange soll die Unterdrückung noch dauern, das Schuften in den Betrieben, die Bevormundung, jederzeit und Tag und Nacht zur Verfügung stehen zu müssen, die schlechte Bezahlung, die letztlich nur Fitzmann zugutekommt, weil man nur bei Fitzmann sein Geld ausgeben kann, das ganze erpresserische System, das seine Opfer nicht tötet, sondern einlullt, wie lange wollt ihr das noch mitmachen, wie lange wollt ihr euren Hass verstecken, der in euren Herzen immer stärker wird?"

Berker stand neben ihm und war verblüfft. So viel Energie und zusammenhängende Sätze hätte er diesem Jungen gar nicht zugetraut. Markus' Stimme fing an, sich zu überschlagen.

„Steht auf und schadet eurem Arbeitgeber mit den gleichen Mitteln, mit dem er euch so lange ausgenutzt hat! Geht zu eurem Vorgesetzten und sagt ihm, dass ihr euch das nicht länger gefallen lasst. Sagt ihm ins Gesicht ..."

Jetzt musste er überlegen. Da sprang Jenny ihm bei, übernahm das Megafon und brüllte:

„Du kannst mich mal am Arsch lecken, ich lass' mir das nicht mehr länger gefallen!'" „Ja!", schrie jetzt Markus wieder.

„,Du kannst mich mal am Arsch lecken, ich lass' mir das nicht mehr länger gefallen!' Lasst uns diese Produktionsstätte zum Keim einer friedlichen Revolution machen, die Berlin endlich wieder vereint. Lehnt euch auf! Macht kaputt, was euch kaputt macht!"

Das war aber jetzt nicht von ihm, dachte Berker.

„Die Stadt gehört euch!!"

Markus reckte seine linke Faust und ließ sie in der Luft stehen. Er sah in die Halle.

Die, die im Logistikzentrum Tempelhof arbeiteten, egal ob sie gerade Pakete packten, Gabelstapler fuhren, Waren sortierten, in der Pförtnerloge rumlungerten, im Büro mit Tastaturen klapperten, den Boden fegten oder wischten oder sich von Kunden am Telefon erniedrigen ließen, hatten während Markus' Rede aufgehört mit dem, was sie gerade taten, und sich allmählich vor ihm versammelt. Sie sahen ihn mit offenen Mündern an. Einen Moment lang war es still.

Markus sah auf die, die da jetzt vor ihm standen. Hinunter. Er war außer Atem. Er hatte nicht gewusst, dass diese Wut, die in ihm steckte, sich so klar formulieren konnte.

Erst erhob sich Applaus, der sich langsam steigerte, aus Applaus wurde Jubel, Fäuste wurden gereckt und Luftsprünge gemacht. Dann brach sich die Wut auf Fitzmann und seinen Bockwurstkapitalismus unmittelbar Bahn.

„Du kannst mich mal am Arsch lecken, ich lass' mir das nicht mehr länger gefallen!", schrie Jenny nochmal aufmunternd.

„Du kannst mich mal am Arsch lecken, ich lass' mir das nicht mehr länger gefallen!", riefen die Ersten, und dann immer mehr.

Kurz darauf gab es in dem entstandenen Tumult keinen Unterschied zwischen Vorgesetzten und Untergebenen mehr. Alle Kraft wandte sich kollektiv den in den endlosen Regalreihen lagernden Fitzmann-Produkten zu, auf die sie einzuschlagen begannen, mit allem, was sie gerade in die Hände kriegten. Zufällig stand eine ganze Palette von Metallpfosten für Gartenzäune auf einem der Gabelstapler in der Nähe, Zilinski hatte ihn entdeckt und kurzerhand so hingestellt, dass man ihn nicht übersehen konnte. Die ersten begannen, sich damit zu bewaffnen, und schnell war die Halle mit

martialischen Schreien und dem Geräusch von wütenden Hieben erfüllt. Sie droschen jetzt auf die Produkte, die sie teilweise noch vor fünf Minuten mit größter Vorsicht hatten behandeln müssen, ein wie Barbaren im Blutrausch. Auch Zilinski beteiligte sich, er ging dabei mit ruhigen, gezielten und effektiven Schlägen vor. Ole versuchte sich ebenfalls, hatte sich aber bereits nach kurzer Zeit versehentlich auf den linken dicken Zeh gehauen und aufgegeben.

„Du kannst mich mal am Arsch lecken, ich lass' mir das nicht mehr länger gefallen!", tönte es unaufhörlich.

Berker, Markus und die anderen standen immer noch auf den Kartonstapeln und sahen ungläubig auf die tobende Menge vor ihnen.

„Oh", sagte Markus, „ich hatte doch friedlich gesagt."

"Ja. Sieht so aus, als ob sich da etwas aufgestaut hätte", meinte Berker trocken.

„Gar nich' mal so schlecht", sagte Jenny anerkennend zu Markus. Karens Augen leuchteten.

So gelangte neben der Zentrale am Potsdamer Platz auch Fitzmanns Hauptproduktionsstätte in die Hände der Revolutionäre. Nachdem die Belegschaft sich beruhigt hatte und die, die versehentlich etwas mit einem Zaunpfahl abbekommen hatten, notdürftig verarztet worden waren, machten sie sich an die Aufgabe, die für sie vorgesehen war und zu der sie nicht besonders aufgefordert werden mussten. Die große Sabotage-Aktion konnte beginnen.

Die Paketpacker fingen an, die Pakete vorsätzlich falsch zu packen oder zu adressieren, mit dem Ziel, dass deren Empfänger wegen ausbleibenden oder falsch zugestellten Lieferungen immer wütender auf Fitzmann wurden. Oder

sie füllten die Pakete gleich mit der reklamierten Ware, die zum Schreddern bestimmt gewesen war, oder dem, was sie vorher zusammengedroschen hatten.

Der Onlinebereich von Fitzmann, vom Bezahlservice bis zum sogenannten Kundendienst, wurde dahingehend sabotiert, dass sich Fehlabbuchungen häuften und der bis dahin schon unfreundliche Umgangston jetzt bis zu Beschimpfungen von Kunden ging, die an ihrem Ende der Leitung nur noch den Kopf über so viel Unverschämtheit schütteln konnten. Endlich konnten Sie mal den Kunden, und nicht der Kunde ihnen die Meinung sagen.

„Dann guck doch selber, wie dein Scheißfernseher angeht!"

„Na, dann muss dein kleiner, verwöhnter Dreikäsehoch halt mal ohne sein Smartphone zurechtkommen!"

„Wenn Sie zu blöd sind, eine Gebrauchsanweisung zu lesen, kann ich Ihnen auch nicht helfen!"

Dazu taten die veränderten Inhalte der Propaganda selbst auf dem letzten Endgerät ihre Wirkung. In einem berührenden Video erzählte da zum Beispiel der beliebte Zusteller-Pit alias Mischa Kern, wie ihn der Konzern zunächst gemästet und dann fallengelassen hatte.

„Während ich das Idol von Millionen von Ausgebeuteten war, saß ich alleine zu Hause und weinte! Ich hatte nichts mehr! Und ich spürte: Meine Darstellung des Zusteller-Pit war Ihnen lästig geworden. Sie merkten, dass unter meiner Darstellung ein widerspenstiger Geist wohnte, der die Ausbeutungsmechanismen von Fitzmann ablehnte! Sie mussten mich loswerden! Aber ich habe nicht aufgegeben und bin den steinigen Weg zum Revolutionär gegangen!"

Ganz so war das alles nicht gewesen, aber es funktionierte.

Das Video lief mindestens dreimal die Stunde, daneben gab es immer wieder andere, in denen Menschen ihre Leidensgeschichte mit Fitzmann erzählten und angesichts ihrer eigenen Betroffenheit mitunter spektakuläre und authentische Zeugnisse abgaben, deren echte Emotionen die Zuschauer erschütterten.

Plötzlich wandte sich die ganze Stadt gegen den Konzern und gegen Dräger, der immer geglaubt hatte, dass er den Berliner mit Bockwurst glücklich machen konnte.

Auf den Filzmann-Bildschirmen der Stadt sah man aber auch noch viel vom üblichen Programm, nur dass im Vordergrund jetzt oft ein Kommentator oder mindestens ein laufender Schriftzug zu sehen war, der aus der Perspektive der Befreier, die unverdrossen das Programm manipulierten, die Fitzmann-Methoden anprangerte, verurteilte und zum öffentlichen Ungehorsam aufrief.

In kurzer Zeit war das, was die Zuschauer tagtäglich über sich ergehen lassen mussten, zu Gegenpropaganda geworden und sollte die Menschen da hinbringen, sich offen gegen Fitzmann aufzulehnen, wenn man sie dazu aufforderte. Die Lunte der Revolution brannte, und es lag in den Händen der Anführer, die Bombe explodieren zu lassen. Auf dem Höhepunkt der Anti-Fitzmann-Propaganda, wenn die Gruppe um Danner zu der Ansicht gekommen sein würde, dass es genug Widerstandswillen und Subversion gegen den allmächtigen Konzern gebe, würde man eine gemeinsame Aktion initiieren, die die ganze Stadt für immer verändern sollte. Dazu gab es eine Reihe von spektakulären Ideen. Alle freuten sich auf den großen Knall.

Auch in der Enklave war das veränderte Programm von Fitzmann auf den großen Geräten zu sehen, von denen es jetzt

bereits eine beträchtliche Menge gab. Allerdings unterschieden sie sich insofern von denen im Westen, als hier sowohl von den Kommentatoren als auch den Schriftzügen explizit auf das, was seit Wochen im Osten passierte, eingegangen wurde. Die Bevölkerung wurde dabei von den Zersetzungen unterrichtet, die der Westen angestrengt hatte, um „drüben" die Verhältnisse zu ändern, und beschworen, sich nicht den Verlockungen von Fitzmann zu ergeben, sondern sich auf das Gute im ökologischen Sozialismus zu besinnen und den Besetzern zu entziehen.

Schon flogen die ersten Fitzmann-Fernseher aus den Fenstern, und bald waren zumindest die, die mal zu den Anhängern der freien Enklave gehört hatten und dann der Faszination der plötzlich verfügbaren digitalen Medien erlegen waren, wieder auf der Seite der Genossen, die ihnen das angenehme Leben der letzten dreißig Jahre ermöglicht hatten.

Somit begann im Osten eine Art Renaissance der Nachwendezeit, in der man die westlichen Schmarotzer immer wieder in ihre Schranken und aus der Stadt verwiesen hatte. Es begann die Zeit einer neuen Mauer-Euphorie, in der man die Herren, die mit ihren Klemmbrettern nach wie vor dabei waren, die Menschen an den Wohnungstüren zu belästigen, am Schlafittchen packte und in den Westen zurückbeförderte.

Die aber, die noch nie und von nichts mobilisiert werden konnten, harrten zu Hause aus, so wie immer, warteten darauf, dass auch dieser Sturm vorbeiging, und hofften, wenigstens die großen Fernseher behalten zu dürfen, auch wenn sie dann mit Wiederholungen von *Ein Kessel Buntes* oder der *Olsenbande* vorliebnehmen mussten. Sie klammerten sich förmlich an ihren Balkonen und Blumenkästen fest und taten so wie immer. Also wie immer so, als wäre nichts.

WEST

Zilinski brachte Berker zum Bendlerblock, wohin er Heitmeier und seine engsten Mitarbeiter beordert hatte, die angesichts der russischen Bedrohung in heller Aufregung waren. Berker schürte ihre Sorge dadurch, dass er vorgab, wilde Geschichten auf höherer Kommandoebene gehört zu haben, in denen die Russen sich ganz Berlin einverleiben wollten, und jeder, der dem kapitalistischen Fitzmann-System willfährig geworden war, nach Sibirien verfrachtet wurde. Mit großer Geste entließ er sie aus ihrer Pflicht ihm gegenüber, würdigte ihre Verdienste um das Ziel, den Osten dem Westen gleichzumachen, und wünschte ihnen alles Gute für die bevorstehende Flucht vor der russischen Besatzung.

Heitmeier und seine Leute verließen Berlin noch in der nächsten Nacht, die Kleinwagen vollgepackt und die Gattinnen auf dem Beifahrersitz.

Sie leben heute in einer unauffälligen Reihenhaussiedlung in Niedersachsen, wo sie, mürrisch und unbekannt, Einkaufswägelchen hinter ihren Frauen herziehen und sich von ihnen kommandieren lassen. Manchmal treffen sie sich abends und reden über die alten Zeiten, zum Kasatschoktanzen sind sie jetzt zu alt, aber bei einem Glas Weinbrand wird vor Schrankwänden und künstlichen Kaminen immer mal eins von den Liedern angestimmt, die ihr früherer Chef so gernhatte. Trink, Brüderlein, trink.

So war die Stasirevolution im Osten zumindest offiziell beendet. Die Trinkfreudigen kehrten in die Heiner-Müller-Stuben zurück, und auch der Namensgeber schaffte es manchmal vom Seniorenstift am Rosenthaler Platz bis dorthin, um

wieder Zigarren zu rauchen und Lebensweisheiten von sich zu geben. Man durfte auch wieder rauchen.

Auf den großen Fernsehern war jetzt in ganz Berlin vermehrt der Aufruf zu hören, sich an einem bestimmten Tag zu einer bestimmten Zeit am Alexanderplatz einzufinden. Das charismatische Gesicht von Karen, die auf den Bildschirmen für die Versammlung warb, überzeugte sie, dort hinzugehen, wobei es oft die Frauen waren, die ihre Männer dazu bewegten.

Zilinski hatte sich für diese Gelegenheit etwas Besonderes ausgedacht. Er drehte ein kleines Video, in dem er am betreffenden Tag kostenlos Pizza für alle versprach, was er auch zu halten gedachte, und sie strahlten es im Minutentakt aus.

Dann fuhr er mit dem Lieferwagen zum Treptower Park, in der der sowjetische Soldat auf dem Sockel immer noch das Baby hielt, als sei nichts geschehen.

Er sammelte Gras in mehrere große Müllsäcke und fuhr nach Tempelhof zurück, wo sich auch die Pizzafabrikation befand, in der alle Pizzen hergestellt wurden, bevor sie an die Kunden geliefert wurden oder an die Fitzmann-Pizzerien, die sie dann aufwärmten.

Es war eine breite Produktionsstraße, auf der die Pizzen auf Bändern dahinglitten und von oben mit den künstlichen Zutaten bestreut wurden.

An dessen Ende thronte Zilinski auf der Maschine, die Säcke links und rechts neben sich, und sah auf die fertigen Pizzen hinunter, die aus dem Tunnel gerauscht kamen. Aus beiden Händen bröselte er das Gras aus den Säcken auf die fetttriefenden Bleche. Er gab den Pizzen sozusagen das Oregano, das er an ihnen vermisst hatte. Was zu anderen

Zeiten nicht zu Unrecht als Anschlag auf die Gesundheit der Bevölkerung gegolten hätte, sollte hier eine entscheidende Rolle bei der friedlichen Übernahme Berlins spielen. Dass jemand damals auch noch Ecstasy ins Trinkwassersystem der Stadt geleitet hat, ist bis heute ein hartnäckiges Gerücht.

Max hatte sich um die Musik gekümmert und lange überlegt, was wohl das Beste für einen Spaziergang zum Alexanderplatz wäre, und dabei anspruchsvolle Ideen verworfen. Er entschied sich für einen Mix von populären Stücken zum Tanzen aus allen Dekaden. Es musste in die Beine gehen, das war die Hauptsache.

Der Aufruf, zum Alexanderplatz zu kommen, war auf Samstag um 15 Uhr datiert worden, praktisch nach dem Mittagessen, für das Zilinski Gratispizza für alle versprach.

Ab 13 Uhr ertönte Max' handverlesene Tanzmusik, alle waren aufgefordert, ihre mobilen Endgeräte bei dem Spaziergang laufen zu lassen (die Formulierung ‚Marsch' hatte man bewusst vermieden) und den Ton der Fernseher voll aufzudrehen, an denen er nicht schon automatisch so eingestellt war, sodass man auf dem gesamten Berliner Stadtgebiet die Musik hören konnte, die ohne Verzögerung und mit perfekt synchronisiertem Rhythmus lief. Na ja, fast perfekt.

Aus allen Himmelsrichtungen liefen die Menschen sternförmig zum Alexanderplatz. Die Musik war überall. Leute fingen an, sich im Gehen rhythmisch zu bewegen. Viele hatten von Zilinskis Oreganopizza gegessen, und der Oregano, schön gelöst durch den fettigen Käse, begann immer mehr seine Wirkung zu entfalten, und manche wussten nicht, wie ihnen geschah, aber das, was ihnen geschah, schien ihnen zu gefallen.

Menschen, die vielleicht in ihrem Leben nicht getanzt hatten, fingen an zu tanzen, Menschen in synthetischen Jogginganzügen, biedere Familienväter, während sie Kinderwagen schoben, Fitzmann-Mitarbeiter, die auf ihren Overalls das Fitzmann-Logo mit einen No!-Sticker geklebt hatten, die Insassen des Seniorenstifts am Rosenheimer Platz, inklusive der gesamten Romeo-und-Julia-Besetzung und dem Herrn Müller, der nicht glauben konnte, was er da erlebte, und noch weniger, dass er auf einmal tanzte.

Es tanzten die Anzug- und Chanelkostüm tragenden Büromarionetten vom Potsdamer Platz in teuren schwarzen Schuhen und auf High Heels, die biederen Plattenbaubewohner mit ihren Frauen, die wildfremde Menschen umarmten, einige hatten Einkaufskarren voller Bier mit, das sie großzügig verteilten, wobei manche trotz aller Verzückung den Mund verzogen, nachdem sie den ersten Schluck getrunken hatten.

Mittendrin tanzten auch Rademacher und ihre Leute, die man aus ihrer Fitzmann-Haft befreit hatte.

Es tanzten die alternden Westberliner Alternativen und die Hare-Krishna-Jünger, für die das Nirvana erreicht zu sein schien, die Hippies und Müslis und Ökos und Dichter und Musiker. Es tanzten die Vegetarier und die Veganer und die Fleischesser und die Dicken und die Dünnen und die Fassadenmaler, und die Trinker aus dem Mompereck tranken mit denen aus dem Manfredkrug. Es tanzten die Mitbewohner aus Oles WG und Jennys Schauspielertruppe in ihren russischen Uniformen und die Mitglieder des Runden Tisches am Arkonaplatz.

Mechthild tanzte mit ihrem Chauffeur, und die Touristen tanzten auch mit und konnten ihr Glück nicht fassen, dabei sein zu dürfen.

Die Luft war geschwängert von dem, wovon die Enklave lebte, die, die keine Pizza gegessen oder an einem der zahllos kursierenden Joints gezogen hatten, wurden von den anderen mitgerissen.

Je näher sie dem Alexanderplatz kamen, desto schneller und fiebriger wurde die Musik. Die, die dabei die Grenze passieren mussten, wurden von tanzenden Polizisten durchgewunken, die sich bereitwillig Blumen an die Uniformen und in die Gewehre stecken ließen.

Dann waren sie alle da, der Platz war gefüllt mit Menschen, die tanzten und zuckten und bebten, keiner hat sie gezählt, aber es heißt, dass dieses Mal ganz Berlin da war, es war die größte Versammlung, die die Stadt je gesehen hatte – und sie hatte einige gesehen.

Auf einer Bühne, die fast genau da stand, wo einst die friedliche Revolution in der DDR einen entscheidenden Schritt gemacht hatte, standen große Lautsprecherboxen und verstärkten den Sound aus den Tausenden von mitgebrachten Geräten noch einmal. Dann betrat Karen die Bühne.

Sie hielt keine Rede, jedenfalls nicht im klassischen Sinne, keiner musste aufhören zu tanzen und die Musik musste nicht leiser gedreht werden. Karen hatte ein Mikro in der Hand, sprach schnell und leidenschaftlich, im Takt der Musik, so, als hätte sie in ihrem ganzen Leben nichts anderes gemacht, als auf der Bühne zu stehen und den Leuten einzuheizen. Weder Rademacher noch Markus hatten sie je so gesehen. Karen rappte die Revolution.

„Freude, schöner Götterfunken
Tochter aus Elysium
Wir betreten feuertrunken

Himmlische, dein Heiligtum
Deine Zauber binden wieder
Was die Mode streng geteilt
Alle Menschen werden Brüder
Wo dein sanfter Flügel weilt."

Dazu ertönte Beethovens Musik, dem Technobeat rüde angepasst. Max fand die Mischung ein bisschen grenzwertig und den Bezug zu Gott übertrieben. Na, wenn schon. Jeder sollte sich darunter vorstellen, was er wollte.

Später soll auch noch das unvermeidliche *We shall overcome* gesungen worden sein. Auch dabei hatte Max Bedenken, schließlich hatte man ja schon etwas überwunden, aber auch da wischte er sie weg und sang mit, wobei auf einmal auch er merkte, dass er tanzte.

Mario und Jenny tanzten und Hannes tanzte mit Rademacher, die tanzte irgendwann mit Berker, Karen tanzte mit Markus. Danner und Reinhild tanzten zusammen und wunderten sich, dass sie so ausgelassen sein konnten.

Das Fest nahm kein Ende mit seinem ständigen Wechsel von Singen und Tanzen. In den Singphasen schliefen viele, um dann rechtzeitig wieder zum Tanzen fit zu sein, andere sangen beim Tanzen weiter oder tanzten beim Singen, zwischendurch vermischte sich alles, Singen und Tanzen.

So wie im Musenkeller das ständige Clubkonzert lief, schien jetzt ein endloses Open-Air-Konzert zu laufen, die Musiker wechselten sich auch hier ab, und Sam Rahner, der Zylinder tragende Musikguru aus dem Prenzlauer Berg, wurde zum Spiritual Leader, der den Massen einheizte, und der Saxofonist Christian Langer spielte ein mitreißendes, stundenlanges Solo zum Beat eines alten Technotracks.

Die Musik, die da gleichzeitig aus Millionen von Smartphones und daran angeschlossenen Lautsprechern zu hören war, und die unregelmäßige Verzögerung, die bei der Übertragung entstand, die sich ständig überschlagenden Rhythmen, ließen die Menschen immer ekstatischer tanzen, wenn man es überhaupt noch Tanzen nennen konnte, es sah eher aus wie tranceartiges Massenzucken, das sie immer hemmungsloser werden ließ.

Am dritten Tag bekam auch Ole seine Chance, ein Lied zu spielen, er wurde bejubelt, aber Ole wusste nicht, ob das wegen des Liedes oder seiner Beteiligung an der Revolution war, die bei seiner Ankündigung erwähnt worden war.

Nach vier Tagen war das Fest dann doch zu Ende, die Menschen gingen langsam wieder nach Hause, einige aber blieben, zunächst vielleicht hundert, dann nur noch zehn bis zwölf. Wenn Sie heute auf dem Alexanderplatz in Berlin sind und Musik hören, dann können Sie noch immer eine Handvoll Leute entdecken, die da, wo damals die Bühne stand, singen und tanzen, zu Ehren der letzten deutschen Revolution, so, wie die olympische Flamme niemals erlöschen darf, ein Zeichen der Freiheit, Gleichheit und Brüderlichkeit.

Bei dem Fest damals ist praktisch die gesamte Treptower Ernte eines Jahres draufgegangen.

Die Ekstase, in die die Menschen dabei am Alex geraten waren, entlud sich nicht selten auch sexuell und führte im Jahr darauf zu einem Hochschnellen der Berliner Geburtenrate. Berlin war glücklich vereint.

OST

Karlheinz Dräger tastete sich japsend durch das Dunkel der Nacht. Er war ohne jede Orientierung, sowohl in seinem Kopf als auch in dem Wald, in den er offensichtlich jetzt geraten war. Er kämpfte sich durch das Gehölz, immer wieder schlugen ihm Äste ins Gesicht, deshalb schloss er die Augen, wenn es eh stockfinster war, konnte er sie sich wenigstens nicht ausstechen. Im Dunkeln trieben die Ereignisse der letzten Stunden an ihm vorbei, die er nicht begreifen konnte, er konnte den Verrat seines Sohnes nicht begreifen, nicht, wie er ihn nicht hatte kommen sehen, wie er Markus' Veränderung nicht erkannt oder so unterschätzt haben konnte, nicht, wie es so einfach gewesen sein konnte, ihn in seinem Büro zu überfallen, wie der Sicherheitsdienst so versagen konnte, wie er hatte übersehen können, dass dieser personell unterbesetzt war.

Auf einmal war er nicht mehr selbstbestimmt, jemand anderes hatte kurzerhand über ihn bestimmt. Jetzt war er hier im Nirgendwo, alleine, müde, er schwitzte in seinem schicken hellen Anzug, er hatte die falschen Schuhe an, überhaupt den falschen Körper für so was, seine Schenkel scheuerten gegeneinander, die Gelenke schmerzten unter der plötzlichen Anstrengung, immer wieder musste er stehen bleiben und Atem holen, Gummibärchen hatte er auch keine, und schließlich setzte er sich auf den Boden, mitten im Wald. Sein Atem ging jetzt langsamer, irgendwann sank er erschöpft auf die Seite und schlief ein.

Als er erwachte, hörte er Vögel singen. Dann Menschen.

„Geh aus, mein Herz und suche Freud in dieser schönen Sommerzeit", tönte es in der Morgensonne.

Die Landkommune, in der Ole und Zilinski so viel Spaß gehabt hatten, zog auf einem Weg am Waldrand heran, den Morgen und die Sonne begrüßend, und dann auch Dräger, der auf einmal in seinem schmutzigen Anzug auf dem Weg saß.

Zwei Wochen später stand er in einem Kartoffelfeld, auf dem Kopf einen Strohhut, der ihn vor der Spätsommersonne schützte, und rammte eine Hacke in den Boden, bückte sich, säuberte die Kartoffeln von Erde und steckte sie in einen Sack, den er um die Hüften gebunden hatte. Keiner wusste, wer er war, sie hatten ihn aufgenommen wie sie jedes verlorene Schaf aufnahmen, und dass es ein schwarzes war, wussten sie nicht.

Als Ole und Zilinski nach ein paar Monaten zu dem nächsten Fest kamen, es war die Sonnenwende, erkannten sie Dräger nicht, der einen Vollbart trug und nur noch halb so dick wie früher war.

Wieder ein paar weitere Monate später war Karlheinz Dräger auf einer Landstraße Richtung Berlin unterwegs. Das Fahrrad, auf dem er fuhr, hatte er der Landkommune geklaut.

Danksagung

Der Autor dankt Dirk Tessnow, Jan Markus Linhof, Mario Gremlich und Oliver Domzalski für ihr Interesse und ihre wichtigen Anregungen.

Impressum

Bibliografische Informationen der Deutschen Nationalbibliothek
Die Deutsche Nationalbibliothek verzeichnet diese Publikation in der Deutschen
Nationalbibliografie; detaillierte bibliografische Daten sind im Internet über
http://dnb.d-nb.de abrufbar.

ISBN: 978-3-95894-284-4 (Print)

© Copyright: Omnino Verlag, Berlin / 2024

Cover: canva.com/KI-generiert

Stefan Hufschmidt

Enklave Ost

Ein Berlin-Fantasy-Roman

Enklave Ost

AF287330